LA NUIT DES SORTILÈGES

LAURA ANNE GILMAN

LA NUIT DES SORTILÈGES

LUNA

Titre original :
FREE FALL
publié par Luna®

Traduction de l'américain par SONIA QUEMENER

Luna® est une marque déposée par le groupe Harlequin

83/85 boulevard Vincent Auriol 75646 PARIS CEDEX 13.
www.harlequin.fr
ISBN 978-2-2808-0893-4 — ISSN 1775-6480

1.

Printemps 1910
New York

Le ton de la conversation était poli, feutré, parfaitement en accord avec le cadre : une vaste bibliothèque aux murs partiellement couverts de livres reliés de cuir fin, encadrant une cheminée en marbre. Une immense baie vitrée laissait entrer la lumière dans la pièce, protégée des regards indiscrets par des voilages légers.

Une voix dit d'un ton plaintif :

— Il nous faut une devise.

— Oh non, encore ! répondit une autre voix. Et à qui s'adresserait cette fameuse devise, Alan ? Où l'écririons-nous ? Au-dessus de quel manteau de cheminée la ferions-nous graver ?

L'homme d'un geste large désigna la pièce où ils se réunissaient, ses hauts plafonds et ses boiseries d'une simplicité presque austère.

— Une devise paraît plutôt inappropriée pour une société *secrète* qui souhaite passer inaperçue. Si nous tenons absolument à avoir une identité propre, je pense que nous ferions mieux de trouver d'abord une profession de foi !

Cela faisait trois mois maintenant que cette discussion durait, depuis la réunion du jour de l'an où la nouvelle organisation avait été officiellement créée. La plupart des onze hommes réunis dans la pièce en avaient assez.

Celui qui avait lancé le sujet n'en démordait pas :

— Nous savons tous pourquoi nous sommes ici, Maxwell. Une devise renforcerait nos liens, nous rappellerait notre but. Nous éclairerait dans l'obscurité.

— Une lampe fera aussi bien l'affaire, répliqua Maxwell.

Quelques rires étouffés se firent entendre, vite masqués par des toux discrètes. Les onze membres présents avaient depuis longtemps atteint l'âge mur. Leurs visages ridés étaient encadrés de cheveux gris. Pourtant ils étaient tous vigoureux, pleins d'énergie, et se présentaient fièrement comme les leaders de leur génération, les forces vives de la haute société de Manhattan. Ce qui les différenciait des autres membres de la même classe sociale qu'eux ne se voyait pas à l'œil nu : c'était une détermination particulière, une sévérité dans le comportement qui les rapprochait plus de leurs ancêtres puritains que du milieu où ils évoluaient tous les jours.

Leur chef, un homme encore jeune, rasé de près, vêtu d'un costume sombre de bonne coupe, leva la main.

— Voyons, messieurs, dit-il d'une voix apaisante, je suis sûr que nous trouverons une devise le moment venu. Après tout il vaut mieux ne pas nous hâter : la postérité ne nous saurait pas gré d'une formule choisie à la hâte… Pour l'heure il importe davantage de passer à l'ordre du jour. Voulez-vous prendre place ?

Les onze hommes se réunirent autour de la grande table d'acajou sur laquelle était étalée une carte en trois couleurs des Etats-Unis. A côté se trouvaient une bible et une épée étincelante en acier trempé dont la pointe reposait sur le livre. Sa garde de style hindou indiquait, pour les connaisseurs, que l'arme avait été forgée entre les années 300 et 600 de notre ère.

— Seigneur, nous vous implorons de bénir notre réunion. En silence nous avons assisté au gâchis de la noblesse de l'humanité. En silence nous avons supporté les épreuves qu'a dû subir l'Ancien Monde, les ténèbres rampantes qui venaient sur nous.

A New York, en Amérique, ils étaient en sécurité. Mais ces hommes regardaient au-delà de leurs propres murs, ne craignaient pas d'affronter l'ennemi qui les surveillait peut-être d'un œil affamé… jaloux. Et dont les ombres sinistres s'étendaient sur l'Europe, se dirigeaient vers le Nouveau Monde. Eux le savaient, même si leur gouvernement n'en avait pas encore pris conscience.

— Nous sommes restés silencieux face aux malveillances destinées à annihiler la gloire de votre création. Et c'est en silence encore que nous nous rassemblons aujourd'hui pour protéger ceux qui veulent rester fidèles à la noblesse de leur nature, ceux qui, démunis devant le serpent du mal, ont besoin de votre épée ardente et de votre justice impitoyable, enfin ceux qui ignorent qui ils sont vraiment. Nous sommes le rempart du nouveau monde contre l'ancien, nous vous prions de bénir nos mains et nos armes, afin de montrer à tous le vrai chemin.

— Amen, firent les autres en chœur.

Ils s'assirent. Il n'y avait apparemment pas de hiérarchie prédéterminée dans le choix des places.

— Fort bien. Je déclare donc ouverte la séance du 15 mars en l'année de grâce 1910. Y a-t-il des questions particulières à voir en priorité ?

Il y eut une courte pause. Les membres s'entre-regardèrent. Personne ne se leva ni ne sembla vouloir s'adresser au groupe. L'animateur poursuivit :

— D'accord. Des remarques sur les affaires en cours ? Oui, monsieur Carson ?

Le dénommé Carson baissa la main et se mit debout. Maintenant que la réunion avait officiellement débuté, tous suivaient un protocole plus formel.

— Le problème concernant l'usurier de Green Street a été résolu. Le commerçant en cause a compris que nous le surveillerions à l'avenir, ainsi que les taux qu'il pratique. Je pense que nous n'aurons plus d'incident déplaisant à déplorer.

L'intervention fut accueillie par quelques hochements de tête moroses autour de la table. Les prêts à des taux trop élevés ne constituaient pas un crime — après tout, on n'obligeait personne à emprunter de l'argent — mais ce n'était pas une excuse pour qu'ils se généralisent. Les affaires étaient les affaires soit, mais il y avait des limites à ne pas dépasser.

L'animateur de la réunion se tourna vers un autre membre tandis que Carson se rasseyait.

— Monsieur Van Stann ?

L'homme, plutôt petit, avait le teint cireux, le regard exalté.

— Le repaire des fumeurs d'opium près du marché aux poissons a été définitivement fermé. Il a fallu nettoyer l'endroit, mais les propriétaires ne tenteront sûrement pas de le rouvrir.

— Coût de l'opération ?

Les membres avaient débattu âprement avant d'approuver cette fermeture, essentiellement à cause des frais qu'elle risquait d'engendrer.

Van Stann répondit sans hésiter :

— Deux des résidents se sont retrouvés piégés à l'intérieur, dans l'impossibilité de s'échapper. Mais de toute façon, ils n'auraient pas survécu bien longtemps. Je ne crois pas que même le plus doux des foyers aurait pu les tenir à l'écart de la drogue plus d'un ou deux jours. Le bâtiment est complètement perdu.

— Nous aurions dû y faire répandre du sel, par précaution, suggéra quelqu'un d'autre. Je sais bien que c'est pure superstition, mais l'exploitation des peurs et des croyances peut être un facteur de réussite.

Un murmure approbateur accueillit ce propos. L'animateur aurait pu rappeler les membres à l'ordre, mais il décida de les laisser poursuivre.

— Pourtant, remarqua Goddard, un banquier qui ne perdait pas de vue les objectifs du groupe, si nous usons de ces craintes, ne risquons-nous pas d'encourager la superstition au lieu de la combattre ? Comment cela peut-il être compatible avec notre mission, qui consiste à les protéger d'eux-mêmes ?

Van Stann avait bondi.

— La fin justifie les moyens. Et s'il s'agit d'empêcher la reconstruction d'un autre endroit comme celui-ci, les dégâts collatéraux sont un moindre mal. L'essentiel est de protéger les Ignorants contre des crimes encore plus graves.

— Et qui sommes-nous pour décider du *moindre mal* ? s'exclama Goddard. Pour ma part, je ne prétends pas être aussi sage !

— Messieurs, voyons !

L'animateur connaissait suffisamment ses pairs pour savoir quand les interrompre. Jamais auparavant cette pièce n'avait connu la violence, et il priait pour qu'il en demeure toujours ainsi, mais chaque membre du Silence était imprégné d'un zèle ardent pour la cause, sans quoi il n'aurait pas eu sa place dans le groupe.

Une fois que tous se furent calmés, il poursuivit, d'un ton plus serein :

— Une suggestion a été faite, qui mérite d'être étudiée. Y en a-t-il qui veulent soumettre au vote la proposition de monsieur Van Stann ?

Des mains se levèrent, tandis qu'ailleurs des visages se figeaient dans la désapprobation.

— Très bien. Qui est pour ?

Sept mains se levèrent.

— Contre ?

Trois mains.

— Sept contre trois et une abstention. La motion est donc acceptée. Evaluez le prix du sel au plus vite, voulez-vous, monsieur Donnelly ?

Le secrétaire acquiesça, sa main vola sur ses notes. On avait bien proposé de lui fournir une machine à écrire, mais il restait attaché à ses vieilles méthodes.

— Est-ce tout pour les affaires en cours ? Fort bien, je déclare ouverte la discussion pour de nouveaux sujets. Monsieur Clare ?

Ashton Clare se leva sans se presser. C'était un homme mince, d'un peu plus d'un mètre soixante-quinze, vêtu peut-être avec moins de recherche que ses compagnons. Mais la manche vide de son costume le faisait considérer avec respect, comme il convenait à l'égard d'un homme qui avait honorablement servi son pays au cours des guerres indiennes et avait payé le prix fort pour cela.

— On nous a informé que les sirènes étaient revenues au port. Trois marins ont déjà été victimes de leurs artifices, deux appartenant à des navires de guerre, en permission, et un autre qui travaillait sur un navire marchand. La capitainerie nous appelle à l'aide.

Un murmure se fit entendre. Beaucoup autour de cette table avaient investi de fortes sommes dans le transport maritime. Le sujet les intéressait au premier chef.

— Nous les avons déjà averties deux fois, commenta l'animateur d'une voix appuyée. Pourtant, elles semblent incapables d'épargner notre port !

Gilbert leva la main et on lui donna la parole. L'homme, grand et maigre, se leva, il avait les yeux très cernés. En tant qu'importateur, il connaissait bien le problème.

— Loin de moi l'idée de sous-estimer les dommages que peuvent provoquer les sirènes… De toute éternité elles ont représenté une tentation pour les marins loin de leur foyer.

Plusieurs autour de la table prirent un air horrifié et firent le signe de croix. Gilbert les ignora.

— Toutefois, poursuivit-il, nous ne devons pas oublier qu'elles ont pu être par le passé les alliées des hommes sur l'océan. Elles risquent de ne pas comprendre pourquoi nous nous retournons contre elles.

— Ces alliances ont eu lieu quand l'humanité vivait encore à une époque de superstition et d'imbécillité, répliqua l'animateur. Elles sont un reliquat de ce que l'homme a pu être et non de ce qu'il sera. Il n'est plus question de tels pactes en nos temps modernes.

Gilbert baissa la tête pour indiquer qu'il acceptait ce fait.

— Certes, les sirènes sont d'un autre temps… Donc lentes à changer.

— Nous les avons averties. Nous leur avons dit de ne plus importuner nos hommes. Pourtant elles continuent !

Y a-t-il quelqu'un ici pour prétendre que nous n'avons pas été clairs sur ce point ?

L'importateur attendit un moment, puis, voyant que personne ne le soutenait, secoua la tête et se rassit.

— Donc, conclut l'animateur. Faites huiler leurs rochers avant d'y mettre le feu. Si certaines de ces créatures s'obstinent à rester ici, envoyez-leur un coup de fusil à la tête ou au cœur.

— Nous ferions mieux d'exterminer ces abominations dégoûtantes, marmonna un des membres.

Gilbert allait réagir à ces propos, mais l'animateur intervint avant lui.

— Il s'agit de bêtes, monsieur Jackson. D'apparence humaine peut-être, mais dénuées de la grâce dispensée par Dieu. Elles ne peuvent comprendre le mal qu'elles font. Parlerions-nous de harpies que je serais le premier à vous approuver, mais les sirènes… M. Gilbert a rappelé qu'elles nous avaient aidés autrefois. Il est de notre devoir de nous en souvenir. Elles sont d'un autre temps, la science les a laissées au bord du chemin. Faut-il les détruire pour cela ? Non, bien sûr. Si nous devons un jour en arriver à cette extrémité, ce sera en raison d'une menace directe, et à contrecœur. Le Seigneur les a créées, comme Il a créé tout ce qui existe ici-bas. Ce n'est pas à nous de juger son œuvre !

Il parcourut des yeux l'assemblée et demanda :

— Cela dit, y a-t-il d'autres sujets à discuter ?

Personne ne leva la main et la séance fut donc levée.

2.

De nos jours

Wren Valère s'habillait pour sortir en ce merveilleux matin de printemps pourvu de tous ses accessoires, y compris le charmant pépiement des oiseaux et une brise agréable en provenance de l'Hudson. Le soleil brillait, le ciel était bleu, et Wren se demandait si oui ou non elle allait prendre le bâton-qui-pique.

Un génie quelconque de la Cosa en avait eu l'idée au cours de l'hiver, après la Bataille du Pont en Feu. Il ne faisait pas sonner les dispositifs de sécurité, avait l'allure d'un tube de matière isolante (peut-être tiré d'une bouteille Thermos) ou d'un réceptacle prévu pour transporter des papiers roulés. D'un objet totalement inoffensif. Mais, entre les mains d'un Talent, c'est-à-dire de quelqu'un capable de faire passer du Courant dans son corps et de l'utiliser, cela constituait l'équivalent magique d'un obusier.

En ces temps dangereux il n'était pas conseillé de sortir sans arme.

Mais Wren décida finalement qu'elle n'en avait pas besoin. Pas pour un travail qui aurait lieu en plein jour. Elle fut soulagée de replacer le tube dans son tiroir : elle avait horreur des armes, même quand elle était contrainte de s'en servir.

Pour un œil non averti, elle passait complètement inaperçue ; la vulnérabilité incarnée, un petit mètre cinquante de banalité. Des cheveux et des yeux bruns, un teint pâle, une silhouette qui ne se remarquait ni par ses rondeurs, ni par sa minceur : vous ne pensiez plus à Wren Valère dès qu'elle avait quitté votre champ de vision. Née avec ce don, elle l'avait développé, affiné, jusqu'à devenir l'une des meilleures Récupératrices de tous les temps.

Et maintenant cela faisait d'elle l'une des armes les plus redoutables de la Cosa Nostradamus. Plus l'ennemi la rechercherait, plus elle serait difficile à repérer.

Mais *difficile* n'était pas synonyme d'impossible.

La Bataille avait eu lieu trois mois et demi auparavant. L'objectif était d'obliger les chefs de leurs ennemis humains à se montrer en plein jour et l'affrontement s'était transformé en bain de sang ; les deux côtés avaient été durement touchés. Ensuite, l'accord tacite qui durait depuis des générations entre le monde « normal » et la Cosa Nostradamus — accord qu'on pouvait résumer par : *Si vous nous ignorez nous vous laisserons tranquilles* — avait été sérieusement ébranlé, peut-être même détruit. La campagne de haine promulguée avec une hargne obstinée par des forces anti-magie avait provoqué tout cela ! Des factions à l'intérieur même de la Cosa avaient participé en toute inconscience à cet enchaînement fatal, simplement parce qu'elles voulaient accroître leur pouvoir et leur influence.

Les problèmes politiques à l'intérieur de la Cosa avaient été résolus, ou du moins apaisés pour un temps. Mais les forces extérieures hostiles restaient là, représentant un danger bien réel. Les vigiles rassemblés sous la bannière *Humains d'Abord* qui harcelaient encore aujourd'hui les membres de la Cosa utilisateurs de magie et leurs cousins non-Humains, les Fatæ, ne représentaient pas l'ennemi réel. Il s'agissait de troupes de choc employées sans le savoir par une organisation nettement plus à craindre, disposant de beaucoup de moyens : le Silence.

Cette même organisation pour qui le partenaire de Wren — ou plutôt son ex-partenaire — avait autrefois travaillé. Wren avait même brièvement suivi son exemple quand ce groupe prétendait encore œuvrer pour la protection des innocents, la préservation de la Lumière et de la Vertu. Sans oublier les majuscules.

L'honnêteté foncière et parfois malvenue de Wren la forçait à reconnaître qu'elle avait une fâcheuse tendance à la caricature. Le monde n'était jamais une étude en noir et blanc. Tout comme les membres du Conseil des Mages ne méritaient pas tous forcément le titre de meurtriers psycho-rigides assoiffés de pouvoir — cette qualification s'appliquant tout de même à la plupart d'entre eux — tous ceux du Silence, cette société secrète vieille de près d'un siècle, ne donnaient pas forcément dans le fanatisme religieux, la haine viscérale et inexpugnable de la magie.

Tous les membres non, mais leurs dirigeants si. C'est eux qui ordonnaient le passage à l'acte. Eux qui avaient recruté des dizaines de jeunes Talents et leur avaient fait subir un véritable lavage de cerveau pour les retourner contre les leurs, en faire des armes vivantes !

Eux qui avaient monté des gens parfaitement ordinaires contre les Fatæ et avaient indirectement causé la mort d'innocentes créatures pourchassées sans merci, déchiquetées par des chiens, écrasées par des voitures.

Eux qui avaient juré d'éradiquer ce qu'ils considéraient

comme « l'abomination », la Cosa Nostradamus, les êtres qui usaient de magie.

Mais en ce beau matin, le premier mardi de mai, Wren n'avait rien à faire du Conseil, du Silence, ou de quoi que ce soit qui n'était pas en rapport avec elle-même. En ce moment même, elle était en train de lacer des chaussures pratiques, sans talon, qui allaient parfaitement avec son pantalon de toile et son sweat de coton. Elle sortait travailler.

La vie en temps de guerre ne signifiait pas forcément l'oisiveté !

— Hé, tu veux un peu plus de café ? demanda une voix.

Wren secoua la tête.

— A mon retour.

Elle se sentait parfaitement alerte ; aucun besoin d'augmenter son taux de caféine.

Le Démon opina et but une petite gorgée de la tasse sans anse qu'il tenait dans sa patte recouverte de fourrure blanche. Ses épaisses griffes noires ressortaient sur la céramique bleu pâle du récipient porteur du logo en forme de vague de la Galerie Didier. C'était la dernière tasse de ce genre que Wren possédait : l'autre avait été brisée au cours d'une soirée d'adieux organisée pour des amis la semaine passée.

La plupart des Fatæ qui ne pouvaient pas se faire passer pour Humains avaient quitté la ville depuis longtemps, pour se réfugier chez des amis ou dans des refuges bénévoles. Les Solitaires, qui avaient toujours le mot pour rire, avaient surnommé ce réseau de solidarité le Train-Fantôme à Fourrure, sans tenir compte du fait qu'un bon tiers des Fatæ étaient recouverts d'écailles, et un autre tiers de peau toute simple. Les Solitaires — les membres humains de la Cosa refusant l'autorité du Conseil des Mages — faisaient face au danger avec courage et un puits apparemment sans fond d'irrévérence.

Leur courage avait étonné Wren. Leur irrévérence, en revanche, elle s'y attendait. On devenait un Solitaire en refusant la ligne du parti et en saisissant toutes les occasions de la distordre.

O.P. n'avait pas envisagé un instant de partir. Pourtant son apparence trahissait tout de suite sa nature magique et faisait de lui une cible évidente. Il avait tout de même accepté de quitter durant la crise son appartement en sous-sol, dans un quartier miteux où les vigiles patrouillaient trop souvent, pour emménager chez Wren. Le trois pièces était bien trop petit pour abriter confortablement deux personnes tenant à leur espace personnel, mais un autre Talent vivait plus bas dans le même immeuble. Wren et Bonnie parvenaient à elles deux à assurer la sécurité du Démon.

Du moins l'espéraient-elles.

Ces temps-ci, la sécurité constituait une notion toute relative.

— J'y vais, annonça Wren.

Elle récupéra son blouson de cuir posé sur le dossier d'une chaise et l'enfila. Ce pauvre truc était au bout du rouleau, plus qu'elle encore, mais il était aussi confortable que de vieilles pantoufles.

O.P. haussa les épaules.

— Et alors ? Vas-y. Toujours d'accord pour le cinéma ce soir ?

— Oui, Bonnie et Jack nous retrouvent ici. On dînera après.

En temps de guerre, on ne renonçait pas forcément

à toute vie sociale. Mais on sortait toujours en groupe ; armé la nuit.

— Tu as…

O.P. ne se permit même pas d'aller au bout de sa pensée ; de là à finir sa phrase…

— Non, répondit quand même Wren.

Elle déverrouilla les quatre serrures de sa porte blindée, puis laissa derrière elle l'appartement et la question non posée.

Une fois seul, le Démon connu sous le nom d'O.P. secoua la tête. Il s'était efforcé toute sa vie d'éviter les conflits, les complications, les imbroglios inutiles, et voilà qu'il se retrouvait associé à une femme qui refusait ce qui pouvait lui arriver de mieux. Qui avait prononcé le mot *kharma* ?

Bon, il ne pouvait pas complètement l'en blâmer. Sergueï Didier avait agi en héros au cours de la Bataille du Pont en Feu, mais seul O.P. le savait. Et c'était Didier qui lui avait demandé de ne rien dire. L'Humain avait sûrement ses raisons, mais cela ne rendait pas pour autant la séparation entre Valère et Didier plus facile à vivre.

« Elle se débrouillera mieux sans moi… »

L'amour qu'éprouvait Sergueï pour Wren le rendait aveugle sur bien des points. Après ce désastre du Pont en Feu, la Cosa manquait de dirigeants. Ils essayaient de travailler ensemble, d'être solidaires, mais O.P. avait déjà été témoin de ce genre de situations et pouvait voir que ça s'annonçait mal. Ils avaient besoin de la Récupératrice et elle ne voulait pas qu'on ait besoin d'elle. Le Démon avait essayé en vain de lui faire comprendre l'importance de sa participation. Le seul à avoir une chance de la convaincre était son partenaire. *Ex*-partenaire. Dans tous les sens du terme.

Il faudrait faire quelque chose à ce sujet également. Pour le bien de la Cosa et le confort d'O.P. Non seulement Wren se révélait beaucoup plus agréable à vivre quand elle pratiquait régulièrement le sport en chambre, mais Didier était le seul dans l'immeuble (à part Bonnie) à savoir cuisiner.

En descendant la rue jusqu'à l'arrêt du car, Wren considéra les derniers mots du Démon à son adresse, avec ses sous-entendus, et les rangea là où elle n'aurait pas à les examiner. Sergueï et elle... ça valait mieux ainsi. En mettant de côté tout ce qu'il y avait entre eux (déjà un sacré morceau), il fallait reconnaître qu'il ne s'était pas montré tout à fait honnête avec la Cosa — avec elle, Wren ! — au sujet du Silence. Il avait gardé pour lui l'information dont ils avaient besoin pour se protéger, ceci au nom d'une loyauté qu'il jurait ne plus éprouver pour son ancien employeur.

C'est vrai qu'en fin de compte on l'avait lavé de tout soupçon, c'est du moins ce dont Wren avait l'impression, mais la Cosa dans son ensemble se méfiait énormément de lui, et la Récupératrice ne pouvait se permettre d'être associée à un individu aussi louche. Pas si elle voulait se sortir de toute cette histoire.

La Cosa avait fait appel à elle, non pas une mais deux fois. Elle lui avait confié des responsabilités qu'elle n'avait jamais souhaitées. Et maintenant des gens étaient morts. Des amis ! La ville qu'elle aimait était coupée en deux, tout cela parce que le Silence haïssait tout ce qui n'était pas, à ses yeux, purement humain, et parce que la Cosa ne faisait confiance qu'aux siens.

Sergueï assurait qu'il en avait fini avec le Silence, depuis des années. Mais, à la Bataille du Pont en Feu en janvier, il s'était trouvé sur les lieux. Et personne, en tout cas pas elle et certainement pas O.P., ne lui avait dit qu'il se passait quelque chose.

Cela faisait mauvais effet, malgré le talent de Sergueï pour s'expliquer. Mauvais effet sur le moment, mauvais effet maintenant.

Deux policiers se tenaient au coin de la Huitième Avenue. Ils semblaient décontractés, un œil sur la circulation du début de matinée et l'autre sur les piétons, mais, pour Wren, repérer ce qui ne se voyait pas au premier coup d'œil faisait partie du métier. C'était comme s'ils lui avaient crié leur malaise.

La police était encore un peu nerveuse après le Pont en Feu. Elle avait compté pendant des décennies des Fatæ dans ses rangs, jusqu'à ce qu'on se mette à les examiner de plus près. La plupart des anciens se souvenaient encore nettement, et souvent avec affection, d'un ou deux coéquipiers, disons… un peu bizarres. Mais ils n'apprécieraient guère maintenant qu'on leur rappelle ce maudit matin d'hiver où d'autres collègues avaient eux aussi été blessés.

Cette tension palpable un peu partout inquiétait Wren. Elle aurait préféré qu'O.P. suive l'exemple de beaucoup de ses congénères et aille traîner sa carcasse loin de la ville. D'anciennes loyautés et quelques bons souvenirs ne pesaient guère après un aussi cruel événement. Le calme actuel n'était pas une garantie de paix pour l'avenir. Wren ne risquait pas de l'oublier : elle ressentait en permanence une espèce de tiraillement nerveux, à l'état de veille et même parfois, pendant son sommeil.

Le car arriva et elle y monta. Elle se glissa entre les rangs des autres passagers jusqu'à un endroit où elle pouvait s'appuyer contre le dossier d'un siège sans risquer de se faire bousculer à chaque arrêt.

Les voyageurs portaient des mallettes ou des sacoches pour ordinateurs portables. Elle n'avait qu'un sac en bandoulière de toile jaune qui n'était pas de la première jeunesse, et un jeu d'outils de monte-en-l'air rangés dans un étui de cuir attaché sur son ventre, à même la peau. On pouvait détailler les cuisses du regard ou palper le dos, mais en général même le plus audacieux des agents de sécurité ne se risquait pas à toucher l'estomac d'une femme. A moins que la femme en question ne soit déjà sérieusement dans la mouise, auquel cas quelques malheureux outils n'y changeraient pas grand-chose.

Wren ressentait un besoin constant d'aller évaluer son noyau, simplement pour se réconforter. Etablir la connexion avec son noyau, l'endroit où le Courant vivait en elle, ce qui faisait d'elle un Talent, lui calmerait les nerfs, apaiserait ses doutes. Non pas parce que c'était une sensation rassurante — loin de là —, mais parce que, ce faisant, elle serait obligée de se concentrer sur son Courant et que cela chasserait toutes ses autres préoccupations. Quand on allait dans le noyau, soit on gardait son calme pour pouvoir exercer le contrôle, soit on perdait pied. Et quand cela se produisait… Ce niveau de maîtrise devait devenir instinctif avant qu'on laisse voler un Talent de ses propres ailes. Mais elle ne pouvait se permettre cette opération ici.

A moins de vouloir surcharger le moindre ordinateur portable, montre électronique, téléphone, baladeur dans le car. Oui, son contrôle restait solide… mais pas ses émotions.

Je te déteste, Didier. Tu m'as obligée à t'écarter de moi ! J'ai besoin de toi, espèce de maudit imbécile égoïste et arrogant !

Elle avait compté sur lui ; il avait failli à sa confiance.

Wren descendit du bus et se fraya un chemin dans la foule de Times Square. Même à cette heure-ci il y avait des touristes ; il y avait des touristes à n'importe quelle heure ! Ils n'auraient pas autant dérangé Wren si au moins ils avaient su marcher. On ne s'arrête pas au milieu du trottoir pour discuter avec ses dix meilleurs copains ; on ne gesticule pas avec son appareil photo comme avec un bâton de majorette ; et surtout on ne reste pas planté là, le portefeuille ouvert, à compter sa monnaie après avoir acheté un beignet à un marchand ambulant !

Elle fourra la poignée de billets dans sa poche presque sans y penser et décida que l'appareil photo ne l'intéressait pas. Qu'est-ce qu'elle en ferait ? Son seul contact avec ces engins datait de son enfance, quand elle se cachait à chaque fois que le copain du moment de sa mère voulait lui tirer le portrait.

Sa proie se trouvait un peu plus loin : le Théâtre Taylor, une petite salle de spectacle qui s'accrochait à la dignité de sa façade Art Déco récemment restaurée. Broadway ne brillait pas par la modestie, mais ne manquait pas de classe pour autant, même drapée de néon et crépie de publicités de six étages de haut pour des sous-vêtements. L'immeuble du Taylor suait la classe par toutes ses pierres.

Wren adorait vivre à Manhattan, et appréciait tout particulièrement les promenades à Times Square. Il existait une règle tacite connue de tous les Talents de New York : on ne se recharge pas à Broadway. Les néons, les innombrables lumières, les kilomètres de câbles, les générateurs électriques, tous portaient une pancarte invisible *Bas les pattes !* C'était comme pour les hôpitaux ou les centrales nucléaires : ça ne se faisait pas, voilà tout.

Ce qui n'empêchait pas de se sentir ré-énergisé par le seul fait de marcher sous ces lumières palpitantes, ces pulsations *ruisselantes*. Wren les laissa la traverser sans chercher à détourner la moindre parcelle de ce Courant qui faisait scintiller l'atmosphère. C'était bientôt l'été, il y avait eu un orage le week-end précédent ; son noyau se trouvait rassasié, prêt à l'action.

On lui avait confié le travail deux jours auparavant : l'ami d'un ami d'un client précédent. Une petite récupération en douceur, rien de bien méchant. Celle d'une babiole qui possédait une valeur sentimentale pour le commanditaire, un porte-bonheur détenu pour l'instant par un autre acteur.

Les acteurs ! A côté d'eux la Cosa aurait semblé un parangon d'équilibre et de raison.

Fut un temps, Wren aurait grogné contre une telle tâche qu'elle pouvait accomplir en dormant. A une époque elle vivait pour l'adrénaline qui montait en elle quand elle se montrait plus habile que le système de sécurité et les *équipes* de sécurité, quand elle s'échappait en possession de ce qu'on avait voulu protéger…

Mais à présent elle travaillait pour payer son loyer et ne pas se sentir oisive. Elle avait eu son content d'adrénaline.

Enfin, au moins n'avait-elle pas à se faire de souci pour entretenir O.P. Les coursiers Démons ne se trouvaient jamais en sous-emploi, notamment en ces temps de malaise et de méfiance. Au contraire, à présent qu'il vivait chez elle, c'était lui qui se chargeait de l'approvisionnement sur ses propres deniers.

On accordait vraiment la Carte Bleue à n'importe qui.

Wren passa devant le théâtre. Ses yeux l'examinèrent sommairement, une petite décharge ciblée de Courant. Rien ne semblait anormal ou déplacé.

Elle tourna le coin et entra chez le marchand de vin où elle consacra quelques minutes à faire semblant de comparer les prix des vins rouges en tête de gondole. Tout ce que Wren savait du vin, c'est qu'en général elle trouvait bon celui que proposait Sergueï, mais flâner dans un magasin comme celui-ci était un bon moyen de passer le temps. Les gens pouvaient prendre des heures pour choisir leur vin, et les vendeurs vous laissaient tranquilles si vous paraissiez sérieux. Ils venaient vous voir seulement quand vous cherchiez à croiser leur regard.

Cinq minutes plus tard, elle secoua la tête, l'air déçu du choix proposé, ressortit du magasin et retourna vers le théâtre.

Il existait trois méthodes différentes pour entrer dans un bâtiment où on n'était pas censé se trouver. Se glisser par une issue incongrue : fenêtre, égout, vasistas, quai de chargement. (Une fois, Wren avait même utilisé un conduit de livraison de bière.) Passer carrément par la porte principale, l'air assuré, en espérant que personne ne pose de question. Ou bien repérer une entrée fréquemment utilisée et se mêler à la foule.

Un Récupérateur pouvait employer une quatrième méthode : se rendre invisible.

Elle avait un jour essayé d'expliquer à Sergueï que pour y arriver, il suffisait de s'effacer avec beaucoup de conviction. C'était une pratique assez courante, en fait, qui consistait par exemple à espérer que la police arrêterait la voiture de derrière quand on avait commis un excès de vitesse, ou que le professeur de gymnastique allait choisir quelqu'un d'autre pour sa Démonstration, ou que le clochard dans le métro allait s'asseoir à l'autre bout du wagon. Avec du Courant et de l'habitude, on y arrivait mieux que le commun des mortels.

Infiniment mieux encore si on s'appelait Wren Valère. Certains jours elle aurait voulu voir toutes les têtes se tourner sur son passage, mais ce don d'effacement était toute sa vie.

Il se passe
Que leur vision
Est obscurcie

Deux jeunes gens passaient près d'elle ; au dernier mot de la ritournelle, le plus proche trébucha et tomba à genoux avec un cri d'effroi.

Son ami vint près de lui et changea son café de main pour l'aider à se relever.

— Charlie, ça va ?

— Non ! Tout est devenu noir !

Wren eut une grimace mais ne ralentit pas. Elle ouvrit la porte métallique du théâtre et se glissa dans l'entrée. Elle n'avait pas voulu que ses mots fassent un tel effet ! Avec un peu de chance, ce serait temporaire.

Baisse d'un cran. Tu es trop stressée ! Il ne s'agit pas d'un combat mais d'un simple boulot. Agis en finesse. Ne laisse pas ton Courant prendre le contrôle, c'est toi qui commandes.

Exact. Wren resta immobile un moment et ajusta le Courant en elle. Trop était aussi mauvais que trop peu. Ça pouvait même être pire : on pouvait perdre son contrôle sur le Courant en un clin d'œil… Pour l'instant il ressemblait aux néons à l'extérieur, il luisait en elle, dans ses os, la faisait penser à un nœud de serpents frétillants. Il était toujours agité juste avant l'action.

Contrôle ! Il t'en faut juste un peu. Le reste dort…

Selon la toute dernière théorie dont Bonnie, sa voisine Talent, lui avait parlé, il y avait un mucus bizarre au cœur de chacune de leurs cellules, qui permettait à leurs corps de conduire et de stocker le Courant. Cela ne correspondait pas vraiment à la vision mentale que la Récupératrice avait du noyau : une fosse sèche emplie de musculeux serpents de néon… mais cela paraissait très plausible. Et dégoûtant. Elle préférait penser à cette capacité comme à une application du contrôle de soi.

Contrôle.

Wren se détendit un tout petit peu et se sentit presque normale.

A présent elle n'appellerait que la quantité de Courant nécessaire. Elle se remit en marche.

En réalité, il n'y avait qu'à aller prendre l'objet. Aucune malédiction ne devait intervenir, aucune entité semi-consciente, pas le moindre système de sécurité magique ou technique. Pas même des gardiens âgés et à moitié endormis. Elle ne trouverait sans doute dans le bâtiment que les acteurs et les gens de la régie d'une pièce jouée à Broadway, la tension due à un trac ordinaire, et une flasque en argent gravée d'une fleur de lys. Si Wren avait beaucoup de chance, le récipient contiendrait quelque chose de puissant… et elle ne pensait pas à un sort magique.

Elle ne comprenait pas pourquoi le client avait besoin d'une Récupératrice pour cette opération, mais elle savait qu'employer ses services était devenu une question de prestige. Payer pour un vol, n'importe qui pouvait le faire ; s'offrir La Wren pour une récupération valait beaucoup plus !

Quels crétins ! Mais si le chèque était honoré, elle voulait bien appeler le client *Monsieur* Crétin.

L'entrée où elle se trouvait tenait les promesses de la façade : velours rouge, dorures, hauts plafonds, l'odeur discrète mais inimitable d'un système d'aération surchargé. Pas mal quand on aimait les vieux bâtiments.

Les plans du théâtre qu'elle s'était procurés indiquaient un grand sous-sol juste en dessous de la scène. On l'utilisait sans doute pour le transport des décors et les mouvements des acteurs, dans la mesure où il n'y avait pas vraiment de coulisses. En principe ce qu'elle cherchait se trouvait là.

Si Sergueï…

Sergueï n'est pas là.

Mais s'il était là, tu serais sûre. Il aurait obtenu l'information par un de ses contacts…

Ses contacts dans le Silence ?

La voix intérieure se tut. L'argument était imparable.

Ce n'est pas à cause du Silence que…

Bon sang, ça suffit !

La voix se tut de nouveau, mais ce qu'elle avait commencé à dire n'en restait pas moins vrai. Ce n'était pas à cause des relations de Sergueï avec le Silence qu'elle ne répondait jamais aux messages que, quelques semaines auparavant encore, il laissait sur son répondeur. Les autres pouvaient le penser, mais elle savait bien que non. Tout comme lui.

Sergueï ne pouvait pas se passer de la sensation que lui donnait le Courant de Wren ; surtout quand ils faisaient l'amour. Le Courant accumulé quelque temps dans le noyau d'une personne prenait sa *signature*, l'être de son utilisateur. C'était cela qu'il voulait, la sensation de l'essence profonde de *Wren* en lui.

Le problème venait du fait que Sergueï n'était pas un Talent, mais un Ignorant. Le Courant nuisait aux Ignorants.

Il les tuait.

Sergueï le savait bien, mais il voulait tout de même cette sensation. Il demandait à Wren de la lui fournir.

Et elle obéissait ! Parce qu'elle ne savait pas lui refuser ce dont il avait tellement envie, et qui était lié si intimement à ses sentiments pour elle.

C'est pourquoi elle s'était résolue à ne plus le laisser l'approcher. En rompant avec lui, elle lui sauvait la vie.

Elle pouvait tout lui pardonner — tout ! — mais pas de l'utiliser *elle* pour se tuer.

— Qui a laissé cette fichue porte ouverte ?

Un homme très grand vêtu de noir, avec des cheveux roux coiffés en une longue queue-de-cheval, marcha rapidement jusqu'à la porte qu'avait franchie Wren et la claqua bruyamment.

— Ces imbéciles croient que, parce que c'est le printemps, on a déjà arrêté le chauffage ? Les acteurs ! Pire que les acteurs il n'y a que les musiciens, et pire que les musiciens, la régie...

Il repartit tout aussi brusquement en marmonnant dans sa barbe des imprécations contre les irresponsables avec qui on l'obligeait à travailler.

— Monsieur le directeur, je présume, supposa Wren, amusée.

Elle n'avait jamais fréquenté le monde du théâtre, mais une de ses amies de fac avait évolué un temps dans cet univers. Entre les histoires de Suzy et celles de Sergueï sur les artistes qu'il exposait dans sa galerie, elle avait pu se faire une idée du fameux « tempérament artistique »...

Son unique ami dans ce milieu s'appelait Grand-arbre, c'était un sculpteur aussi calme et équilibré que ses œuvres. Sans doute parce qu'il était aussi un Talent : travailler le métal en employant le Courant vous rendait prudent, sinon on mourait.

Wren eut un pincement au cœur. Il avait péri de toute manière, non ? Il y avait eu tellement de morts…

Concentre-toi.

Une autre voix intérieure, sévère. Celle qu'elle entendait bien trop souvent dans ses rêves ces derniers temps. Une voix sans pardon, qui ne voulait pas la laisser en paix. Pas celle de quelqu'un en particulier, mais une combinaison : la voix des Talents et des Fatæ morts qui voulaient la mener en des lieux, la pousser à des actes qu'elle refusait.

Dégage, répondit-elle à cette voix avant de suivre le directeur à l'intérieur du théâtre, dans la salle obscure.

Le plan montrait un accès au sous-sol sur la gauche, juste derrière le pilier. Wren jeta un coup d'œil pour vérifier que personne ne se trouvait alentour, puis sauta sur la scène, en prenant bien garde de ne pas faire de bruit. Elle était invisible, sans doute, mais on pouvait l'entendre.

— Bon, une porte. Où ça ? Qu'est-ce qui ressemble à une porte, ici ?

La porte en question se voyait sans doute comme le nez au milieu de la figure pour les habitués. Pas pour Wren.

Mais elle disposait de son Talent.

Vers le bas

Je vais là

Guide-moi

Heureusement les ritournelles n'étaient pas censées ressembler à des poèmes immortels ! Les mots devaient simplement permettre une meilleure concentration. De petites étincelles bleues surgirent du bout des doigts de la Récupératrice, cousines ténues des néons qui clignotaient à l'extérieur, et se mirent à flotter sans hâte.

— Un peu plus vite, d'accord ? dit-elle pour les encourager.

Les lueurs réagirent en augmentant leur intensité et en se dirigeant droit vers un endroit du mur, à gauche du pilier. Elle les suivit.

Les lumières se disposèrent sur le mur de manière à délimiter une porte étroite.

L'entrée du sous-sol.

Wren leva la main et rappela à elle ce Courant bleu. Il ne fallait laisser aucune trace au cours d'un travail. Elle avait été négligente parfois, mais, avec Bonnie qui vivait dans le même immeuble qu'elle, elle s'était rendu compte qu'un E.P.P.I. — Enquêteur Privé et Paranormal Indépendant — pouvait découvrir énormément de choses à partir d'une infime portion de Courant signé ! Celui dont Wren disposait en ce moment avait séjourné suffisamment longtemps dans son noyau : son « goût » personnel y serait perceptible pour quiconque voudrait se donner la peine de l'étudier.

Elle examina l'huis, à l'affût d'une sensation anormale indiquant qu'un quelconque système d'alarme y était attaché. Rien. Pour autant qu'elle puisse dire, il ne s'agissait que d'une banale porte en bois. Deux possibilités s'offraient à elle : vite ou lentement ? Si elle l'ouvrait lentement, elle risquait de provoquer un de ces grincements à vous vriller l'âme. Mais si elle l'ouvrait vite, n'importe quoi pouvait arriver. D'une manière ou d'une autre, elle risquait d'alerter du monde.

— Tant pis, dit Wren en ouvrant la porte normalement.

Le battant bougea sans un bruit. Une lumière noire s'alluma tout de suite et éclaira un escalier. La Récupératrice fronça les sourcils, surprise, puis comprit qu'ainsi personne sur scène ou dans le public ne risquait d'être distrait par une lueur imprévue. Bonne idée. Elle allait faire des essais une fois revenue chez elle, et voir si elle pouvait créer l'équivalent avec du Courant. Ce serait pratique d'arriver à faire ça. Peut-être même pourrait-elle vendre le procédé… Si elle trouvait le moyen de stocker la chose, comme certains Talents faisaient avec les sorts de Téléportation. Sorts dont le prix était vraiment scandaleux, et auxquels elle ne faisait appel que quand elle n'avait pas le choix, sans compter qu'ils devaient être fabriqués sur mesure et qu'ils ne se conservaient pas bien. Mais une lumière noire créée avec du Courant… Hé, une *lumière*, tout simplement, prête à l'emploi !

Tu t'en occuperas plus tard. Ce n'est pas parce que ce boulot est élémentaire qu'il ne mérite pas ton attention ! Quand tu te sens trop sûre de toi, tu as souvent des ennuis, rappelle-toi.

L'escalier se révélait étonnamment agréable à descendre : une espèce de caoutchouc recouvrait les marches ; il étouffait le bruit des pas et en outre évitait de glisser.

En bas, le sous-sol était plus large que Wren n'aurait cru. A la place du tunnel auquel elle s'attendait, elle découvrit une grande salle voûtée avec un éclairage moderne au plafond. L'air frais et sec ne sentait pas du tout le moisi grâce à un système de ventilation.

Bonne idée, là encore. Avec quelques travaux on pouvait sûrement faire de l'endroit un espace de vie branché et gagner une fortune !

Bon, arrête un peu avec tes plans pour gagner de l'argent, Wren. Au travail !

Elle s'adossa au mur. Le froid de la pierre pénétrait son blouson de cuir. Donc, elle était venue par là, faisait face à cette direction… Elle trichait, bien sûr, grâce à la pulsation des lumières de Times Square qu'elle ressentait jusqu'ici, mais on faisait avec ce qu'on avait. Elle savait où elle allait, maintenant. Wren sortit ses outils de sa pochette et avança avec assurance.

Il n'y eut aucun signal d'avertissement. En un clin d'œil elle se retrouva plaquée au mur, mais cette fois avec un avant-bras musclé en travers de la gorge, et la chaleur d'une haleine étrangère en pleine face. L'homme avait un masque de tissu blanc sur le visage, qui ne laissait voir que ses yeux noirs.

Elle riposta comme elle avait appris à le faire : vite, sans hésitation, mais en portant un coup non mortel. Son mentor, John Ebeneezer, avait pour principe d'éviter de tuer les gens. Ni les années passées avec Sergueï et sa philosophie de « survie à tout prix » ni l'indifférence nonchalante d'O.P. vis-à-vis de la vie humaine n'avaient pu complètement éliminer cette leçon acquise de bonne heure.

Wren n'essaya même pas de repousser physiquement son agresseur. Elle était en forme, mais son pouvoir ne résidait pas dans la force brute des muscles. Elle alla chercher rapidement dans son noyau. Des serpents trapus, rouge vif et or, coulèrent le long de son bras, trop rapides pour ses yeux. Il y avait là de quoi mettre n'importe qui à terre en faisant crépiter chacun de ses poils.

L'homme sursauta, poussa un grognement, mais ne la lâcha pas. Et il ne se retrouva pas du tout assis par terre, comme elle l'espérait. Il gifla Wren, assez durement pour lui brûler la joue et lui brouiller la vue.

— Elle m'a allumé ! dit-il à quelqu'un près de lui. L'idiote !

Il relâcha un peu sa prise, mais Wren n'eut pas le temps d'en profiter : d'autres mains l'écartèrent brutalement du mur et la forcèrent à s'agenouiller. Cette position lui permit de remarquer que les deux hommes portaient des bottes de travail à semelle épaisse, et des pantalons de toile vert sombre.

Puis une troisième paire de bottes entra dans son champ de vision. Au moins trois assaillants, donc… Bon sang ! Deux n'auraient posé aucun problème. Mais ses assaillants s'attendaient vraisemblablement à la voir utiliser du Courant. Ils s'étaient prémunis en se servant de caoutchouc. Il y en avait dans leurs semelles, sans doute aussi dans les fibres de leurs vêtements. Au moins assez pour absorber un choc non mortel. On trouvait facilement ce genre de fournitures dans les magasins spécialisés. Ils connaissaient les Talents. Et ils n'avaient pas l'air franchement amicaux.

On la poussa et elle se retrouva face contre terre.

Pas amicaux du tout. Du calme, Valère. Ne t'énerve pas. Bon sang, tu aurais dû prendre le bâton-qui-pique.

Un filament tout fin de Courant s'étira depuis son noyau, imprégné le plus possible de sa signature personnelle. Elle l'envoya dehors, dans la rue, en quête de quelqu'un qui pourrait l'entendre. Il y avait des gens qu'elle pouvait atteindre n'importe où en ville, mais, le temps qu'ils comprennent ce qu'il lui arrivait, il serait sans doute trop tard.

Le filament ne trouva à l'extérieur que des Ignorants. Pas de Fatæ ni de Talent.

On dirait que tu vas devoir te débrouiller toute seule. Pourtant, en principe, la Patrouille parcourt toujours les rues.

Et ceux-là, ses agresseurs, d'où sortaient-ils ? Etaient-ce des imbéciles tombés sur elle par hasard ? Mais non, ils s'étaient préparés. Ils ne faisaient pas partie du Conseil, et elle ne pensait pas non plus qu'ils aient eu pour tâche de protéger l'objet qu'elle devait récupérer. Ce qui laissait une seule possibilité.

Des Vigiles. Les chiens courants du Silence. Bon sang, ils ne me ficheront donc jamais la paix ?

— Vite ! pressa l'un d'eux. Finissons-en.

Wren restait immobile, elle essayait d'analyser leurs voix. Celui qui venait de parler devait être un ténor. Le nez un peu encombré, comme s'il avait pris froid. Il n'était pas du coin ; les voyelles ne correspondaient pas au parler local.

— Y a personne ici, répondit le deuxième, agenouillé près d'elle à présent.

Wren réprima un frisson en sentant la main de l'homme à plat sur son dos, juste au-dessus de sa taille.

— Ils sont tous en haut en train de se faire maquiller, reprit l'homme.

Lui semblait de New York. Sans doute de Staten Island. Sa main remonta le long du dos de Wren qui frémit. Ce contact était hostile et pas innocent du tout. Elle ne voulait pas penser aux intentions cachées de l'individu.

Sergueï était le dernier à avoir eu un contact significatif avec elle, lors de la dernière nuit qu'ils avaient passée ensemble. Ce type à la main baladeuse n'avait pas le droit de la toucher ainsi.

Le troisième ne disait rien. Il restait debout, immobile, il devait observer la scène. Mais Wren l'entendait respirer. Il semblait avoir du coffre, et sans doute le poids qui allait avec.

— Je me demande si c'est vrai, ce qu'on dit d'eux ? Quel gâchis, de jeter tout de suite cette petite chose, on pourrait la récupérer !

L'homme à genoux rit après avoir parlé. Wren se sentit de plus en plus nerveuse. Voilà qu'il avait ses deux mains sur elle à présent, une sur chaque épaule. Et en plus il pesait sur son dos. Avec sa jambe peut-être.

Oh non !

Maintenant elle était vraiment en colère. Les serpents dans son noyau glissaient les uns sur les autres ; leurs écailles sèches, rugueuses, laissaient échapper en sifflant de l'électricité statique.

Pas ça !

— Non, Georges.

Georges. Wren ne risquait pas d'oublier ce nom. Le gars du coin s'appelait Georges. Quels idiots de révéler ainsi leurs noms !

Elle eut alors un grand frisson : ils n'étaient peut-être pas stupides... Ils ne faisaient pas attention à ce qu'ils disaient parce qu'elle ne serait bientôt plus là pour le raconter !

Oh non !

Les pièces du puzzle se mettaient en place. Leurs paroles lui revenaient en mémoire : « Ce qu'on dit d'eux » et juste après : « On pourrait la récupérer ». Ils savaient qui elle était ! Ils avaient embusqué La Wren, et elle était tombée en plein dans leur piège.

Un piège où on l'avait sciemment envoyée ? Ce boulot était-il, en fait, une chausse-trape ? Ou bien...

On s'en fiche, Valère ! Sors de là !

— Allons, voyons si c'est vrai ce qu'on raconte ! reprit l'homme, les mains toujours sur elle.

Il changea de position et elle se rendit compte qu'il se tenait maintenant à cheval sur elle, assis sur ses cuisses. Puis il se pencha en avant et la recouvrit de tout son corps. Il était excité.

— On dit que ça secoue comme une prise électrique. Y a pas mieux !

Tu ne tueras point.

La phrase lui revint à l'esprit, en arrière-plan, tout doucement.

— D'accord, et tu sais ce qu'on dit d'autre ? Qu'ils ne sont pas humains !

— Et alors ?

Manifestement cela ne posait pas de problème à Georges. Il bougea encore, passa une main sous le ventre de Wren pour défaire la fermeture de son jean.

— Allons, file-moi un coup de main ! demanda-t-il. Je te laisserai y goûter après l'avoir vidée, si tu as les foies…

Mais l'autre ne semblait pas tenté.

— Si le Boss en entend parler, tu le regretteras. Et puis quoi, tu ne te rappelles pas ce qu'il y a eu avec la dernière qu'on a zappée ? Elle a failli t'arracher la tête ! Il faut d'abord l'abîmer, après tu pourras en profiter un peu juste avant qu'elle meure.

Georges ne s'arrêta pas pour autant.

— T'es malade ! protesta-t-il. Je vais pas me faire un cadavre. D'abord j'aime bien quand elles résistent. C'est plus marrant.

Il entreprenait maintenant de faire descendre le slip de Wren.

« La dernière qu'on a zappée… »

Ces mots résonnaient comme des échos dans sa tête, tintaient comme une timbale pleine de fèves. Ces bandits prenaient leur plaisir comme ça, ils croyaient avoir le droit de faire ce qu'ils voulaient parce qu'on leur avait dit qu'ils étaient supérieurs, qu'ils valaient mieux qu'*elle* !

Elle sentit monter la rage impuissante accumulée au cours des derniers mois, la colère qu'elle refoulait depuis un an… C'était comme une marée irrésistible qui gravissait les berges. Elle en avait assez de la réprimer, de ne pas pouvoir lâcher la bride à ses émotions contre un monde qui voulait sans cesse lui faire courber la tête.

Contrôle, se dit-elle encore. *Contrôle !*

Mais maintenant son noyau s'emplissait d'un bitume noir, le Courant faisait rage en elle de la tête aux pieds, elle sentait son sang battre comme un ressac. Elle ne sentait plus rien d'autre, elle avait oublié le monde extérieur. Elle se moquait même de ce qu'on pouvait faire à son corps ; elle luttait pour conserver un contrôle auquel elle n'était même plus sûre de vraiment tenir.

Le troisième homme prit alors la parole et arracha l'esprit de Wren à sa cage.

— Si vous touchez cet être je vous tue tous les deux.

Il avait l'air mortellement sérieux.

— Quoi, tu veux la protéger ?

Le bruit d'une lame de couteau qui jaillit… Les doigts de Georges s'immobilisèrent un instant.

— Ne te fais pas encore plus stupide que tu n'es, reprit le troisième homme. Tu es humain. Ne te souille pas.

— Enfin, tu ne le tuerais pas pour ça, quand même ?

C'était la voix de l'autre sbire, qui apparemment n'en croyait pas ses oreilles.

« La dernière qu'on a zappée. »

Tu ne tueras point…

Un souvenir : celui de cadavres sur le dos ou sur le ventre, étalés dans leur propre sang ; des flaques sombres sur de la neige sale. La vue des entrailles. L'odeur d'excréments et le gaz lacrymogène qui la faisaient hoqueter au milieu de ses larmes. Une limousine noire qui s'éloignait. Le visage de Sergueï, la représentation même de la tristesse.

Wren sentit céder quelque chose en elle, comme un mur de briques attaqué par un blindé ou un monticule de terre qui s'effrite. Elle s'efforça de maintenir la structure. Mais elle lui échappait des mains…

A l'aide !

Un éclair de Courant mauve surgit d'elle sans qu'elle l'ait voulu, fila dans l'éther comme une fusée de détresse. C'était le signal pour la Patrouille de la Trêve, s'il en restait quelque chose.

Demande d'assistance en bas ! Des Vigiles !

Ensuite elle se sentit tomber, sombrer dans le bitume poisseux, au sein d'une obscurité où même le Courant ne parvenait pas à briller.

Elle avait demandé de l'aide, mais ne l'attendrait pas passivement.

Ce n'était pas compliqué — presque instinctif, en fait —, il suffisait d'atteindre l'état de transe approprié. A une époque elle aurait dû d'abord se concentrer, s'ancrer, respirer profondément. Mais, au cours de l'année passée, Wren Valère avait utilisé chaque jour, rien que pour survivre et protéger son entourage, plus de Courant qu'en une semaine de travail. Ses capacités s'étaient accrues, sans qu'elle s'en rende compte. Maintenant il lui suffisait de se laisser aller, d'entrer dans son noyau.

C'est le son d'abord qui l'en avertissait : un glissement sinueux de serpent, des sifflements. La patience millénaire du Courant qui se nouait en boucles infinies.

Ensuite venaient les couleurs. Wren ouvrit ses *autres* yeux et les couleurs la consumèrent : des rouges sombres ou écarlates, des bleus royaux, des verts foncés, des mauves iridescents, des rais or et argent, et sous tout cela des corps sombres, d'une nuance qu'elle n'avait jamais pu nommer.

Puis la chaleur l'envahissait au plus profond. La chaleur de la pierre en fusion, de la lave qui s'élève de la terre.

Elle l'appelait, enjôleuse, voulait la faire s'abandonner, se détendre, entrer à tout jamais dans la fosse.

Si elle cédait, le Courant la détruirait. Dans le noyau, ce qui comptait c'était le contrôle.

Viens à moi, ordonna-t-elle.

Mais elle ne demandait pas un simple fil cette fois, comme d'habitude, ni même une tresse, mais *tout*. Le Courant s'éleva à son appel, se soumit à sa volonté. Il crépita dans ses veines, la gorgea de pouvoir.

Pas toi, ordonna-t-elle au plus sombre, au Courant poisseux comme le bitume.

Pas toi, répéta-t-elle.

Un instinct plus profond encore que son noyau l'avertissait de ne pas laisser surgir cette partie du Courant.

Elle se rendait plus ou moins compte entre-temps qu'on traînait son corps un peu plus loin. Des mains lui emprisonnaient les poignets, on posait un genou entre ses omoplates. Elle faillit éclater d'un rire dément. Qu'est-ce qu'ils s'imaginaient ?

— Arrête, enfin ! Je te paierai une femme, si tu veux. Ou même deux.

C'était encore le troisième homme qui parlait.

— Tue-la, c'est tout. Quand elle sera morte on pourra s'occuper de son protégé ; ensuite on aura fini.

O.P. ?

Les pensées de Wren s'affolaient. *O.P. !*

Le Démon savait parfaitement se défendre, ce n'était pas la question. Mais elle n'avait pas suffisamment préparé son boulot, n'avait pas été assez prudente, et maintenant ces pauvres imbéciles d'Ignorants, avec leur malheureux caoutchouc, leurs petits couteaux et leur arrogance de fanatiques, pensaient pouvoir l'éliminer ?

Ils se croyaient meilleurs qu'elle parce qu'ils étaient incapables de sentir le Courant autour d'eux ?

Elle eut de nouveau dans les narines la puanteur des excréments et du gaz lacrymogène. Le trait sombre de Courant dans son noyau profita de cet instant de distraction. Il se ramassa comme une bête fauve prête à bondir, puis, devenu une lave noire, surgit dans l'échine de Wren.

La sensation de puissance l'enivra quand son noyau tout entier affleura, crépitant, grondant. Il ne s'agissait plus de serpents à présent, mais de dragons, les ailes déployées, crachant le feu, mortellement dangereux.

Ils jaillirent d'elle, libres, puissants. Le corps chargé de toutes les couleurs de l'univers, le sang bourbeux, chaud, battant comme un tambour. Le tonnerre grondait autour d'eux, les grandes enclumes de Thor qui écrasaient les tempêtes s'en gorgeaient. Elles nourrissaient leurs rugissements du bruit de la foudre et du tambourinement des pluies glacées. Emportée par les éléments, trempée, Wren ouvrit la bouche et hurla avec les dragons, s'abandonna. Le Courant bondissait, jouait sur elle jusqu'à la transformer en un être antique couvert d'écailles…

Quelque part, dans un petit coin de son esprit où elle demeurait Wren, elle hurlait pour d'autres raisons, d'une voix dérisoire perdue au milieu du vacarme. C'était si facile, dans la rage apocalyptique de la tempête, d'oublier cette seule divergence, la voix de la peur. De la raison.

Puis une soudaine spirale l'entraîna vers le bas, vers la terre, se mua en pure vitesse, un éclair instantané fait d'un millier de dragons en état de rage infernale. C'était meilleur que tout, que le sexe, que tout ce qu'elle avait jamais pu imaginer. L'exultation fit se convulser son corps, la jeta dans un Courant vidé de ses couleurs, lui coupa la respiration, la plongea enfin dans l'inconscience.

3.

Wren ?

C'était calme là où elle se trouvait, calme et confortable, et elle en voulait à cette voix qui la dérangeait.

— Va-t'en, lui dit-elle en accompagnant ces mots de l'équivalent mental d'un geste de refus, comme pour écarter de son visage une mouche importune.

Wren ?

La mouche ne se laissait pas chasser.

Wren murmura un juron. Elle se sentait engourdie, ensommeillée. Elle bougea vaguement les doigts.

Ils étaient mouillés.

… Non. Ils tenaient quelque chose de mouillé.

Wren !

Cette fois le cri mental la réveilla vraiment. L'équivalent pour son cerveau d'une piqûre de frelon.

Du fond du brouillard dans lequel elle nageait, elle comprit d'abord que cette voix n'était pas la sienne. Quelqu'un la hélait, non loin. Mais pourquoi crier comme ça ?

— Ouais, répondit-elle, uniquement pour faire arrêter ce bruit.

On t'a entendue ! Comment ça va ? On arrive !

Les pensées exprimaient un sentiment d'urgence, de

peur ; des forces se rassemblaient, prêtes à accourir et à défoncer la porte.

— Hein ?

Wren était en pleine confusion. Puis la mémoire lui revint peu à peu. Elle faisait un travail. On l'avait attaquée, trois crétins de vigiles. Des abrutis. Ils voulaient la violer, puis la tuer, et alors…

Elle s'assit et regarda ce que tenaient ses doigts.

Quelques minutes plus tard, elle se retrouva blottie sur les marches, l'estomac vide, la gorge irritée de spasmes incessants de nausée. Le vaste sous-sol devant elle était jonché de restes humains méconnaissables, carbonisés par le Courant. Trois personnes avaient été annihilées.

Sa main serrait encore des morceaux poisseux de quelque chose qu'elle se refusait à identifier.

Wren !

La voix hurlait maintenant dans sa tête comme tout un nid de frelons.

Il restait à peine assez d'énergie à la Récupératrice pour répondre d'un ton plus mesuré.

C'est fini. Ça va…

Vraiment ?

Elle ne connaissait pas ce Talent, mais il n'avait pas l'air convaincu.

D'ailleurs il avait raison. Elle n'allait pas bien du tout. Et ça ne s'arrangerait pas de sitôt. Sa main poisseuse la grattait, elle se décida à la frotter très fort contre le mur.

Oui, ça va. Merci.

Elle interrompit la connexion mentale et resta assise, profitant quelques instants du silence revenu. Mais son répit fut de courte durée.

Tu as fait ce que tu devais faire.

Juste un chuchotement, pour se justifier, se rassurer.

Elle était quelqu'un de bien, après tout. On avait voulu lui faire du mal, elle s'était défendue. Personne ne pouvait le lui reprocher, personne ne le lui reprocherait.

Tu ne tueras point.

Wren n'avait jamais été quelqu'un de très pieux et n'avait jamais trop pensé au Dieu bienveillant de son enfance, pourtant certaines phrases lui revenaient. D'accord, on ne pouvait pas dire qu'elle soit une adepte du sacro-saint : « Tu ne voleras pas ». Elle ne se gênait pas non plus pour « convoiter le bien d'autrui » ou « prononcer le nom de Dieu en vain ». A vrai dire le moment était mal choisi pour repenser aux Commandements !

Ce n'était pas sa faute : on l'avait prise au piège. Elle en avait l'intime conviction. On — elle ne savait pas qui — on l'avait prise pour cible, peut-être la voyait-on comme un maillon faible de la Cosa…

Tu ne tueras point.

Wren serra les poings ; ses ongles, même coupés court, s'enfoncèrent dans ses paumes. Elle avait déjà tué, avait utilisé son Courant pour ça…

Chrome et sang, épuisement, douleur : ce que tu as ressenti après cette première rencontre catastrophique avec les vigiles. Des gobelets et des assiettes en plastique, du sang, de la chair, de…

Elle refoula le souvenir, le boucla dans une petite boîte. Stéphanie. La Solitaire traîtresse, qui les avait vendus à KimAnn Howe et au Conseil local. Wren faisait partie du groupe qui avait mis fin à ses agissements… en la tuant. Mais à ce moment-là elle n'était qu'un élément dans un ensemble ! Elle avait suivi un consensus établi tacitement, dans l'urgence, avait *participé*, avec d'autres, à l'élimination de cette femme. La décision de tuer avait été prise à plusieurs.

Cette fois, elle avait agi seule ; elle devait assumer la responsabilité de ses actes. Wren secoua la tête et frotta encore sa paume contre le mur, se concentrant sur la fraîcheur de la pierre sous sa peau.

Mais son malaise viscéral ne diminua pas pour autant, ni la conscience effrayante qu'elle n'avait pas utilisé le Courant : le Courant l'avait utilisée. Il s'était saisi de sa peur, de sa rage, de son épuisement. Elle avait complètement perdu le contrôle, avait tout oublié de son entraînement. Elle avait échoué ! Le Courant avait jailli d'elle, lui avait complètement échappé, l'avait emportée avec lui.

Jusqu'à… Elle avait… Seigneur.

Wren appuya son poing contre le mur et grimaça de douleur.

Ce qu'elle avait fait, ce qu'elle avait failli devenir… ! Son cœur cessa de battre pendant un instant. L'hystérie la menaçait, les vagues de nausée se muaient en un raz-de-marée qui risquait de l'emporter.

N'y pense plus. N'y retourne pas ! Ne…

Des portes claquèrent dans sa tête, son contrôle se raffermit, mura toute trace de cette abominable extrémité qu'elle avait atteinte. Et son cerveau psalmodia l'ordre à la moindre cellule de son corps :

N'y pense plus jamais, ne t'en souviens pas, ou tu deviendras vraiment folle. Une fois de plus.

Wren se détendit, desserra le poing. Elle remonta son pantalon. Son blouson de cuir était taché ; elle pensa machinalement à le déposer au pressing. Elle pouvait aussi le nettoyer grâce au Courant, mais…

Pas de Courant pour le moment.

Elle avait assassiné trois personnes.

Tu ne tueras point.

Elle aurait pu les mettre hors d'état de nuire sans les

tuer. Elle l'avait déjà fait auparavant, même à trois contre un. Elle avait su tenir tête à des cerbères infernaux ! Avait parlé à des fantômes menés par la soif de vengeance. Avait capturé des croquemitaines et même des banshees.

Ces trois-là n'étaient que des Ignorants. Trois Humains tout bêtes. Elle aurait pu se tirer d'affaire autrement ; elle aurait sûrement pu éviter ce carnage !

Les larmes ruisselaient sur ses joues, mais elle se sentait desséchée intérieurement. Dure.

« Ce n'est pas humain. Tue-la. »

Le souvenir des corps jonchant le Pont de Brooklyn.

Une petite Fatæ déchiquetée par un chien, et le maître du chien qui l'encourage.

Michaela, ses vives couleurs ternies, allongée immobile dans un lit au milieu de ses draps blancs. « Elle s'est endormie, elle ne se réveillera plus. Elle ne veut pas *se réveiller. »*

La mort partout, la souffrance. Wren n'en pouvait plus. Elle ne savait plus quoi faire.

Elle ferma les yeux et compta jusqu'à dix. Quand elle les rouvrit, rien n'avait changé.

— Assez. C'est trop.

Elle ne savait pas si elle interdisait à l'univers d'en rajouter, ou si elle le suppliait. De toute manière il n'écoutait pas.

Tant pis.

Elle se tourna vers les débris humains, eut un mouvement presque négligent de la main gauche. La peau des cadavres crépita et fut dissoute, les os tombèrent en poussière, le sang se réduisit à une tache antique, méconnaissable. Fini.

La flasque. Il te reste à récupérer la flasque.

Il fallait toujours finir le travail. C'était le mantra de Sergueï, le sien aussi.

Quelque chose de froid et d'humide, une espèce de

brouillard, s'installa en elle et couvrit son désert intérieur. C'était froid, pourtant ça lui tenait chaud, ça remplaçait ce qu'on lui avait pris.

— Non. Tant pis pour ça. J'ai mieux à faire.

O.P. se sentait fourbu, sans raison. Il s'était contenté de flâner dans l'appartement, avait joué avec des échantillons de couleurs et de tissus en se demandant comment réagirait Wren si en entrant elle voyait ses murs blancs repeints en Menthe Victorienne ou en Brun Nounours. Une perspective certes terrifiante mais sûrement pas épuisante. Pourtant, maintenant, il rêvait de ramper jusqu'à son lit de camp dans le bureau.

Il résista à cette envie, s'installa dans l'entrée pour faire des exercices d'étirement. Ses muscles craquaient, protestaient bruyamment. Il n'avait pas vraiment un physique idéal pour pratiquer le yoga, mais cela se révéla efficace : il se sentait toujours fatigué, mais plus aussi épuisé.

Il regarda la belle tenture peinte à la main — un cadeau de leur ami Shig, homme d'affaires japonais — qui ressortait sur le mur comme un furoncle sur un pouce. Ou pour être plus exact : qui se remarquait autant qu'un pouce impeccablement manucuré sur une main abîmée. O.P. avait demandé un jour à Wren pourquoi elle ne s'était jamais donné la peine de décorer un minimum son logis, et elle avait répondu par un haussement d'épaules. Il n'arrivait pas à comprendre comment une femme ayant une liaison sérieuse avec un marchand d'art pouvait se moquer à ce point de l'aménagement de son intérieur, et l'avait menacée plus d'une fois d'agir magiquement sur son sens artistique.

Leur plus récente discussion sur le sujet avait eu lieu

l'avant-veille au soir, et Wren lui avait finalement dit de faire ce qu'il voulait et de lui ficher la paix. Ce matin, dès qu'elle avait passé la porte, il s'était jeté sur ses échantillons. Pour se sentir très vite perclus de fatigue.

Une fois certain qu'il ne risquait plus de s'effondrer, O.P. retourna dans la cuisine et sortit un soda du réfrigérateur. Sans sucre, évidemment ; ne comprenait-elle pas qu'elle s'empoisonnait à petit feu ? Il n'en fit qu'une gorgée. Ce n'est qu'après avoir écrasé la canette vide dans sa patte qu'il remarqua l'étiquette : *Sans caféine.*

— Mais alors quel intérêt ? s'écria-t-il.

Il s'immobilisa. Quelque chose n'allait pas.

— Valère ? Wren ?

Le silence lui répondit. Normal.

S'il y tenait vraiment, il pouvait la héler. La connexion s'était établie assez souvent entre eux, quand elle s'ancrait en lui, pour qu'il puisse la localiser en cas de besoin. Il y réfléchit, puis secoua la tête. Sans doute son imagination lui jouait-elle des tours ; la Récupératrice devait être en plein travail. Elle n'avait consacré qu'une journée à préparer sa mission, il s'agissait de toute évidence d'une petite opération. Aucune raison de s'inquiéter. Et si elle avait des ennuis, elle savait se débrouiller toute seule. Il ne se faisait pas de souci.

Ceci bien établi, pourquoi la sonnerie stridente de l'Interphone lui fit-elle faire un saut de trente centimètres ?

— Quoi *encore* ?

O.P. l'avait rarement entendue depuis que Sergueï l'avait fait installer. Personne ne l'utilisait : les gens appelaient, ou passaient par l'escalier de secours, comme lui avant qu'il ait sa clé.

Mais Wren n'était pas là, Bonnie était à son travail. La personne qui se trouvait dehors savait donc qu'elle trouverrait O.P. seul et elle n'avait pas envie apparemment de gravir l'escalier de secours.

— Bon, bon, j'arrive, pas de quoi s'énerver, grommela le Démon en essayant de se rappeler où se trouvait le système de contrôle de la porte. Ah! Voilà.

Tout près de l'entrée; logique.

Deux boutons pour parler et écouter, un pour déverrouiller l'accès.

O.P. appuya directement sur ce dernier.

Il fallut encore dix minutes à Wren pour rassembler assez d'énergie, remonter l'escalier et quitter le sous-sol. La scène était toujours vide quand elle sortit par la petite porte, mais un spot lumineux éclairait le canapé, principal élément du décor; divers sons indiquaient que la régie travaillait. Wren se glissa parmi les ombres.

Une musique douce flottait à présent dans l'entrée, et plusieurs personnes évoluaient à proximité du guichet des réservations. La Récupératrice sortit par la porte d'entrée sans que personne la remarque. Elle n'avait même pas à se concentrer pour cela : on ne la voyait tout simplement pas.

Une fois dans la rue, en pleine lumière, Wren constata que son blouson était complètement fichu. Elle envisagea un instant de prendre les transports en commun; mais sa tenue risquait d'attirer l'attention. Et elle se trouvait dans un tel état de nerfs qu'elle avait peur de sa réaction au moindre commentaire désagréable.

Elle marcha un peu le long de la Huitième Avenue, New-Yorkaise anonyme parmi les autres, et fit signe à un taxi qui s'arrêta le long du trottoir. Le conducteur n'était pas bavard et ne parut pas remarquer l'odeur qui se dégageait de ses vêtements. Un petit miracle appréciable.

Elle avait juste assez d'argent sur elle pour régler la course. Elle prit l'escalier en titubant et dut faire une pause au troisième étage, éreintée.

— Wren ?

— Bonjour, Bonnie.

Wren appuya sa tête contre le mur. Elle avait un peu moins l'impression d'être un automate ; elle attendait le retour de la douleur. Mais elle restait engourdie, comme neutralisée.

En état de choc sans doute. Il fallait qu'elle rentre chez elle, qu'elle mange un morceau. Puis elle prendrait une douche bien chaude et se sentirait mieux.

Bonnie, l'autre Solitaire de l'immeuble, était vraisemblablement en train de descendre sa poubelle, à en juger par le sac de plastique noir qu'elle portait, et la regardait d'un air préoccupé. Elle portait un T-shirt noir avec chaton rose brodé sur le devant, et un pantalon de treillis rentré dans de lourdes bottes noires. Sa nouvelle coiffure était très mignonne, des mèches blond platine qui encadraient son visage et la faisaient ressembler à une Fée espiègle. Une Fée un peu gothique. Mais son expression d'inquiétude maternelle lui seyait mal, d'autant que Bonnie avait à peine vingt ans.

— Tu as l'air de… En fait je préfère ne pas chercher de quoi tu as l'air, dit-elle. Va prendre une douche. Je viens de préparer des brownies, je te les monte dans un quart d'heure.

Du sucre. Oh oui.

— Disons une demi-heure, rectifia Wren.

Elle gravit le reste des marches, déverrouilla sa porte, entra chez elle. C'est alors seulement qu'elle cessa d'avoir l'impression de se promener avec une cible dessinée dans le dos. Sa mâchoire se détendit suffisamment pour qu'elle cesse de grincer des dents.

— Il y a quelqu'un ?

Silence. Une panique fugitive la fit frémir, transperça même le brouillard, puis elle vit le morceau de papier épinglé au mur, juste sous ses yeux.

Danny est passé, disait le mot. *On est sortis prendre un café. Je ferai des petites courses en rentrant.*

Wren poussa un soupir de soulagement. Elle expira lentement avant d'inspirer à fond, puis détacha la note du mur et la froissa. Danny était un Fatæ, un de ceux qui pouvaient facilement passer pour humains. Il avait même travaillé plusieurs années dans les forces de police avant de devenir détective privé. O.P. et lui pouvaient s'attirer des ennuis ensemble, et se sortir très bien desdits ennuis. O.P. allait rentrer, il n'était pas sorti seul, et d'ailleurs Danny savait se battre. Sans doute avait-il une arme sur lui. Le Démon ne courait aucun danger.

Wren ôta son blouson et prit un sac-poubelle. Si Danny survivait à un après-midi de « petites courses » avec O.P., elle serait contente de le revoir. Et il allait lui être utile.

Beaucoup de gens, en fait, allaient pouvoir lui être utile. O.P., Danny, Bonnie, Bart, si elle réussissait à le trouver… Il y avait beaucoup à faire, et Wren n'était pas stupide au point de se croire capable de tout accomplir seule.

Elle laissa tomber le blouson dans le sac qu'elle posa sur une chaise. Elle devrait le jeter tout de suite. Il y avait du sang dessus, pas le sien. Si elle le portait au pressing, elle risquait d'être dénoncée. Peut-être pourrait-elle effacer les taches avec un peu de Courant, mais…

Le morceau de papier froissé dans sa main faisait un bruit désagréable. Pendant un moment, Wren éprouva une envie maladive de faire du thé. Elle ferma les yeux très fort, rappela le brouillard humide. Il vint stagner en elle ; l'envie passa lentement, lui laissant une impression de regret.

Le thé, ça voulait dire Sergueï. Mais elle ne pouvait pas se permettre de faire appel à Sergueï, à son réconfort rationnel, plein de bon sens, dépourvu de toute magie. Pas maintenant, pas avec tout ce qu'il y avait de non résolu entre eux. Et ceci… Elle reporta son regard sur la chaise où était posé le sac-poubelle. Ceci était une affaire qui concernait la Cosa Nostradamus. Les Ignorants n'avaient rien à y voir.

4.

L'atmosphère du restaurant Chez Eddy était feutrée, malgré le coup de feu du déjeuner. La décoration parfaite, depuis les nappes d'un bleu presque blanc jusqu'aux arrangements floraux placés à l'entrée : chaque table pouvait profiter de leur parfum sans qu'il devienne insistant et risque de recouvrir l'arôme de l'excellente (et très chère) nourriture. Le ton des voix s'animait parfois, mais les conversations restaient toujours, comme il convenait, polies.

Sergueï Didier, éminent amateur d'art, propriétaire d'une galerie, lanceur de tendances, acteur de premier plan dans le milieu artistique, attendait depuis dix ans une occasion de prendre un repas dans cet endroit réputé. Il avait l'intention d'en savourer chaque miette. Mais pas question pour autant qu'il oublie les raisons de sa présence ici.

L'homme qui était assis à table avec lui attendit pour reprendre la parole que le serveur ait terminé de remplir leurs verres et ait quitté leur table.

— Ainsi, vous me demandez si je crois à des êtres bizarres qui hanteraient nos nuits.

Sergueï leva son verre et admira la manière dont le liquide rouge qu'il contenait devenait ambré à la lumière.

Un cru prestigieux dont les vieux tanins convenaient à merveille à la daube de sanglier dans son assiette.

Il but une gorgée, la laissa couler dans sa gorge avec la révérence qu'elle méritait, puis reposa son verre.

— Je vous demande si vous allez finir par admettre ce que vous savez déjà.

L'autre homme leva un sourcil broussailleux.

— Je n'admets jamais rien avant d'en être sûr, sauf si j'y vois un quelconque intérêt.

Sergueï n'était pas surpris. C'est même là-dessus qu'il comptait. Il avait besoin de ressources pour découvrir les failles, les points faibles de son ancien employeur. Il en possédait déjà certaines et devait en acquérir d'autres.

Ce qui exigeait de la délicatesse, de la discrétion, et l'art de savoir quand forcer son avantage, violer les règles. Mais toujours prudemment !

— Dans les légendes, on dit que la gratitude du *petit peuple* n'est pas à négliger, fit-il remarquer.

Le silence revint pendant un moment. Les deux hommes avaient déjà parlé de la raison officielle de leur rencontre, l'organisation dans la galerie de Sergueï d'une exposition privée pour la collection de son mystérieux interlocuteur. En parfaits gentlemen, ils avaient abouti à un accord de principe que les avocats et les compagnies d'assurances n'auraient plus qu'à entériner.

— Vous affirmez que des Fées se promènent à Manhattan ?

L'homme assis en face de Sergueï était l'une des plus fameuses « célébrités cachées » de la ville. Il dépensait beaucoup d'argent pour conserver cet anonymat. Pour que personne ne vienne le déranger dans sa tâche, laquelle consistait à être le premier à orienter le Marché.

Pas le genre d'homme à croire aux Fées.

— Je n'affirme rien, dit Sergueï d'un ton apaisant, mais sans une once de soumission.

— En effet. Vous me demandez de le faire.

L'apparence des deux hommes était tout aussi étrange que leur conversation : un septuagénaire chauve au nez camus, porteur d'un costume bleu hors de prix et d'un nœud papillon désuet, face à un quadragénaire à l'abondante chevelure brune marquée de fils d'argent, et dont le visage était peut-être un peu trop marqué pour qu'on le qualifie de « beau ». L'homme plus jeune portait un costume moins cher mais de meilleure coupe, et une cravate unie au nœud impeccable. Il représentait l'image même du subordonné sûr de lui et de ses capacités, celle qu'il voulait donner pour endormir son convive.

Lequel n'y croyait pas une seconde.

Le serveur vint remplir leurs verres de vin dans un élégant ballet silencieux. Sergueï laissa le silence s'installer de nouveau entre eux. Pour l'instant il n'avait rien à gagner à insister, et le repas méritait amplement son attention.

— J'ai connu une fille autrefois…

L'homme plus âgé laissa la phrase en suspens, invitant son interlocuteur à manifester son intérêt.

— Vraiment ?

Un hochement de tête poli, mais Sergueï resta concentré sur sa nourriture. Il avait un peu l'impression d'essayer d'apprivoiser un chat de gouttière, par exemple celui qui vivait près de sa galerie : si on faisait attention à lui, il vous soupçonnait du pire ; si on l'ignorait, il vous trouvait intéressant.

— Elle avait des griffes.

— Vraiment.

Sergueï ne savait pas exactement quelles ascendances de Fatæ portaient des griffes, mais il était certain qu'on pouvait en citer au moins trois. Sans doute davantage. Wren le saurait peut-être, si elle se décidait un jour à décrocher son maudit téléphone. Il écarta cette pensée. Il travaillait, ce n'était pas le moment. Il devait se concentrer exclusivement sur l'affaire en cours, ne pas se laisser distraire.

Le Silence lui avait enseigné cela, alors qu'il n'était encore qu'un jeune homme à peine sorti de l'université, impatient de sauver le monde : on lui avait appris à se concentrer, à écarter les distractions. Et à mentir, à tricher… à tuer.

A trahir.

Wren finirait bien par décrocher son téléphone. Ou peut-être pas. C'est lui qui avait tout gâché, il lui fallait attendre.

— Oui, des griffes. Et des yeux qui étaient presque… ils me faisaient penser à des opales. Sombres, mais chargés d'une multitude de couleurs. Elle portait constamment des lunettes noires.

— Et vous l'avez prise pour une Humaine.

Lui-même, fut un temps, avait cru que tous les bipèdes étaient humains. Son partenariat avec Wren Valère l'avait détrompé. D'ailleurs même les Humains n'étaient pas toujours humains.

— Non. Je me suis dit que je rêvais. Finalement, comme dans tous les rêves, je me suis réveillé. Et elle avait fui.

Le convive de Sergueï avait soixante-quatorze ans, pourtant, un court instant, sa voix fut celle d'un jeune homme de vingt-quatre ans.

Sergueï pensait le comprendre. La magie, quelle chose fabuleuse. Fabuleuse et fragile ! La Cosa Nostradamus ne voulait peut-être pas de lui, mais elle avait désespérément besoin de lui. De ses contacts, de ses capacités. De son aptitude, encore aujourd'hui, à pénétrer les défenses du Silence.

André Felhim, son ancien responsable au sein de l'organisation, ne l'avait pas quittée. Il se battait pour la sauver de la corruption qui, partie du sommet, la dévorait tout entière, pour l'arracher à la force qui avait changé la protectrice des *innocents* en persécutrice des *différents*. Sergueï ne croyait pas que le vieil homme ait la plus petite chance de réussir, toutefois il avait déjà montré des ressources insoupçonnées…

Lui préférait rester en dehors et éprouver les fondations de la bâtisse, y chercher des failles. Trouver comment la Cosa pourrait se défendre contre le Silence lors de la prochaine attaque. Car elle aurait lieu, cela ne faisait aucun doute…

— Et vous n'avez jamais essayé de la retrouver ?

— Bien sûr que si. Mais, au bout d'un moment, on laisse s'éteindre ses rêves… Sinon on finit par devenir fou en voulant convaincre les autres.

Ils continuèrent à manger en silence. Quand le serveur vint débarrasser la table, l'homme leva des yeux las sur Sergueï.

— Je sais ce que j'ai vu, déclara-t-il.

Sergueï acquiesça. Mais son approbation ne parut pas apaiser son aîné.

— Qu'attendez-vous de moi ? demanda-t-il enfin.

Sergueï eut moins de succès avec la personne suivante.

— Non.

Une réponse faite d'un ton neutre, inflexible, définitif.

— Joanie…, reprit-il.

— Non.

Joanie marchait en fixant un point droit devant elle, sans accorder à Sergueï le petit coup d'œil en biais qui aurait pu lui laisser des raisons d'espérer. Elle avait une pochette de cuir noir en bandoulière, des chaussures de sport aux pieds. Il l'avait abordée au cours de sa pause déjeuner, alors qu'elle profitait de ce temps libre pour faire un peu de marche rapide.

— Joanie.

Il avançait au même pas qu'elle. Il fit semblant d'être essoufflé. Avant, cela la faisait rire.

— Je te hais, affirma-t-elle.

— Oui, comme toujours !

Elle fit une horrible grimace et lui jeta un regard noir. C'était une grande femme blonde, à la poitrine magnifique. Ses yeux rappelaient ceux de Wren, mais tout dans leur physique les différenciait.

Ce n'est pas le moment de penser à Wren, bon sang ! Concentre-toi !

Ils marchaient sous des arcades fermées par une cloison de verre et éclairées par une lumière artificielle censée imiter le grand soleil. Les magasins, le long de ces arcades, faisaient d'énormes efforts pour donner une impression de luxe et de raffinement, et les clients n'étaient pas en reste. Sergueï sortait de son fructueux déjeuner : à la suite d'un coup de téléphone à une grande banque privée, un transfert électronique avait été effectué au bénéfice d'un autre compte de la même banque. L'opération lui laissait un goût assez désagréable dans la bouche, mais cela ne l'empêcherait pas de dépenser l'argent jusqu'au dernier sou, et d'en réclamer encore s'il le fallait.

— Je peux payer les informations que tu me fourniras.

— Tu crois que c'est à cause de l'*argent* que je ne veux rien te dire ?

Cette fois la voix de Joanie marquait une irritation certaine.

En effet, aucune des personnes que le Silence employait n'avait besoin d'une source de revenus supplémentaire… A supposer qu'il leur reste du temps et de l'énergie pour cela.

— Non. Mais… ça ne peut pas faire de mal, avec ce qui s'annonce.

Il n'avait aucune idée de ce qui pouvait bien s'annoncer, mais jouer sur la peur de l'avenir se révélait souvent efficace. C'était son contrôleur des impôts qui le lui avait appris.

Joanie secoua la tête et fit voler sa queue-de-cheval.

— Rien ne s'annonce, répliqua-t-elle. Tu te trompes.

— Non, je ne me trompe pas. Joanie, reprit-il après un moment, j'étais là. J'ai vu ce que j'ai vu.

Elle ne chercha pas à discuter.

— Et alors, tu n'as jamais tué pour la cause ?

Si. Oh si, plus d'une fois…

— Mais je n'ai jamais tué d'innocent, précisa-t-il. Jamais l'un d'entre nous !

Contrairement à Poul Jorgunmunder. Poul, le disciple d'André, celui qui avait remplacé Sergueï après son départ du Silence.

Et sa victime innocente avait été Bren, l'assistante personnelle d'André. Quelqu'un de bien, à la connaissance de Sergueï. Poul l'avait tuée de sang-froid, pour qu'on accuse les Fatæ du meurtre d'un membre du Silence ; il comptait semer une série d'indices qui mèneraient à eux et augmenteraient encore davantage les sentiments anti-Fatæ. Tout cela pour provoquer plus de morts !

Sergueï avait déjoué la machination, André aussi. Mais seul Sergueï avait été horrifié.

— Je suis opératrice depuis dix ans, remarqua Joanie. J'ai vu arriver Poul, j'ai travaillé avec lui au début. Il était doué, tout le monde savait qu'il irait loin.

— Oui, approuva Sergueï, avec dans la bouche un goût amer qui ne venait sûrement pas de son repas.

Pour sa part, il s'était toujours méfié de Poul, mais avait fait confiance à l'opinion d'André. Tous les deux avaient eu tort.

— Loin, oui… du côté de Duncan.

Joanie eut l'air étonné. Elle semblait sincère ; elle ne savait pas. Elle ne faisait pas partie de la conspiration…

Sergueï ne s'était pas trompé sur elle, au moins. Il poussa un soupir de soulagement.

— Joanie. Le Silence utilise les ActAges, les gamins, comme des *armes*. Des armes dirigées contre ceux qui sont comme eux. Contre des innocents !

Les agents actifs de terrain, surnommés ActAges, étaient des opérateurs recrutés parmi des Talents, ceux que le Silence employait pour combattre des menaces magiques. Joanie faisait partie des contremaîtres spécialisés dans leur encadrement. Sergueï aussi, à une époque, dans des situations très particulières. La plupart de ces agents étaient des faibles, pour employer le mot de Wren : ils possédaient peu de capacité magique, n'étaient sûrement pas des Talents purs ; il s'agissait d'individus très jeunes, souvent des enfants, du moins mentalement. La plupart avaient rejoint l'organisation avant leurs vingt ans — sans parler de ceux que le Silence avait carrément enlevés !

On les maltraitait mentalement, on leur faisait subir une espèce de lavage de cerveau. Puis on les utilisait contre la Cosa avant de les jeter comme une canette vide.

C'étaient eux surtout qui avaient péri sur le Pont en Feu, tués par les leurs qui avaient dû défendre leur vie.

Sergueï expliqua tout cela à Joanie, sans l'épargner, et la vit chanceler sous le choc. Il ne se sentait pas vraiment coupable ; il faisait ce qu'il fallait pour parvenir à son but.

Elle était si pâle qu'il la prit par le bras et la mena vers les toilettes publiques à proximité.

Quand elle ressortit, elle était toujours aussi livide, mais elle avait retrouvé le contrôle qui convenait à une bonne opératrice. Elle ouvrit la bouche et se mit à débiter le discours prévu, dans une langue de bois impeccable :

— Nous œuvrons pour le bien. Les moyens peuvent être discutables, mais…

Sergueï regrettait que ces mots ne l'étonnent pas.

— Cela peut-il justifier le meurtre ? répliqua-t-il. Le mensonge, le sacrifice d'innocents de plus en plus nombreux ?

— Innocents, vraiment ? Qui est innocent, à ton avis ? Bren, je ne l'avais jamais rencontrée, mais en tout cas elle faisait partie du Silence. Protéger les innocents constitue notre raison d'être ! Ce qui implique que nous acceptons, *nous,* de ne plus être innocents. Nous en voyons trop, nous en savons trop. Parfois, nous en faisons trop. C'est le prix à payer.

Sergueï se dit tristement que le lavage de cerveau ne s'appliquait pas qu'aux ActAges. Pourtant, lui aussi avait pensé et parlé ainsi. Il avait fallu qu'une opération tourne mal pour qu'il trouve le courage de partir… Et c'était grâce à Wren qu'il avait tenu le coup ensuite.

Que faudrait-il pour que Joanie s'en aille, elle aussi ?

— Es-tu prête à te réveiller toutes les nuits à 3 heures

du matin en te demandant à quel prix tu as vendu ton âme, si tu ne fais rien maintenant ?

Joanie détourna le regard vers deux jeunes femmes qui prenaient l'escalator un peu plus loin.

— Je me réveille déjà à 3 heures du matin, Sergueï. Pas toi ?

A une époque cette réplique l'aurait laissé sans voix. Mais à présent il pouvait répondre :

— Non. Je ne me réveille pas, l'œil fixé sur le plafond. Je n'écoute pas le tic-tac de mon horloge dans la nuit. Maintenant, quand je me couche, je dors.

C'était la vérité, aussi prétentieuse qu'elle puisse paraître.

Lorsque Sergueï quitta Joanie, il espéra avoir été capable de semer chez elle une première graine de doute ; avec un peu de chance, même si elle ne changeait pas de camp, elle ne le livrerait pas.

Il ne se retourna pas en partant, mais sentit sur lui le regard de son ancienne collègue.

Trois heures plus tard, assis dans un bureau en ville, cerné de panneaux de bois exotique gravés de motifs séduisants mais quelque peu inquiétants, il entendit sonner son portable.

— Je suis désolé, puis-je vous demander de m'excuser un instant ? demanda-t-il à son interlocuteur.

Il considéra le hochement de tête qu'il reçut en réponse comme une permission, s'éloigna un peu et répondit.

— Didier.

— Salon de thé Maxwell. 16 heures.

On raccrocha, et Sergueï rangea son téléphone en fronçant pensivement les sourcils. Il n'avait reconnu ni la voix ni le numéro affiché. Ce qui ne voulait rien dire : son propre numéro circulait beaucoup, et il avait passé du temps en prospection depuis le fiasco de l'hiver dernier, sur le Pont de Brooklyn. Mais il aurait préféré identifier le contact qui lui avait finalement donné ce rendez-vous.

S'il avait bonne mémoire, le salon de thé en question n'était fréquenté par aucun groupe d'influence ; il n'y avait jamais rencontré personne jusqu'ici. En fait, il ne le connaissait que par ouï-dire : Shig, l'ami japonais Fatæ d'O.P., avait signalé qu'on accomplissait à cet endroit une authentique cérémonie du thé, et qu'il s'agissait d'un lieu idéal pour une discussion délicate.

Un rendez-vous *a priori* authentique, donc ; ou un piège. Ou les deux.

Tout était possible. Alors pourquoi ressentait-il jusque dans ses os ce frémissement nerveux ?

Parce qu'il savait de quoi tous les joueurs en lice étaient capables… Et il ne pourrait pas appeler de renforts.

Sergueï revint à son interlocuteur qui attendait patiemment.

— Je vous demande pardon. Il semble que je sois très demandé, aujourd'hui !

L'autre homme, un marchand d'art néo-zélandais, acquiesça en souriant, et les deux confrères poursuivirent leur discussion.

Même en temps de guerre, les affaires restaient les affaires.

5.

Le bâtiment qui abritait les dirigeants du Silence était un immeuble discret, en brique, qu'on ne distinguait pas de ses voisins ; c'est à cet endroit que se réunissait déjà le Comité Directeur d'origine, au tournant du vingtième siècle, celui qui avait posé les fondations de la structure destinée à devenir l'organisation internationale, multimillionnaire, connue sous le nom de Silence. On disait que les fantômes des dirigeants s'attardaient dans les grandes salles de conférences pour observer et évaluer ce que leurs héritiers faisaient du legs qu'on leur avait confié.

En dépit de cette riche histoire, la bâtisse avait un aspect parfaitement anodin et quiconque passait sous les arbres vénérables aurait eu du mal à deviner qui vivait et travaillait ici. Les seules marques distinctives des structures de brique étaient des petites plaques où on lisait l'année de construction, et des Interphone judicieusement placés.

Ce dernier élément, le siège du Silence, au numéro 27, n'en disposait même pas. Soit on savait ce qui se cachait derrière ses murs, soit on le dépassait sans lui accorder un regard. Ce n'était pas la magie qui lui permettait de passer inaperçu, mais un camouflage de fait ; le bâtiment paraissait exactement identique aux autres et émettait un message limpide : *Ce que vous cherchez ne se trouve pas ici.*

Et, au cas où on aurait découvert ce qui se cachait ici, le Silence avait prévu des systèmes de sécurité, certains mortels et d'autres non… Mais tous parfaitement légaux.

Cela dit, certains importuns s'avéraient plus obstinés que d'autres. Et ils n'avaient pas besoin d'un Interphone pour entrer.

— Sept, disait Christina.

Quand elle avait rejoint le Silence en simple opératrice, on l'appelait Tina. Deux ans plus tard, quand elle était montée en grade pour devenir contremaître, elle était devenue Christina. Pour la piétaille, désormais, c'était Madame.

— Cela fait sept fois que notre sécurité a été mise en défaut, poursuivit-elle.

Elle ne parla pas des tentatives inabouties, et personne ne le lui demanda. Une tentative inaboutie, c'était la routine ; inutile de la mentionner.

L'homme assis au haut bout de la table opina pensivement.

— Sept attribuées à la même source ? demanda-t-il.

— Au moins quatre, plus probablement six.

Sans doute les sept en fait, mais elle ne pouvait en être sûre.

— Y a-t-il eu violation effective ?

— Non, monsieur. Nous avons chaque fois pu regrouper nos forces et empêcher l'accès.

Dans le cas contraire, des têtes auraient déjà commencé à tomber.

— Mais ils commencent à bien nous connaître, continua Christina, et changer trop vite et trop radicalement nos procédures de sécurité risquerait de nous exposer dangereusement.

André Felhim était attentif, pourtant ce n'était pas le compte rendu de Christina qu'il écoutait. En effet, il connaissait déjà les faits, ayant utilisé ses contacts au sein de l'organisation pour se procurer les rapports et les lire avant Duncan. Il écoutait ce que racontaient les autres personnes présentes, non pas en paroles mais en gestes. Trop de gens semblaient surpris de ces mises à l'épreuve du système de sécurité ; l'information aurait dû circuler quelques heures après la première attaque. La force du Silence avait toujours été l'information, en interne comme à l'extérieur. Plus on en savait, mieux on pouvait se prémunir.

A ce niveau, dans cette pièce, toute nouvelle donnée aurait dû être aussi excitante qu'une trace de sang dans la mer pour des requins, et pourtant André ne discernait aucune frénésie, aucun désir d'en apprendre davantage, d'obtenir des détails, de creuser (ou de faire creuser par d'autres) pour en avoir d'autres.

Certains auraient pu dire que c'était le signe d'un fonctionnement sans heurt, d'une équipe bien rodée, où chacun restait concentré sur ses tâches.

En fait, Duncan ne dirigeait pas une équipe. Il avait sous ses ordres une *troupe*. Des zélotes. De vrais Croyants ; c'était au Maître, croyaient-ils, et à nul autre, de décider de ce qu'ils devaient savoir pour accomplir au mieux leur mission.

André avait vu bien des choses terribles au cours de ses trente ans dans le Silence. Il avait *fait* des choses terribles, avait laissé faire des choses terribles, parce qu'il n'avait qu'un seul credo : protéger les innocents et les Ignorants contre tout ce qui voulait les dévorer. Il croyait de tout son cœur en cette mission.

Mais les personnes réunies dans cette salle le terrifiaient.

— Combien de temps faudra-t-il pour concevoir et installer un nouveau système qui renforce l'original ? demanda Duncan d'un ton suggérant qu'il attendait comme réponse : « On l'a mis en place hier. »

Christina hésita, regarda sur la gauche, là où se trouvait son équipe.

— Ce devrait être possible en quatre jours. Mais il faudra le tester, bien sûr.

Tout le monde se tut autour de la table.

Duncan réfléchissait à ce qu'on venait de lui dire, André observait Duncan, en prenant soin de ne rien en laisser paraître. L'homme mince, dans son costume très cher, de très bonne facture, ne révélait rien. Rien dans ses attitudes ne trahissait ses pensées, ce qui le rendait d'autant plus dangereux.

— Pouvez-vous faire les tests sans perturber le système d'origine ? demanda-t-il au bout d'un moment, juste assez long pour que Christina commence à s'inquiéter.

— Oui, monsieur.

— Alors allez-y.

Duncan fit signe que la discussion était close, indiquant ainsi son absolue confiance dans la capacité de sa subordonnée à exécuter sa tâche. Elle se rassit avec sur le visage une expression de ravissement. Encore un élément augmentant le danger que présentait Duncan : son charisme.

— Ensuite ? reprit-il.

Un Asiatique charpenté se leva.

— Monsieur, puis-je ?

— Je vous en prie.

Le chef du Silence était en outre d'une politesse désarmante. Duncan n'avait pas acquis par hasard un tel pouvoir ; même la pointe d'agressivité contenue dans la voix du nouvel intervenant ne provoquait rien d'autre chez lui que la plus rigoureuse courtoisie.

— L'intrusion est-elle l'œuvre de ces soi-disant Talents ? s'enquit l'Asiatique.

Un rire nerveux, vite étouffé, éclata derrière, en provenance de la rangée de chaises à dossier droit placées au fond de la salle de conférences. Un assistant qui, par la suite, paierait sans doute cher cette manifestation.

Duncan, cette fois, faillit réagir ; il se pencha en avant pour réfuter la déclaration précédente.

— Le mot *soi-disant* n'est pas approprié, Reese. Ces gens sont effectivement talentueux, et il ne convient pas de les sous-estimer. Je pensais que, suite aux événements de janvier dernier, tout le monde ici en avait pleinement conscience.

Il y eut de nombreux hochements de tête autour de la table. Pourtant peu de ces dirigeants étaient présents : c'était l'infanterie qui avait péri là-bas, et non ces officiers privilégiés. Aucun d'eux n'avait combattu en première ligne… mis à part André, et Duncan en personne.

Ainsi que la garde d'élite de Duncan, dont Poul Jorgunmunder, à une époque le disciple d'André, son bras droit.

Poul n'était plus parmi eux. André l'avait tué de ses propres mains après l'avoir vu tuer une des leurs, Bren, sa précieuse assistante.

Ce matin glacé d'hiver sur le pont avait été un bien triste jour. De quelque façon qu'on le considère.

André se demanda fugitivement quel enfer Poul

hantait désormais, puis reporta son attention sur Reese, qui insistait :

— Monsieur, pourquoi ne les frappons-nous pas ? Nous savons qui ils sont, *où* ils sont. Qu'est-ce qui nous empêche, tout simplement, de les…

— Faire disparaître ? suggéra Duncan d'une voix dangereusement douce, encourageante.

— Euh… Oui, monsieur.

Reese restait prudent, mais ne renonçait pas à son idée.

Duncan le regarda, puis parcourut du regard les trente personnes autour de la table, dont tout dans l'attitude criait leur envie de prouver ce dont ils étaient capables pour plaire à leur maître.

— André.

— Monsieur ?

Oh, comme ça lui faisait mal de manifester du respect à cet homme… Et Duncan le savait pertinemment.

— Que diriez-vous de… faire disparaître un Talent ?

— Je ne m'y risquerais pas seul, monsieur. Je sais d'expérience ce dont ils sont capables !

La moitié des personnes présentes dans cette pièce, peut-être, avaient servi comme opérateurs, sur le terrain où André avait passé vingt des trente ans qu'il avait voués à l'organisation. Dix en tant que contremaîtres avaient eu sous leurs ordres des opérateurs. Mais aucune n'avait jamais travaillé avec un ActAge, un opérateur Talent. Ceux des contremaîtres en charge d'ActAges n'avaient pas pris le parti de Duncan.

André savait grâce à Darcy, son informatrice attitrée, que la plupart des contremaîtres qui s'occupaient auparavant des ActAges étaient à présent morts ou en train de se remettre de leurs traumatismes émotionnels. Une réhabilitation confortable bien isolée, tous frais payés par le Silence.

Il avait lui-même travaillé quelque temps avec La Wren, Geneviève Valère. C'était lui qui l'avait convaincue de se placer du côté du Silence, même si cela n'avait pas duré longtemps. Tout le monde dans la salle le savait. Ils pensaient que c'était la raison de sa présence ici : donner à Duncan des informations de première main sur ce personnage emblématique, bien malgré lui, des Solitaires.

A la connaissance d'André, Duncan lui aussi le croyait. Pourtant, le dirigeant en savait suffisamment sur André pour se douter que toute information qu'il révélerait sur la jeune Récupératrice serait anodine et dépassée. Cette Valère ne lui avait jamais fait confiance, et Sergueï, à présent qu'il avait changé de camp, ne leur donnerait plus aucun détail sur la Cosa.

Sergueï aussi était là ce jour fatidique où Poul avait tué une innocente, sur les ordres de Duncan qui avait quitté les lieux sans assister à l'exécution, et n'avait donc pas vu André tourner sa veste à son tour et tuer Poul dans le dos. André et un Sergueï choqué avaient ensuite procédé à une mise en scène pour donner l'impression qu'un Fatæ avait tué Poul pour venger sa victime. En un jour déjà si sanglant, personne n'allait chercher à punir un acte de vengeance isolé. Duncan, lui, avait voulu que l'assassinat de Bren apparaisse comme l'œuvre d'un Fatæ.

« Des mensonges bâtis sur des mensonges, pour protéger la vérité. Ce monde tourne au chaos, et nous tomberons tous dans le brasier. »

Voilà ce qu'André avait dit à Sergueï avant qu'ils se séparent. A cet instant, il savait qu'ils ne se reverraient jamais.

Sergueï lui manquait.

André coupa court à ces pensées et revint à l'instant présent. Il mit ses mains sur la table, les retourna et regarda ses paumes comme pour y lire sa réplique.

— La Cosa sait où nous nous trouvons.

Peu avant les événements du Pont de Brooklyn, ils avaient laissé deux cadavres sur leur perron : un message clair, même si Sergueï affirmait qu'il ne venait pas de la Cosa.

— Ils savent infiltrer notre système informatique, ça paraît clair. Rendez-vous compte que les quelques incursions qu'ils ont tentées ne sont rien à côté de ce dont ils sont capables, si nous les y poussons. Jusqu'à présent nous avons été protégés par leur manque d'organisation, et aussi par le fait que même le Talent le plus arrogant n'aime guère tuer. Mais si nous les poussons à l'action…

Duncan se penchait nettement en avant à présent, il attendait avec impatience la conclusion d'André, comme s'il prévoyait qu'elle rejoindrait la sienne.

— Oui, André ? Si nous agissions de manière à ce qu'ils surmontent leurs scrupules, si les Talents en venaient à perdre leur vernis de civilisation ?

Il semblait vraiment curieux de le savoir. Cela inquiétait André, mais il ne pouvait se permettre d'hésiter. De toute manière il savait ce qu'il avait à dire : la simple vérité.

— Alors, monsieur, nous aurions de graves ennuis.

Nous. Quel mot curieux. Les autres personnes présentes l'entendaient comme « nous, ici présents », les membres dirigeants du Silence, ceux qui décidaient pour les autres. Tandis qu'André voulait dire le Silence lui-même, celui qu'il avait rejoint et qu'il voulait sauver. Celui où Duncan et sa troupe de fanatiques n'avaient pas leur place.

Et Duncan, comment savoir ce que *lui* croyait, pensait, prévoyait ? Il parlait souvent d'une cité réservée aux

Humains, et savait convaincre les autres de sa vision : une civilisation tout humaine, où la superstition et la magie ne représenteraient qu'un souvenir un peu honteux. Mais à quelles fins, en réalité ?

André s'en moquait. Il voulait uniquement limiter les dommages que Duncan allait causer au Silence dans son ensemble, et lui faire perdre sa position éminente le plus tôt possible, par tous les moyens possibles. Wren et les siens — et cela voulait dire Sergueï aussi, désormais — devraient se débrouiller seuls. Il ne leur voulait aucun mal, mais ils ne le concernaient plus, sauf si leurs intérêts et les siens se rejoignaient un jour.

— Ah. Très bien, commenta Duncan. Vous voyez, Reese, il y a bien une logique derrière mes décisions. A moins que vous ne disposiez d'informations qui nous auraient échappé ?

Reese cligna des paupières, vit le fossé dialectique où on voulait l'entraîner, évita de s'y aventurer. Il s'assit un peu trop hâtivement ; si quelqu'un dans la pièce s'en offusqua ou en fut amusé, rien ne transparut sur les visages.

— Dans ce cas… Nous avons tous beaucoup à faire aujourd'hui, reprit Duncan. D'autres sujets dont nous devrions discuter ?

La question suivante était du plus haut intérêt pour André : un des directeurs du Silence s'était officiellement opposé à l'ampleur des sommes dépensées sur un des projets de Duncan. André ne reconnut pas le nom de code de ce projet, *Brunswick*. Avant, il aurait demandé à Darcy, qui lui était restée fidèle malgré son brusque renversement d'alliances dans l'organisation, de faire des recherches pour savoir de quoi il s'agissait. Mais désormais il préférait la garder comme un atout à utiliser en dernier recours ; il valait mieux pour l'instant qu'on ne l'associe pas à lui.

Non, ce qui comptait dans l'affaire, c'était l'attitude des hauts dirigeants à l'égard du directeur réticent, un homme qui ne faisait pas partie de la « troupe », n'était pas là pour se défendre ou se ménager des alliés qui le feraient pour lui. Si André l'avertissait du danger qui le menaçait, pourrait-il compter sur lui par la suite ? Ou courrait-il un trop grand risque de partager sa disgrâce, si Duncan avait vent de leur alliance ?

Il fallait y réfléchir, et soigneusement. Les enjeux étaient trop élevés pour agir sur un coup de tête.

6.

Wren, debout dans la cuisine, regardait fixement le bout de papier jaune froissé dans sa main, comme s'il allait lui faire comprendre ce qu'il se passait.

— Je suis venue là pour…

Oui, pour quoi ? Sa pensée était comme bourbeuse, rien à voir avec le torrent impétueux habituel. Elle avait du mal à se concentrer, à se souvenir. Pourquoi se faisait-elle du souci pour le Démon, déjà ? Elle avait mal à la tête, comme lors d'un lendemain de cuite. Que faisait-elle ici ? Elle n'avait pas terminé le travail, pourquoi était-elle revenue ? Cela faisait bien trop longtemps qu'elle était plantée là, cette note dans la main. Elle savait au moins ça.

Une douche. Elle devait prendre une douche. L'eau chaude arrangeait tout.

Wren se dirigea vers la salle de bains, se déshabillant en route. Quand elle ouvrit à fond le robinet d'eau chaude, elle frissonnait malgré la température agréable de l'appartement ; pour une fois O.P. n'avait pas laissé les fenêtres ouvertes.

Elle plaça sa tête sous le jet jusqu'à ce que le martèlement de l'eau réponde à celui qu'elle ressentait en elle. Peu à peu elle se souvint. Pas de tout, non ; son cerveau ne lui donnait pas accès à toute l'information. Mais cela ne la tracassait pas tellement. On l'avait piégée, agressée. Elle s'était débarrassée de ses assaillants ; maintenant elle allait s'occuper de ceux qui les lui avaient envoyés, qui avaient voulu la faire tuer pour sa seule qualité de Talent.

Le Silence. Peu importait ce que Sergueï avait pu en penser à un moment, peu importait même ce que son *ex*-partenaire en pensait à présent : là était l'ennemi. L'élégant André, son garçon de courses, Poul, même cette femme blonde qui avait essayé de prévenir Sergueï… Ils se trouvaient tous de l'autre côté, dans cette guerre.

Et Sergueï ? Son amant, son amour, où se trouvait-il ?

Wren offrit son visage aux jets d'eau brûlante et ignora la question. Elle ne pouvait pas y répondre, elle n'essaierait pas. Pas pour l'instant. Il n'avait qu'à rester à l'écart, ne pas se mettre dans la ligne de feu.

Depuis les larmes qu'elle avait versées juste après l'attaque, les glandes lacrymales de Wren semblaient asséchées. Elle avait cru qu'elle se retenait, mais même à présent, dans l'endroit le plus sûr qu'elle connaisse, les pleurs ne venaient pas.

L'eau la lavait, imprégnait ses cheveux, mais elle se sentait vidée de l'intérieur, sèche et silencieuse comme un désert en plein midi.

Wren arrêta l'eau sans s'être savonnée. Elle sortit de la douche et s'enveloppa dans la première serviette qu'elle trouva. Ses cheveux mouillés dégoulinant sur ses épaules, elle se dirigea vers la chambre et s'arrêta net en entendant frapper à la porte d'entrée.

— Qui est là ? cria-t-elle.

— Bonnie, répondit une voix un peu agacée, d'un ton qui signifiait : « Qui d'autre, enfin ? »

Wren avait oublié qu'elle avait invité l'autre Solitaire de l'immeuble à monter la rejoindre.

Ah oui, les brownies. Très bien.

Elle n'eut même pas besoin d'aller chercher du Courant pour ouvrir la porte : il parcourait déjà ses veines et effectua l'opération avant même qu'elle y ait pensé.

— Fais comme chez toi, dit-elle en suivant le couloir jusqu'à sa chambre.

Elle en sortit un quart d'heure plus tard, vêtue d'un pantalon de jogging et d'un vieux sweat en coton, les pieds dans de grosses chaussettes de laine. Elle avait les cheveux toujours mouillés, coiffés en arrière, et le visage très pâle, les lèvres pincées, les yeux creux.

Bonnie lui fourra d'emblée un brownie encore chaud dans la bouche.

— Seigneur, Wren ! Tu n'as pas meilleure mine. Que s'est-il passé ?

Wren, à moitié étouffée par la délicieuse pâtisserie, ne put que rire. Elle mâcha, avala.

— Une sacrée histoire, oui ! reconnut-elle.

Bonnie lui prit la main et la mena comme une enfant.

— Allons, assieds-toi. Mange, mets-toi quelque chose dans le ventre. Tu t'occuperas de ton régime plus tard.

Une vraie petite maman, se dit Wren en se laissant conduire dans le salon et installer dans l'énorme fauteuil hideux qu'elle persistait à adorer.

— Je croyais que tu comptais donner à cet endroit un air, comment dire… un peu habité ? remarqua Bonnie.

— J'ai fait un effort.

En effet : la pièce pouvait s'enorgueillir désormais d'un canapé et d'une table basse que la Récupératrice avait fini par acheter suite aux exhortations répétées d'O.P. de « se décider à vivre comme une adulte ».

Elle s'était même procuré une table avec des chaises,

pour prendre les repas. D'accord, pour l'instant elles restaient confinées dans son bureau. En fait Wren n'avait pas besoin d'un endroit pour manger, puisqu'en général elle prenait ses repas debout, ou assise par terre dans son bureau quand elle travaillait.

— Un tapis, peut-être, Wren ? Ou une petite déco sur les murs ? Et as-tu pensé à un meuble pour la chaîne stéréo ?

Wren se sentait lasse, irritée. Et c'était peu de le dire.

— Ne m'embête pas.

De toute manière elle ne savait pas encore ce qu'elle allait faire pour la décoration. Son Talent n'allait pas jusque-là.

La première fois qu'elle avait mis le pied dans cet appartement, sur les talons d'un agent immobilier assez réticent à l'idée de prendre comme cliente une jeune femme désargentée, elle en était tombée amoureuse. L'annonce qualifiait la cuisine de « petite », et c'était le moins qu'on puisse dire ; en outre il y avait des fissures partout dans les murs, la circulation des voitures dans la rue était incessante. Mais ce cinquième étage sans ascenseur disposait de grandes fenêtres, d'un beau parquet, de hauts plafonds, et elle s'y sentait bien. Si bien qu'elle pensait l'endroit situé tout près d'une source de Courant, une ligne tellurique peut-être, ou un générateur thermique souterrain, ou tout simplement un émetteur de « bonnes vibrations ».

Wren avait puisé largement dans ses économies pour pouvoir le louer.

Près d'une décennie plus tard, assise dans le salon, elle ne ressentait plus tout à fait le même bien-être entre ces murs. Trop de choses s'étaient passées ici, de bonnes ou de terribles choses ; ce refuge ne constituait plus un sanctuaire. Aussi hésitait-elle à en faire un véritable foyer.

Pourtant un bon Courant circulait toujours dans cet espace, et la seule pensée de déménager lui faisait physiquement mal. Donc elle restait là, entre ces murs nus, et se demandait rarement pourquoi.

Wren, pour une fois, posa la question à haute voix.

— C'est comme une forteresse, répondit Bonnie assise sur le canapé, un gâteau fondant au chocolat dans la bouche, les jambes repliées sous elle.

Le plat posé entre les deux femmes était déjà à moitié vide. Comment avaient-elles fait pour manger autant, et si vite ?

— Ce bâtiment s'est tellement imprégné de Courant au cours des années que cette énergie en fait partie désormais. Voilà pourquoi nous nous sentons obligées d'y vivre. Parfois, d'ailleurs, j'ai le plus grand mal à renvoyer les mecs chez eux, le matin.

Wren ne tenait pas à en savoir plus. Bonnie était une dévoreuse d'hommes ; cela ne posait pas de problèmes moraux à son amie, mais, dans la mesure où elle-même vivait une période de complète chasteté, elle n'avait pas envie de se rappeler ce qu'elle manquait.

— Je parie que c'est aussi la raison pour laquelle cette bombe psychique n'a causé aucun dégât, continuait Bonnie, toujours logique, en bonne E.P.P.I. bien entraînée. (On pouvait considérer les E.P.P.I. comme les enquêteurs scientifiques de la Cosa.) L'immeuble, en pratique, l'a absorbée, comme le verre traité agit avec les rayons UV…

Le Conseil avait installé cette bombe — enfin, on supposait que c'était le Conseil, sans pouvoir le prouver — à un moment où il essayait d'effrayer les Solitaires pour les forcer à se joindre à lui. Une tactique des plus classiques mais qui avait fait long feu, faute d'avoir tenu compte d'un trait fondamental des Solitaires : quand on voulait les forcer à quelque chose, ils devenaient désagréables. Et encore plus têtus que d'habitude.

Quant à l'immeuble, Wren déjà avait entendu — et vu — des choses plus étranges.

— Peut-être s'agit-il simplement d'un bâtiment très bien conçu, suggéra-t-elle.

— Où il n'y a pas de problème d'isolation, pour sûr. A propos !

Bonnie changea de sujet de conversation sans prévenir, ce qui eut le mérite de sortir Wren de sa torpeur.

— Alors, que t'est-il arrivé ? demanda-t-elle à brûle-pourpoint. Et ne me dis pas que ce n'était rien. Je ne t'ai jamais vue engloutir quatre brownies comme ça. Je suis sûre que tu as été franchement secouée. Tu avais un travail ce matin, non ?

Wren ne parlait pas à Bonnie de ses opérations — elle n'en parlait à personne, en fait. La confidentialité faisait partie des services qu'elle proposait. Mais la nature de ces services n'était plus vraiment un secret, pas dans la Cosa. Et certainement pas pour les E.P.P.I., hélas.

— Oui. C'était un piège. On m'a attirée là-bas pour m'attaquer.

— Quoi !

D'ordinaire, Bonnie gardait en permanence une expression ensommeillée. Elle la perdit d'un coup, se pencha vers Wren, l'observa.

— Tu n'es pas blessée… Je suppose qu'eux si.

— En effet.

— Tu devrais…

Bonnie n'acheva pas sa phrase. On formait les E.P.P.I. pour qu'ils permettent à la justice de s'exercer dans la Cosa : ils découvraient la vérité d'événements que le système judiciaire des Ignorants ne pouvait pas ou ne voulait pas prendre en compte. Mais, en l'occurrence, elle ne voyait manifestement pas comment ils pourraient aider son amie.

— Je sais de qui il s'agissait, affirma Wren.

Sous le brouillard qui l'enveloppait intérieurement, une froide certitude l'avait envahie pendant son retour chez elle. La chaleur de la douche et la douceur sucrée des gâteaux n'y avaient rien changé. Et maintenant, cette certitude revenait à sa conscience.

— Je sais qui les a envoyés. Et je sais quoi faire à ce propos.

— Qui ? Quoi ?

Bonnie ne semblait pas très sûre de vouloir le savoir elle non plus, mais elle ne pouvait pas s'empêcher de demander.

La Récupératrice leva les yeux au plafond, se leva, et alla vers la cuisine.

— Valère ! s'écria la jeune E.P.P.I.

Wren se versa une tasse de café et revint dans le salon. Bonnie n'avait pas bougé.

— Je vais les abattre, déclara-t-elle tout simplement.

— Le Silence.

Bonnie avait compris aussitôt. Malgré ses allures de jeune gothique je-m'en-foutiste, elle était logique jusqu'à la moelle des os.

— Oui.

Wren but son café en regardant son amie qui repassait en mémoire le peu qu'elle savait, le comparait aux derniers événements.

— Tu es sérieuse ? demanda enfin Bonnie.

— Complètement.

— Pourquoi maintenant ? Je veux dire : ne te fâche pas, Valère, mais enfin on t'a proposé dès le début le commandement de tout ce cirque, quand on ne parlait que de quelques Vigiles qui se baladaient avec leurs pitbulls. (En fait ceux qu'avait vus Wren étaient accompagnés de mastiffs, mais elle ne se donna pas la peine de rectifier.) Et tu savais déjà que c'était grave, qu'ils voulaient tous nous tuer, nous effacer du paysage !

— A ce moment-là, je ne pouvais pas accepter, répondit Wren.

Au bout de quelques instants, son amie eut l'air de comprendre. Il y avait une sérieuse différence entre concevoir quelque chose intellectuellement, ou même le percevoir émotionnellement, et le savoir *viscéralement*. Alors seulement on pouvait agir.

— Bon… et après ? Tu vas t'y mettre toute seule ? Ou bien tu viendras frapper à ma porte en disant : « C'est le moment », et je serai censée tout lâcher pour te suivre ? On devra tous te suivre, toi dont le partenaire travaille pour l'adversaire ?

Wren savait que Bonnie se faisait l'avocat du diable ; elle n'était pas offensée.

— Non, pas du tout.

En fait, elle essayait encore d'ordonner les choses dans sa tête. Il lui fallait bien choisir ses mots, ne pas s'embrouiller. Tout semblait très clair en quittant le théâtre et présentait le caractère brûlant de l'urgence. Maintenant les considérations pratiques refroidissaient un peu cet empressement qui pourtant, Wren le savait, était la seule attitude cohérente.

— Nous nous y sommes mal pris, tenta-t-elle d'expliquer. Nous avons voulu nous organiser, comme une armée. Former une force compacte de résistance.

— Et ça ne va pas marcher ? Mais qu'est-ce qu'il faut faire, alors ?

— Tu as suivi l'histoire américaine, à l'école ? demanda Wren.

— Oh, sans plus. Je n'adorais pas l'école.

— Moi non plus. Cela dit, j'aimais bien les leçons d'histoire. Il y avait là des choses que j'ai retenues sans même m'en rendre compte.

Pas les cours de Neezer. Wren n'était pas douée pour les sciences, et son mentor la tenait à l'écart des microscopes un peu chers parce qu'elle ne savait pas se contrôler à l'époque. Mais l'histoire l'avait intéressée.

— Au cours de la Révolution Américaine, expliqua-t-elle, les Britanniques ont envoyé des troupes. Elles ont avancé comme elles avaient l'habitude de faire en Europe : bien en rang, formation en carré, uniformes rouge pétant. Des soldats, quoi.

Bonnie, pour une fois, ne voyait pas où son amie voulait en venir :

— … Et ?

— Les rebelles étaient des pionniers, intervint une autre voix, plus profonde.

Les deux femmes sursautèrent ; elles n'avaient pas entendu O.P. entrer. Wren s'attendait au petit coup habituel frappé à la fenêtre, elle n'avait plus pensé qu'il avait sa clé, maintenant qu'il habitait plus ou moins officiellement chez elle.

— Ils étaient vêtus de brun, poursuivit le Démon, pour se confondre avec la forêt. Ils se cachaient derrière des arbres pour tirer, se couchaient derrière des rochers. Des tireurs isolés, pas des soldats…

O.P. se permit une petite pause didactique. Il ne lui manquait que des pièces en cuir à sa veste et une salle de classe autour de lui, et on l'aurait pris pour un professeur !

— En fait, remarqua-t-il, tout cela relève surtout de la légende. Mais sur un fond de vérité. Tu as l'intention de faire de nous des tireurs isolés, de nous mettre en position derrière les boîtes aux lettres et les bornes d'incendie ?

Il remarqua à ce moment les bleus sur le visage de Wren ; son visage étrangement plat passa en un clin d'œil de l'amusement à la colère.

— Que s'est-il passé ? demanda-t-il d'un ton pressant.

Elle avait presque oublié sa mine épouvantable.

— Bienvenue à la maison, répondit-elle. On m'a attaquée dans le quartier des théâtres. Quelqu'un s'est servi de ce boulot comme d'une occasion de me surprendre toute seule.

— Le quelqu'un en question est mort ?

— Les trois, oui.

— Bien.

Une chose à savoir sur les Démons : ils n'avaient pas peur de la violence. Wren ne les connaissait pas très bien, mieux pourtant que presque tout le monde, grâce à ce qu'O.P. lui avait dit. Mais on s'accordait sur un point : la raison qui faisait d'eux de si bons coursiers, à qui on pouvait confier des colis urgents ou dangereux, était leur absence de scrupules à tuer s'ils se sentaient menacés, et leur absence de culpabilité par la suite. La notion même leur en échappait.

— Le Silence ?

Danny venait de parler ; entré sur les talons d'O.P., il avait pris le temps d'ôter sa veste et de la pendre dans le placard. Il portait comme d'habitude des jeans, des bottes de cow-boy, et une casquette de base-ball posée sur sa chevelure brune bouclée pour dissimuler les petites cornes courbes qui y affleuraient.

— Je pense, oui, d'après ce que je les ai entendus dire. Ils voulaient me supprimer avant d'aller chercher O.P.

Elle n'en avait pas parlé à Bonnie. En fait elle l'avait presque oublié elle-même.

— Et tu les as tués d'emblée. Je ne peux jamais m'amuser un peu, remarqua plaisamment le Démon.

Il gardait un ton léger, mais la ligne de sa mâchoire le trahissait, si on savait observer. On voyait ses gencives noires ressortir sur sa fourrure blanche, comme chez un chien qui va gronder. Il avait plus que jamais l'air d'un ours polaire. Pour lui, tuer n'était pas grand-chose, mais il savait — comme tout le monde — que Wren n'avait pas la même facilité à prendre des mesures extrêmes. Il devait y avoir autre chose qu'elle ne disait pas, il le sentait.

Elle tordit la bouche dans une ébauche de sourire ; la douleur la fit grimacer.

— Tu m'en veux toujours de t'avoir empêché d'attaquer l'hiver dernier, le taquina-t-elle.

— Je m'en souviens.

O.P. la regardait ; elle soutint son regard rouge, et finalement ce fut lui qui détourna les yeux. Mais il n'avait pas l'air contrarié de ce qu'il avait pu lire dans ceux de Wren. En fait, il semblait très satisfait de lui-même.

— Tu m'as dit d'arrêter parce que la Patrouille arrivait, se souvint-il. Tu avais raison. Bart était d'accord, et finalement tout s'est bien terminé. Le pouvoir de la Patrouille. Houla !

Ils avaient débattu de ce sujet, sur le moment, puis plus tard, plusieurs fois. Manifestement il pensait toujours avoir eu raison.

— Les Patrouilles sont encore là, remarqua Bonnie. Pas très bien organisées, mais s'il y a un problème… (Un euphémisme pour : « Si on attaque quelqu'un »)… elles apportent rapidement de l'aide. Est-ce que tu as appelé ?

Wren opina ; elle se rappelait la voix qui l'avait hélée. On avait voulu l'aider, oui, mais il était déjà trop tard. Les Patrouilles ne réagissaient pas assez vite, elles auraient dû se mouvoir comme l'éclair. Comme le Courant.

— Les Fatæ et les Solitaires répondent présent, objecta Danny. Ceux du Conseil prennent leurs jambes à leur cou.

Les Fatæ parlaient souvent ainsi du Conseil. Même au plus fort de la Trêve, aucun des deux groupes n'aimait l'autre.

— C'est déjà quelque chose, protesta Bonnie, sur la défensive.

Elle était membre d'une Patrouille, comme tous les E.P.P.I. On considérait que cela faisait partie de leur entraînement, ainsi ils avaient une chance de se trouver les premiers sur une scène de crime, avant que tous les indices aient été piétinés par des membres sans cervelle de la Cosa.

— Plus de Conseil, plus de Solitaires. Plus de Fatæ, annonça Wren.

Elle ne regardait personne en prononçant ces mots, mais elle avait les yeux fixés sur quelque chose qu'elle seule pouvait voir.

— Pardon ? demanda Danny.

Il regarda Wren, puis Bonnie, comme s'il se demandait si les bleus qu'on voyait sur le visage de la Récupératrice lui avaient dérangé l'esprit. Bonnie haussa les épaules, perplexe elle aussi.

— Quoi… plus de Cosa ? demanda O.P. d'une voix douce.

Wren le regarda, et vit à son expression qu'il avait compris.

Il ressentait le froid qu'elle abritait désormais dans son noyau, le bourbier dans ses veines. Et il approuvait !

— *Davantage* de Cosa, rectifia-t-elle. De *véritable* Cosa. Une seule famille ! Commençons à penser comme un seul corps et non trois. Sinon nous pouvons tout de suite nous coucher et mourir.

Elle termina son café, plongea les yeux au fond de la tasse. Finalement c'était plus facile à dire qu'elle n'aurait cru.

— Tu avais raison, O.P., et j'avais tort. Nous avons considéré tout ceci, depuis le début, comme des agressions isolées sur des personnes. Un conflit où on pouvait négocier. Où on pouvait agir en individus raisonnables, organiser des patrouilles pour nous protéger, attendre que ça se calme, s'en sortir sans trop nous salir les mains.

— Et ce n'est pas possible ? s'étonna Bonnie.

Elle écoutait avec attention ; Danny aussi. Wren, en quête d'appui, se tourna vers O.P.

— Tu ne peux pas négocier avec quelqu'un qui te dénie le droit d'exister, affirma le Démon d'une voix emplie de conviction. Tu dois l'éliminer avant qu'il ne t'élimine.

— Mais nous avons déjà essayé ça, objecta Danny. Les patrouilles, la Bataille…

La Bataille devait au départ être une Démonstration de force, un piège pour révéler au grand jour les véritables responsables de la haine. De ce point de vue elle avait échoué.

— Non, réfuta O.P. Nous nous sommes battus contre la piétaille. Ensuite, oui, nous avons voulu démasquer les chefs. Nous avons porté des coups, mais sans atteindre notre but. Nous voulions repérer ce qui n'allait pas pour pouvoir le réparer. Nous avons gagné du temps, c'est tout. Mais ça leur a également profité : ils ont vu qui nous étions, ce que nous pouvions faire — ou ne pas faire. Nous leur avons montré tous nos atouts !

— Non. C'est ce qu'il croient, assura Wren.

Elle posa sa tasse par terre et se mit à faire les cent pas. Avec les années, elle s'était rendu compte qu'elle obtenait plus facilement l'attention des gens en restant en mouvement. Et elle se concentrait mieux.

— La vérité, reprit-elle, c'est qu'ils n'en connaissent pas la moitié sur nous. Parce que nous ne savons rien d'eux.

— Euh… oui, quoi ?

Bonnie pencha la tête sur le côté, leva les yeux au ciel : véritable statue de la perplexité. Parfois Wren oubliait à quel point elle était jeune. Les dix ans de différence entre Sergueï et Wren ne comptaient pas pour grand-chose, car leur expérience à tous deux leur permettait de la surmonter. Mais Bonnie avait mené une vie beaucoup plus protégée, et même maintenant son travail était l'évaluation, non l'action.

— Nous sommes devenus civilisés, expliqua Wren. *Modernes*. Nous utilisons le Courant et évitons les vieilles méthodes, tout comme le Silence qui rejette le passé.

— La magie ancienne était irrégulière, moins efficace, déclara Bonnie.

Elle reprenait le lieu commun habituel.

— Sans doute, reconnut Wren. Et elle avait des effets secondaires. Nous n'avons plus à les supporter, grâce à ce bon vieux Benjamin Franklin avec son cerf-volant. Nous avons accompli de grands progrès, et c'est une bonne chose. Mais le passé n'en fait pas moins partie de nous, autant que le présent.

Elle n'en revenait pas elle-même de s'entendre tenir ce discours. Elle s'était toujours considérée comme entièrement tournée vers la modernité, ne connaissait de l'ancienne magie et des vieilles méthodes que le minimum, ce que Neezer lui avait mis de force dans le crâne.

Elle n'avait pas perdu sa modernité. Elle préférait tirer son énergie du Courant : c'était plus net, plus sûr, moins susceptible de se retourner contre l'utilisateur. L'ancienne force devait être cajolée, il fallait négocier pour la faire venir, pour des résultats jamais garantis. Et on payait cher son utilisation. Très cher.

Mais finalement, au fond, cela revenait au même ! Wren le savait maintenant, après ce qu'elle avait vécu, après avoir perçu en elle ce Courant noir que Neezer lui avait toujours dit d'éviter. Ce Courant qui ressemblait à un bourbier au cœur de son noyau. De l'ancienne magie : chargée émotionnellement, imprévisible. Par le passé, elle avait refusé de la voir, sans parler de l'utiliser… Mais elle était là, serpent noir au milieu des serpents clairs, de même nature qu'eux.

Vous étiez ce qui vivait en vous. Ce qui vous formait. L'amour, l'espoir… la colère, la haine. La peur.

Ce bourbier, ce bitume, il ne venait pas de l'extérieur. Il était en elle depuis toujours, attendant que quelque chose le déclenche. La peur, la colère. La haine ! Cette tranquillité glacée qu'elle sentait maintenant en elle.

Ce n'était pas plus puissant que le Courant extérieur, ni plus facile à appeler. Cela se nourrissait d'elle comme aucun Courant ne le faisait, et la rendait faible, en fin de compte. Mais une fois lancé, ça se révélait plus vif et plus violent qu'aucun Courant moderne.

Néanmoins, cela présentait un risque sérieux, car l'ancienne magie consumait son utilisateur. Elle le dévorait vivant.

Mais ce qu'elle permettait d'accomplir était phénoménal ! Même plus besoin de contrôle. Ce qui par ailleurs représentait un autre danger.

— Je n'ai jamais voulu tuer personne, reprit-elle d'une voix calme. J'ai toujours préféré la fuite à l'affrontement, et la dissimulation à la fuite. Je ne veux pas d'ennuis, ni pour moi, ni pour les autres. Mais nous devons survivre ! Nous avons même droit à mieux que ça. Ce ne sera tout simplement pas possible s'il y a des gens, là-dehors, qui ne nous accordent même pas le statut de *personnes*. Et nous ne pouvons pas les convaincre. Nous avons déjà essayé.

O.P. semblait agité. Il bougea un peu, et tous le regardèrent. Il leur lança un regard furibond, puis s'adressa à Wren :

— Voilà ce que tu n'as jamais voulu entendre, Valère. Maintenant tu as compris. La violence se justifie parfois. Une guerre peut être juste — ou du moins nécessaire ! Les morts. Tuer des gens. Cela peut s'avérer utile. Il vient un moment où tu ne peux plus fuir, parce que tu es déjà allé partout et qu'il ne reste nulle part où fuir.

Wren voulait le nier. Mais le bourbier était en elle ; elle sentit sa suavité bitumineuse sur sa langue et se tut.

— Et toi, O.P., dit Bonnie d'un air de défi, tu sais cela parce que…

— Parce que je l'ai vécu, petite. Tant de fois…

Wren avait un jour demandé son âge à O.P. Il avait évité de répondre directement, mais il lui avait dit que son âge dépassait celui du plus vieux des Humains. Elle se demanda soudain de combien d'années… ou de siècles.

— Toi ? ricana Danny.

D'une manière générale, les Fatæ étaient moins tolérants envers les Démons que les Talents. Les Démons étaient des êtres créés dont on n'évoquait jamais l'origine autrement qu'en hypothèses chuchotées. Ils ne se regroupaient pas en clans, en tribus, en hordes, ne se réunissaient pas (en fait ils semblaient répugner à se côtoyer), et ils avaient tous des allures différentes, mis à part leurs yeux qui présentaient toujours la même nuance rouge sombre de sang séché. Wren se dit que Danny ne cherchait pas à être insultant. Mais les Fatæ avaient l'habitude de considérer les Démons comme des membres de second plan de la Cosa, sans histoire ni traditions propres.

— Parfaitement, moi, répliqua O.P. Quand tu n'étais encore qu'un faune tout branlant sur tes petits sabots et que tu ne savais pas quoi faire de ta queue.

Les queues des faunes constituaient un sujet délicat. Danny rougit sous sa casquette de base-ball, retint sa langue.

— Je ne voudrais pas me montrer impolie, déclara Bonnie, mais avec ce que je veux dire, je vais l'être à coup sûr. Tant pis. Tu te trouves au centre de ces événements depuis le début, O.P. C'est toi qui y as entraîné Wren, toi qui as alerté les Fatæ et fait circuler l'information. Auprès de tout le monde. Et puis tu es un Démon, tu n'as certainement jamais reculé devant la violence. Enfin, que sais-tu de la fuite, bon sang ?

Wren ferma les yeux et compta jusqu'à cinq. Quand elle les rouvrit, personne n'avait bougé. O.P. la regardait.

— Je suis un Démon, rappela-t-il finalement. Ce que cela signifie… les Fatæ n'ont jamais voulu le savoir. Les mages du Conseil l'ont oublié.

Les mages… O.P. employait le vieux terme. Seul le Conseil l'utilisait encore, et toujours dans des occasions formelles. Il sonnait étrangement dans sa bouche.

— Pendant des générations, nous nous sommes satisfaits de cette situation, poursuivait O.P. Nous préférions nous faire oublier, c'était plus sûr. Ainsi personne ne pouvait nous utiliser.

Tu peux t'ancrer en moi. La voix du Démon quand il lui avait offert un havre, sa protection contre la surcharge. *C'est pour cela qu'on m'a créé.*

Jamais sans ta permission, avait-elle répondu.

Elle comprenait à présent. La permission n'avait de toute évidence pas toujours été demandée. Ni accordée. Ses yeux étaient trop secs pour que cette révélation la fasse pleurer.

— Mais je compte davantage d'années que tous vos âges additionnés, continua O.P. Et je n'ai pas survécu aussi longtemps en me jetant sous tous les trains qui pouvaient m'écraser. Quand j'entends le bruit des bottes, le son du canon, les cris de la foule, je fuis. J'ai longtemps fui. D'Amsterdam, il y a très longtemps. D'Afrique du Sud, d'Allemagne. Encore, toujours, j'ai fui.

Impossible que ses yeux se soient encore assombris ; cela devait venir de la lumière.

— Et des gens sont morts, des gens qui auraient pu vivre si je m'étais dressé face à la menace ! Mais moi j'ai vécu. Je suis venu ici. Et si j'avais encore eu pour deux sous de bon sens, j'aurais fui ces derniers mois.

Il prononça ces mots avec un tel dégoût de lui-même, un dégoût si typique, que l'envoûtement qu'il avait créé se relâcha un peu. Wren se rendit compte qu'elle pouvait de nouveau respirer.

— Mais tu ne l'as pas fait, dit-elle d'une voix douce.

— Non. J'y ai pensé, une fois ou deux. Mais au bout d'un moment… on veut se trouver là où on est utile. On veut sentir qu'on peut *changer* quelque chose, on veut croire que tout ne doit pas forcément, une fois de plus, tourner mal.

Il eut un petit rire dépourvu d'amertume.

— Et maintenant, de toute manière, c'est trop tard, même si j'avais changé d'avis. Ils t'ont attaquée, ils voulaient venir me tuer. Une fois de plus.

On était venu l'agresser déjà, dans cet appartement. Les assaillants voulaient laisser un message à Wren.

— Partir, fuir, ne constitue plus un choix possible, conclut O.P. Le monde est devenu trop petit. Et ce ne sont pas des demi-mesures, prises à contrecœur, qui pourront apporter des solutions. Tu parlais de tireurs isolés opposés à une armée quand nous sommes entrés, Wren. Une bonne idée, mais qui ne donnera rien, parce que le Silence a déjà repéré les meilleurs emplacements de tir. Nous serions encore à la traîne par rapport à eux.

— Je ne pensais pas leur tirer dessus, dit Wren.

Elle avait dans le regard une lueur qu'aucun des autres n'avait jamais vue auparavant, quelque chose de malicieux et de vengeur à la fois.

— C'est vous qui le ferez, quand j'aurai égalisé les chances. Mieux que ça, en fait : j'ai l'intention de leur prendre leurs munitions !

Danny et Bonnie la regardaient avec des yeux ronds comme des soucoupes, mais un sourire carrément méchant se forma peu à peu sur les traits d'O.P. Il avait compris. Il la connaissait bien !

— Ils utilisent les nôtres pour nous faire du mal, expliqua Wren aux deux autres. Ceux que nous avons perdus, les ActAges, comme ils disent.

Les Talents que le Silence avait distordus. Ces jeunes désemparés dont Sergueï leur avait parlé, ceux dont la Cosa avait perdu la trace, qu'elle n'avait pas su accueillir dans ses rangs.

— Cela doit cesser, reprit Wren.

— Mais comment ? demanda Danny.

— Nous allons faire ce que nous aurions dû faire depuis longtemps, si nous avions été suffisamment attentifs, si nous avions vraiment formé une famille. Nous allons les délivrer. Je vais les récupérer !

7.

Le soleil du matin brillait et l'air était étonnamment propre, rafraîchissant comme de l'eau claire. Wren avait envie d'une autre tasse de café et regrettait de ne pas fumer. D'accord, la loi ne permettait plus désormais de fumer à moins de dix mètres d'une autre personne, mais au moins, si elle avait été en manque de nicotine, cela aurait pu expliquer son humeur de chien.

La dernière fois qu'on l'avait bombardée responsable d'autre chose que sa propre peau, elle s'était engagée dans l'affaire à reculons et avait traité les problèmes au fur et à mesure, sans plan défini. Aujourd'hui, elle planifiait une — oui, exactement — récupération. Elle avait un objectif, un plan, une zone bien précise à attaquer.

Ce qui ne la faisait pas se sentir mieux. Plus organisée, plus efficace, oui. Mais pas mieux.

Trois jours après cette première réunion chez elle, trois jours passés à réfléchir, à jouer avec des idées réalisables, folles, folles *et* réalisables à la fois, voilà qu'ils tentaient leur premier recrutement — sans doute le plus important. La recrue potentielle ne semblait pas ravie qu'on ait pensé à elle.

— On va voir si j'ai bien compris, disait le Dr Joe Doherty. Vous avez l'intention de pénétrer le lieu fortifié d'une organisation qui a juré de nous détruire par tous les moyens possibles, un lieu fortifié dont personne ne connaît l'emplacement précis. D'y entrer seule pour récupérer un nombre indéterminé de Talents qui, ayant subi un lavage de cerveau, feront eux aussi de leur mieux pour vous tuer. De les évacuer pour ensuite annuler leur conditionnement, ou les rendre au moins inutilisables par le Silence.

— Non, répondit Wren, nonchalamment appuyée contre le mur.

Elle avait bien écouté le médecin assis à son bureau maltraité par les ans, qui répétait son plan sur le ton qu'il devait réserver à ses étudiants, brillants mais complètement à côté de la plaque.

— Pas du tout, insista-t-elle. Le déconditionnement, je vous en charge.

— Formidable.

Manifestement le mot n'était pas la représentation exacte de sa pensée.

O.P. lâcha un gloussement amusé. Il faisait souvent ça depuis quelques jours, tandis qu'ils parcouraient mentalement les rangs de la Cosa, ne conservant que les quelques personnes à qui Wren pensait pouvoir faire part de son plan. L'obsession toute neuve de l'Humaine semblait plaire énormément au Démon.

Wren, pour sa part, n'était pas sûre de s'en réjouir autant. Ce qu'elle comptait faire, oui, c'était bien. Mieux que bien. Mais ce qu'elle allait demander à d'autres, sous sa seule autorité…

La Cosa avait survécu depuis des générations, en se faisant oublier quand les temps étaient durs, en se rendant suffisamment utile, si besoin était, à des personnes éminentes, de sorte à disposer toujours d'un peu de marge de manœuvre, de négociation.

Mais le Silence ne voulait pas de la Cosa. Il ne lui laisserait aucune marge, aucune place où se cacher, rien. Rien d'autre que des échos le long des couloirs d'une histoire révolue.

Wren ne flanchait pas ; il n'y avait pas de regret en elle, pas l'ombre d'un doute. Mais, chaque fois qu'elle voulait dormir, les morts venaient la visiter. Pas des fantômes, non — elle croyait aux fantômes à présent, cela faisait déjà plusieurs années qu'elle avait rencontré le spectre vindicatif de l'architecte du Conseil, Jamie Koogler. Ils lui auraient été moins pénibles : on pouvait raisonner les fantômes, plus ou moins. On avait des chances de découvrir ce qu'ils voulaient, de leur donner le repos. Mais aucune recette ne pouvait fonctionner pour des manifestations d'une culpabilité encore à venir.

A dire vrai, Wren ne ressentait pour sa part aucune culpabilité. Non. Car elle ne ressentait pas grand-chose. Les larmes ne lui étaient toujours pas venues, même lorsqu'elle restait éveillée en pleine nuit, le regard fixé au plafond. Elle n'avait pas de regrets, pas de souvenirs pénibles, rien. Les détails s'effaçaient de sa conscience. Mais elle entendait le bruit lointain de toutes ces petites boîtes dans sa tête dont les couvercles se fermaient ; des boîtes qui contenaient tant de choses dont elle voulait, mais ne pouvait apparemment pas se débarrasser…

Et puis autre chose la tracassait, en arrière-plan, et l'empêchait de dormir. Quelque chose qu'elle devrait bien affronter à un moment, reconnaître, gérer, une information qui pouvait faire la différence… plus tard. Wren sentait ce quelque chose, mais, chaque fois qu'elle essayait de mettre le doigt dessus, il s'enfonçait plus loin dans sa conscience, dansait derrière un autre voile, se dissimulait jusqu'à ce qu'une quelconque tâche vienne accaparer son attention.

Et les tâches ne manquaient pas depuis cette intrusion dans le sous-sol du Théâtre Taylor ! Il semblait à Wren que son cerveau ne fonctionnait plus comme d'habitude : elle était plus concentrée que jamais sur ce qu'elle avait à faire, pourtant elle avait l'impression que des pans entiers de son esprit évoluaient de façon aussi désordonnée qu'un papillon se laissant porter d'une brise à l'autre. Même en plein milieu d'une réflexion, elle sentait parfois que *quelque chose d'autre* se passait en elle, sur quoi elle n'avait aucun contrôle. Cela l'inquiétait lorsqu'elle y pensait. Aussi, évitait-elle d'y penser.

Malgré tout, le plan avançait vers une perspective d'action. O.P., comme prévu, avait été partant d'emblée. Danny, contre toute attente, avait suivi. Ce n'était peut-être pas si surprenant, après tout : le Fatæ avait fait partie de la police dans un passé assez proche, avant de devenir détective privé, et aussi bien la police que les privés détestaient qu'on les mette à l'écart.

Grâce à ces deux amis et à d'autres contacts, Wren pouvait se faire entendre de la communauté des Fatæ. Mais ce n'était pas eux dont elle avait besoin. Pour que le plan ait une chance de fonctionner, elle devait enrôler des Talents. Des Talents solides.

Bonnie, après cette première réunion, avait quitté l'appartement de Wren complètement bouleversée. Depuis, la Récupératrice n'avait eu aucune nouvelle de son amie. Ce qui relevait de l'exploit dans la mesure où l'immeuble ne comportait qu'une seule cage d'escalier… et une seule entrée. Mais Wren n'avait pas insisté ; ceux qui participaient devaient le faire sans réserve.

Elle avait un avantage sur le Quad et le Comité de Trêve : elle ne recherchait pas un consensus. Elle n'avait besoin ni d'alliés ni de renforts.

Elle voulait des gens qui *agiraient* et non qui pèseraient le pour et le contre. Des gens prêts à faire ce qu'il fallait, sans hésitation, sans restriction morale.

Pendant que Wren ruminait ces pensées, Doherty, un peu remis de sa surprise, reprit la parole.

— Ah ! Je comprends mieux pourquoi vous êtes venue me voir.

Les médecins Talents étaient assez rares, car les études de médecine posaient un problème particulier, sans parler de l'internat ; le stress et le manque de sommeil qui en découlaient se mariaient mal, pour un Talent, avec toute cette machinerie électronique délicate et chère. Le Dr Doherty avait choisi l'enseignement plutôt que d'exercer son art et de gagner beaucoup plus d'argent. Ceci non par idéalisme, mais parce que, s'il avait voulu faire carrière dans un hôpital, il aurait fini par tuer plus de patients qu'il n'en aurait soigné ; il aurait suffi pour cela de quelques moments passés dans le service des urgences où, pour une raison ou pour une autre, son contrôle n'aurait pas été absolu. L'homme n'était pas quelqu'un de très important dans la Cosa, mais ses étudiants, Talents ou Ignorants, l'appréciaient en général beaucoup, et ses patients le considéraient comme un brillant thérapeute — plutôt excentrique — pour les désordres mentaux frisant la psychose.

— Avez-vous une petite idée de la manière dont vous allez mener à bien cette étonnante opération ? poursuivit Doherty.

Il avait adopté un ton plus que sceptique, même franchement condescendant. Wren, qui n'avait ni le temps ni la patience de supporter ce genre de comédie, renonça à sa posture nonchalante.

— Qui suis-je ? demanda-t-elle.

— Pardon ?

Le visage rond du médecin exprimait la perplexité, et un début de soupçon quant à la santé mentale de la femme qui se trouvait devant lui.

Soupçon partagé à l'occasion par l'intéressée. En fait, l'hypothèse qu'elle puisse se trouver en ce moment même dans un lit d'hôpital, en plein délire hallucinatoire, aurait expliqué beaucoup de choses. Peut-être devrait-elle prendre rendez-vous avec le bon docteur quand tout ceci serait terminé.

Des serpents noirs, un Courant bitumineux. La magie ancienne qui devient obscure, toujours plus obscure, jusqu'à ce que tu n'y voies plus rien parce que c'est trop sombre à l'intérieur. Qu'as-tu dans la tête, linotte ?

Wren refoula cette voix intérieure.

— Oui, qui. *Qui* suis-je ? répéta-t-elle.

Doherty lança un regard inquiet à Danny, appuyé contre le mur face à la Récupératrice. Il semblait certain à présent qu'elle avait craqué. Danny répondit par un grand sourire qui ne lui apporta aucune aide.

— Vous êtes Wren, finit par répondre le médecin sur un ton trop ostensiblement apaisant. Geneviève Valère.

— Qui suis-je ? insista-t-elle d'une voix de plus en plus froide.

Doherty finit par saisir :

— Vous êtes La Wren.

Bien ! Un élève un peu lent, mais plein de bonne volonté.

— Oui, je suis La Wren. Beaucoup me considèrent

comme la meilleure Récupératrice du Nouveau Monde. Voire de mon époque.

— Et comme une personne extrêmement modeste, grommela Danny.

Il se tenait comme Wren un peu plus tôt, l'air nonchalant. Avec sa casquette baissée sur le front, il avait tout à fait l'attitude décontractée qu'on appréciait tant dans les années soixante-dix. Mais il arborait un sourire plus qu'inquiétant. Wren le soupçonnait de s'être mis à se tailler les dents en pointe, comme faisaient ses ancêtres, les faunes sauvages.

O.P. et Danny ne la quittaient plus d'une semelle depuis son agression ; elle ne pensait pas les avoir vus dormir ces derniers temps. D'ailleurs elle n'était même pas sûre qu'O.P. ait besoin de sommeil, en fait. L'avait-elle seulement jamais entendu ronfler ? Non.

Elle se rendait compte à présent qu'ils lui tenaient lieu de gardes du corps. Ils prenaient très au sérieux cette attaque contre elle. A moins qu'ils ne pensent eux aussi qu'elle était folle…

Peut-être l'était-elle d'ailleurs, folle. Peut-être fallait-il l'être pour ce qu'elle avait à faire.

— Je n'ai pas à être *modeste*, annonça-t-elle aux personnes présentes. Je dis que le boulot sera fait. Il sera fait.

La Wren termine toujours le boulot.

Elle pouvait le dire, désormais : elle avait fini par trouver la banshee qu'elle avait cherchée pendant des années. La créature se trouvait toujours empaquetée dans la salle de stockage chez Sergueï ; un colis en attente d'expédition chez ses propriétaires au Royaume-Uni. Wren l'avait retrouvée, emprisonnée, étiquetée, mise en boîte. La Wren terminait toujours le boulot, une fois qu'elle avait eu la stupidité de l'accepter.

— Tout ce qu'il me faut, reprit-elle en maudissant son esprit qui battait la campagne, c'est un minimum d'information… et une diversion.

— Et c'est pourquoi vous avez besoin de nous.

Doherty commençait à comprendre.

— Pour ça, et pour un refuge.

Elle ne pouvait guère stocker les prochains éléments récupérés avec la banshee ; et chez elle, c'était trop petit. Combien d'enfants le Silence retenait-il encore prisonniers ? Combien avaient survécu à la Bataille du Pont ? Et dans quel état ? Des détails dont elle s'occuperait plus tard.

— Et le déconditionnement, rappela Doherty.

Il établissait déjà mentalement une liste de gens, Talents ou non, à qui faire appel ; ça crevait les yeux.

— Ou pour les tuer, remarqua Wren.

Le silence qui s'ensuivit était beaucoup plus froid que la température extérieure.

Tu ne tueras point.

Danny émit un son qui pouvait aussi bien représenter une protestation qu'un accord. La réaction de Doherty fut beaucoup moins ambiguë :

— Mais de quoi parlez-vous, enfin !

Le bitume. Un bitume froid, poisseux, qui amortissait l'impact des mots et lui permettait de les prononcer d'une voix parfaitement égale.

— Je les ai affrontés, sur le Pont. Ces… Agents Actifs de Terrain, comme dit le Silence. Quatre seulement contre Michalea, Bart et moi, et je suis la seule à en être sortie sur mes deux jambes. Ce que le Silence leur a fait, la manière dont il les a abîmés… cela dépasse l'entendement.

Elle le comprenait à peine, même après l'avoir constaté elle-même, après avoir entendu dans les détails le rapport de conclusion de Sergueï devant le Quad.

— Ils sont en permanence sur le point de lâcher prise. Le Silence les a tellement surexploités qu'ils n'ont plus la possibilité de refouler leur Courant. Ils sont déments !

— Peut-être devrions-nous les tuer tout de suite, dans ce cas.

Tiens, Doherty n'était pas aussi timoré qu'il en avait l'air à première vue. Excellent.

— Oui, peut-être, approuva-t-elle.

Un ensemble de souvenirs qu'elle ne pouvait partager lui revint à la mémoire : des éclaboussures de sang sur la table en Formica d'un snack du New Jersey, des fragments humains jonchant un sous-sol aux parois de pierre, sa main qui tenait un *morceau* poisseux de quelqu'un qu'elle venait de tuer avec un Courant épais, furieux.

Noir. Wren se rappela un fugitif instant ce Courant, et sa mémoire se ferma tout de suite.

Ne touche jamais le noir.

La voix de Neezer, affaiblie par le temps passé. Ç'avait été l'une des premières leçons de Wren, à l'époque où son noyau était minuscule, peuplé de minces serpents plus potentiels que réels.

Ne touche jamais le noir. Il est ancien, et surtout sauvage. Tu ne peux pas le contrôler ; personne ne le peut.

Personne. Ou du moins personne qui puisse ensuite en parler.

Le souvenir s'effaça. Il était parti.

— Mais nous ne tuons pas ceux qui ont lâché prise, rappela-t-elle. Nous nous occupons d'eux.

Cette leçon-là aussi, Neezer l'avait martelée, même quand il ne savait pas encore que lui aussi titubait au bord de l'abîme.

— Mais si la seule manière pour nous de mettre fin à leur souffrance est de…

Elle avait parlé comme en transe ; elle revint à elle, eut l'impression de réintégrer son corps dans un claquement presque audible.

— … je le ferai. Je ne demanderai ça à personne d'autre, conclut-elle.

« Pas seule. Tous ensemble ! »

La voix d'O.P. dans sa tête, étrangère et réconfortante.

« Tu ne seras plus jamais seule. »

Wren savait que le Démon ne mentait pas. O.P. était *son* Démon; il l'avait décidé, et cela voulait tout dire pour elle.

Pourtant elle était seule ; elle le serait toujours.

Sans Sergueï elle était seule.

Sergueï ne voulait pas se trouver là. Le besoin ne s'en faisait pas vraiment sentir, la galerie marchait toute seule ; ou, pour être plus exact, Lowell s'en occupait tout seul. Au jour le jour, un client après l'autre.

Le marchand d'art était sur la passerelle où il effectuait une deuxième tournée de vérification des éclairages prévus pour la nouvelle installation artistique — de petits objets de verre soufflé qui, on se demandait bien pourquoi, le faisait penser à des vaccins contre le tétanos. Appuyé sur la rampe, il regardait vers le bas.

— Mais oui, disait Lowell, vous pourrez venir le chercher dès la fin de l'exposition.

Il faisait des gestes encourageants mais pas envahissants, il savait mettre le client en confiance. Ses cheveux blonds impeccablement coiffés, son visage aux traits aristocratiques, ses manières raffinées, tout en lui donnait l'impression qu'il n'exerçait pas son métier pour l'argent mais par passion ; une aisance sympathique, rassurante, sans trace d'arrogance, imprégnait ses moindres inflexions.

Ce garçon était très bien. Pas exceptionnel, mais très bien. Cependant, le fait qu'il soit bien avec les clients, hélas, n'impliquait pas qu'il saurait assurer la gestion des affaires : commandes, factures, expéditions, assurances, prêts bancaires…

Il peut apprendre.

Certes.

Tu viens de recruter une réceptionniste pour les jours d'affluence. Si Lowell te déchargeait d'une partie de la gestion du magasin, tu aurais davantage de temps pour…

Pour quoi, au juste ?

Bonne question.

Même si le Silence survivait à ses dissensions internes et à l'inévitable confrontation qui allait avoir lieu avec la Cosa, cette voie lui était désormais définitivement fermée.

Alors tu pourrais travailler davantage avec Wren.

Cette idée-là lui faisait mal, puisqu'elle lui rappelait que Wren devrait d'abord l'accepter comme partenaire, en affaires ou… personnellement. Sergueï n'était pas complètement idiot, il savait bien de quoi Wren avait *vraiment* peur, quelque excuse qu'elle puisse trouver.

La première étape, c'est d'admettre que tu as un problème.

Exact. Il prit une profonde inspiration, sans se rendre compte qu'il serrait la rampe à s'en faire blanchir les phalanges.

— Bonjour. Je m'appelle Sergueï Didier, je suis un drogué du Courant.

Il s'attendait presque à entendre un chœur lui répondre : « Bonjour, Sergueï », et ressentit une déception absurde quand rien ne vint. Bien sûr, avec sa chance habituelle, un client se trouvait peut-être juste derrière lui. Dans ce cas, une version déformée de ses mots alimenterait les ragots des amateurs d'art dès le prochain week-end.

Le monde artistique était un petit monde, cruel à l'occasion.

En fait, y avait-il un seul groupe dans lequel il évoluait qui ne le soit pas ? Sergueï Didier, semblait-il, avait une prédilection pour les milieux chatoyants et cruels.

Des qualificatifs qu'on pouvait appliquer aux Fées telles qu'on les évoquait dans l'ancien monde, celles des histoires que lui racontait sa grand-mère russe, qui avaient des dents pointues et de la mousse dans les cheveux. Des histoires qui l'épouvantaient quand il savait à peine marcher, et qu'il écoutait religieusement jusqu'à l'arrivée de son père, à la fin de la journée.

Sergueï avait regretté, à la mort de sa grand-mère, qu'elle ne puisse plus lui faire si délicieusement peur. Il se demandait si, sans ces contes, il aurait accepté aussi naturellement la présence de la magie dans le monde réel : la vraie magie, dangereuse, voire mortelle.

Mortelle !

Wren pouvait mourir. Il l'avait toujours su, mais l'année précédente cette perspective était devenue beaucoup plus concrète. Bien trop concrète. Car Wren avait désormais des ennemis. Non pas ceux auprès de qui elle avait récupéré des objets ; en général ils n'avaient pas la moindre idée de son identité. Mais d'autres savaient pourquoi ils lui en voulaient, et la haïssaient réellement.

Elle pouvait mourir : un faux mouvement, un réflexe un peu lent, un seul jour où elle ne se trouverait pas au mieux de sa forme, et…

Et à quoi cela t'avance de penser à ça ? Dis-moi ?

Il n'en savait rien. Pour la première fois de sa vie, il ne savait comment remédier à son malaise. Car il ne pouvait rien faire. Pas tant que Wren refuserait de le voir — et l'accepterait-elle un jour à nouveau ?

— Bon sang, Didier, ça suffit ! s'écria-t-il, écœuré. Assez.

Il descendit l'escalier, se rendit dans son bureau, prit son manteau et sa mallette, revint dans la salle d'exposition. Lowell en avait fini avec le client, il travaillait à l'accueil.

— Lowell ?

Le jeune homme leva les yeux sur lui, anxieux de s'exécuter ; Sergueï se sentit vieux dans la peau du patron plein d'autorité.

— J'ai une réunion, annonça-t-il, je ne rentre pas ensuite. Vous fermerez, on se voit demain.

Lowell était trop stylé pour manifester une quelconque émotion devant cette soudaine délégation de responsabilités, ou pour exprimer de la surprise à l'idée d'une réunion non indiquée dans le planning de l'ordinateur. Pourtant, un éclair indiscutable de satisfaction brilla dans ses yeux. On lui confiait une responsabilité supplémentaire !

Donne-lui une occasion de faire ses preuves, vois comment il s'en sort.

Sergueï n'ajouta rien, il enfila d'un seul mouvement son manteau et sortit dans le soleil de fin d'après-midi.

Il n'y avait aucune réunion, bien sûr. Si Sergueï devait se complaire dans la morosité et remâcher une situation contre laquelle il ne pouvait rien, autant le faire devant un dîner léger en buvant un verre de vin.

Il n'avait pas envie de cuisiner, mais à Manhattan, on pouvait s'offrir un repas complet à toute heure du jour ou de la nuit, sur place ou à emporter. La seule question était le genre de cuisine qu'on souhaitait.

En ce qui concernait la nourriture, Sergueï avait un

secret. Enfin, rien d'inavouable ; un petit secret qu'il était devenu compliqué de révéler.

Il n'aimait pas la cuisine chinoise.

Il ne la détestait pas non plus ; il pouvait en apprécier certains plats, quelques épices, et il reconnaissait son excellent rapport qualité-prix. Mais, à choisir, il préférait la cuisine thaïe, japonaise... n'importe quoi, en fait, plutôt que les plats chinois à emporter. Même les fameuses nouilles de chez Jimmy ne pouvaient le faire changer d'avis.

Wren, elle, adorait la cuisine chinoise qui la dynamisait. Le simple fait de briser les *fortune cookies* pour lire le petit message de bonne aventure caché à l'intérieur l'amusait. Et, pour Sergueï, la voir piocher, ravie, son riz dans les cartons blancs, constater avec toujours la même surprise que les épices semblaient la remplir d'énergie au point qu'elle parlait plus vite... oui, cela valait largement la peine de taire son peu d'intérêt pour la cuisine chinoise.

Sans Wren, Sergueï se fournissait en général au restaurant thaï de son quartier. Ce qu'il fit encore ce jour-là en rentrant de la galerie. Une portion de *khao khluk kapi* et un verre de vin blanc sec bien frais conviendraient parfaitement à son humeur.

Aussi, une fois de retour chez lui, fut-il surpris de découvrir un *fortune cookie* dans son paquet. Le petit gâteau était posé sur le récipient de plastique qui contenait le plat.

— Bon sang ! s'écria-t-il avant d'éclater de rire. Ils ne vous ratent décidément jamais.

Il s'employa d'abord à mettre son couvert sur le comptoir de sa cuisine américaine, et ouvrit une bouteille de vin.

Il se versa un verre, alla dans le salon, regarda par les grandes baies vitrées en sirotant son vin, sans vouloir reconnaître qu'il était affamé.

Wren, à un moment, avait essayé pendant des mois

d'éviter qu'on lui remette un de ces gâteaux ; elle était allée jusqu'à renoncer à la cuisine chinoise. Un gros sacrifice pour elle. Mais cela n'avait rien changé : la Voyante employée chez Jimmy, spécialiste des nouilles, l'avait suivie jusque dans la rue. C'était une très vieille dame — elle ressemblait à un grillon, lui avait dit Wren, aussi grêle et frêle qu'un grillon — qui n'aurait même pas dû pouvoir se lever de sa chaise, encore moins suivre à la trace une jeune femme en pleine santé dans une grande ville. Mais elle l'avait fait, et avait remis à Wren son *cookie* divinatoire de la main à la main. Impossible d'y échapper.

De quoi vous rendre fou : on pouvait courir, ou se cacher. On pouvait faire semblant de ne pas prendre ça au sérieux ; aucune importance.

Ils ne vous rataient jamais.

Sergueï termina son verre de vin, abandonna la vue splendide à sa fenêtre, retourna dans la cuisine.

— D'accord. Qu'y a-t-il ? demanda-t-il au gâteau en le ramassant.

Il le soupesa. Contrairement aux *fortune cookies* industriels, il n'était pas emballé dans une petite pochette plastique, mais dans une papillote de parchemin. Maudite Voyante.

Il ouvrit la papillote, brisa le gâteau, en retira le morceau de papier.

« La chute n'est pas l'échec en soi mais l'échec du choix ».

— Wren avait raison, déclara Sergueï au papier dans sa main. On devrait fusiller toutes les Voyantes à la naissance.

8.

— Tu es lente. Tu es gauche !

Wren se frotta la hanche et répliqua par un regard assassin. Personne n'avait dit qu'elle était gauche depuis qu'elle avait quatre ans, quand elle essayait dans son tutu rose de faire un *plié*. Elle n'appréciait pas le qualificatif, pas plus que les ecchymoses qui allaient avec. Elle avait des choses à faire, bon sang ! Des gens à harceler, une récupération à organiser.

Le grand échalas en face d'elle lui rendit son regard, absolument pas impressionné. Il lui tendit la main pour l'aider à se relever. Elle la prit. Ils se trouvaient au milieu de la pièce principale chez elle — son salon/salle à manger/salle de réunion. Ils avaient repoussé tous les meubles contre les murs ou dans l'entrée, ainsi que la chaîne stéréo, pour ne pas les abîmer. Wren n'était pas forcément ravie de ses tentatives récentes d'ameublement, mais enfin elle y avait consacré de l'argent et comptait protéger ses acquisitions.

Elle aurait bien aimé se protéger, elle aussi.

Morgan avait fait son apparition à sa porte ce matin-là, un sac de toile sur l'épaule et une mallette rigide à la main. Le sac contenait un tatami, la mallette…

La mallette était remplie de petits objets pointus

très mignons, nichés dans des alvéoles au milieu d'une mousse rigide.

— Tu comptes m'apprendre à jeter ces trucs ? avait-elle demandé, incrédule, un peu excitée.

Mais l'Ignorant avait secoué la tête.

— Je vais t'apprendre à les éviter.

C'était exactement ce qu'il faisait, avec plus ou moins de succès.

— Bien trébuché, Valère. Tu passes par les fenêtres, avec ce système ?

O.P., arrivé en plein milieu de la leçon, s'en donnait à cœur joie pour critiquer voire siffler. Il niait avoir envoyé Morgan, il niait même lui avoir parlé des projets de Wren, mais de toute évidence il trouvait l'idée excellente.

— C'est le meilleur, rappela-t-il à la Récupératrice quand elle commença à se plaindre.

Morgan était spécialiste en arts martiaux, d'une réputation apparemment sans égale. Il travaillait à temps partiel pour une entreprise de déménagement ; Wren et O.P. l'avaient rencontré pour la première fois dans le cadre d'une récupération à réaliser chez un membre du Conseil, à un moment où son changement de domicile accaparait toute son attention.

Wren devait apprendre par la suite que des Fatæ d'ascendance irrémédiablement pacifiste avaient engagé Morgan pour qu'il leur apprenne à se protéger ; la seconde fois où elle l'avait vu, on l'avait élu capitaine d'une Patrouille de la Trêve, malgré sa condition d'Ignorant.

Elle pensait maintenant qu'Ignorant ou pas, il avait forcément un peu de Courant en lui pour pouvoir bouger à une telle vitesse. Elle se rendait à peine compte du moment où il lui jetait un couteau, et ce n'était certainement pas par maladresse que le manche la touchait et non la lame.

— Tu crois vraiment que le Silence va essayer de m'assassiner avec des couverts ? demanda-t-elle.

Elle était fatiguée, en sueur, couverte de bleus, de mauvais poil. Elle avait prévu en se levant de se procurer les plans de plusieurs immeubles qui devaient, pensait-elle, appartenir au Silence, pour voir si l'un d'eux pouvait abriter ce qu'il restait des Agents Actifs de Terrain. Le fait de « se faire taper dessus par un allié inattendu » était la surprise du jour.

— Ils sont malins, ils vont s'attendre à ton arrivée, répondit Morgan. Ils ne se serviront pas d'armes à feu.

— Pourquoi diable devraient-ils s'attendre à son arrivée ? voulut savoir O.P., perché sur le dossier du grand fauteuil provisoirement poussé dans l'entrée.

Wren espérait qu'il ne se servait pas de ses griffes pour se stabiliser sur son perchoir ; le siège était peut-être vieux, mais il ne méritait pas un tel traitement.

— Parce qu'ils sont malins, expliqua calmement Morgan en replaçant Wren en position au milieu du tatami et en choisissant dans sa panoplie une matraque pourvue de dents, d'allure fort peu sympathique. Parce que c'est ce qu'ils feraient à sa place.

— Et alors, tu n'es pas d'accord ? demanda Wren.

Son T-shirt était détrempé de sueur et il y avait un accroc à une jambe de son pantalon de jogging, là où une des lames l'avait frôlée. Elle espérait vraiment que l'Ignorant allait essayer de lui donner une leçon de morale, ainsi elle pourrait au moins se venger verbalement de son bourreau.

— Je n'ai pas à être d'accord ou pas.

La matraque vola vers le genou de Wren. Elle se tourna, plongea ; les dents de l'arme se plantèrent deux centimètres derrière elle.

— C'est mieux, remarqua Morgan. Mais encore insuffisant.

Les Fatæ de sa patrouille adoraient cet individu, au point qu'ils avaient fait de lui leur capitaine. Elle se demandait bien ce qu'ils lui trouvaient.

— Et pourquoi donc ?

Elle ne faisait pas référence à l'appréciation de l'Ignorant et il l'avait bien compris.

— Je ne suis pas de la Cosa, précisa-t-il, mais simplement un auxiliaire enrôlé qui n'a pas à porter de jugement moral.

— Pourtant tu es ici. Cela implique une forme de jugement, à moins qu'on t'ait payé pour venir.

Elle avait vraiment envie de savoir qui lui avait adressé Morgan. Quelqu'un qui la croyait incapable de se débrouiller seule, mais ne voulait rien dire de peur de se faire rembarrer… une bonne demi-douzaine de noms lui venaient à l'esprit, et le suspect le plus probable vivait deux étages plus bas dans le même immeuble qu'elle.

Wren ramassa la matraque, la soupesa et la rendit à Morgan.

— Bien, lui dit-elle. En tant que professeur en autodéfense et en comportement, qu'est-ce que tu me suggères ?

Il prit l'objet comme s'il ne pesait rien.

— Faire feu de tout bois.

Elle le regarda, contrariée. C'était déjà ainsi qu'elle opérait au cours d'une récupération : elle employait le Courant, ses capacités purement physiques, ce qui pouvait paraître utile selon la circonstance. Mais la manière dont il l'avait dit… On aurait dit qu'il y avait autre chose derrière ses mots. A supposer que cela ait un sens.

Il ne lui laissa pas le temps de réfléchir davantage et

relança la matraque, mais cette fois sur une trajectoire incurvée.

Wren fit pivoter d'un quart de tour le haut de son corps, laissa l'objet passer près d'elle. Mais cette fois elle le *sentit* arriver et, en cet instant subit où elle fut enfin entièrement présente, entièrement consciente de l'exercice, les mots prirent tout leur sens.

Faire feu de tout bois.

De tout. Absolument de *tout.*

Sans laisser le temps à l'arme de se ficher dans le tapis près d'elle, elle se baissa et envoya un soupçon de Courant juste en dessous, calculant instantanément la force et la direction nécessaires pour la renvoyer comme un boomerang dans la main de l'envoyeur.

Faire feu de tout bois, pas seulement au fur et à mesure, mais tout de suite. Tout le temps. Ne pas faire de distinction entre les instants où on a besoin de quelque chose et ceux où on n'en a pas besoin. Ils ne sont pas nettement séparés, mais doivent fusionner.

Morgan rattrapa la matraque sans aucune difficulté et la posa.

— C'est pas vrai ! cracha Wren.

Il lui fallait entretenir sa colère pour tenir debout, parce qu'elle sentait ses genoux prêts à se dérober sous elle, à cause de sa réaction à l'attaque. Et parce qu'elle venait soudain de comprendre…

— Cette fois, tu as *vraiment* essayé de me blesser !

— Tu aurais dû viser la tête, répondit-il simplement.

Elle ne devait pas s'attendre au moindre compliment. Mais Morgan eut — presque — un sourire.

— Suffit pour aujourd'hui, conclut-il en entreprenant de ranger ses instruments de torture. Une douche chaude, de l'aspirine, mange bien ce soir.

— Très bien. O.P., rends-toi utile et aide le Maître des Tourments, ici présent, à remettre les meubles en place. J'ai besoin d'un café et d'une douche, en effet.

— Oh que oui, approuva O.P. en reniflant ostensiblement.

Elle lui donna un bon coup sur l'épaule en passant près de lui, et ils firent tous deux la grimace.

La salle de bains était pleine de vapeur et son café avait gravement tiédi quand elle finit par extraire son corps rompu de sous le jet brûlant. Elle s'enveloppa dans une serviette avec des mouvements dignes d'une femme de deux fois son âge et évalua les dégâts.

— J'ai l'impression d'avoir boxé cinq rounds contre un bûcheron, commenta-t-elle.

Elle effectua une rotation prudente de l'épaule gauche, et eut un petit gémissement quand un autre muscle noué se détendit.

Elle voyait dans le miroir quelques coupures et beaucoup de bleus, notamment un très impressionnant sur la hanche, qui prendrait plusieurs jours à disparaître si elle ne demandait pas à quelqu'un d'y injecter un peu de Courant. Oui, elle pouvait le faire elle-même, mais elle se sentait fourbue ! Elle trouvait préférable de laisser quelqu'un d'autre la soigner ; l'automédication était une manœuvre particulièrement délicate à effectuer avec le Courant, même sur les blessures superficielles. En effet, c'était si agréable qu'on avait immanquablement envie d'en faire trop et de « soigner » aussi ce qui n'en avait pas besoin. Très mauvaise idée !

Ses mèches brunes collaient à son cou et à ses épaules ; Wren envisagea une nouvelle fois de se faire couper les cheveux. Une coiffure archi-courte peut-être, ce serait plus simple. Mais elle n'avait pas envie d'ajouter cette préoccupation supplémentaire à ses problèmes du moment ; elle le nota mentalement pour plus tard. Bien plus tard, en fait : dans un an peut-être, si elle était encore en état de penser à ses cheveux.

Elle finit son café, enfila des sous-vêtements, un sweat propre, un jean.

— Quelqu'un d'autre prendra de la pizza ? demanda-t-elle en s'engageant dans le petit couloir qui menait dans le salon, où l'accueillit l'odeur d'huile et de *pepperoni*.

— Je me suis déjà permis…, lança Bonnie depuis le canapé.

Elle portait son blouson avec l'insigne des E.P.P.I. ; sans doute arrivait-elle du travail. Elle avait ôté ses chaussures et repris sa posture favorite, les pieds ramenés sous elle, une des assiettes blanches toutes simples de Wren sur les genoux. Une pizza d'un mètre carré, posée sur la table basse, fleurait bon la cuisine maison.

Bonnie souleva un morceau de son assiette et le laissa en suspens un instant, le temps de répondre au regard interrogateur de Wren.

— Mon mentor m'a offert pour mon anniversaire un four à pizza avec tous les accessoires, annonça le jeune Talent.

Le don naturel de Bonnie pour la cuisine était légendaire, comme les malheureuses tentatives de Wren dans ce domaine. La Récupératrice n'avait pas manqué d'avertir son amie quand un appartement s'était libéré dans l'immeuble ; les qualités culinaires de l'E.P.P.I. n'avaient sûrement pas été la seule raison à l'y pousser, mais elles n'avaient pas nui.

O.P. n'avait pas traîné pour étrenner le plat : les traces

de sauce autour de son museau indiquaient qu'il lui avait déjà fait honneur. Morgan avait disparu.

— Alors comme ça, tu es passée manger un morceau avec nous ?

Wren ne voulait pas prendre un ton accusateur, surtout envers quelqu'un qui lui avait apporté une superbe pizza sicilienne faite maison, mais elle n'avait pas oublié le silence de Bonnie après cette première réunion.

— Je me suis dit que tu aurais besoin de te mettre quelque chose dans le ventre, répondit celle-ci sans paraître le moins du monde sur la défensive.

Wren comprit : Bonnie n'était peut-être pas en mesure de participer activement à ce qu'ils s'apprêtaient à accomplir, mais elle ne les abandonnait pas pour autant.

— On prendra aussi des alliés passifs, dit-elle.

Bonnie réagit en pliant en deux la part qu'elle tenait, avant de la fourrer dans sa bouche et de la mâcher avec conviction. Elle haussa les épaules, avala et marmonna :

— On me pendra de toute manière. On me brûlera, on me lapidera, on me noiera… selon le menu du jour.

Elle posa son assiette sur la table basse, s'essuya la bouche avec une serviette en papier, croisa le regard de Wren.

— Je ne sais pas me battre, ajouta-t-elle, je frappe comme une fillette. Je m'évanouis à la vue de mon propre sang, et je reste persuadée que la solution de la plupart des problèmes du monde résident en la non-violence et la négociation. Mais je sais aussi quand il faut laisser les autres agir.

Sa ravissante petite bouche se tordit dans un sourire sinistre.

— Je suis au moins capable de nourrir les troupes !

— Et de leur envoyer des anges gardiens champions en arts martiaux ? suggéra Wren.

Bonnie lui lança un regard d'incompréhension.

— Ce n'est pas toi qui as chargé Morgan de me tabasser pour la bonne cause ? insista la Récupératrice.

L'E.P.P.I. secoua la tête.

— Non, mais je l'aurais sûrement fait si j'y avais pensé. Tu crois qu'il voudrait bien m'apprendre ?

— Quoi, à te battre ?

Le visage de Bonnie s'éclaira d'un sourire malicieux, infailliblement charmeur.

— Non, rectifia-t-elle. J'aimerais juste qu'il me jette par terre et me dise que je suis une *vilaine petite fille* !

O.P. s'étouffa avec sa pizza ; Wren secoua la tête et ferma les yeux. Bonnie ne changerait jamais !

— Danny a appelé pendant que tu étais sous ta douche, annonça le Démon. Il veut qu'on se voie en ville.

Wren se peigna rapidement avec les doigts et réfléchit. Tant pis pour son gros bleu à faire soigner par magie, il faudrait reporter l'opération à plus tard.

— Il a dit pourquoi ? demanda-t-elle.

— Il veut nous faire rencontrer quelqu'un, répondit O.P. en haussant les épaules. Je n'ai pas demandé de détails, on en saura bientôt davantage.

— Très bien, d'accord.

Wren avait vraiment besoin de ces plans pour pouvoir identifier sa cible parmi les immeubles appartenant au Silence ; mais cela pourrait attendre encore quelques heures.

Finalement ils donnèrent rendez-vous à Danny et à son invité-mystère dans un des Starbucks qu'on trouvait à chaque coin de rue du quartier des affaires. Les employés à la Bourse avaient besoin en permanence de caféine : les magasins de la chaîne ne désemplissaient pas.

Wren, ayant grandi dans le New Jersey, avait l'habitude des snacks où on pouvait s'attarder à condition de renouveler de temps en temps sa consommation (renouvellement facultatif aux heures creuses). Starbucks en était l'équivalent moderne, à Manhattan, avec des prix beaucoup plus élevés et des tables plus petites.

D'un autre côté, le café était infiniment meilleur.

O.P. et Wren entrèrent et virent Danny et un autre homme appuyés contre un mur. Danny leur fit des signes indiquant que son compagnon et lui allaient occuper une table pendant que Wren irait chercher les boissons.

Il savait organiser les choses importantes.

La file d'attente n'était pas longue, mais elle avançait lentement. Wren laissa échapper un soupir d'impatience ; la femme devant elle se retourna, et la surprise se peignit sur son visage.

— Oh ! Bonjour, dit-elle.

Il fallut un petit moment à Wren pour identifier la propriétaire de cette voix familière.

— Hum… bonjour.

La femme sourit, ou plutôt grimaça poliment.

— Eh bien…, commença-t-elle. N'est-ce pas embarrassant !

Colleen. Qu'on surnommait naguère, sans aucune affection, « La voix de son maître ». Représentante du Conseil des Mages auprès du Comité de la Trêve, quand il existait encore.

Elle était têtue, savait ce qu'elle voulait ; Wren l'avait respectée comme on respecte une adversaire devenue provisoirement une alliée. Elle au moins n'avait pas tourné les talons quand le Conseil avait laissé tomber le Comité, c'était à retenir. Mais, après la Bataille du Pont, on ne l'avait plus vue nulle part.

Et elle la retrouvait dans la queue du Starbucks. Le monde était petit.

— Vous avez une mine épouvantable, déclara carrément la Récupératrice.

— Je sais.

Colleen, sans avoir jamais mérité le titre de « vraie beauté », ne passait pas inaperçue, auparavant, dans le genre femme fatale des années quarante… Elle savait s'habiller à la perfection, comme son mentor.

Son mentor : KimAnn Howe, chef du Conseil local. Elle non plus, on ne l'avait plus vue après la Bataille. La rumeur voulait que les autres dirigeants du Conseil se soient réunis en séance plénière en ville pour régler son cas, mais faisait place ensuite aux spéculations les plus échevelées. Quelqu'un savait peut-être où se trouvait la vieille machine de guerre… mais personne ne disait rien.

En toute franchise, Wren s'en moquait éperdument. *Madame* Howe avait organisé contre les Solitaires la pire attaque qu'on eût jamais vue. En outre, elle avait explicitement ordonné au Conseil de ne pas participer à la Bataille du Pont.

Mais la Récupératrice devait se rappeler que l'appartenance au Conseil ne constituait pas en soi une garantie de méchanceté. Ayexi, le mentor de son propre mentor, quelqu'un de foncièrement bon, en faisait bien partie.

La serveuse tendit son café latte à Colleen.

— Euh… Comment allez-vous ? demanda le membre du Conseil à Wren.

— Parce que ça vous intéresse ?

Colleen rougit mais ne détourna pas le regard.

— En fait, oui. J'ai… entendu parler de ce qui s'était passé.

— Je n'en doute pas !

Wren n'aurait jamais pensé pouvoir placer tant de hargne dans quatre malheureuses syllabes. Elle se demanda de quoi Colleen parlait au juste : faisait-elle référence à la Bataille et à ses suites, ou bien… Subitement, Wren ne put se rappeler à quoi d'autre son interlocutrice aurait pu faire allusion.

— Ah bon. D'accord.

La distance glacée de Colleen était revenue ; elle avait remis son masque de garce de première classe, protégée de *Madame* Howe. Son allure négligée et son absence de maquillage n'y changeaient rien.

— Portez-vous bien, Valère, lança-t-elle avant de s'éloigner. Et restez hors de mon chemin.

— Pas bien malin d'énerver Sa Seigneurie de cette manière, nous aurions pu l'enrôler, remarqua Danny en venant l'aider à porter les cafés.

Pas faux. Mais ils avaient besoin de gens de confiance, et Wren ne se fierait jamais à une ancienne assistante de Howe.

— Manhattan est tout petit, poursuivait Danny. Nous tomberons forcément de temps en temps sur des membres du Conseil. Tu as l'intention de tous les snober ?

— Parce que toi tu comptes leur sauter au cou ?

Danny sourit. Oui, il se taillait bien les dents en pointe.

— Seulement si tout le monde peut voir mes sabots et mes cornes, précisa-t-il.

Le Conseil n'avait rien contre les Fatæ. En fait, beaucoup d'entre eux considéraient les non-Humains comme des cousins et les acceptaient mieux que ne le faisaient les Solitaires. Mais de là à se retrouver embrassé en public par un faune… Non, ce ne serait sûrement pas le meilleur moment de leur existence.

Wren ne put s'empêcher d'éclater de rire.

— Vilain garçon ! lança-t-elle d'un ton moqueur au détective. Maintenant essayons de mieux employer ton cerveau pervers.

Danny leur avait réservé une des tables les plus convoitées, avec le dessus en damier, aussi loin que possible de la porte et des fenêtres, assez grande pour qu'ils puissent s'y installer confortablement à quatre : Wren, Danny, O.P. et Ron, un type tout maigre qui parlait lentement. Le faune annonça que Doherty avait recommandé Ron pour ses talents d'organisateur, et parce qu'il présentait en outre l'avantage de « ne pas rechigner à l'action ». En d'autres termes, la violence ne lui faisait pas peur. Wren se demanda comment le médecin pouvait bien le savoir, mais enfin on ne pouvait pas demander leur CV à des conspirateurs !

— Très bien, commença Danny. J'ai donné à Ron les premiers éléments d'information ; c'est-à-dire qu'il sait que vous êtes tous les deux cinglés et veut bien passer l'éponge là-dessus.

Ron Sans-Nom-de-Famille n'eut pas l'ébauche d'un sourire.

— Je suis spécialiste en approvisionnements en tout genre, déclara-t-il avec une pointe d'accent du Sud des Etats-Unis.

— Ah oui ? Qu'est-ce que tu peux nous fournir qu'on n'ait pas déjà ?

O.P. avait l'air agressif ; Wren savait qu'il venait d'endosser le costume du « mauvais flic » pour savoir ce que le nouveau venu avait dans le ventre. Mais l'intéressé ne se laissa pas prendre à la comédie. Il faisait partie de la Cosa, connaissait Wren de réputation, savait que c'était elle qui menait la danse et non le Démon à ses côtés.

— Du monde, répliqua-t-il, le regard fixé sur la Récupératrice. Des troupes entraînées. Pour bien faire, vous avez dû prévoir une diversion, quelque chose qui détourne un minimum l'attention des chiens de garde… et leur force de frappe. En outre vous ne savez pas dans quel état vous trouverez ces gamins. Je peux me charger de leur dénicher un refuge, avec toute l'aide médicale nécessaire.

— Et en amont de l'opération ? demanda Danny.

Il prenait toujours un café noir avec deux sucres, alignés devant lui comme des petits soldats à sacrifier l'un après l'autre. Il les fit tomber dans sa tasse et but une gorgée.

— Ce qui compte, poursuivit-il à l'adresse de Wren, c'est savoir où tu vas te fourrer. Ce que nous pourrons ou non faire des enfants par la suite n'aura aucune importance si tu ne peux pas entrer dans le bâtiment. Et ne me joue pas ce sketch « Je suis La Wren » dont tu as régalé Doherty, je sais bien comment toi et… comment tu travailles. Tu fais toujours un gros boulot de préparation : tu étudies les plans, tu te renseignes sérieusement sur l'objectif.

Wren apprécia la manière dont Danny s'était rattrapé et avait évité de mentionner le nom de Sergueï. Mais ce n'était pas en évitant de parler de lui qu'on le ferait sortir de ses pensées. Elle ressentait à tout moment son absence, même ici, hors de chez elle, dans un endroit qu'il éviterait à tout prix. Sergueï considérait les Starbucks comme autant de furoncles urbains.

Cela n'allait guère l'avancer de remâcher ce que pensait Sergueï !

Les ruptures, quel fléau. Et puis le terme ne convenait pas : les ruptures, c'était quand on ne s'aimait plus, oui ou non ? En fait, il s'agissait d'une… dissolution de partenariat, parce que…

Assez, Valère, n'y pense plus. Refoule aussi cette partie de ta vie, mets-la dans une petite boîte.

Elle savait bien le faire, c'était ainsi qu'elle pratiquait avec tout ce qu'elle récupérait, notamment les choses dangereuses. Construire la boîte, la garnir, fermer le couvercle, clouer. Avec une tête remplie de petites boîtes, on évitait les dégâts.

— Oui, ça on peut se le procurer, disait O.P.

Wren fronça les sourcils, essaya de se rappeler ce dont on parlait avant que son esprit se mette une fois de plus à battre la campagne, comme un papillon. Se procurer quoi, déjà ? Ah oui, de l'information.

— Ah bon ? Et comment ? rétorqua Ron. Je ne veux pas vous vexer, tous les trois, mais nous n'allons pas investir un musée ou un magasin, ni même le domicile de quelqu'un. Nous nous intéressons à une propriété du Silence, l'organisation qui a réussi à opérer sous notre nez sans qu'on s'en doute, pendant je ne sais combien de décennies. Qui est parvenue à enrôler *les nôtres* sans qu'on n'en sache rien !

Il buvait son café serré, trois gorgées à la fois, ce qui plaisait à Wren.

— Pour être juste, continua-t-il, nous avons nous-mêmes opéré sous *son* nez ; il a enrôlé les nôtres sans rien savoir de *nous*.

— Très bien, répondit Wren. Comme le Silence, nous savons passer inaperçus, nous faufiler, et nous ne voyons pas ce qu'il y a sous notre nez. Ça, c'était avant. Tout a changé. Maintenant, nous connaissons l'emplacement de leur quartier général…

— Et quand nous y sommes arrivés, ils avaient déjà bloqué tous les accès au bâtiment, rappela Danny.

C'était un immeuble de bureaux banal, dans une rue banale, un bâtiment que le Silence possédait depuis suffisamment longtemps pour en garder tous les points d'accès sous son contrôle absolu ; on pouvait même y vivre en autarcie quelque temps, grâce à un groupe électrogène bien protégé. Des visiteurs innocents auraient pu penser que l'organisation tenait à se prémunir contre une éventuelle panne générale d'électricité. Mais, aux yeux d'un Talent, elle s'était de toute évidence préparée à subir un siège, à essuyer un assaut de Courant. Comme les agresseurs de Wren bardés de caoutchouc, elle connaissait l'ennemi.

O.P. faisait la tête parce que Wren l'empêchait de prendre plus de deux cafés par jour. Il n'avait même pas pu commander un cappuccino et devait se contenter d'un thé vert.

— Qu'est-ce qui nous assure qu'ils détiennent les gamins là-bas ? objecta-t-il d'un ton morose. Il s'agit d'un immeuble de bureaux, pas d'un dortoir ni d'un laboratoire.

— Pour ce qu'on en sait, assura Wren. Il pourrait y avoir n'importe quoi derrière cette façade.

— Non, intervint Ron. Pour monter une opération d'une telle envergure — combien de Talents ont disparu au juste ? Une trentaine ?

— A peu près, confirma Wren. Pour autant qu'on ait pu l'estimer.

Peut-être plus, peut-être moins. Peut-être, à une époque, y en avait-il eu *beaucoup* plus. Elle avait besoin de noms — de noms, d'âges, de descriptions des personnes disparues, de dates de disparition… De quelqu'un qui pourrait convaincre les familles de fournir ces informations, les comparer aux corps identifiés découverts après la… Après. Wren le nota mentalement et revint à la conversation en cours.

— Oui, s'ils sont une trentaine le Silence consomme forcément plus d'électricité que la normale pour un immeuble de bureaux, assurait O.P. Sans parler de l'eau, du système de ventilation… Croyez-moi, ça se serait vu sur les plans quand on a commencé à les regarder.

— Tu es sûr ? demanda Danny. On n'a pas fait d'étude systématique…

Ce n'était même pas grâce à leurs recherches qu'ils avaient découvert le quartier général du Silence. Ils avaient appris que la Cosa était soupçonnée du meurtre de deux opérateurs dont les corps avaient été laissés devant l'immeuble en question, un avertissement gravé au fer rouge sur la peau.

La Cosa n'avait pas commis ces meurtres ; à supposer que les coupables en aient fait partie, le Quad ne leur avait sûrement pas donné de mandat pour ça et n'avait même pas eu connaissance de leurs intentions. Dans le cas contraire, Wren l'aurait su. Et aucun des Fatæ n'avait revendiqué cet acte — en mégalomanes assumés, ils n'auraient pu s'empêcher de s'en vanter. Ils n'aimaient rien tant que se gargariser d'une mauvaise action bien effectuée.

Les histoires qu'on racontait sur eux n'étaient pas toujours fausses… La plupart pas tellement exagérées, en vérité.

— Très bien, annonça Ron en sortant un petit carnet et un bout de crayon. Venons-en aux détails concrets.

Wren s'était carrée dans sa chaise et regardait vaguement

les gobelets vides sur la table tout en évaluant la position des autres clients. O.P nota que lorsque quelqu'un faisait mine de s'approcher un peu trop de leur groupe, elle se crispait ; jusqu'à présent il n'y avait eu aucun mouvement suspect. Ils s'attiraient quelques regards mécontents, mais uniquement parce qu'ils accaparaient une des meilleures tables et ne faisaient pas mine de vouloir partir.

— Bon, dit le Démon, nous pouvons donc compter sur de l'aide pour la logistique. Sans doute. Ron, tu es sûr des gens que Doherty amène ?

— Oui, opina Ron. Deux d'entre eux ont perdu des membres de leur famille, l'an dernier : un des disparus a été retrouvé mort, le Silence retient probablement l'autre prisonnier. Ils sont prêts à tout. Les autres ne sont pas des Talents mais d'excellents thérapeutes, et ils ne laisseront pas tomber des gamins qui ont besoin d'aide.

Il s'arrêta pour réfléchir un moment, puis ajouta un nom à son carnet.

— Je viens de penser à quelqu'un que je connais, Mack. Ce n'est pas un professionnel de santé, mais il a travaillé comme bénévole dans des foyers pour SDF. Si les non-Talents de l'équipe doivent être soutenus (ce qui signifiait, supposa O.P., au cas où des Talents traumatisés les attaqueraient), il sera parfait.

Bonne idée. Ron ne cessait de monter dans l'estime du Démon.

— Bien, intervint Wren. Donc la première chose à faire — la plus importante — est savoir où se trouvent nos enfants.

— Ensuite tu pourras les récupérer ? demanda Ron.

— Jusqu'à présent aucun système de sécurité ne m'a jamais arrêtée. Je ne dis pas que c'est impossible, mais j'ai toujours pu trouver une faille. Il suffit de persévérer.

— Ce qui nous ramène à notre question du début, insista Ron. Comment allons nous repérer ce fameux immeuble où tu trouveras le moyen de t'introduire ?

Danny regarda O.P., O.P. regarda Wren, Wren baissa les yeux vers son gobelet.

— Wren, fit le Démon.

Il savait comment elle opérait, et ce qui lui manquait actuellement pour agir.

— Je ne peux pas faire ça, répondit-elle d'un ton neutre.

Ce qui signifiait qu'elle frôlait la panique. O.P. détestait avoir à l'acculer ainsi. Il se faisait horreur ! Mais c'était indispensable.

— Bien sûr que tu peux ! Tu ne veux pas, c'est tout, tu préfères continuer à bouder.

— O.P…

— Je sais.

Oui, il savait. Il était le seul à savoir.

— Mais lui peut nous obtenir l'information, insista-t-il. Et il te la donnera *à toi.*

Le café tout entier n'était pas suspendu à leurs paroles, O.P. le savait bien. Pourtant c'est l'impression qu'il eut quand Ron reposa brutalement son gobelet sur la table et s'écria, indigné :

— Vous n'allez quand même pas faire appel à ce traître !

— Ce n'est pas un traître ! rétorqua Wren, vexée qu'on attaque ainsi son ex-partenaire.

— Non, en effet ; il est resté fidèle aux siens. Il ne les avait jamais quittés !

Cette rumeur avait couru après la Bataille du Pont en Feu : les chefs du Silence n'avaient pas quitté leur cachette parce que Sergueï les avait avertis.

O.P. savait pertinemment que c'était faux. Il avait vu Sergueï faire face aux chefs en question et se retrouver dans une position inconfortable, à tenter d'équilibrer des pouvoirs. Ensuite, il ignorait ce qu'il s'était passé : l'Humain l'avait envoyé porter secours à Wren. Et il n'avait pas eu besoin de le lui dire deux fois.

— Sans Sergueï Didier, nous n'aurions peut-être pas survécu, grogna le Démon d'une voix mesurée, basse, menaçante. Personne ne dit du mal de lui en ma présence.

Personne sauf Wren. Elle seule en avait le droit.

— Bon, alors où peut-on le trouver en ce moment ? demanda Danny. Parce que, oui, on aurait bien besoin de lui !

Excellente question. Mais si on voulait y répondre sans conforter les gens dans l'opinion qu'ils avaient de Sergueï, il faudrait révéler les liens étroits qui existaient entre lui et Wren. O.P. ne voyait aucun inconvénient à discuter de n'importe quoi — peu de sujets pouvaient gêner les Démons, et certainement pas le sexe — mais il savait fort bien que la Récupératrice tenait absolument à cacher leur liaison.

Elle était très secrète, même pour une Humaine, et Didier davantage encore.

— Je l'ai écarté, déclara Wren.

— Tu quoi ?

Danny réagit comme s'il avait reçu une gifle. O.P. lui-même, qui connaissait toute l'affaire — enfin, l'essentiel — eut la même réaction.

— Je l'ai écarté, mais pas parce que je le considère comme un traître. Il s'agit d'un Ignorant, Danny. Ron, as-tu une idée de ce que cela signifie ? Ma mère est une Ignorante, mon ex-partenaire en affaires aussi. Ce qui veut dire qu'ils n'ont aucun moyen de se protéger d'une attaque magique. Ils ne peuvent même pas employer la magie ancienne ; elle ne se retournerait pas contre eux, elle ne fonctionnerait pas. Tout simplement. Ma mère, en général, n'a pas conscience de la présence des Fatæ : dès qu'elle en voit un, elle l'oublie aussitôt. C'est à peu près l'effet que je fais sur la plupart des gens ! Alors, dans la guerre qui s'annonce, des gens comme eux ne seraient pas seulement en danger, ils nous encombreraient. Ils constituent des cibles beaucoup trop évidentes.

Elle ne rendait pas justice à Didier ; cet homme pouvait fort bien se défendre. Mais ce qu'elle avait dit des Ignorants en général était exact.

— Donc tu l'as écarté, reprit Danny.

Il la regardait, les yeux écarquillés, l'air désemparé.

— Je les ai écartés tous les deux, ma mère et lui. Aussi loin de moi que j'ai pu.

— Allons donc !

Ron n'en croyait pas un mot. Il ne la connaissait pas aussi bien qu'O.P. et Danny.

— Qui va attaquer un Ignorant ? Je veux dire, le Silence, ce sont bien des Ignorants, non ? Leur grande affaire, c'est de protéger les Ignorants contre nous, les abominables monstres qui hantent la nuit. Tu réagis de manière excessive. Je suis entièrement d'accord pour qu'on récupère nos gamins, mais il faut garder le sens des proportions, tu ne crois pas ?

— Il n'a pas quitté la ville, intervint O.P.

Il n'était pas ravi d'admettre qu'il avait gardé un œil sur Sergueï. Wren ne voulait pas le savoir, et elle était très forte pour ne pas savoir les choses. Mais il tenait à dévier la conversation avant que la Récupératrice fasse à Ron une intéressante Démonstration de ce que voulait vraiment dire « réagir de manière excessive ».

— On dirait qu'il continue son activité de marchand d'art, à défaut de jouer les complices d'une voleuse. Tout ce que tu as à faire, reprit-il à l'adresse de Wren, c'est l'appeler. Ou lui écrire une lettre, ça vaut peut-être mieux. (Quand elle était énervée, Wren pouvait griller tous les téléphones portables à la ronde, et un tel appel l'énerverait énormément.) Ecris-lui, je me charge de lui porter le mot.

C'était son métier, après tout. Il accorderait un bon prix à Wren si elle faisait appel à ses services !

— Je n'ai pas l'intention d'écrire...

Wren n'acheva pas sa phrase parce qu'un sac de grand magasin se balança alors un petit peu trop près de son épaule et finit par la heurter.

O.P. nota la force du coup. Wren ne perdit pas de temps : elle se laissa tomber de sa chaise et plongea sous la table, bientôt rejointe par le Démon qui, d'un seul coup de patte, avait mis Ron hors d'atteinte de l'assaillant, sans se préoccuper des déchirures provoquées par ses griffes dans le sweat très tendance et sans doute très cher que portait leur nouvel ami.

Danny se leva brusquement, selon le plan qu'O.P. et lui avaient établi dans l'hypothèse d'une attaque : le Démon protégeait la Récupératrice ; le faune, dont la nature non humaine n'était pas aussi évidente, se chargeait de l'agresseur.

Celui-ci (une femme) vit que sa cible avait plongé et alla pêcher dans la poche de sa veste un petit tube en plastique. L'objet ressemblait un peu aux bâtons-qui-piquent que certains Talents avaient adoptés, mais O.P. doutait beaucoup que son fonctionnement soit le même.

Il n'eut pas le temps de voir ce que la femme comptait en faire : un coup de pied bien placé dans ses côtes lui arracha un glapissement animal assez ridicule. Il se tourna pour faire face à un nouvel assaillant. En un rien de temps les quatre amis se retrouvèrent au milieu d'un combat sans merci. Sans doute la première bagarre qu'on ait jamais vue dans un endroit aussi civilisé qu'un Starbucks.

La table se renversa ; quelqu'un saisit O.P. à deux mains par sa fourrure et le souleva jusqu'à ce que ses pieds ne touchent plus terre. Il réagit instinctivement, tourna la tête selon un angle qu'on n'aurait pas cru possible et mordit avec conviction une des mains qui l'emprisonnaient. Il fit un mouvement brusque du museau et arracha de ses petites dents aiguës un bon morceau de chair.

L'Humain hurla et le lâcha. O.P. cherchait déjà Wren dans la mêlée. Il se fichait du reste, sa priorité était de la *protéger*.

Il y avait peut-être en tout sept personnes impliquées. Le Démon s'efforça d'évaluer la situation. La femme qui les avait attaqués en premier essayait avec un autre homme d'utiliser le fameux tube sur Wren — et cette arme semblait redoutable, à en juger par l'expression de sa cible. Quelqu'un tenait les bras de Danny bloqués derrière son dos, dans une position douloureuse, et l'empêchait d'intervenir. Ron avait disparu de la scène ; parfait, cela faisait un sujet d'inquiétude en moins.

Deux autres personnes, dont un serveur, étaient intervenues et essayaient de mettre fin à l'échauffourée. Ils n'arrivaient pas à grand-chose. Les clients présents dans le café s'étaient séparés en deux groupes : ceux qui considéraient le combat comme un spectacle de rue et ceux qui au contraire faisaient mine de ne rien remarquer, protégeant de leur mieux leur consommation ou leur ordinateur portable.

O.P. essaya de ramper jusqu'à Wren ; quelqu'un qui tâchait

de s'écarter sans renverser son café trébucha et lui tomba dessus. La boisson vola jusqu'à un autre consommateur qui se leva et commença à invectiver le maladroit.

La femme qui tenait le tube frappa Wren en plein visage ; une étincelle de Courant s'échappa, et tout le monde put la voir. Cette fois, ça n'allait plus du tout ! Et le Démon avait une autre raison de s'inquiéter. Avant les événements des derniers mois, la Récupératrice aurait utilisé son pouvoir pour disparaître à la vue des assaillants et s'éclipser au plus vite. Mais maintenant O.P. ne savait pas ce qu'elle avait l'intention de faire. Aussi favorable soit-il à l'idée de rendre coup pour coup et de gagner, cet endroit était un lieu beaucoup trop *public*. Surtout pour utiliser du Courant !

Un autre employé du Starbucks sauta par-dessus le comptoir et s'approcha, ce qui détourna suffisamment l'attention de celui qui immobilisait Danny pour permettre au faune de lui envoyer un coup en arrière très bien placé. O.P. eut une grimace compatissante ; quelle folie d'aller se battre sans une coquille où il fallait… Il parvint enfin à attraper la jambe de Wren.

— Dehors. Tout de suite !

Wren avait un sourire de guerrière sur le visage, et O.P. craignit un instant qu'elle ne l'ignore pour continuer à se battre. Puis elle utilisa son Courant pour disparaître. Le type qui la tenait ne pouvait plus la voir ; il serra plus fort. Bon sang, ils savaient qui elle était et ce qu'elle pouvait faire ! Ça allait de mal en pis.

O.P. plongea en avant depuis le plancher et heurta de tout son poids l'agresseur. Il n'était pas bien grand peut-être, mais lourd, tout en muscles. Cela suffisait.

L'homme lâcha Wren ; la femme poussa un juron et agita le tube comme s'il lui servait de…

— De détecteur de Courant ? chuchota le Démon d'un ton incrédule.

Oh non ! Pas ça, surtout pas ça. Quelqu'un portant un uniforme poussa un cri, et O.P. décida qu'il était temps de partir avant que le désastre tourne à la catastrophe. Danny avait fait partie des forces de police, il se débrouillerait.

Le Démon traversa au moins deux rues avant de s'arrêter pour reprendre son souffle. Il entendit le bruit reconnaissable de la chute d'un sac pesant, et Wren apparut à côté de lui, l'air épuisé.

— Seigneur !

Une vilaine ecchymose apparaissait sur sa pommette gauche, une autre sur son menton, et ses cheveux bruns partaient dans tous les sens, comme si on l'avait rudement saisie par là.

— On se serait cru dans un film des Marx Brothers ! commenta-t-elle.

O.P. renifla bruyamment. Oui, en effet, mais sans le côté comique.

— Tu saignes, lui fit-il remarquer.

— Toi aussi.

Le Démon toucha un coin de sa bouche, la fourrure autour était humide. Il regarda le rouge sur ses doigts.

— Ce n'est pas mon sang.

Wren frissonna et détourna le regard.

— Je ne veux rien savoir.

— Ils étaient en chasse, nota O.P. Ils chassaient le Talent.

— J'avais compris.

— Tu crois qu'ils te cherchaient ?

Wren secoua la tête.

— Non. Ils ne savaient pas qui j'étais, du moins au début. Je pense plutôt qu'ils ont entendu une partie de notre conversation. Quels imbéciles ! Qui aurait cru qu'ils se trouvaient à l'affût dans les *cafés* ?

— A mon avis ils n'étaient pas venus prendre un pot.

— Quoi, tu penses que quelqu'un leur aurait signalé notre présence ?

— Quelque chose, plutôt, rectifia O.P. Qu'est-ce que c'était, cet objet qu'ils pointaient sur toi ?

Wren secoua encore une fois la tête, puis noua ses cheveux en une queue-de-cheval rapide ; elle grimaça en frôlant un endroit sensible sur son cuir chevelu.

— Je ne sais pas, admit-elle enfin. On aurait cru une de ces armes d'autodéfense électrique, mais ça n'était pas ça.

Ce genre de gadget avait tendance à chatouiller les Talents. Les adolescents s'amusaient avec pendant les boums.

— Là, ça faisait vraiment mal ! continua Wren. J'avais l'impression de sentir des ventouses sur moi. Comme si une pieuvre m'avait roulé une pelle.

— Quelle ravissante image, Valère !

O.P. s'employa à expulser cette idée répugnante de sa tête avant de poursuivre :

— Ils s'en servaient pour te repérer une fois que tu es devenue invisible.

— Comment ?

Wren était vive ; il ne lui fallut qu'un instant pour voir où le Démon voulait en venir. Elle secoua la tête une seule fois, prudemment.

— Non. Ce n'est pas possible.

— Eh bien, tu sais, ce qui ne semble pas possible se révèle l'être plus souvent qu'on ne pense ! Toi et moi, par exemple, on considère en général notre existence comme impossible.

— D'accord, excellent argument, reconnut la Récupératrice. Et Ron ?

Le Démon haussa une épaule.

— Comme un autre Talent de ma connaissance autrefois, il s'est éloigné de la bagarre juste au bon moment.

— Tu penses qu'il aurait pu nous vendre ?

O.P. s'était posé la question et avait décidé que non.

— Ça ne colle pas, commenta-t-il simplement. Sauf si lui aussi a subi un lavage de cerveau…

Il se tut, puis tourna la tête vers Wren.

— Mais comment le saurions-nous ? ajouta-t-il.

— Comment ça ?

— Si le Silence avait… distordu quelqu'un. Comment le saurions-nous, après tout ? D'accord, on voyait tout de suite que quelque chose n'allait pas chez ceux que nous avons combattus sur le Pont, mais… il y en a peut-être d'autres autour de nous, qui nous espionnent en permanence. Qui font leur rapport. Alors…

Wren s'adossa au mur de briques derrière elle et ferma les yeux. A la lumière de l'après-midi, O.P. voyait, autour de sa bouche et de ses yeux, des rides qui n'existaient pas deux ans auparavant, il en était sûr.

— Je déteste quand tu fais ton malin, remarqua-t-elle. D'accord, nous avons besoin de Sergueï. J'irai le voir… Demain.

9.

— Mademoiselle Valère ? Ravi de vous revoir. Comment allez-vous ?

Wren ne put s'empêcher de sourire. Les portiers de Manhattan devaient être les seuls capables de déceler sa présence. Elle avait parfois réussi à se faufiler dans l'immeuble de Sergueï, mais toujours avec l'impression furtive que Max, Shawn et Ellie, les gardiens d'élite du bâtiment, pour lui être agréable, faisaient semblant de ne pas la voir.

— Très bien, Shawn, merci. Et vous ?

Elle s'arrêta un instant devant l'accueil en se plaçant hors du champ de la caméra qui dominait le hall d'entrée. Il y en avait une autre près des ascenseurs, mais pour le moment elle ne pouvait filmer que son dos. La Récupératrice n'avait rien à cacher, bien sûr ; simple réflexe professionnel.

— Pas trop mal, mais je manque un peu de sommeil…

Wren réfléchit à cette réponse, puis se souvint : la dernière fois qu'elle avait vu Shawn, sa femme était enceinte de huit mois.

— Eh bien, ça fait un moment ! commenta-t-elle. Garçon ou fille ?

Shawn eut un sourire de biais.

— Une fille. Ma vie ne sera plus jamais la même ! M. Didier s'attend-il à votre visite ?

— Non.

A une époque oui. Plus maintenant.

— Voulez-vous que je le prévienne ?

— Je pensais lui faire la surprise, dit-elle d'un ton détaché.

Elle fut soulagée de voir Shawn lui rendre son sourire. Heureusement, elle était tombée sur un des portiers qu'elle connaissait bien. Techniquement — et même légalement — ils n'étaient pas censés laisser monter qui que ce soit sans l'accord préalable du propriétaire. Mais Shawn avait vu Wren assez souvent avec Sergueï pour ne pas faire d'histoire.

Dès qu'elle eut mis le pied dans l'ascenseur, elle s'adossa au mur du fond et laissa le murmure du système électrique l'apaiser. Elle le sentait ronronner comme une bête puissante, bien domestiquée, qui la suppliait presque de puiser à sa force.

Elle n'avait pas du tout dormi la nuit précédente. La bagarre au Starbucks l'inquiétait, mais c'était surtout la perspective de se retrouver face à son ancien partenaire qui la perturbait. Elle désirait cette rencontre, et la craignait.

Leur séparation avait été très déplaisante. Wren était alors fourbue, blessée, émotionnellement traumatisée. Elle avait affronté des Talents distordus par le Silence, avait vu ses amis agoniser sur le sol imprégné de leur sang, portait enfin le poids d'un terrible sentiment d'échec : ils n'avaient ni débusqué ni — encore moins — abattu les individus qui agissaient dans l'ombre derrière les Vigiles anti-Fatæ, anti-Talents.

Et voir à ce moment Sergueï à qui elle n'avait rien demandé ; chaque cheveu, chaque brin de tissu de son costume bien en place, les mains propres et nettes…

Les derniers mots qu'ils avaient échangés lui revinrent en mémoire :

« Tu es venu admirer le spectacle ? Si j'avais su je t'aurais trouvé une meilleure place ! »

O.P. la retenait par le bras et ouvrait la bouche. Mais elle ne lui avait pas laissé le temps de parler. Elle tenait à fustiger elle-même son partenaire.

« Alors, Didier, fier de tes origines ? De ce que les tiens ont forcé les miens à faire ? »

La Cosa ne tuait pas. Ses membres pouvaient être des arnaqueurs, mais détestaient la violence. Ils n'avaient jamais recherché la violence. Et maintenant ils s'en savaient capables — à cause d'elle, même si elle n'avait pas voulu cela.

Deux jours plus tard, quand elle avait quitté son lit pour entamer le chemin ardu qui devait restaurer peu à peu son état mental, elle s'était remémoré l'expression sur le visage de Sergueï ; il avait arrêté un taxi et était resté sur le trottoir tandis qu'elle montait tant bien que mal dans le véhicule, suivie d'O.P.

Le Démon avait jeté un dernier regard par la fenêtre à l'homme resté seul. Pas elle.

Elle avait appris par la suite que Sergueï s'était rendu auprès de ce qui restait du Double Quad et avait informé ses membres de l'identité des personnes qu'ils recherchaient — ainsi que de la raison pour laquelle il serait presque impossible à la Cosa de les atteindre. Ils avaient trop d'argent et de relations pour qu'on puisse espérer les abattre sans disposer de ressources équivalentes.

La Cosa avait murmuré que Sergueï l'avait trahie, n'avait

rien voulu révéler avant que le sang soit versé, et avait même fait en sorte de la décourager en lui rappelant la tournure catastrophique qu'avait prise la situation.

Wren savait que la Cosa se trompait. Du moins l'espérait-elle. Mais un doute demeurait en elle. Qu'avait su Sergueï au juste ? Depuis quand ? Aurait-il pu agir pour empêcher le Silence d'*abîmer* ces enfants ? Elle se refusait à le croire, à croire qu'il ait pu choisir l'inaction. Mais elle n'en savait rien, en fait. Elle n'était pas sûre.

Il avait refusé de trahir le Silence pour eux, auparavant. Cela, elle en était sûre. Il ne pouvait complètement renoncer à ses anciennes allégeances sans se sentir déshonoré. Mais il serait resté auprès de Wren si elle l'avait laissé faire, elle ne devait pas l'oublier. Il était parti uniquement parce qu'elle le lui avait ordonné. Il risquait trop auprès d'elle et de son Courant dont il n'arrivait pas à se passer. Et maintenant elle revenait le chercher.

— J'aurais dû demander à O.P. de lui poser la question, marmonna-t-elle.

Mais elle n'aurait pas pu, ce n'aurait pas été juste. Rien de tout cela ne comportait une once de justice.

Et puis…

Elle voulait le revoir. Elle en avait *besoin*, c'était comme une douleur viscérale en elle, quelque chose de profondément installé.

Elle avait lu ou entendu quelque part que, dans la théologie chinoise, l'âme se situait précisément là, quelque part en dessous du nombril.

L'ascenseur s'arrêta à l'étage de Sergueï. Wren respira profondément, tapota le compteur d'électricité pour se porter chance, longea le couloir.

Il ouvrit dès le second coup à la porte, presque comme s'il avait attendu une visite.

Elle s'était demandé comment elle réagirait en le voyant. Qu'allait-elle ressentir ? Que ferait-elle si ses sentiments avaient changé, ou si elle n'éprouvait plus rien ?

Quand la porte s'ouvrit, elle eut envie de pleurer. Comme il lui avait manqué !

— Wren.

Il avait la même voix profonde et douce, mais son regard sombre semblait méfiant.

— Qu'est-ce qui t'amène ici ? demanda-t-il.

— Toi.

Elle s'éclaircit la gorge. Elle mourait d'envie de le toucher. Et savait que c'était la dernière chose à faire.

Cela doit rester purement professionnel.

— Puis-je entrer ?

Il s'effaça.

L'appartement n'avait pas changé : un espace ouvert centré sur deux canapés autour d'une table basse ; aux murs, des livres ou des œuvres d'art, et de hautes fenêtres étroites donnant sur l'avenue. Dans ce quartier où immeubles de bureaux et résidences privées se côtoyaient, les prix de l'immobilier atteignaient des sommets. Un escalier de métal en colimaçon menait à la chambre du loft où se trouvait un lit immense, si confortable qu'une fois dedans on ne voulait plus jamais en sortir.

Wren s'efforça de penser à autre chose, se tourna vers son ancien partenaire. Il semblait épuisé.

— Tu as l'air fatigué, remarqua-t-il.

Elle rit.

— Oui. Comme tout le monde, je pense.

Ils restaient plantés là, les yeux dans les yeux.

Sergueï décida de se dispenser de la conversation mondaine préalable aux discussions d'affaires :

— Tu as besoin de quelque chose.

— Oh oui. Il nous faut des informations.

Elle s'attendait à le voir se refermer à ces mots. Se retirer du jeu, en quelque sorte, comme il avait fait quelques mois auparavant quand le Comité de Trêve lui avait demandé de le renseigner sur le Silence, sur l'organisation qui l'avait recruté, formé, avait fait de lui l'homme que Wren avait rencontré et dont elle avait bouleversé la vie. Le Quad, en pratique, l'avait mis en demeure de choisir à qui il accordait sa loyauté. A l'époque il n'avait pas voulu faire ce choix.

Wren souhaitait de toutes ses forces qu'il n'ait pas regagné le Silence depuis. Mais le Sergueï Didier qu'elle connaissait ne supportait pas d'être inféodé à qui que ce soit, surtout à des gens en qui il ne pouvait avoir confiance. Lui et elle savaient d'expérience qu'on ne pouvait se fier au Silence.

Il passa une main dans ses cheveux bruns semés d'argent, secoua la tête.

— Un peu de café ? proposa-t-il.

— Tu m'as déjà vue refuser du café ?

Sergueï eut un sourire discret mais sincère.

— Viens dans la cuisine, alors. Je vais nous préparer quelque chose.

Wren s'était toujours sentie mal à l'aise dans ce temple de chrome et d'ébène voué aux dieux culinaires, où une étincelle de Courant mal placée aurait pu détruire des dizaines de milliers de dollars de matériel. Assise sur un tabouret haut perché, elle écoutait le doux sifflement de la cafetière sophistiquée tout en regardant Sergueï préparer son thé de prédilection.

Il avait acheté la cafetière pour elle. Il aurait fallu le menacer de mort pour lui faire boire du café.

Il servit sa boisson à Wren comme elle l'aimait, dans

une de ses tasses en porcelaine de Chine. Elle les avait examinées de près une fois, par curiosité. Des Wedgwood, et des plus belles. Pour autant, elle se refusait à les préférer à sa propre collection dépareillée de tasses volées dans diverses cafétérias. Si Sergueï voulait boire dans des œuvres d'art, il devait bien accepter le fait qu'elles risquaient de se retrouver ébréchées ou brisées. Naturellement, elle ne comptait pas abîmer exprès son beau service, mais pas question qu'elle se confonde en excuses si un accident survenait.

— Qu'est-ce que tu rumines dans ta tête ? demanda finalement Sergueï en la regardant remuer doucement son café. Je n'ai pas besoin de Talent pour t'entendre éviter de penser à ce qui t'amène.

— La télépathie est un mythe, répondit-elle machinalement.

Ce n'était pas tout à fait exact, pourtant. La plupart des Talents pouvaient au moins se héler, comme elle l'avait fait quelques jours plus tôt pour appeler à l'aide. Mais on ne pouvait guère aller plus loin, à moins de liens très étroits avec la personne à qui l'on s'adressait.

Et, oui, elle tournait autour du pot. Il avait raison, bon sang !

Ce qu'elle avait vraiment envie de faire, c'était l'emmener à l'étage et vérifier avec lui si ce lit géant était bien le même que dans son souvenir. Reporter la discussion à plus tard.

Mais cela n'aurait pas lieu. Ce n'était pas *possible.*

En plus, Wren devrait être très prudente sur ce qu'elle choisirait de lui dire. Il avait déjà repéré l'ecchymose sur sa pommette ; elle avait bien vu son regard s'y poser avant de se détourner très vite. Sergueï voulait savoir mais ne se risquerait pas à demander. Il comprenait que désormais il n'avait plus le droit de tout savoir sur elle ; mais cela ne l'empêcherait pas d'être inquiet, de vouloir en apprendre davantage, et de souffrir parce qu'il ne se trouvait pas au cœur de l'action. Son inquiétude pouvait le rendre plus facile à manœuvrer.

Elle détestait avoir à penser à lui comme à un autre boulot de récupération.

Pourtant elle était venue ici pour récupérer des informations. Rien de plus.

— Il y a eu un petit souci hier, annonça-t-elle avant de prendre une gorgée de sa tasse.

Le café n'était pas parfait ; Sergueï, avant tout buveur de thé, ne possédait pas totalement l'art de préparer un café idéal. Mais avec les grains de haute qualité qu'il utilisait, il ne prenait guère de risque.

— Quelques allumés genre « les Humains d'abord » qui se prenaient pour des héros nous ont attaqués. Dans un Starbucks !

De quoi rire, vraiment.

— Il y a eu de la casse ?

— De notre côté, rien d'autre que quelques gobelets et une table. O.P. a dit qu'il avait mordu quelqu'un mais je ne crois pas qu'il ait transmis la rage à sa victime. Je souffre de quelques bleus et d'un mal de tête.

— Des Vigiles ?

— Je ne vois pas qui d'autre. Tu connais ceux de la Cosa, s'ils ont un compte à régler ils le font beaucoup plus discrètement. Ces gens-là, hier, se moquaient qu'on les remarque… ou même qu'il y ait des personnes mêlées à la bagarre.

Ces mots firent une forte impression à Sergueï, comme elle s'y attendait. Quelle ironie ! On avait créé le Silence, lui avait-il dit, pour protéger les innocents et les Ignorants des

« forces des ténèbres » diverses et variées. Cette mission, il y tenait. Au point de ne pas pouvoir laisser derrière lui l'organisation même quand, de toute évidence, elle le considérait comme un pion.

— Bon, reprit-il. Que veux-tu de moi ?

— Ils savaient qui nous étions. Ou du moins *ce que* nous étions, alors que nous restions tranquillement assis dans un coin sans rien faire de louche. Ils disposaient d'un…

Elle ne savait pas si elle devait parler d'un *outil* ou d'une *arme*, aussi décida-t-elle d'utiliser un autre mot.

— … d'un objet. Un tube, la longueur de la paume environ, aplati au bout comme une petite pelle.

Elle ne se rappelait pas très bien à quoi cela ressemblait, mais le bout aplati avait laissé sa marque sur son visage.

— Ça produit un choc très désagréable en touchant la peau, ajouta-t-elle, et sa main se porta involontairement à sa pommette.

Elle eut un plaisir mesquin à voir Sergueï frémir rien qu'à l'idée de sa souffrance à elle.

— Mais ce n'est pas ça qui nous inquiète. Une arme contre les Talents, encore, c'est logique. En fait, je m'étonnais un peu que le Silence ne dispose pas d'un « atelier » pour inventer ce genre de gadget.

Sergueï ne confirma ni n'infirma l'existence d'un tel groupe de recherche. Pour être juste, peut-être n'en savait-il rien. Il avait été un opérateur, un homme de terrain. On ne l'informait pas forcément de tout ce qu'il se passait au siège.

— Qu'est-ce qui vous inquiète, alors ?

— O.P. les a vus s'en servir comme d'un détecteur. Quand je me suis rendue invisible, ils l'ont agité dans tous les sens comme s'ils s'attendaient à le voir s'illuminer quand il m'aurait repérée.

L'expression du visage de Sergueï apprit à Wren tout ce qu'elle voulait savoir : s'il s'agissait d'une technologie inventée par le Silence — ou d'un outil magique du Silence, aussi bizarre que paraisse l'idée — son ancien partenaire n'en avait jamais entendu parler. Par contre, il avait tout de suite saisi les implications possibles qui ne lui plaisaient pas le moins du monde.

Pas plus qu'à elle d'ailleurs.

— Sergueï, s'ils peuvent nous trouver ainsi dans la foule… Imagine ce qui se passera. A côté, la chasse aux sorcières et l'Inquisition auront l'air totalement insignifiantes ! Et quand ils auront éliminé tous les Talents, qui protégera les Fatæ ? Ou bien qui *arrêtera* les Fatæ ? Ils ont peur, tu sais. Et si la Cosa disparaît, ils seront encore plus terrifiés. Crois-moi, le Silence n'aimerait pas se frotter à des Fées frappées de panique. Les frères Grimm n'exagéraient pas dans leurs contes, bien au contraire !

Même le plus adorable petit Fatæ disposait de griffes et de dents. Et leurs instincts ne les portaient pas à aimer l'Humanité dans son ensemble.

— Tu veux me faire peur ou quoi ? demanda Sergueï.

— Pas du tout. Ça marche, au moins ?

— Je vais tirer quelques ficelles, voir ce que je peux apprendre.

Il se rendit compte tout d'un coup qu'il avait laissé infuser son thé trop longtemps ; il retira la boule à thé en argent de sa tasse et fit la grimace en la plaçant au-dessus de la poubelle avant d'en vider le contenu.

Wren devait passer à la partie vraiment délicate.

— Ce n'est pas tout, l'informa-t-elle.

Sergueï s'approcha. Il portait un pantalon de costume et une chemise, comme s'il s'apprêtait à partir travailler, mais Wren avait remarqué en entrant qu'il était pieds nus ; il comptait rester chez lui. Elle aimait les pieds, surtout ceux de Sergueï, et elle avait du mal à se concentrer sur ce qu'elle était venue lui demander parce qu'elle était en train d'en imaginer la texture.

Une heure au lit avec lui — l'idée malvenue était sans doute inévitable. *Une petite heure, et tu retrouveras toute la concentration nécessaire.*

Elle ne se rendit même pas compte qu'elle avait bougé. Tout d'un coup, elle se retrouva près de lui. Il la prit dans ses bras et soudain tout alla bien, elle se sentait en sécurité. Le seul contact de ces bras qui la serraient très fort suffisait à mater le bitume noir, à garder les mauvaises choses à distance.

— Wren, ma chérie, ma petite chérie, chuchota-t-il en lui embrassant le front. Tu m'as tellement manqué.

Et le bitume noir s'éveilla, commença à s'élever vers lui. Son Courant s'échauffa, la réchauffa, étendit ses vrilles partout en elle, alluma des étincelles à fleur de peau, la fit frémir de désir.

Ce qui suffit à annihiler tout sentiment de sécurité ; elle fut d'un bond à l'autre bout de la pièce, mais cette fois le mouvement lui avait coûté un énorme effort.

Il était drogué, il ne pouvait pas résister à l'envie de sentir son Courant en lui quand ils faisaient l'amour. Elle avait cru pouvoir lui dire non, et avait échoué. Elle détestait échouer, surtout quand cet échec pouvait provoquer la destruction du corps de son partenaire à la suite d'une surcharge.

Les Ignorants ne supportaient pas le Courant. C'était même ce qui les distinguait des Talents. Ce qui les rendait dangereux, car ils craignaient ce qu'ils ne comprenaient pas… et désiraient ce qu'ils ne pouvaient avoir.

Sergueï sentait son corps trembler. Une sueur froide recouvrait sa peau là où s'était attardée juste avant la chaleur de Wren. Il se força au calme, ralentit les battements de son cœur, se domina. A grand-peine.

— Tu m'as manqué…, répéta-t-il.

— Je sais.

Elle se fermait de nouveau, il le voyait bien. C'était lui qui lui avait appris comment faire.

Peut-être ce qu'il avait fait de pire, mais peut-être aussi ce qui permettrait à Wren de survivre à tout ceci. Rien n'était jamais tout blanc ou tout noir.

Pas même le Silence.

— Protéger contre les ténèbres, chuchota-t-il.

— Pardon ?

Elle l'avait entendu, mais n'était pas sûre de comprendre.

— C'est sa devise. Celle du Silence. « Protéger contre les ténèbres. » L'idée était de créer une société secrète qui disposerait à la fois de l'argent, du personnel et de la volonté nécessaires pour protéger les innocents et les Ignorants des gens — des êtres — qui n'avaient pas à cœur les intérêts de l'Humanité. Je pense qu'à un moment ils ont rencontré certains de vos Anciens.

— Cela fait des centaines d'années qu'on n'a plus vu les Anciens, lui rappela-t-elle.

Ces Fatæ aux pouvoirs presque divins étaient morts il y avait bien longtemps, ou avaient en tout cas disparu. D'après le peu qu'elle en connaissait, cela valait mieux.

— Vous, peut-être pas. Mais le Silence, j'ai des doutes.

Les fondateurs étaient persuadés qu'il existait quelque chose… (Sergueï agita la main, l'air agacé de ne pas pouvoir préciser davantage.)…quelque chose « là-dehors » qui voulait tous nous détruire, nous les Humains. Je ne pense pas que les Fées à elles seules aient pu leur inspirer une telle crainte.

Wren le regardait, comme si elle attendait qu'il se décide à dire où il voulait en venir. Il n'en savait rien lui-même. Ce puzzle aberrant, inachevé, comportait trop de pièces, il n'arrivait pas encore à les ajuster. Il continua à parler dans l'espoir de révéler ce qu'il sentait tout proche.

— Les Ténèbres, pour le Silence, c'est ce qui n'a pas à cœur les intérêts de l'Humanité. Mais, d'après ce que j'ai compris, le sort de l'Humanité indiffère la plupart des Fatæ.

Wren acquiesça. C'était vrai. La plupart des ascendances Fatæ appliquaient la devise : « Vivre et laisser vivre ». Celles activement hostiles aux Humains, comme les Dragons des abysses ou les Jotnars, avaient tendance, en ces temps modernes, à rester à l'écart.

Sergueï secoua la tête.

— Bon sang, ce n'est pas comme s'ils manquaient de problèmes purement humains à résoudre ! Cela devrait suffire à les occuper largement, le gâchis que nous réussissons à faire tout seuls.

— Le gâchis, c'est humain, remarqua Wren. Mais pour un gâchis vraiment irréparable, il faut ajouter la magie.

— Tu cites quelqu'un, là ?

Elle hocha la tête.

— C'est une maxime d'Ayexi que Neezer aimait bien répéter. C'est la première fois que je trouve l'occasion de la placer.

— Pourquoi n'as-tu jamais été le mentor de quelqu'un ? demanda Sergueï.

Il venait juste de se poser la question. Tous ne le faisaient pas, mais c'était pour un Talent un choix fondamental, un peu comme avoir ou non des enfants : curieusement, ils n'avaient jamais abordé cette question dans leurs nombreuses discussions.

Tu es un Ignorant. Pourquoi en aurait-elle parlé avec toi ? Elle a sûrement évoqué le sujet avec Lee, ou O.P. N'importe qui d'autre mais pas toi.

— J'ai le temps, répondit Wren.

Elle ne voulait manifestement pas développer le sujet, et Sergueï devait respecter sa volonté.

— Pour en revenir à notre conversation, reprit-elle, je ne sais pas pourquoi tes anciens employeurs ont décidé que nous étions la cause de tous les malheurs, mais maintenant, à la suite de leurs agissements, c'est en passe de devenir vrai pour eux. Nous allons les détruire.

Elle avait les traits tirés. Son visage autrefois si doux semblait soudain sculpté dans un bois dur — pétrifié.

Sergueï pouvait dire, presque à la semaine près, à quel moment Wren avait quitté l'adolescence pour devenir une femme. Mais à quel moment sa Récupératrice s'était-elle muée en guerrière ?

Bon sang, que s'était-il passé en ville ces derniers jours ?

— Tu as dit que tu avais besoin d'autre chose.

Il fallait revenir aux affaires, qu'elle sorte ensuite de chez lui. Le corps de Sergueï souffrait de ne pouvoir la toucher ; il se sentait comme un drogué en quête désespérée de sa dose, et il craignait de ne pouvoir s'empêcher de manœuvrer Wren pour l'amener à lui donner ce qu'il désirait tant. De quelque manière qu'elle réagisse à cette demande, il aurait perdu. Comme il avait déjà perdu sa confiance.

Oh oui, il avait perdu sa confiance, il s'en rendait bien compte à la voir hésiter. Fut un temps, elle aurait laissé en plan tout ce qu'elle avait à lui dire, lui cédant le soin de partir à la pêche dans son torrent de mots, de filtrer toutes ses idées pour faire ressortir les faits importants.

Maintenant c'était elle qui assurait ce filtrage et s'autocensurait. Elle ne voulait pas tout lui dire, parce qu'elle ne lui faisait pas confiance.

Sergueï en avait physiquement mal. Mais, en même temps, il se sentait presque insupportablement fier d'elle. A une époque, il avait craint de ne pas lui être toujours indispensable. Maintenant il comprenait qu'elle avait atteint un stade où elle pouvait se passer de lui… si difficile que ce soit pour eux deux.

— Nous allons y aller, finit-elle par dire.

Puis elle précisa :

— *Je* vais y aller. Je vais récupérer nos enfants encore détenus.

— Les ActAges.

Les Agents de Terrain, ceux qu'il avait eus sous ses ordres autrefois. Ceux qu'il avait abandonnés en quittant le Silence.

— C'est ça.

Elle opina.

— Mais nous devons savoir où chercher, poursuivit Wren. Et comment distraire l'attention du Silence quand le moment sera venu.

Elle le regarda droit dans les yeux, attendit sa réaction. Allait-il les aider, allait-il au contraire refuser de sauter le pas, de trahir l'organisation qui l'avait si longtemps employé ?

Elle ne savait pas ce qu'elle ferait en cas de refus. Avant, elle ressentait les liens qui rattachaient Sergueï au Silence, même quand il les niait, et elle ne l'en haïssait pas pour autant.

— Je crois que j'aurai ce qu'il te faut. L'information, la diversion.

Wren s'appuya contre le comptoir de la cuisine et attendit. Sergueï se mit à faire les cent pas, sa tasse de thé à la main, et pendant un instant ce fut exactement comme avant : leur équipe fonctionnait telle une machine bien huilée, bien rodée.

— André... C'est Poul qui a tué Bren, et André a tué Poul, dit-il.

Elle n'avait jamais apprécié ce flatteur de Jorgunmunder, cette langue de vipère, et apprendre sa mort ne lui causa aucun chagrin. Elle n'avait rencontré Bren qu'une fois, mais cette femme avait pris un gros risque à l'époque pour avertir Sergueï. Wren savait que son ex-partenaire avait beaucoup de respect pour elle.

— Des complots imbriqués ? demanda-t-elle.

— La politique interne du Silence. Elle peut être redoutable, mortelle en l'occurrence. André joue un jeu dangereux au sein de l'organisation. Il pense pouvoir arracher les rênes du pouvoir des mains de Duncan sans devoir abattre tout le système.

— Crois-tu que ce soit possible ?

Elle, pour sa part, ne le pensait pas. André était quelqu'un, pas de doute, un grand monsieur, mais Duncan l'avait déjà plusieurs fois dominé dans ce genre de compétition.

— Je n'en sais rien, répondit Sergueï. Mais en tout cas, je suis certain que le Silence ne forme pas un bloc uni. Je peux sans doute élargir sérieusement les failles qui y existent déjà.

Wren, sans même y réfléchir, le regarda en haussant un sourcil. C'était un mouvement typique de son partenaire, qu'elle avait pendant des années essayé d'imiter. Lui aussi haussa un sourcil à l'adresse de la Récupératrice, et entreprit de lui expliquer à quoi il avait consacré les dix semaines précédentes.

10.

Wren sortit de l'appartement de Sergueï une heure plus tard, munie de l'information qu'elle souhaitait. Elle devrait se contenter de cela ; le voir, lui parler, le toucher — ou plutôt ne pas le toucher autant qu'elle aurait voulu — l'avait complètement bouleversée, et elle n'était pas sûre de s'en remettre.

Elle ne voulait pas laisser couler ses larmes. Pleurer lui faisait rougir les yeux et lui irritait le nez. Cela ne lui allait pas du tout.

Peut-être devrait-elle penser à quitter Manhattan quand tout serait fini. Ne vaudrait-il pas mieux s'éloigner des souvenirs ? De la tentation… De ce désir qui la saisissait chaque fois qu'elle pensait à lui. Ce n'était pas de l'amour ; l'amour, ce n'était pas ça. Sergueï était devenu une drogue pour elle, et son Courant à elle une drogue pour lui.

Non, l'amour, c'était…

Elle eut un reniflement sarcastique qui rappelait fâcheusement ceux d'O.P. Sa mère l'avait conçue après une unique nuit passée avec un inconnu dont elle ne parvenait pas à se souvenir — quelqu'un qui avait transmis à sa fille sa capacité à se rendre invisible. Et Wren avait connu peu d'hommes avant Sergueï, des individus sans intérêt.

L'amour, c'était Sergueï. Zut alors.

Elle se dirigea vers le métro, puis changea d'idée. Elle se retrouvait seule dehors, sans arme. Pas bien malin ça, après cet incident au Starbucks. Elle fit signe à un taxi.

— Où va-t-on, ma petite dame ?

— Au coin de la Quatrième Rue et de la Sixième Avenue.

L'hôtesse d'accueil ressemblait à Titi, le serin, éternelle proie de Gros Minet : blonde, la même voix. Elle s'avéra incapable d'arrêter la Récupératrice.

Doherty ne leva pas tout de suite les yeux quand la porte de son bureau s'ouvrit.

— Kara, que… Oh. C'est vous.

Apparemment il aurait préféré voir débarquer les agents du fisc.

— Oh, là ! là ! Un peu de politesse, voyons, Doherty ; vous m'aviez bien dit de passer quand j'aurais davantage de détails ?

Le médecin se carra dans son siège et invita du geste Wren à s'asseoir. Elle considéra les deux possibilités proposées ; aucune des deux ne correspondait au fameux divan de psychiatre. Elle finit par choisir un fauteuil en bois, élégant, sans aura névrotique significative. D'accord, les névroses n'étaient pas contagieuses, mais inutile de prendre de risque.

— J'ai trouvé l'endroit, annonça-t-elle. Et je sais comment entrer. Enfin, disons que je saurai tout ça bientôt.

Sergueï dénicherait les renseignements, il y arrivait toujours. Ce n'était pas le moment pour lui de changer ses habitudes !

— J'ai besoin que vous soyez prêts, poursuivit-elle, vous et tous ceux que vous aurez jugé nécessaire d'informer. Je pense que vous avez raison : ils auront énormément besoin d'aide.

En fait, elle en était sûre ; ce que venait de lui apprendre Sergueï l'en avait convaincue. Le Silence traitait déjà bien assez mal ses collaborateurs. Alors, des pions qu'il ne considérait même pas comme véritablement humains…

— Il nous faudra un endroit, rappela Doherty. Quelque part où ils se sentiront en sécurité mais pas enfermés.

— C'est prévu.

Pas encore, en réalité, mais ce le serait. Mash, un vieil homme particulièrement grincheux, même pour un Solitaire, avait fait de sa propriété un repaire pour Talents adolescents, un endroit agréable où se retrouver en dehors des cours quand ils n'avaient pas envie de rentrer chez eux tout de suite. Ses héritiers avaient maintenu la tradition. Il suffirait de quelques mots glissés dans des oreilles bien choisies, et ils auraient ce havre à disposition aussi longtemps qu'ils voudraient.

Il n'y aurait plus qu'à y amener les gosses.

Une récupération, quoi. D'accord, d'habitude elle devait manipuler des tableaux, des bijoux, des choses facilement transportables, mais elle avait déjà opéré sur des êtres vivants, après tout. Les principes d'action restaient les mêmes. N'est-ce pas ?

— Bon, conclut Doherty. Sinon, y a-t-il autre chose dont vous auriez envie de parler, tant que vous occupez la chaise du patient ?

Une lueur s'était allumée, pas de pur sadisme mais, disons, d'un intérêt suspect. Dans l'exercice de son art bienfaisant, évidemment.

— Je ne crois pas, répondit Wren sans se lever pour autant.

Le médecin poursuivit d'un ton plus doux, sans aucune trace de malice :

— Ce que vous pourrez me dire ici ne concerne en rien

la Cosa. Rien ne risque d'en transpirer chez les Solitaires ou au Conseil ; c'est entre vous et moi.

— Je sais bien comment ça marche ! J'ai suivi des cours de psychologie à la fac et j'ai obtenu des notes très honorables.

Doherty ne réagit pas, resta simplement ouvert, disponible, sans la pousser. Wren hésita. Elle sentait les boîtes trembler en elle, comme si un métro les ébranlait en passant dessous, dans un tunnel plus profond.

— J'ai une réunion, dit-elle enfin. Une autre fois peut-être.

Elle se leva de son siège traîtreusement confortable et sortit.

Une fois dehors, elle respira à fond, comme quelqu'un qui aurait oublié le goût de l'air, et s'apprêta à se rendre à sa réunion — oui, Doherty ne l'avait sans doute pas crue, mais elle était attendue.

Une main lui prit le coude.

Sua, une jeune griffonne, avait déjà l'air très adulte avec son envergure impressionnante et son bec dur, nettement incurvé. Sa horde l'avait élue pour remplacer Beyl, la matriarche victime de la Bataille du Pont en Feu. Elle prenait ses responsabilités très au sérieux et manifestait une gravité qu'on associait d'ordinaire, chez son ascendance, à des individus âgés de plusieurs décennies supplémentaires.

— Etres magiques ! s'écria-t-elle.

Son bec la faisait légèrement siffler en parlant, mais on la comprenait très bien.

— Etres magiques, asseyez-vous en silence !

Elle avait l'habitude de se faire entendre dans une

salle pleine de griffons de tous âges. Un rassemblement de Talents et de Fatæ, ce n'était rien ! Elle n'eut même pas besoin de déployer ses ailes, tous s'assirent en silence.

— Merci, déclara Danny.

Il n'avait pas voulu endosser ce rôle, mais O.P. était un Démon. Par principe, la plupart des Fatæ et une portion non négligeable des Humains ne l'écouteraient pas. Danny avait une allure humaine, avait passé l'essentiel de sa vie au milieu des Humains, et était Fatæ. En l'absence de Valère, il se retrouvait le mieux placé pour mener la réunion.

D'ailleurs Valère, où était-elle, bon sang ? Elle avait choisi le lieu et l'heure. Elle faisait la grasse matinée ou quoi ?

— Merci d'avoir amené vos carcasses ici à cette heure scandaleuse. Je vois que tout le monde a son café et ses armes.

L'assistance rit un peu. Au moins ils l'écoutaient ; Danny se sentit légèrement mieux.

— Je suppose que vous vous demandez pourquoi nous vous avons invités à venir. Eh bien, nous avons du travail pour vous.

Ils le regardèrent, dans l'expectative. Des quarante personnes que Wren et Ron avaient sélectionnées comme à la fois utiles et susceptibles de répondre à l'appel, vingt-sept s'étaient présentées. Mieux que prévu, pas autant qu'espéré. Cela dit, en fin de compte ce n'était pas le nombre qui déciderait du succès. Danny ne savait pas très bien quel serait le critère décisif, mais, si le nombre avait été primordial, la Cosa aurait gagné depuis longtemps.

Bon sang, que fabriquait Valère ?

La porte de la crypte s'ouvrit brusquement, et de l'agitation au fond de la salle indiqua l'arrivée de quelqu'un. Quand on parle du loup… Mais Danny s'étonnait : pour une fois, Wren faisait sensation, elle qui d'ordinaire se faufilait comme une anguille dans la foule.

— Alors, Danny, tu chauffes l'assistance ?

Didier marchait sur ses talons, comme au bon vieux temps, sauf que la Récupératrice ignorait ostensiblement sa présence. Pas bon signe, ça.

— Eh oui, j'assure la première partie du spectacle. Ils sont tout à toi, chef.

Wren ne s'arrêta pas là où se tenait Danny, mais sauta sur le bureau juste à côté, et les épaisses semelles de ses bottes ne ménagèrent pas le vieux plateau de bois qui en avait vu d'autres.

Danny secoua la tête et rejoignit O.P. au milieu de l'assemblée. Sergueï le suivit après un instant d'hésitation.

— Très bien, commença Wren. Vous savez qui je suis, je sais qui vous êtes ; entrons tout de suite dans le vif du sujet. Vous connaissez la situation : nous nous sommes fait botter les fesses, et maintenant nous nous conduisons en chats échaudés qui crachent pour cacher leur peur.

Un début plutôt abrupt ! Wren bougea la main et s'auréola sur-le-champ d'une lueur bleue. Les yeux restaient rivés sur elle.

Les Récupérateurs ne s'illuminaient jamais comme ça. Et surtout pas La Wren.

— Nous avons fait appel à vous, poursuivit Wren, non parce que vous êtes particulièrement vaillants, ou malins, ou beaux — désolée, Lex ! — mais parce que nous pensons que vous saisissez la situation ; chaque jour passé en ville vous la rappelle. Pour que vous ne vous voiliez pas la face et que vous compreniez qu'il va falloir agir !

Elle parcourut l'assistance d'un regard intense. Elle dépassait à peine le mètre cinquante, donnait l'impression d'une extrême fragilité, et irradiait pourtant un Courant évocateur d'un feu de forêt tout juste contenu, crépitant, agressif. De quoi inspirer les foules, ce pouvoir qu'elle répandait par toute la salle ! Il vous faisait croire que personne ne pourrait vous arrêter, que *tout* était possible. Qu'il vous permettrait de tout résoudre.

Danny était épouvanté, et le Démon, pour peu qu'on puisse lire quoi que ce soit sur son visage avec ce museau en plein milieu… Danny soupçonnait le Démon de ressentir exactement la même chose que lui.

Comme d'habitude, impossible de savoir ce que pensait Didier.

Wren était remontée à bloc, et pas seulement parce qu'elle en voulait toujours à Sergueï. Quoi, il s'imaginait que rien n'avait changé, qu'il pouvait la suivre comme ça ! Non, elle était remontée à bloc parce qu'elle avait *raison*. Elle se battait pour une cause juste, elle savait ce qu'il fallait dire, comment le dire, comment haranguer la foule… elle se sentait portée ! Elle allait sûrement le payer à un moment ou à un autre, mais, s'il fallait ça pour que le boulot soit fait, elle l'acceptait.

— Il y a des patrouilles des nôtres dans la rue, et c'est une bonne chose. La Cosa existe toujours, tant mieux. Mais cela ne suffit pas ! Savez-vous pourquoi ? (Elle ne leur laissa pas l'occasion de répondre et enchaîna.) Parce que l'ennemi que nous devons affronter, cette organisation qui a décidé que *NOUS* étions la cause de tous les malheurs du monde moderne, veut nous éliminer. Pas nous limiter, non. Ni nous « apprivoiser ». Ils veulent nous supprimer. Nous exterminer ! Nous traiter comme des animaux nuisibles, même pas des fauves dont ils respecteraient la force, mais des parasites… Des virus.

Elle sentait monter la température de l'assemblée devant elle ; les spectateurs absorbaient son Courant et en nourrissaient le leur. Une petite partie de son cerveau, bien enfouie, s'effarait. Elle fomentait sciemment une émeute !

Mais, dans l'ensemble, Wren éprouvait une satisfaction sinistre. Le récit de cette confrontation entre André Felhim, l'ancien mentor de son ex-partenaire, et le dirigeant de fait du Silence, ce maudit Duncan, n'aurait pas dû l'étonner : malgré toute la ferveur de Sergueï pour la mission du Silence, elle s'était toujours méfiée de l'organisation. Elle y voyait beaucoup plus clair maintenant qu'elle comprenait qui était ce monstre obsédé par l'idée de « l'Humanité ignorante d'abord » et qui avait corrompu le Silence jusqu'au cœur.

— Nous n'allons pas nous laisser traiter comme de la pourriture, comme une aberration de la Nature !

Elle ne laisserait pas une once de doute s'infiltrer dans l'assistance. Elle savait comment faire, instinctivement, de même qu'elle voyait sans surprise sa capacité à s'effacer dans l'ombre balayée par sa fureur.

Des mains sur son dos, qui la maintiennent par terre. Ce mépris pour sa personne — pour son existence même ! Comme si elle n'était qu'une tache de boue qui risquait de souiller leurs vêtements…

Quelque part en Wren, le couvercle d'une des innombrables petites boîtes se souleva à peine, et une noirceur s'en échappa. Elle la sentit s'évader mais elle n'avait pas le loisir de la forcer à regagner sa prison.

— Nous n'allons pas nous laisser exterminer. Nous ne sommes pas du bétail qu'on mène à l'abattoir ; nous sommes la Cosa Nostradamus et nous allons leur montrer ce qu'on éprouve à être considéré comme du gibier !

Elle les tenait. Elle sentait leur Courant chaud comme la lave. Il remplissait la pièce jusqu'à en chasser tout l'oxygène ; c'était lui qu'on respirait.

— Et nous savons comment les toucher au cœur, comment les abattre. Vous, mes cousins, mes frères, mes sœurs, *vous* les abattrez.

Elle les guiderait dans cette tâche. Ce serait laid comme est laide la guerre, et ça marcherait très bien. Eux seraient les tireurs isolés, infiltrés, le poison qui envahit soudain les veines de l'organisme.

Elle, Wren — elle serait la dague qui arrive par-derrière. Elle donnerait le coup de grâce.

La pièce s'était vidée ; la plupart des assistants étaient repartis par petits groupes. On évitait de sortir seul. Sergueï avait remarqué que beaucoup de Talents portaient de petits tubes, certains décorés par leurs soins, la plupart d'un noir mat ; il s'interrogeait sur l'utilité de ces objets. Il ne pensait pas qu'on voudrait lui répondre s'il posait la question.

Wren, dans un coin, écoutait avec attention un Talent très grand et mince, un Noir en djellaba noire et baskets blanches dont les mains esquissaient des gestes gracieux comme si elles étaient en train de jeter un sort... à moins qu'elles n'illustrent tout simplement son discours.

Elle semblait sereine, si toutefois on pouvait employer cet adjectif pour quelqu'un irradiant aussi intensément le Courant. Une étroite bande de rouge suivait son dos, du cou au coccyx, et se mêlait à d'autres bandes bleu sombre et vert sombre enveloppant sa cage thoracique. C'était très beau. Très perturbant, aussi.

— Ça va, toi ? lui demanda soudain O.P.

— Pas vraiment, répliqua Sergueï.

— D'accord.

Un accord, oui, compréhensif et accusateur à la fois.

Ils avaient tous deux pris place sur des chaises pliantes, les jambes étendues, les bras croisés. L'attitude se révélait un peu plus naturelle chez Sergueï, mais O.P. ne s'en tirait pas si mal, avec son chapeau avachi rabattu sur les yeux.

— Elle a fait du bon boulot, remarqua Sergueï.

— Ouais.

— Tu vois tout ce Courant autour d'elle ?

Il voulait s'assurer qu'il ne délirait pas. Ou peut-être espérait-il s'entendre dire, en fait, qu'il délirait.

— Tu veux dire l'espèce d'aurore boréale ? précisa O.P.

— Oui.

— Ouais, je la vois.

Bon sang.

— Si nous on peut la voir…, commença Sergueï.

— Alors c'est qu'elle est complètement imprégnée. Et qu'elle ne se retient pas.

— C'est ça.

En principe, le Courant ne se voyait pas. Passé un certain niveau, il luisait aux yeux des Talents. Encore un peu plus fort, et les Ignorants aux sens aiguisés — typiquement Sergueï, qui pouvait percevoir le Courant sans l'utiliser — le voyaient à leur tour. Sergueï en avait vu plus que sa part, tout récemment par exemple sur la structure métallique du pont de Brooklyn. De vrais feux de saint Elme. Les Fatæ appelaient désormais l'ouvrage d'art le Pont en Feu.

— Tout le monde a vu ça, au cours de la réunion, reprit Sergueï après un silence.

— Ils ne pouvaient pas en détacher leurs yeux.

— Oui. Ce n'est pas une bonne chose.

— Oh non, confirma le Démon.

Wren s'était toujours enorgueillie de sa capacité à passer inaperçue. Comme elle avait dit une fois à Sergueï, elle aurait pu se peindre en bleu et traverser la gare centrale de New York en valsant, nue, sans se faire repérer. Ce don, entre autres, faisait d'elle une prodigieuse Récupératrice.

— Elle pousse son Courant, commenta O.P.

— Comment ça, elle le pousse ?

— Elle va jusqu'à l'extrême limite ; un peu comme quand on monte le son à fond sur une chaîne.

— Ah, fit Sergueï.

Après un long moment, il ajouta :

— On peut bousiller sa chaîne comme ça.

— Ouais.

Joyeuse perspective.

Sergueï riva son regard aux pointes de ses chaussures pour éviter de regarder Wren.

— Et tu crois qu'elle..., commença-t-il.

— Non.

Cette fois ce fut le Démon qui se tut avant de reprendre :

— Elle sait ce qu'elle fait.

— Ah ouais ?

— Ouais.

— Bien, approuva Sergueï.

Mais, dans le silence qui suivit, chacun des deux interlocuteurs put mesurer les doutes de l'autre. Ils ne pensaient pas que Wren savait vraiment ce qu'elle faisait.

— Elle a besoin de s'ancrer, déclara Sergueï. Si même moi je peux voir ce Courant partout autour d'elle... et puis les couleurs ne sont pas comme d'habitude. En principe son énergie apparaît plus claire, avec des tons de pierres précieuses. Mais là, c'est beaucoup plus sombre.

Toujours très beau, merveilleux… des merveilles admirées au cœur de la nuit et non en plein jour.

— N'y pense même pas, avertit O.P. en repoussant un peu son chapeau, la tête tournée vers l'Humain.

— Bien sûr que non.

Bien sûr que si. Il ne pouvait pas ne pas y penser, quand tous les poils sur ses bras et sa nuque se hérissaient à la seule proximité du Courant de Wren. Mais s'il le niait assez fort, cela cesserait peut-être d'être vrai.

— Les Humains ne sont pas faits pour supporter un ancrage… pas d'une telle intensité, en tout cas. Tu le sais bien.

Le Démon avait rabattu son chapeau de sorte qu'il lui recouvre complètement les yeux. Seul son museau retenait le couvre-chef.

Sergueï ne répondit rien ; il craignait de se trahir.

— Allons, détends-toi, ajouta O.P. C'est moi qu'elle est allée voir après votre « mise au point ». Je ne connais pas les détails, mais j'en ai assez vu au cours de ma vie pour pouvoir deviner. Tu as faim de Courant, et elle a l'intelligence de ne pas te nourrir.

— Elle ne l'a pas toujours eue, rectifia Sergueï.

— Ah. Ça explique pas mal de choses.

— Elle risque de… se consumer ?

— Non.

— Mais la manière dont…, insista l'Humain.

— Non ! Je suis là. C'est dans ce but que j'ai été créé. Que nous avons été créés, nous, les Démons.

Ces mots pesaient, humides, lourds et rouges comme une pièce de boucherie. Sergueï resta immobile, mourant d'envie d'en savoir davantage. Il voulait harceler O.P. jusqu'à ce qu'il cède et lui révèle ce qu'il voulait savoir.

Mais on ne se comportait pas ainsi avec un Démon ; ni avec un ami.

— Les Humains ne sont pas faits pour supporter un ancrage…, répéta O.P. Pas même les Talents. Les Ignorants, c'est hors de question. A moins de vouloir les tuer.

Cette dernière remarque n'était pas innocente.

Quelques années auparavant, Wren et Sergueï avaient été confrontés à plusieurs cas de Talents qui avaient lâché prise jusqu'à, selon toute apparence, disparaître en une flamme intérieure ; une sorte de combustion spontanée, à l'envers. Wren avait appelé cela une *surcharge*. Le Courant les avait débordés et les avait fait imploser.

Ce phénomène constituait une conséquence extrême mais naturelle du fait de lâcher prise : renoncer à contrôler le Courant revenait à commettre un suicide. Mais, en ces occasions, Wren et son partenaire avaient découvert que la surcharge avait été provoquée de l'extérieur. On avait utilisé le Courant comme une arme.

Sergueï avait toujours cru le Conseil responsable de ces forfaits, même si Wren, beaucoup plus jeune à l'époque, refusait l'idée qu'un Talent puisse assassiner de cette manière un autre Talent. A présent il était sûr, hélas, que le Silence avait commis ces assassinats. Pour faire des tests !

Chaque fois qu'il suppliait Wren de lui accorder un peu de son Courant, il lui demandait de le tuer à petit feu. Toutes les fois où elle s'était ancrée en lui… cela avait créé, puis renforcé son besoin de drogué.

— Alors, elle peut s'ancrer en toi ? demanda-t-il.

Il le savait bien, mais il devait entendre cette confirmation, même s'il lui était pénible qu'on lui rappelle que Wren pouvait se passer de lui.

— Tu peux compter sur moi, Humain. Je serai toujours là pour elle. Toute sa vie, quand elle aura besoin de moi, je serai là, jusqu'à mon dernier souffle. Ce sont bien tes instructions ?

Au Pont en Feu, oui. Il avait refusé l'aide du Démon pour son propre combat et l'avait envoyé à Wren. Tous deux savaient que là était sa place.

— Elle a confiance en toi.

— Je ne lui ai jamais fait défaut, assura O.P., le regard franc.

Contrairement à son partenaire humain, lui rappelait-il cruellement. Mais Sergueï aussi avait prouvé son dévouement ! Il avait assuré plusieurs fois à Wren qu'il était de son côté, et elle ne l'avait pas cru. Elle avait affirmé les connaître, lui et ses motifs, mieux que lui-même. Alors pouvait-on vraiment le blâmer pour l'unique fois où il avait refusé d'aller jusqu'au bout, quand, en s'exécutant, il aurait pu provoquer la mort de gens qu'il connaissait, qu'il avait appréciés et respectés dans son travail ?

Il faisait les choses à sa manière, depuis toujours. Il n'aimait pas qu'on le force. Wren le savait bien.

Mais elle l'avait repoussé. Pour ne pas lui faire de mal.

Quelle ironie !

— Les Humains sont compliqués, déclara Sergueï.

— Sans blague.

Wren avait mal à la tête. Au dos. Quelqu'un lui criait dans l'oreille.

— Partout ! Je te jure, on ne parle que de ça !

— Quoi ? Qu'est-ce qui est partout ?

Bamidélé était quelqu'un de très bien — et un Talent de grande classe — mais avait une fâcheuse tendance à s'enthousiasmer trop facilement. Wren prit gentiment ses poignets toujours en mouvement et les immobilisa.

— Délé, s'il te plaît. Donne des détails, parle lentement et clairement.

Il ouvrit la bouche, mais aucun son n'en sortit. Il regarda ses bras qui ne bougeaient plus. Ouvrit de nouveau la bouche.

Wren eut pitié de lui et le lâcha.

— On parle de la Bataille avec… avec « eux ». Partout dans le monde !

— Oui, ç'a été un beau gâchis, dit sèchement Wren. Pas étonnant qu'on en parle !

La Cosa caquetait en toutes circonstances comme un poulailler industriel.

— Mais là, les gens nous proposent leur aide !

Ah ! Délé devenait tout d'un coup beaucoup plus intéressant. Wren en oubliait son épuisement.

— Qui ? Quel genre d'aide ? demanda-t-elle.

Bamidélé en rabattit un peu.

— Ils nous soutiennent verbalement.

— Ben voyons.

— On a reçu sept e-mails d'Australie, insista le Talent. Sept ! Je ne sais même pas comment ils en ont entendu parler.

Wren avait sa petite idée. Son Démon-coursier avait apparemment été très occupé, comme il le lui avait promis.

— Deux télégrammes sont arrivés d'Asie, un courrier spécial de Montréal, par Démon. Une carte postale du pays de Galles. Enfin, je crois, j'ai l'impression que c'est écrit en gallois. Il y a des milliers de Fatæ dans cette ville et aucun ne sait lire le gallois !

— Bon, mais ces messages disent-ils autre chose que : « Bonne chance, faites-nous signe quand tout sera fini » ?

— Il existe des frontières, des limites, intervint une autre voix, d'un ton très pragmatique.

Bamidélé et Wren se retournèrent vers le Talent qui tenait une carte postale (sans doute, supposa la Récupératrice, la fameuse carte en gallois), un vieil homme menu, les cheveux gris, très digne.

— Elles existent pour de bonnes raisons, poursuivit-il. On les maintient en place même en période de crise, *surtout* en période de crise, et pour de bonnes raisons.

— Je ne tiens pas à ce que vous me fassiez un cours, Ayexi…, commença Wren sans agressivité.

— Telle n'est pas mon intention, Geneviève. Et arrête de laisser fuir ton Courant. Enferme-le.

Après avoir pris sa retraite, Ayexi avait rejoint le Conseil, mais c'était lui qui avait pris sous son aile, autrefois, le mentor de Wren, John Ebeneezer. Au sein de la Cosa, on respectait par-dessus tout l'autorité du mentor. Wren renvoya sans discuter son Courant au fin fond de son noyau.

— C'est fait, monsieur.

Il lui adressa un regard mauvais pour cette pointe de politesse insolemment exagérée. Wren soutint ce regard.

— Pas de « monsieur » avec moi, fille de mon fils.

Elle baissa les yeux.

— La Cosa maintiendra ces frontières, continua le vieil homme. Les Fatæ resteront de leur côté. Je sais que tu n'as pas grande opinion du Conseil, Geneviève — pas plus que moi —, mais il savait ce qu'il faisait en créant ces instances locales.

Wren ne résista pas à la réplique :

— KimAnn n'était pourtant pas de cet avis, rappela-t-elle.

— Quand as-tu entendu parler de Mme Howe pour la dernière fois ?

Depuis pas mal de temps déjà ! Et elle soupçonnait que personne n'en entendrait plus jamais parler. Quand le Conseil des Mages prenait des mesures contre l'un de ses membres, l'individu en question n'avait guère de solution pour s'échapper.

— Geneviève, reprit Ayexi d'un ton plus conciliant. Comprends que les autres ne peuvent pas intervenir.

— Mais ils proposent leur appui ! s'écria Bamidélé qui sautillait presque d'excitation. Ce n'est pas la même chose, si ?

Wren revint au jeune Talent.

— Explique-moi, Délé. De quel appui parles-tu ? Qui le propose ?

Il lui tendit un télégramme. Elle le parcourut et haussa les sourcils. Puis le passa à Ayexi.

Même le vieux sage parut impressionné.

— Joli, s'ils y arrivent ! commenta-t-il.

— Ils y arriveront, assura Wren.

Du Courant en provenance d'Australie ? Elle pouvait presque le sentir accourir. D'autres suivraient, c'était certain. La Cosa existait partout sur Terre. La division en Conseils locaux avait pour but d'empêcher les luttes internes du genre de celle que KimAnn Howe avait voulu fomenter, mais il n'en demeurait pas moins que la Cosa constituait une entité. Une famille.

En cas de besoin, une famille s'unit et partage ; l'argent, la nourriture. Le Courant !

11.

— Encore une petite tasse?

Wren acquiesça; de toute façon la serveuse versait déjà. Pour la Récupératrice, la seule chose qui manquait à Manhattan jusqu'à récemment était l'absence d'un endroit bon marché et pas snob où on puisse consommer à toute heure; l'ouverture du café des Mudnik, l'année passée, à moins de deux rues de son appartement dans Greenwich Village, l'avait presque fait hurler de joie. Depuis, elle n'avait guère eu le temps de fréquenter l'établissement, mais elle comptait bien se rattraper. D'autant que, contrairement à ce qu'on aurait pu craindre, leur café était excellent.

Sans compter qu'elle risquait de ne plus être acceptée chez Starbucks.

Après cette rude journée elle méritait bien une tasse de bon café — allez, disons sept. Elle courait partout depuis l'aube; et même si elle était dure à la tâche, une journée de douze heures de travail ne représentait pas son idéal!

En ce moment, elle entamait sa seizième heure. L'homme assis en face d'elle, à en juger par sa mine, n'avait pas grand-chose à lui envier.

— Croyez-vous pouvoir le faire? demanda-t-elle.

— Je ne sais pas si c'est possible, rétorqua Ayexi.

Il avait refusé un autre café et tripotait sans arrêt le

récipient vide devant lui, comme si, à force de le frotter, il espérait en voir sortir un génie capable d'exaucer ses vœux.

Wren attendit la suite — il y en avait sûrement une — en sirotant sa boisson et en espérant que le nœud de serpents sifflant du Courant dans son noyau allait enfin se calmer. Elle s'était sentie agitée toute la journée, mais n'aurait su dire pourquoi. Avec toute l'énergie qu'elle avait dépensée au cours de la réunion de la veille, elle aurait dû être complètement vidée au lieu d'être aussi chargée de puissance qu'un orage !

Ayexi baissa les yeux sur sa tasse et hocha la tête.

— Oui, admit-il enfin. Je pense — je *pense* — que nous pouvons le faire.

Elle lui avait confié la tâche de créer une espèce de « batterie » capable de stocker le Courant offert par les Talents qui se porteraient volontaires, aussi loin qu'ils se trouvent, et de le distribuer à ceux disposant du mot de passe pour y accéder. Et cela devait se faire discrètement, car, si cette invention venait à être connue, on pourrait l'utiliser par la suite *contre* des Talents. Elle aurait tout à fait sa place dans un conflit interne à la Cosa, dont les membres n'étaient pas meilleurs que le reste de l'humanité.

En fait, ce que Wren voulait, c'était la mise à disposition d'un appareil de technologie magique, destiné à être utilisé une seule fois, pour être ensuite détruit. Ayexi et son équipe devaient faire un miracle et n'en retirer aucun crédit. Elle aurait dû éprouver de la sympathie pour ceux chargés d'une tâche aussi ingrate, mais, ces temps-ci, elle ne ressentait rien d'autre que ce Courant perpétuellement agité et perturbant en elle.

— D'accord, allez-y, approuva-t-elle.

Ayexi opina encore et sortit. Elle ne lui posa pas d'autre question. Elle ne voulait rien savoir de plus.

Parfois on ne voulait surtout pas savoir ce que d'autres faisaient *exactement* sur votre demande.

Et son autre requête, où en était-elle ? Wren regarda quelques tables plus loin. Les propositions d'aide qu'ils avaient reçues ne serviraient à rien si la conversation en cours là-bas n'aboutissait pas.

Sergueï se tenait très droit, immobile, les épaules en arrière, la tête légèrement penchée de côté. Son attitude exprimait une intense attention envers la personne en face de lui.

Mais Wren le connaissait bien ; elle parvenait à déchiffrer son malaise derrière cette façade. Il aurait préféré se trouver n'importe où plutôt qu'ici.

Elle ne lui avait pas demandé ça. Enfin, si, mais pour découvrir qu'il avait déjà entamé les démarches nécessaires ; depuis des mois semblait-il. Quel homme agaçant !

Elle termina son café et attendit.

Dix minutes plus tard, Sergueï parut se détendre un peu. Un tout petit peu, mais c'était flagrant aux yeux de Wren. Les deux hommes discutèrent encore une ou deux minutes, puis l'inconnu tendit la main pour prendre quelque chose par terre. Wren aurait pu se crisper, mais l'attitude de Sergueï disait qu'il s'attendait au succès et non à l'échec ou à un piège : il avait le menton baissé et non levé.

Pour autant, il aurait pu se tromper. Il s'était trompé au sujet du fermier et de l'arbalète en Idaho, par exemple. Et du chanteur de rues, quelques années auparavant. Et aussi…

Pendant un instant, les souvenirs d'un temps pas forcément plus heureux, mais plus *simple* à vivre, submergèrent

Wren. Elle faillit ne pas remarquer que l'homme tendait un étui cylindrique à Sergueï.

Et c'était fini — pas de bavardages inutiles. Sergueï prit le tube rigide, se leva, passa la porte.

Wren indiqua à la serveuse qu'elle voulait encore du café. Elle allait attendre, elle ne voulait pas qu'on associe Sergueï à la prochaine opération qu'elle montait. La rumeur voulait qu'ils ne travaillent plus ensemble, qui était-elle pour s'opposer à la rumeur ?

Rentrée chez elle à presque 1 heure du matin, Wren fit un calcul rapide : oui, elle s'était levée à 5 heures le matin de la veille, avait quitté son appartement à 7. Elle bougeait encore simplement par habitude, et même ce chuchotement agité de son Courant lui chantait une berceuse ! Ses jambes lui paraissaient gonflées à l'hélium, sa tête farcie de plomb.

— Tu as une mine de déterrée, l'informa Sergueï.

Elle ne se donna même pas la peine de verrouiller la porte, appuya la tête sur le métal peint après l'avoir refermée. Elle sentit des mains qui se posaient sur ses épaules, de longs doigts qui la massaient exactement où il fallait.

— Alors, ces plans ? demanda-t-elle.

— Probablement trois immeubles, au moins. Cela peut attendre jusqu'à demain matin.

— Nous sommes déjà demain matin.

— Allons, Wren, répondit Sergueï d'une voix où se mêlaient étrangement l'amusement, l'exaspération et l'inquiétude. Viens dormir. Tu as besoin de sommeil.

Elle avait besoin de beaucoup de choses, mais ne pensait pas qu'elle en obtiendrait même une fraction.

— Viens au lit, Wren. Tu dors.

Il la massait toujours et elle sentit qu'un gémissement de plaisir se formait au fond de sa gorge. Tout semblait mou d'un coup, amorti. Même son noyau grondant s'était apaisé.

Sergueï, juste à cet instant, ne risquait rien avec elle. Il aurait pu lui demander tout ce qu'il voulait : même si elle avait essayé de lui accorder une petite touche de Courant, son épuisement total l'en aurait empêché.

— Au lit, Wren.

Elle le suivit.

Il faisait chaud dans son lit. Wren tendit la main vers cette source de chaleur : une peau douce, lisse, bien connue. Ici des courbes, là des étendues plates… Un très léger ronflement émanait de l'ensemble, le ronronnement d'un chat géant. Elle alla se blottir contre cette bonne chaleur, passa le bras autour.

Une idée fantastique, deux dans le même lit. Pourquoi n'y avait-on jamais pensé jusqu'à présent ?

Quand elle se réveilla complètement quelques heures plus tard, elle avait la joue contre les omoplates de Sergueï, le bras autour de sa taille ; la jambe de l'homme était rejetée en arrière, par-dessus Wren, comme pour la maintenir en place. Il ne ronflait plus.

— Mmm, ronronna-t-elle.

— Mmm toi-même, répondit-il.

Elle savait qu'il ne dormait pas grâce à l'absence de ronflement. Peut-être se rappelait-il comment ils avaient tous deux échoué ici…

Ah oui. Elle se souvenait. Elle était rentrée épuisée, vidée. Les mains de Sergueï l'avaient guidée jusqu'à sa chambre ; il l'avait aisément déshabillée (il en avait l'habitude), l'avait installée entre les draps. L'avait suivie, gratifiée d'un petit baiser sur le front. Ensuite elle avait sombré dans les bras de Morphée.

Bon, maintenant elle était réveillée. Faible comme un chaton nouveau-né, joueuse comme un chaton d'un mois, avec des envies de se conduire comme une chatte en chaleur.

Elle fit passer sa main sur la hanche de Sergueï, continua son avancée.

— Hum ! Qu'est-ce qu'on a là ?

— Wren…

Il ne la repoussait pas, bien au contraire ! Il changea de position pour qu'elle puisse mieux le caresser.

— Tu m'as manqué…

Wren ne savait pas trop lequel des deux avait prononcé ces mots. Aucune importance. Sergueï se plaça face à elle.

Il l'embrassa sur la bouche, puis sur la pommette ; introduisit le bout de sa langue dans l'oreille de Wren, écarta des cheveux de son cou, y posa les lèvres.

— Tu… as bon goût…, chuchota-t-il d'une voix un peu rauque.

Wren frissonna. Il parcourut ses épaules, ses seins, de ses lèvres douces comme une plume, de sa langue chaude et lourde. Il savait qu'elle n'aimait pas les « baisers-langue-de-chien », aussi prit-il garde de ne pas trop la mouiller. Mais elle eut un petit gloussement.

— Langue de chien ! dit-elle plaisamment.

— Attention, je risque de planter les dents après la langue… C'est un trop beau morceau, gronda-t-il très bas, ce qui la fit rire.

— Hou, j'ai peur, arrête !

— Tu veux que j'arrête *ça* ?

Wren s'arqua sous la main de Sergueï.

— Non… Ça, tu continues…

Elle était encore ensommeillée, mais…

Effrayée, elle vérifia rapidement son noyau. Le nœud de serpents du Courant en elle, pour une fois, se révélait tout engourdi, boudeur, enfoui sous un brouillard sombre qui aurait pu l'inquiéter s'il n'avait pas été aussi opportun. Elle avait vraiment trop donné la veille, il lui faudrait bientôt se « recharger ».

Parfait, parce qu'elle ne pourrait sûrement pas blesser Sergueï avec son Courant dans cet état.

Elle lui saisit la nuque, passa les doigts dans ses cheveux, amena son visage tout près du sien.

— J'ai l'intention de te faire hurler, lui annonça-t-il très sérieusement.

— Ne te gêne pas, répliqua-t-elle avec un grand sourire.

Elle comptait bien ne pas être en reste !

Des heures plus tard, il jeta un coup d'œil par-dessus son épaule ; elle avait pris place sur un tabouret devant le comptoir de la cuisine.

— Tiens, il y a de quoi manger dans ton réfrigérateur, remarqua-t-il.

Elle leva les yeux au ciel, abandonnant pour un instant les plans posés devant elle.

— Cela ne devrait pas autant t'étonner. Je suis une adulte, non ? Je sais prendre soin de moi…

Il la regarda, incrédule et amusé à la fois.

— Bien sûr, sauf que tu dois la présence de tous ces aliments à O.P., je me trompe ?

— Ah, tu nous as surveillés ?

Sergueï les avait surveillés, O.P. et elle ; O.P., apparemment, n'avait pas perdu de vue les activités de Sergueï… Etait-elle donc la seule en ce monde à n'espionner personne ?

— Tu m'as dit de m'en aller, rétorqua-t-il. Mais tu ne m'as pas ordonné de ne plus m'inquiéter pour toi…

— Je t'ai dit…

Ils allaient droit à la dispute, elle le sentait. Wren se força à décrisper les épaules, imagina la tension qui dévalait de ses bras jusqu'à ses coudes et finissait par tomber par terre. Bon sang, ça marchait ! Lee avait raison : le contrôle des discussions rappelait beaucoup le contrôle du Courant. Il fallait visualiser ses réactions avant de passer à l'acte.

Elle se demanda fugitivement si, quand cette affaire serait terminée, elle serait en mesure de donner des cours de gestion de la colère à des membres de la Cosa. Voudraient-ils seulement payer pour ça ?

Et elle se rendit compte que, pour la première fois, elle avait pu penser à Lee sans éprouver cette pointe de tristesse et de culpabilité qui avait jusqu'à présent empoisonné ses souvenirs.

Sans doute qu'après ce qu'elle avait vu sur le Pont de Brooklyn, elle était blindée…

Cette idée la déprimait, la fatiguait. Un peu plus de fatigue et elle serait bonne à enterrer.

Sergueï sortit du réfrigérateur des œufs, du lait, un morceau de fromage que Wren ne se rappelait pas avoir déjà vu. Bon, on allait la nourrir, qu'elle le veuille ou non.

— Tu veux bien me remplir ma tasse ? demanda-t-elle.

Une tasse bleue avec des lettres rouges. Elle ne se rappelait plus où elle l'avait fauchée, mais comptait casser cette horreur dès que possible — à un moment où elle ne l'utiliserait pas. Certains aimaient bien piquer des stylos, Wren emportait toujours des tasses quand elle en avait l'occasion.

Mais non, je ne suis pas kleptomane ! Simplement, je fais parfois du zèle dans le travail.

Sergueï lui tendit le récipient plein à ras bord. Elle revint aux plans devant elle. Ils concernaient cinq immeubles, trois qu'elle avait déjà vus de l'extérieur, deux entièrement inconnus, l'un à Albany et l'autre à Philadelphie.

— J'espère bien que ce ne sera pas celui de Philadelphie, marmonna-t-elle. A ton avis, d'ailleurs, combien d'immeubles le Silence peut-il posséder ?

Sergueï continua de battre les œufs.

— L'organisation existe depuis le début du vingtième siècle, fondée par des hommes presque tous très riches.

— Tu veux dire : « Beaucoup. »

— Mais le Silence ne les occupe pas tous. Ce sont essentiellement des immeubles de rapport.

— Le Silence serait un marchand de sommeil ?

Sergueï rit :

— Ce n'est pas le genre !

Evidemment non. Wren aurait parié que toutes leurs propriétés étaient d'une respectabilité sans faille, à condition de fermer les yeux sur la pourriture qui se cachait derrière la façade. Et ce n'étaient pas les préjugés qui la faisaient parler !

Enfin, si.

— Celui d'Albany ne me semble pas plausible, reprit-elle. La taille convient, ils ont de quoi abriter un petit village là-dedans, mais le bâtiment semble trop bien pourvu en électronique. Il suffirait qu'un de leurs Talents leur échappe pour tout abîmer ; un peu comme pour ton immeuble, d'ailleurs.

— Ah bon ?

— Oh là, oui ! Avec toute cette puissance dans les murs, le groupe électrogène en plus dans les sous-sols… Il me fait penser à ces buffets où on se sert à volonté dans les hôtels de Las Vegas : on sait que c'est bête, mais on a du mal à s'empêcher d'en entasser toujours plus dans son assiette.

Sergueï avait l'air surpris, comme si l'idée ne lui était jamais venue à l'esprit :

— S'il te plaît, ne démolis pas mon immeuble… J'y tiens !

Il ne plaisantait qu'à moitié.

Wren secoua la tête et baissa le regard encore une fois sur les plans.

— Pour celui de Philadelphie, c'est le contraire. Un bâtiment étroit, pas vraiment de sous-sol. Or il leur faudrait un endroit où cloîtrer les gamins pendant qu'ils les…

Elle hésita, elle ne savait pas trop quel verbe employer. « Torturent » convenait bien, mais le prononcer lui salirait la bouche, et « entraînent » manquait de vigueur.

— … Endoctrinent, suggéra Sergueï.

— C'est ça.

— Ce qui nous ramène aux trois de Manhattan.

Il plaça une assiette devant elle, lui mit une fourchette dans la main.

— En fait il y en a un des trois à Queens. C'est celui-là qui me paraît le plus intéressant.

Elle repoussa son assiette et planta la fourchette dans l'omelette. Le fromage en déborda d'une manière très encourageante. Wren mit en évidence le plan de l'immeuble du Queens.

— Un vieux bâtiment bien costaud, commenta-t-elle. De la bonne construction.

— Comme ici.

— Oui. Bon. Quatre niveaux en sous-sol, dont deux très étendus et qui disposent chacun de leur propre système de sécurité. Un seul des immeubles de Manhattan présente la même disposition, et dans celui-là une autre entreprise loue les étages supérieurs. Ce serait une bonne couverture, d'accord, mais à mon avis le Silence cache mieux que ça ses sales petites affaires, tu ne crois pas ?

Sergueï hocha la tête en signe d'approbation.

L'arôme de l'omelette frappa soudain les narines de Wren ; finalement elle mourait de faim. Elle écarta soigneusement les documents et se mit à manger.

— D'accord ; je vais aller jeter un coup d'œil à cet immeuble de Manhattan, juste pour voir à quoi il ressemble, mais je parie sur celui du Queens. Je vais l'étudier de près.

Wren s'apprêtait à continuer, mais elle hésita.

Avant, elle aurait dévoilé sur-le-champ tout son plan à Sergueï et aurait compté sur lui pour repérer ses erreurs ou omissions. Il l'aurait accompagnée à chaque étape du travail, de l'acceptation à l'exécution.

Plus maintenant.

De l'avoir avec elle la nuit précédente avait été fantastique. Faire l'amour avec lui… C'était juste ce qu'il lui fallait. Mais elle sentait bourdonner doucement son noyau. Il se réveillait, et le brouillard qui l'avait emmitouflé se dispersait à mesure qu'elle reprenait des forces.

Ce n'était pas la méfiance de la Cosa envers Sergueï qui posait problème ; elle n'aurait pas hésité à tous les envoyer promener ! Mais *elle* n'était pas encore sûre de lui faire entièrement confiance. Non qu'il risque de trahir la Cosa. Elle savait qu'il ne ferait jamais sciemment une chose pareille. Si même elle se méfiait de sa propre intuition, elle pouvait adhérer les yeux fermés à l'opinion d'O.P., qui ne laissait jamais les sentiments interférer quand on parlait de survie.

Non, ce n'était pas cela le problème.

Ce matin, elle avait retrouvé son énergie ; elle pouvait à tout moment, sans même y penser, comme tout Talent, puiser dans son Courant.

Et cela faisait courir un risque à Sergueï.

Il va falloir trouver quelque chose, pensa-t-elle. *Il ne faut plus qu'il ait envie de sentir ton Courant en lui, ou bien…*

Ou bien il fallait trouver un moyen de protéger ses organes des effets dévastateurs du Courant. Autant prier pour la paix dans le monde ou pour des loyers bon marché.

— Quels sont tes projets pour la journée ? demanda Wren pour détourner son attention de ses propres projets.

Sergueï prit une fourchetée d'omelette et regarda manger la Récupératrice. C'était une toute petite victoire pour lui, mais bien gratifiante tout de même, que de réussir à lui faire avaler quelque chose alors que son opération l'accaparait tout entière.

— Je me disais que j'irais à la galerie, voir comment ça se passe. On a une nouvelle collection depuis la semaine dernière, très avant-gardiste. Tu détesterais.

— Parfois tu exposes des trucs vraiment bizarres.

Elle s'étonnait toujours de voir que cela se vendait. Sergueï avait beaucoup de flair pour repérer ce que les gens riches allaient avoir envie de mettre dans leur salon.

— Ensuite, continua-t-il d'un ton artificiellement détaché, ce qui alerta tout de suite Wren, je pensais repasser ici pour voir O.P.

— Ah bon ?

— Lui demander où vous en êtes…

— Je pensais que tu t'en étais déjà fait une idée, remarqua-t-elle.

Elle avait parlé sur un ton un peu agressif. Elle ne savait pas feindre le détachement. Sergueï était plus doué qu'elle dans ce domaine.

— Un Ignorant ne peut pas vraiment se rendre compte, indiqua-t-il sans trace d'amertume dans la voix. Je m'occupais de mes affaires, Wren, mais parfois elles m'amenaient à me demander où vous en étiez.

Admettons. Mais il ne lui disait pas tout. Enfin, il avait obtenu ces plans en passant seulement deux coups de téléphone à ses contacts ! Sergueï était certes doué, mais il mijotait assurément quelque chose depuis longtemps pour dénicher aussi vite ce qu'elle cherchait. Il savait très bien comment l'esprit de Wren fonctionnait. Mais elle aussi savait ce qu'il y avait dans sa tête à lui.

Elle cligna les paupières. Elle s'embrouillait encore, elle avait les idées confuses. Cela lui arrivait souvent ces temps-ci, même avant qu'elle aille au Théâtre Taylor. Ce n'était pas une bonne chose, d'autant qu'on devait s'en rendre compte autour d'elle.

— Où nous en sommes…, reprit-elle. Tu veux vérifier si je ne suis pas en train de perdre la boule, peut-être ?

Il ne se donna pas la peine de prendre un air étonné, choqué.

— Tu crois que c'est ce qui t'arrive ? s'enquit-il simplement.

— Je me suis posé la question ces derniers jours, c'est vrai.

Elle s'était même demandé si elle ne l'avait pas déjà perdue, la boule. Elle avait consacré ses trente ans d'existence à se défendre, sans jamais attaquer. Quand elle acceptait un travail, elle faisait toujours en sorte de prendre le moins de risques possible, pour elle comme pour les autres.

La vie était sacrée ; sa mère le lui avait appris. Son mentor, Neezer, le lui avait confirmé, au point qu'il avait préféré s'écarter d'elle pour ne pas la mettre en danger quand il s'était senti sur le point de lâcher prise. Sergueï célébrait la vie dans l'art ; Wren aussi, à sa manière.

Et pourtant elle se retrouvait à organiser une opération où on allait tuer en masse, tuer des Ignorants. Elle allait demander à des Talents, par toute la ville, d'attendre son signal avant d'assassiner le plus possible d'opérateurs du Silence. Voilà qui n'annonçait rien de bon pour sa santé mentale.

Sans compter cette nouvelle étrangeté dans tout son Courant. Le brouillard gris, le bitume noir. Ce qui… lui était arrivé en bas, sous le Théâtre Taylor. Cela, elle ne pouvait toujours pas y penser, sans parler de le révéler à d'autres. Elle préférait encore organiser un massacre.

Sergueï, en face d'elle, gardait une posture sereine. Mais ses yeux le trahissaient : ils restaient fixés sur elle, ils n'erraient pas d'un bout de la pièce à l'autre comme ils faisaient d'ordinaire ; d'ordinaire, Sergueï prenait garde de rester conscient de son environnement. Son entraînement d'opérateur restait inscrit en lui.

Il voyait de toute évidence en Wren quelque chose qui ne lui plaisait pas ; mais il n'insista pas.

— Bon, dit-il. Tu vas te promener autour de ces immeubles. Moi je me plonge dans de la paperasse. On essaiera peut-être de nous tuer aujourd'hui… Si nous survivons tous les deux, on se voit demain ?

Wren eut un grand sourire.

— Ça me paraît excellent. Comme au bon vieux temps.

Mais ce n'était pas pareil. Le sourire de Wren se crispa. Sergueï fit semblant de ne pas s'en rendre compte.

— Parfait. Mais d'abord tu finis ton assiette.

Queens ne se trouvait pas sur un autre continent. Pourtant, dès que le métro eut franchi les limites de Manhattan, Wren eut la sensation irrationnelle que des douaniers allaient parcourir la rame en demandant leurs papiers à tous les voyageurs.

Elle devait se rendre ensuite assez loin de la station ; la journée était agréable, Wren se permit un peu de lèche-vitrines. Elle ne savait pas faire la cuisine, mais elle ne se lassait pas de regarder chez les épiciers chinois tous ces produits qu'elle ne pouvait pas identifier.

Un peu plus loin, le quartier changeait : moins de vitrines, davantage d'immeubles de bureaux, de vieux bâtiments réhabilités. Elle avança dans la rue en regardant les numéros, puis s'arrêta pour lacer sa bottine sans oublier de bien coincer son sac ; elle n'allait pas se laisser dépouiller !

En même temps, elle passa en un clin d'œil à un état de transe, d'hypersensibilité sensorielle et magique. Une sensation confortable comme une douche bien chaude, revigorante. Wren jeta un coup d'œil discret au troisième bâtiment, plus loin, sur le même trottoir.

— Oh ! Pas joli-joli.

Pour elle, toutes ces histoires d'auras, de tarots ou de boules de cristal ne rimaient pas à grand-chose, mais elle savait reconnaître les mauvaises *vibrations*. Il se passait des choses terribles derrière ces murs, et depuis un sacré bout de temps.

Elle avait renoué ses lacets ; elle se leva. S'étira — rien

que de très normal après être restée accroupie un petit moment.

Dommage qu'un si bel immeuble abrite des choses aussi déplaisantes. C'était une jolie bâtisse en brique sombre, avec deux étages. Elle longeait le trottoir sur une bonne distance, et c'était inhabituel dans ce quartier. Le plan disait qu'il y avait quatre niveaux en sous-sol, beaucoup mieux aménagés qu'on aurait pu s'y attendre.

Wren sentait beaucoup de pouvoir là-dedans, vraiment beaucoup.

C'était là.

Bien. Elle aurait dû poursuivre sa marche pour ne pas attirer l'attention. Il n'y avait aucune raison de s'attarder à ce coin de rue. Mais quelque chose la retenait.

Vas-y.

C'était idiot.

Mais comme ça, tu serais sûre…

Pas forcément.

Allez, va les chatouiller un peu, eux qui ne veulent pas qu'on les perce à jour.

Quelle idiotie ! Mais elle ne pouvait pas résister à la tentation. Elle émit un appel silencieux.

« Hé ? »

Elle avait appelé de manière générale, sur toute la portion de rue et pas seulement vers l'immeuble. Elle attendit un peu.

« Hé ? » répéta-t-elle.

Rien. Elle pencha la tête sur le côté.

« Hé ? » insista-t-elle.

Rien, mais… pas tout à fait. Il y avait bien un écho là-dedans. Quelqu'un écoutait, peut-être, mais ne répondait pas.

Wren reprit sa marche au milieu de la foule des employés

de bureau sortis pour la pause déjeuner. Oui, un Talent se trouvait dans l'immeuble, quelqu'un qui se cachait et qui avait peur de répondre.

La récupération se précisait.

— Ils sont agités.

Le mot était un peu exagéré : les trois adolescents dans la pièce se parlaient, tout simplement. Mais ils n'avaient pas fait preuve d'autant de vivacité depuis des semaines.

— Il s'est passé quelque chose dehors, ajouta le technicien.

— Quelque chose ? répéta Duncan.

Il avait eu la très mauvaise idée de faire son apparition dans le bâtiment du département de recherche quand il ne fallait pas. On était vendredi, à l'heure du déjeuner, et André espérait bien ne croiser personne d'importance. S'agissait-il d'une simple coïncidence, ou Duncan voulait-il lui faire comprendre qu'il le surveillait toujours ?

— Ce n'était rien, dit André d'un ton négligent pour dissimuler ses craintes. Je pense qu'on a dû héler un autre Talent du quartier, et le signal est passé par ici.

— Héler ?

Duncan commençait à faire penser à un disque vinyle rayé.

— C'est une forme de communication, une télépathie rudimentaire, expliqua André. Comme les SMS, mais sans téléphone.

Sergueï, quand il envoyait encore des rapports, avait parlé de ça. Un « sens » vraiment très rudimentaire, aussi sommaire par rapport à la télépathie qu'un texto comparé à une dissertation.

Si les Talents avaient su communiquer par la pensée de manière aussi élaborée qu'en parlant, les choses auraient tourné autrement. André se demanda s'il le regrettait ou non.

Duncan se tourna vers lui, l'air mécontent.

— Oui, je sais ce que signifie héler, merci. Mais pourquoi hélerait-on ici, dans ce quartier ? Pouvons-nous considérer cela comme les prémisses d'une attaque ?

Même le technicien cligna des paupières, surpris, alors qu'il s'appliquait à faire semblant de ne pas écouter.

— C'est probablement parce qu'un Talent vit dans les environs et qu'un ami a voulu le saluer, répondit André en s'efforçant de ne pas avoir l'air condescendant.

Mais en réalité il pensait : « Pauvre imbécile. »

Un coup d'œil en direction du technicien lui apprit que son opinion était partagée.

Très bien ; le despote ne contrôlait pas complètement ses troupes.

Juste à ce moment, Duncan leva la tête, le regard tourné vers le plafond. Un message lui parvenait dans son oreillette. André, pour sa part, aurait eu la prudence d'attendre qu'on le lui délivre de vive voix, plutôt que d'utiliser des appareils électroniques élaborés, alors que des Talents — même aussi étroitement surveillés — étaient à proximité. C'était tout Duncan, cette arrogance.

D'ailleurs, en l'occurrence, il ne prenait guère de risques. De solides protections avaient été mises en place entre les quartiers des Talents et cette salle de contrôle.

— On a repéré le Talent dehors, les informa Duncan. On a ordonné à quelqu'un de le suivre et de noter où il se rendait.

André souhaita pour le malheureux qu'il ne fasse rien d'autre de suspect aux yeux du Silence.

De toute manière cela ne changerait pas grand-chose au final.

12.

La voix d'Edith Piaf envahissait le loft de Sergueï, l'emplissant de grâce mélancolique. Wren savait que c'était mauvais signe quand il ressentait cette envie de s'évader à Paris, pourtant cette voix sublime l'aidait à se concentrer. Aussi minime que soit la concentration dont il avait besoin ce jour-là.

La galerie était fermée le vendredi. En principe il aurait dû en profiter pour travailler sans être dérangé, œuvrer à un des projets qu'il avait toujours plus ou moins sur le feu. Il n'aimait pas ne rien faire. Mais ce matin-là, pour une fois, il avait émergé du sommeil une heure plus tard que d'habitude, rompu. Il devenait vieux ; la tension physique et mentale des derniers mois pesait sur lui.

Wren lui avait dit la nuit précédente qu'elle serait occupée, et il n'avait rien d'urgent en vue. Il avait donc éteint son téléphone portable, avait mis de l'eau à bouillir pour le thé et décidé de souffler un peu.

Mais cela n'avait pas donné les résultats escomptés. Il ne se sentait pas détendu mais au contraire agité, incapable de lire tranquillement le journal ni aucun des livres qui l'attendaient sur les étagères ; et il n'avait pas davantage envie de passer du temps dans la cuisine ou de quitter le cocon douillet de son chez-soi. Comme s'il craignait de rater quelque chose d'important s'il sortait...

Et, malgré ce qu'il avait annoncé à Wren, il ne tenait pas à bavarder avec O.P. Leur brève conversation quelques jours auparavant, après la réunion, était d'ailleurs en partie responsable de son malaise actuel.

Donc il ne fit rien, et rien ne se passa. Il n'y avait même pas de bonnes rediffusions à la télévision, aussi s'accorda-t-il une petite sieste sur le canapé. Lorsqu'il se réveilla, le regard posé sur le plafond d'un blanc mat où jouait le soleil, Sergueï se demanda si, pour la première fois de sa vie, il ne découvrait pas l'ennui.

Quand il entendit frapper à sa porte, peu après 4 heures, il sut qu'il n'allait rien entendre d'agréable ; même l'ennui était préférable.

Il envisagea un moment de ne pas répondre. Mais il avait reçu une trop bonne éducation. Il posa le livre qu'il s'efforçait en vain de lire, avança doucement jusqu'à la porte, pieds nus sur son parquet frais.

Il dut baisser les yeux sur son visiteur.

— Il faut qu'on parle, lui annonça celui-ci.

— Je déteste les gens qui entament une conversation par ces mots.

Le Démon lui jeta un regard mauvais ; Sergueï céda :

— Très bien, entre.

Il ne se donna pas la peine de demander à O.P. comment il avait pu échapper à la surveillance du portier et des caméras de sécurité. En fait il ne tenait pas à le savoir.

— C'est à propos de Wren.

— Je sais.

Oui, il savait. Quelle autre raison aurait pu mener le Démon ici ? Etait-il venu le mettre en garde une fois de plus ? Parce que Sergueï avait bien compris le message, pas de problème. Les Ignorants et le Courant n'allaient pas bien ensemble.

O.P. s'assit au bord du canapé. Il était court sur pattes, et avait de ce fait des difficultés à s'installer confortablement. Il avait des allures de petit garçon de dix ans bizarrement sérieux. Avec des yeux rouges, un manteau de fourrure blanche, des gants munis de griffes.

Sergueï — et ce n'était pas la première fois qu'il se faisait cette réflexion— se dit qu'il menait une vie bizarre depuis sa sortie de la fac.

— Wren m'avait dit que tu passerais peut-être, commença le Démon.

— Je ne l'ai pas fait, comme tu as vu.

Il se sentait curieusement sur la défensive.

— En effet.

O.P. prit le livre posé sur le canapé, y jeta un coup d'œil, et le reposa.

— Ecoute, Didier… As-tu une idée de ce qu'il arrive à Wren ?

— Quelque chose ne va pas, c'est sûr. C'est en rapport avec son noyau, non ?

Mais il ne savait pas de quoi il s'agissait, et cela l'inquiétait. La Récupératrice voulait ignorer le problème et le laisser s'arranger tout seul. Sergueï adoptait souvent cette attitude, lui aussi, comme si l'obstination pouvait décourager toutes les maladies. Pourtant ce n'était pas une bonne idée, il le savait, et il ne voulait pas qu'elle agisse de la sorte. Il voulait la mettre à l'abri, tout comme elle avait essayé de faire avec lui en l'éloignant d'elle. Il pouvait encore la protéger…

— Ça ne marchera pas cette fois, intervint O.P.

— Quoi, tu lis dans mes pensées ?

Il avait dit cela sur le ton de la plaisanterie, pourtant le sujet était des plus sérieux.

— Je n'en ai pas besoin, tu es transparent. Mais tu ne peux pas la protéger, Didier. Tu ne peux pas la cacher.

— Qu'est-ce qu'on peut faire, alors ? L'envoyer une fois de plus au casse-pipe avec une cible dans le dos ? Tout cela pour le bien de gens qui ne l'ont *jamais* aidée ?

Sergueï s'étonna d'avoir laissé filtrer autant de hargne dans son propos. Le Démon l'avait toujours mis mal à l'aise, depuis le jour, des années auparavant, où il était apparu à la porte de Wren, porteur du message d'un client potentiel. S'agissait-il, tout bêtement, de jalousie ? Ou bien les événements de ces deux dernières années, auxquels O.P. avait pris une part active, démontraient-ils que cet être constituait une véritable menace pour son amour ?

Le Démon lui répondit :

— Elle est de la Cosa, Didier. La Cosa prend soin de ses enfants. Mais nous sommes tous lâches, égoïstes, Wren y compris. Nous ne nous sacrifions pas pour les autres. L'héroïsme, c'est plutôt votre spécialité, à vous les Ignorants.

— Alors laisse-la être lâche une fois de plus ! Enfin, O.P., même moi qui n'ai aucune capacité magique, je peux voir que quelque chose ne va pas chez elle ! Si ça continue…

Il ne savait pas au juste ce qu'il se passerait si ça continuait, mais ce serait vraiment mauvais. Wren n'en sortirait pas indemne.

— Moi aussi je l'aime, Sergueï.

C'était sans doute la première fois qu'O.P. l'appelait par son prénom. Ce qui ne présageait rien de bon, là non plus ; le nœud glacé que Sergueï sentait au plus profond de son être le confirmait.

— Pas comme toi sans doute, mais, pour autant que

les êtres dans mon genre en soient capables, je l'aime. D'une manière que tu ne pourrais pas comprendre. Elle n'en a pas moins une tâche à accomplir ; on ne peut pas échapper à ça. Crois-moi.

Sergueï n'avait aucun argument à opposer, sauf un :

— Même si elle doit se sacrifier pour cela ?

Le Démon détourna un instant ses yeux rouges, puis les ramena sur lui.

— Nous faisons tous des sacrifices, déclara-t-il. Avec de la chance, nous les connaissons à l'avance.

Sergueï se sentait de plus en plus crispé.

— Mais ça, je le refuse, affirma-t-il.

O.P. eut un petit rire.

— Ah, je reconnais le pragmatisme du Russo-Français qui transparaît sous le vernis idéaliste de l'Américain ! Je m'attendais à ta réponse, mais je devais te dire ce qu'il en était.

Il se leva, mais ne partit pas tout de suite.

— Nous ne sommes pas rivaux, tu sais, ajouta-t-il.

Sergueï ne fit pas mine de vouloir le raccompagner.

— Si, au contraire, répliqua-t-il. Parce que je n'ai pas l'intention de vous laisser, toi et les tiens, *consumer* Wren pour le bien de tous. J'en ai fini avec ce genre de considérations.

O.P. eut un reniflement appuyé, incrédule.

— C'est pour ça que tu as passé ces derniers mois à accumuler des appuis, à mettre en place une espèce de cinquième colonne pour l'aider ?

— Pour l'aider, *elle*. Pas vous, aucun d'entre vous. Pour qu'elle survive !

Parce qu'il avait promis de ne jamais l'abandonner, même si elle l'écartait.

Les yeux du Démon se remplirent d'une tristesse inattendue.

— Si c'est possible, je suis prêt à donner mon ersatz d'âme pour qu'elle vive. Mais ce n'est peut-être pas possible si on veut accomplir ce qui doit l'être. Peux-tu l'accepter ?

Sergueï se souvint de ce qu'il avait demandé à Joanie, il n'y avait pas si longtemps : « Es-tu prête à te réveiller toutes les nuits à 3 heures du matin en te demandant à quel prix tu as vendu ton âme ? »

Il reprit son livre. L'entretien était terminé.

O.P. sortit et ferma la porte derrière lui. Dans le silence qui s'ensuivit, Sergueï reposa son livre et regarda dans le vide.

— Non, dit-il.

Il ne pourrait pas l'accepter.

Où Wren irait il irait. Personne ne la sacrifierait pour le bien de tous. Et surtout pas elle-même.

Wren se rendait compte qu'on la suivait ; elle en était certaine. Dans ce quartier, il ne s'agissait sans doute pas d'un voleur… Non, autant envisager le pire : le Silence l'avait repérée.

A tout autre moment, en un tout autre endroit, elle aurait sans doute activé la ritournelle d'invisibilité et échappé tout simplement à l'attention de la personne qui se trouvait derrière elle. Elle pouvait le faire, sans problème, elle était plus forte à ce petit jeu que l'Ignorant le mieux entraîné et que l'immense majorité des Talents. Il existait des moments propices à la fausse modestie ; la préparation d'un travail n'en était pas un.

Mais elle ne comptait pas laisser ces bandits s'en tirer

à si bon compte. Elle eut un sourire très déplaisant. S'ils voulaient jouer avec elle, elle n'allait pas les décevoir !

Ils allaient comprendre qu'on ne la piégeait pas deux fois.

Elle laissa affleurer un peu de Courant, le forgea mentalement, jusqu'à le rendre fin comme un fil, le partagea en une demi-douzaine de petites ficelles qu'elle laissa traîner derrière elle, à la recherche de tous ceux qui pouvaient se préoccuper d'elle dans le voisinage. Ce n'était pas évident à réussir, surtout sans s'arrêter de marcher ; elle devait donner l'impression qu'elle consacrait toute son attention à chercher du regard le Starbucks le plus proche.

Les malintentionnés
Qu'ils soient repérés
Remarqués et marqués.

Pas mal du tout pour une improvisation, se dit-elle, très contente d'elle. Les mots n'avaient pas tant d'importance que l'intensité dont elle les chargeait, mais parfois leur sonorité, leur rythme pouvaient accroître l'impact de l'enchantement.

Les fils partirent en quête de quiconque ferait attention à Wren ; ils tacheraient ces personnes de l'équivalent magique d'une giclée de pistolet à peinture. N'importe quel Talent pourrait voir la tache. Si les espions étaient des Talents — on ne savait jamais — ils sauraient qu'on les avait « éclaboussés », mais ne pourraient rien y faire. Seule Wren pourrait annuler les effets du sort.

Et elle n'en avait pas l'intention. Qu'ils restent marqués à vie !

Elle s'arrêta un instant pour regarder les affiches du Loto et décida d'acheter un ticket. Le Courant ne donnait guère de résultat quand on voulait influencer les jeux de hasard — Wren supposait que cela fonctionnait mieux autrefois, quand il s'agissait d'osselets et non d'un système automatique — et son pouvoir de prémonition très limité avait fonctionné exactement deux fois au cours de sa vie, mais après tout…

Elle saurait quoi faire de quarante millions de dollars.

Tandis qu'elle attendait le ticket délivré par la machine, en prenant bien soin de porter son attention ailleurs pour ne pas perturber l'appareil, elle s'appliqua à observer discrètement les gens qui l'entouraient.

Tout semblait parfaitement normal : des femmes en tailleur et hauts talons, des assistantes de direction à en croire leur tenue et leur coiffure parfaites ; d'autres à l'allure de cadres, bardées de mallettes et de sacs en bandoulière, la plupart pourvues d'une oreillette, plongées dans une discussion animée avec un interlocuteur invisible.

— Excusez-moi ? demanda une jeune femme qui s'était placée juste à côté de Wren et essayait d'attirer l'attention du vendeur. Excusez-moi, je me demandais si vous pouviez me donner un renseignement ?

L'homme assez âgé, sans doute expérimenté, repéra que la personne n'allait rien lui acheter et qu'elle accaparait un espace dédié à la vente. Il l'ignora. Elle se tourna vers Wren :

— Pouvez-vous m'aider ? Je crois que je me suis perdue.

Et voilà. Pour une fois que Wren ne se cachait pas, elle se retrouvait obligée de renseigner des touristes. Elle jeta un coup d'œil à son interlocutrice et remarqua sur son front une éclaboussure orange, en étoile, grande comme la main.

Ah. Elle parcourut du regard le tailleur bleu banal de la femme, ses chaussures confortables, revint à la tache orange. Décidément sa ritournelle avait été efficace : elle avait poussé sa victime à se mettre à découvert, à se faire repérer.

— Mais bien sûr. Où voulez-vous aller ?

Wren croisa directement le regard de celle qui l'avait suivie ; elle avait de très beaux yeux verts, très grands.

Mais la Récupératrice discernait un abîme douteux derrière ces beaux yeux. Ils débordaient d'une méchanceté prête à tout salir. A tuer.

La rage envahit Wren, nourrie de son Courant, l'amplifiant, faisant tourbillonner le brouillard gris en elle, l'étourdissant.

Elle pouvait faire quelque chose, oui, tout de suite…

— Je cherche l'arrêt de car pour rentrer à Manhattan, prétendit la femme.

— Oh dans ce cas, vous êtes vraiment perdue !

Wren rit, toucha la manche de l'espionne sans la quitter des yeux.

Suivre, évaluer la situation, éliminer la cible si une menace est détectée, sinon ne pas l'approcher.

Tels étaient les ordres qu'elle avait reçus, et auxquels l'enchantement l'avait poussée à désobéir.

— Oui, je…, commença la probable opératrice.

Elle s'interrompit quand le Courant passa des doigts de Wren au bras qu'elle tenait. Des filaments fins comme des cheveux, d'un noir de lumière noire, pénétrèrent sa moelle épinière, montèrent jusqu'à son cerveau.

— Ne vois rien. N'entends rien. Ne dis rien, chuchota Wren.

Les yeux verts se voilèrent. La Récupératrice prit son ticket à la machine, remercia le vendeur, guida la femme par le bras jusqu'à l'arrêt du car, au coin de la rue. Elle la laissa là.

L'autre resta immobile, aveugle, sourde, muette, mais calme ; le Courant l'avait à peu de choses près lobotomisée. Quelqu'un finirait par la remarquer, le Silence la prendrait en charge… ou non.

Wren ne ressentait aucune culpabilité. Elle n'avait pas eu la « main » trop lourde ; avec un traitement approprié, sa victime pourrait recouvrer l'essentiel de ses facultés.

Elle ne l'avait pas tuée. C'était pour l'heure la grâce qu'elle accordait à quiconque travaillait pour le Silence. Mais cela n'allait pas durer très longtemps.

13.

Le lundi matin au siège, en plein milieu d'une discussion particulièrement ennuyeuse concernant le budget prévisionnel, on informa Duncan qu'un incident s'était produit. Le responsable cessa soudain de suivre ce qu'on disait autour de la table pour se concentrer sur le chuchotement dans son oreillette. Une expression d'extrême contrariété se peignit alors sur son visage.

Son visage anguleux trahissait rarement ses émotions, pourtant André vit s'allumer dans son regard une lueur de mauvais augure pour son interlocuteur.

Les personnes d'importance réunies autour de la table s'engagèrent dans des conversations particulières tenues à voix basse ; elles ne voulaient pas perdre de temps ni faire quoi que ce soit qui aurait pu déranger le grand chef ou attirer fâcheusement l'attention sur elles. La réunion reprendrait peut-être ensuite… ou non. Il fallait se tenir prêt à toute éventualité. André Felhim se carra dans son siège et attendit. A côté de lui, une femme aux cheveux argentés mais au regard juvénile sortit un organiser et y introduisit rapidement des notes personnelles.

La minute d'interruption commença à se prolonger sérieusement ; les conversations s'éteignirent peu à peu.

— Toutes mes excuses, déclara enfin Duncan en

se levant, toujours courtois et composé. Il s'agit d'une question que je dois traiter moi-même. En mon absence, Karl, voulez-vous avoir l'amabilité de mener la réunion à ma place ?

Puis il parcourut rapidement la pièce du regard et intima du geste à quelques personnes de le suivre. André se demanda si c'était ou non bon signe pour lui de faire partie des « élus ».

Le Directeur des opérations savait qu'il marchait sur la corde raide avec ce jeu de pouvoir qu'il pratiquait sous le nez de Duncan ; la main sur son épaule correspondait-elle à l'appréciation du supérieur hiérarchique ou à la marque du bourreau ?

Il prenait grand soin de ne jamais manifester aucune insolence. Sa parole restait toujours mesurée et honnête, jusque dans ses postures il n'exprimait qu'un respect sans faille. Moins — ou davantage — éveillerait les soupçons. Mais, en coulisse, il essayait de tirer des ficelles, recherchait des points faibles. Des alliés qui ne se doutaient pas toujours qu'on ferait appel à eux le moment venu.

Duncan avait sous ses ordres des troupes zélées, certes. Mais également de simples employés, qui n'avaient pas tous avalé sa potion. Ce que Sergueï appelait *le brouet de sorcières de Duncan*.

De son côté, André essayait du mieux possible de protéger Sergueï. Non par loyauté envers son ancien subordonné — il ne se considérait pas comme lié par une loyauté qu'on ne lui accordait plus —, mais parce que son ex-protégé pouvait faire un bon bouc émissaire : si Duncan pensait que tous les malheurs du Silence provenaient de Sergueï Didier et de la Cosa Nostradamus, il ne prêterait pas garde aux manœuvres fomentées contre lui en sous-main et pourrait bien être surpris un jour.

Telles étaient les réflexions bien cachées d'André tandis qu'il sortait avec Duncan de la salle de conférences. Les autres laissés derrière regrettaient sans doute de ne pas avoir été choisis.

Les imbéciles.

Deux autres hommes avaient quitté la pièce. Goran Jay suivait fidèlement Duncan depuis le début. Il n'avait jamais servi comme opérateur, ne s'était jamais rendu sur le terrain, mais il ne fallait pas sous-estimer sa vive intelligence. Le quatrième du groupe était Gareth Hackins, un technicien que Duncan avait chargé de ses expériences répugnantes dans le département Recherche & Développement.

Quelqu'un dans le cœur de qui André aurait volontiers plongé une lame. L'ancien chef de Sergueï pouvait accepter beaucoup de moyens pour justifier une fin, mais le *Projet n°3* de l'équipe sous la responsabilité de Hackins n'entrait pas dans la catégorie de l'acceptable. Cet individu était un véritable crapaud visqueux, sans aucune autre considération morale que celle de plaire à son maître.

André n'avait pas pris la peine de sonder ces deux chiens de garde. La question ne se posait pas : le moment venu, il faudrait les éliminer en même temps que celui qui tenait leurs laisses.

Personne ne dit un mot pendant la descente de l'ascenseur. On ne parlait pas à Duncan autrement que pour répondre à une question ou lui fournir une information importante. André avait entendu une unique plaisanterie sur cet homme : on supposait qu'il ne disposait que d'un stock limité de mots à prononcer au cours de sa vie ; il les économisait jalousement et en voulait à ceux qui jouissaient de plus de liberté.

Un assistant les accueillit au deuxième sous-sol, les

yeux inquiets dans un visage impassible. Comme tous les autres, il portait un costume sombre et sobre, une cravate assortie, des chaussures impeccablement cirées.

— Montrez-moi ça, fit simplement Duncan, d'un ton d'autorité royale.

Les quatre hommes suivirent le subordonné jusqu'à une salle brillamment éclairée où sept écrans permettaient d'afficher l'image de quatorze caméras différentes, sous la surveillance d'un technicien.

Sur celui du milieu, on voyait une jeune femme assise sur une chaise. Bien habillée, blonde, jolie ; André remarqua son regard vide. Qui était-ce ?

— Geneviève Valère, annonça l'assistant.

— Quoi ? s'exclama Duncan.

André faillit se joindre à lui. Il connaissait Geneviève Valère, il devait même être le seul membre actuel du Silence à lui avoir jamais parlé. Cette pauvre femme n'avait rien à voir avec elle.

— Non, pas elle, rectifia le technicien. Elle, là.

Il montra un autre écran où s'affichait une photo peu flatteuse mais parfaitement reconnaissable de Wren. La première, en fait, qu'André ait jamais vue d'elle. On pouvait lire aussi quelques informations personnelles, qui en disaient fort peu. Pas de permis de conduire ni de carte d'électeur, aucune arrestation… Ce dernier point surprit André, puisqu'il savait que la Récupératrice avait séjourné au moins deux fois en prison. Les Talents n'étaient pas très réputés comme pirates informatiques, ils n'avaient certainement pas supprimé ces données.

Mais peut-être avaient-ils payé quelqu'un pour le faire à leur place.

Duncan étudia ce qui s'affichait sur l'écran.

— C'est elle l'intrus que nous avons remarqué près de l'Abri vendredi dernier, indiqua le technicien.

L'intrus ? Oh, la personne qui avait hélé ? Difficile de parler d'une intrusion, sauf que, bien sûr, Valère ne faisait rien sans raison. André le savait bien. Hackins eut l'air surpris, puis contrarié. Duncan ne lui avait rien dit, et cela l'ennuyait.

— Oui, c'était une femme finalement. Nous avons commis une erreur.

Duncan eut un petit geste, comme pour dire qu'il n'y attachait pas d'importance. Mais on ne savait jamais ce qu'il pouvait retenir contre quelqu'un.

Le technicien poursuivit, en évitant le regard de Hackins. André le nota ; c'était intéressant. Le crapaud visqueux se trouvait-il en disgrâce ?

— Cet agent a approché la cible, contrairement aux ordres, et…

Il laissa mourir sa voix.

… Le résultat, c'était cette femme blonde sur l'écran. André regarda de nouveau le visage vide. Il n'y avait plus personne dans ce corps.

La Wren Valère qu'il avait connue n'aurait jamais fait subir cela à un être humain.

Mais il ne l'avait pas vue depuis l'incident du Pont de Brooklyn, quand il avait usé de moyens détestables pour parvenir à ses fins.

Comment savoir si la Récupératrice n'avait pas elle aussi été forcée à l'action ?

— Nous l'avons retrouvée hier, expliqua l'assistant, à l'hôpital où on l'avait admise sous le label « inconnue ».

— Geneviève Valère…

Duncan parlait d'une voix songeuse, un peu agacée. Dangereuse, quand on connaissait le personnage.

— J'ai déjà entendu ce nom, affirma-t-il.

— C'est Sergueï Didier qui s'occupait d'elle, indiqua André.

Il le fallait. S'il ne fournissait pas l'information quelqu'un d'autre le ferait, et tout le monde se demanderait pourquoi lui, l'ancien responsable de Didier, n'en avait pas parlé.

— On la connaît aussi sous le surnom de La Wren, ajouta-t-il. C'est une Récupératrice très douée.

Il ne se sentait pas coupable, Valère s'était attiré elle-même ces ennuis.

Duncan acquiesça, le regard fixé sur l'écran.

— Ah oui. C'est ça.

Sa voix marquait de plus en plus d'agacement, mais André n'en était pas la cible.

— Donc. Le Talent favori de Didier vient espionner notre Abri, ensuite elle mutile un de mes agents et l'abandonne en pleine rue comme un détritus.

Pour une fois André devinait ce que pensait Duncan, parce qu'il savait ce que lui-même aurait pensé dans la même situation. A savoir qu'il n'avait jusqu'à présent pas accordé son attention à cette jeune femme et qu'il allait devoir y remédier très vite.

— Nettoyez tout ça, fit simplement Duncan. Tout. André, suivez-moi.

Un frisson parcourut l'échine d'André Felhim, mais il le cacha parfaitement. Il fit semblant de s'être vu accorder un grand honneur et quitta la salle de contrôle. Les deux hommes prirent le couloir aux murs recouverts de panneaux d'acajou, en direction du bureau de Duncan.

— Dites-moi tout ce que vous savez de cette Geneviève Valère, exigea celui-ci.

— En dehors de ce que vous pouvez lire dans mes rapports ?

Il avait toujours pris grand soin de rendre des rapports impeccables, même depuis qu'il avait décidé d'abattre leur destinataire.

— Parce qu'il y a autre chose ?

— Bien sûr, affirma André.

L'information constituait la monnaie d'échange au sein du Silence ; on ne donnait jamais rien sans contrepartie. Duncan ne le croirait pas s'il prétendait n'avoir rien laissé dans l'ombre.

— Vos rapports prétendaient qu'elle n'était pas du genre à s'impliquer dans un conflit ouvert. Que sa relation avec Didier constituait une bonne chose, dans la mesure, justement, où elle empêcherait un éventuel passage à l'acte.

— C'était exact.

— *Etait* ?

André devait bien peser ses mots, et vite. L'information comptait énormément, et la désinformation plus encore.

— Il s'est produit plusieurs incidents récemment, certains de notre fait, qui ont eu un impact sur elle.

— En résumé, elle est furax contre nous.

André ne l'aurait peut-être pas formulé ainsi.

— En résumé, oui, confirma-t-il.

— Et, d'après ce que vous savez, qu'est-ce que cela pourrait signifier pour nous ?

Cela signifie qu'elle va vous crucifier, se dit André, mais il garda cette pensée bien enfouie ; lui-même en prit à peine conscience.

— Elle va chercher nos faiblesses, déclara-t-il. Si elle en trouve, elle frappera.

— Oui, c'est bien ce que je pensais, répondit Duncan d'un ton un peu triste. Je ferais de même à sa place.

André supposa qu'une telle similitude de réaction entre Duncan et elle ne plairait guère à Wren.

Ils entrèrent dans le bureau du responsable du Silence, un grand espace lambrissé, sans fenêtre. Le mur en face du poste de travail s'ornait d'un paysage peint à l'huile, les autres étaient nus. Une fois dans cette pièce, on ne pouvait s'intéresser qu'à l'homme qui l'occupait.

Duncan fit signe à André de prendre place dans un des deux fauteuils de cuir devant le bureau. Leur expression à tous deux était parfaitement lisse, indéchiffrable. André s'assit prudemment. Le siège était inconfortable, pas destiné en tout cas à endormir la méfiance de celui qui s'y installait, et André se détendit quelque peu ; il posa les bras sur les accoudoirs durs. Duncan se carra dans son propre fauteuil.

— Vraiment dommage que nous n'ayons pas pu l'utiliser dans nos projets, reprit André d'un ton songeur. Mais l'imbroglio en Italie a créé chez elle une grande méfiance à notre égard. Nous n'avons jamais pu l'effacer par la suite.

— Ah oui, répondit Duncan comme s'il avait tout oublié d'un incident trop mineur pour mériter une place dans ses souvenirs. Une situation bien regrettable.

Que Duncan lui-même avait créée, André en avait la certitude. Un opérateur — un des leurs ! — était mort et n'avait pu informer Sergueï et Valère à leur arrivée en Italie… Un fiasco signé Duncan, dont on avait fait reproche à André.

— Quoi qu'il en soit, poursuivit le responsable du Silence, quelque utiles qu'aient pu se révéler certains membres de cette communauté, il n'en demeure pas moins qu'un avenir meilleur repose avant tout sur la fin de son influence délétère. Wren Valère et ceux de son espèce n'ont pas leur place dans cet avenir.

— Elle nous a été utile tant que nous avons pu l'employer comme moyen de contrôle de Sergueï. Et Sergueï nous est resté fidèle tant que ce moyen de contrôle a fonctionné.

Le contrat entre Sergueï et le Silence avait pris fin depuis plusieurs mois, par consentement mutuel, mais André aurait parié tous ses biens que Duncan n'en avait pas été officiellement informé. Aucun papier n'avait été signé.

— La plus grande partie de l'information que nous avons obtenue sur la Cosa provenait de ses rapports, rappela encore André.

— Exact. Votre rôle dans la gestion de ces personnes a été dûment noté et apprécié, observa Duncan, les yeux dans ceux d'André, comme un supérieur hiérarchique satisfait.

André remarqua le choix des mots et du temps passé au moment même où l'aiguille jaillissait de l'accoudoir de son fauteuil et lui perçait l'avant-bras.

Imbécile, songea-t-il.

Puis tout devint noir.

Le bar était encombré, bruyant pour un lundi soir. Il y avait dans l'air une odeur de… Wren renifla, fit la grimace. Oui, une odeur d'antiseptique d'hôpital. Quelqu'un avait encore vomi dans les toilettes.

— Charmant endroit.

Ron ne semblait guère plus aimable que lors de leur première rencontre. Wren, pour sa part, l'était encore moins. Il devait avoir moins de soucis qu'elle, somme toute.

— Les Ignorants ne viennent pas ici, assura-t-elle.

En toute franchise, la plupart des membres de la Cosa

évitaient aussi de s'y aventurer ; le *Festival* était, pour faire court, un bouge. Une pièce étroite, meublée de bric et de broc, bruyante, à l'odeur fétide... Le genre d'établissement où on pense que le barman cache une batte de base-ball derrière son bar (exact) et que les serveuses ont chacune un couteau sous leur tablier pour se défendre contre les clients trop entreprenants (vrai également).

Mais ils brassaient eux-mêmes leur bière, un vrai nectar. Wren leva son verre.

— Santé.

— Pareil, répondit Ron.

Ils burent. Elle vit dans le regard de son convive qu'il révisait son opinion.

— Je retire ce que j'ai dit, admit-il. Tu avais raison.

— Bien sûr !

Wren ne buvait pas souvent, seulement quand les boissons étaient de qualité. Bon, il était temps de revenir à ce qui la préoccupait :

— Dis-moi que tu as du neuf.

— Je travaille toujours sur la liste des Talents qui se sont peut-être retrouvés enrôlés comme ActAges. Et j'ai ici une liste de *clowns* possibles, à voir avec toi.

Des clowns, en charge de la Diversion. Bien vu. O.P. avait choisi ce code, et il avait tout de même davantage d'allure que la dénomination de « Plan B » adoptée par Wren au début. Des volontaires pour aller piquer l'ours pendant qu'elle lui reprendrait le miel volé.

Ron lui passa deux feuilles de papier quadrillé remplies du haut en bas d'une écriture très nette et lisible.

— Ça fait beaucoup, commenta-t-elle.

Elle tendit la main, il y plaça un stylo bille tout mâchouillé. Elle se plongea dans la liste. Raya un nom, puis un autre.

— Non, non, d'accord, lui je ne le connais pas…

Elle leva soudain le regard.

— Quoi, *lui* ? Tu n'y penses pas !

Ron voyait très bien de qui elle parlait.

— Il est vieux, d'accord, mais costaud. Il a de l'énergie et de la hargne, pas qu'un peu.

— Il risque de poser des problèmes, remarqua-t-elle, mais sans effacer le nom.

Quand ils en eurent terminé avec les deux pages, Wren avait rayé près d'un tiers des propositions, en avait entouré quelques-unes. Ron termina sa bière, tandis qu'elle relisait la liste. Quand il revint avec la deuxième tournée, elle y avait ajouté sept personnes.

— Bon, voilà de quoi démarrer, conclut-elle. En combien de temps peux-tu les préparer ?

Il reprit les papiers.

— Tu as une date de prévue ? demanda-t-il.

Tout dépendait d'elle : la Diversion était là uniquement pour lui apporter de l'aide. Aucune pression !

— Bientôt.

Elle l'espérait. Le week-end avait passé à toute allure, consacré à l'entraînement avec Morgan et à la mise au point dans les derniers détails de différentes ritournelles. D'ordinaire elle aimait improviser, mais cette fois elle risquait de se frotter à des Talents devenus fous. Elle préférait disposer d'un arsenal complet, au cas où.

Pure superstition, oui, et alors ?

Ron plia les feuilles et les mit dans sa poche, puis il but une gorgée de sa bière.

— Ce que tu veux nécessite beaucoup de Courant, fit-il remarquer.

— Je m'en suis occupée.

La batterie, une fois opérationnelle, permettrait d'accumuler le Courant mis à disposition par d'autres membres de la Cosa, et les Talents pourraient y puiser au besoin. Ce serait moins bien que du Courant frais, mais ça ferait l'affaire. Espérait-elle. Sauf que le mot *espoir* était mal choisi ; elle ne se sentait pas pleine d'espoir, mais… crépitante, sèche comme des écailles de serpent. Emplie d'un Courant qui ne la réconfortait pas le moins du monde.

Wren fronça les sourcils. Il y avait toujours ce *truc* qui demandait à sortir d'elle. Elle n'osait pas lui laisser le passage. Si elle le faisait…

Cela ne serait pas bon. Elle avait enfermé beaucoup de choses pénibles depuis l'année dernière — par exemple la banshee qui lui avait fait des prédictions si affreuses. Mais *cette chose-ci* ne se trouvait pas confinée sous la galerie de Sergueï, elle vivait en Wren ! Une autre petite boîte dans sa tête, avec à l'intérieur le pire de tous les souvenirs qu'elle avait pu refouler. Un souvenir qui voulait *sortir.*

Pas tout de suite, pensa-t-elle. *Il faut qu'il reste encore un peu où il est. Il le faut…*

Elle devait d'abord finir le travail, ensuite elle pourrait s'en occuper. Elle aurait tout le temps du monde.

Espérait-elle.

14.

— Vous avez un message !

Sergueï ignora le ton guilleret de l'annonce automatique ; un e-mail pouvait attendre. Ses doigts volaient sur le clavier tandis qu'il comparait les bordereaux de livraison sur son bureau au rapport d'inventaire à l'écran. Mais, en sourdine, ses préoccupations restaient tout autres : il se demandait ce qu'il se passait avec Wren, comment s'en sortait André, et maudissait sa condition d'Ignorant qui l'empêchait de vraiment suivre les événements. Pourtant la routine de son travail l'accaparait chaque matin, lorsqu'il entrait dans la galerie.

En fait cela le réconfortait de voir à quel point son travail l'absorbait, même lorsqu'il s'agissait de paperasse toute bête. Il constituait sa couverture des activités que Wren et lui pratiquaient auparavant, mais ne l'en passionnait pas moins. Ce que Sergueï préférait, plus encore que d'installer une nouvelle exposition, c'était de pouvoir indiquer chaque élément de son inventaire comme *Vendu* ou *Réservé,* et pas seulement pour l'argent.

Il adorait servir d'intermédiaire entre l'œuvre d'art et son propriétaire. Quel plaisir de voir cette lueur dans l'œil d'un futur acheteur quand il éprouvait le coup de foudre pour une création ! Sergueï n'en parlait jamais — à qui ? — mais cela lui procurait une satisfaction unique.

Ce qui éloignait certes les perspectives de retraite… Dans deux ans peut-être, ou vingt.

Un bourdonnement provenait de l'Interphone qui reliait le bureau de Sergueï à la galerie proprement dite. Lowell et la nouvelle réceptionniste, Carole, semblaient très occupés. L'exposition en cours fermait le lendemain, d'où un afflux de personnes intéressées qui n'avaient pas encore eu le temps de passer.

Sergueï jeta un coup d'œil à l'horloge affichée en bas à droite de l'écran. Dans une heure ils pourraient commencer à faire sortir le public.

Il se rappela qu'il avait reçu un message, enregistra le rapport d'inventaire, ferma le fichier, cliqua pour ouvrir sa boîte mail.

A : didier@didiergalerie.info

De : spectre@privatemail.com

Sois prudent, Sergueï Kassianovitch. Sois malin. Sois rapide.

Il n'y avait aucune signature, aucune indication claire d'origine. Le message arrivait sur son adresse professionnelle, accessible depuis le site de la galerie. Mais Sergueï connaissait l'expéditeur : une seule personne en dehors de sa mère l'avait jamais appelé par son patronyme russe, celui de son père. En outre le Conseil reprenait les termes qu'avait employés son mentor lors du premier jour de Sergueï au sein du Silence, il y avait bien longtemps.

« Pour survivre, tu devras être prudent et malin. Et surtout plus rapide que tous ceux qui sont aussi malins et prudents que toi. »

Des mots qu'on n'oubliait pas.

Détournés de toute évidence. Apparemment, son

premier supérieur hiérarchique — le seul qui ait jamais compté — avait fini par se révéler moins prudent, moins malin ou moins rapide qu'un autre.

— Bon sang. Non !

Sergueï aurait voulu dire autre chose, mais n'oubliait pas l'Interphone. On l'entendait aussi d'en bas.

André savait qu'il jouait un jeu dangereux. La dernière fois qu'ils s'étaient vus, ils se tenaient tous deux à côté du cadavre du second d'André, le remplaçant de Sergueï. Poul Jorgunmunder, qui, en l'espace de dix minutes, avait trouvé le moyen de trahir André, de tuer une collègue pour prouver sa nouvelle allégeance, enfin de se faire tuer par celui qu'il avait trahi. L'entrevue avait été assez brève.

Pour la première fois, Sergueï se demanda si quelqu'un était venu réclamer le corps de Poul ou si on l'avait laissé dans une morgue municipale avant de l'enterrer ou, plus vraisemblablement, de le brûler avec les autres anonymes.

La même question se posait pour André… Où son élégante silhouette d'ébène avait-elle disparu ?

Quelque chose remua en Sergueï, quelque chose d'épais, de brûlant, d'acide. De la colère, une colère impuissante. Il avait envie de frapper n'importe quoi, de lâcher bride à cette force destructrice.

Il avait envie de vengeance !

Il jeta le mail, vida la boîte des messages détruits. Cela suffisait ; André, quand il avait mis en place ce dispositif, avait sûrement pris toutes les précautions nécessaires pour qu'il ne soit pas infiltré.

Le vieil homme connaissait les risques qu'il encourait. Il avait choisi de demeurer au sein du Silence. Vouloir le venger était déraisonnable à plus d'un titre : Sergueï risquait de compromettre ce qu'il avait lui-même construit.

Il coupa l'Interphone ; on ne pouvait plus l'entendre à l'autre bout.

Quelqu'un avait éliminé André Felhim en dépit de son intelligence et de sa prudence. L'ancien mentor de Sergueï avait des alliés au sein du Silence, et beaucoup devaient rester neutres en attendant de voir comment tournait le vent. La seule personne qui aurait osé prendre des mesures aussi radicales contre lui était Duncan. L'homme qui se trouvait à la tête de l'organisation, en dépit du contrôle théorique encore exercé par le comité directeur élu.

Pour faire appel à de tels moyens, il devait savoir que le jeu approchait de son terme.

Sergueï traversa son bureau et tira le canapé pour l'écarter du mur, dégageant ainsi un petit écran tactile. Sergueï avait fait changer le système d'ouverture du coffre après le dernier cambriolage : une aiguille lui piquait le doigt, seule une gouttelette de son sang pouvait déverrouiller la serrure. Même Wren n'aurait pu accéder à cette cachette.

A l'intérieur se trouvaient des papiers d'allure officielle, une boîte recouverte de velours noir grande comme la main, une bourse de toile fermée par une corde. Et deux revolvers que Sergueï avait déposés là parce que Wren ne supportait pas de les voir. Un objet d'acier porteur de mort la rendait physiquement malade : elle percevait par psychokinésie les souvenirs de violence que portait le métal.

Il prit les deux armes et une boîte de munitions.

Wren regardait son mur blanc.

Ou plutôt d'un crème douteux, une nuance pour laquelle on n'avait pas inventé de joli nom commercial.

Elle devait bien reconnaître que Bonnie et O.P. n'avaient pas tort : depuis le temps qu'elle habitait ici, elle n'avait même pas repeint les murs ! Ils étaient toujours du même blanchâtre sordide. Il y avait toujours dans le couloir ce tapis brun laissé par le locataire précédent, et qui était usé jusqu'à la corde à cause de l'habitude qu'avait Wren de l'arpenter quand elle voulait réfléchir. D'accord, elle avait installé des rideaux ainsi que quelques œuvres d'art offertes par des amis, et apporté avec elle sa vieille horloge murale. Elle avait acheté quelques meubles, des étagères pour ses livres.

Mais n'avait jamais apposé sa touche personnelle sur les murs. Pourquoi donc, Valère ?

Et pourquoi cela l'inquiétait-il *maintenant* ? Quand O.P. lui en avait fait la remarque, elle lui avait dit de lui ficher la paix.

Wren changea de position et se mit sur le dos pour poursuivre ses exercices d'étirement. Son corps s'éveillait peu à peu. Après avoir dormi une bonne partie de la journée, elle ressentait le besoin de se remettre en forme.

Elle repensa à la couleur de ses murs au lieu de se concentrer sur l'élasticité de ses muscles. Ocre ? Bleu ? Du bleu, ça changerait.

Mais elle s'en lasserait en moins de six mois. Un beau crème, peut-être ? Café au lait…

Elle termina l'exercice et se leva ; elle sentait son corps beaucoup plus alerte, décoincé.

Wren se permit un grand écart. Impeccable. Elle se releva avec aisance. Elle n'était ni très forte, ni très rapide, mais elle était agile. Ce qui était fort utile pour escalader les murs ou entrer par les fenêtres.

Elle roula son tapis de gymnastique et le rangea dans le placard du couloir, puis elle alla faire chauffer de l'eau dans la bouilloire. Elle commença sa vérification mentale des choses à faire.

— Les plans, O.K.

O.P. lui avait obtenu les plans détaillés de l'immeuble, y compris ceux des circuits électriques et de la plomberie. Dommage qu'elle ne puisse pas scanner ces documents très encombrants.

— La combinaison, O.K.

Elle avait largement puisé dans ses économies, mais cela en valait la peine. Elle s'était offert le fin du fin en la matière : un tissu qui absorbait la transpiration et la lumière, une ouverture discrète sur le côté pour pouvoir enfiler ou ôter le vêtement très vite en toute situation, des bandes velcro sur les poignets et les chevilles où accrocher les gants et des sur-chaussures anti-glisse assortis scandaleusement chers, qui pouvaient se ranger dans un tout petit sac… La seule idée de l'équipement qui l'attendait dans son bureau la faisait trépigner d'impatience.

— Valère, tu es tarée ! s'exclama-t-elle.

Mais si on ne pouvait pas se passionner pour les nouvelles technologies, qu'on n'avait pas de voiture et qu'on ne s'intéressait pas à la grande cuisine, pourquoi ne pas se faire plaisir avec ce qu'on trouvait de mieux en matière de vêtements professionnels pour voleurs et espions ? Chacun son truc.

La bouilloire siffla, et elle versa l'eau chaude sur la boule à thé, en s'assurant de la faire bouger dans la tasse pour que les arômes s'exhalent bien, comme on lui avait appris.

— Bonjour, dit une voix.

— Salut, répondit machinalement Wren.

Elle tendit la tasse pleine, sans perdre de vue sa liste mentale.

— Le bâton-qui-pique, où l'ai-je mis, déjà ?

Bonnie lui en avait apporté un tout neuf le matin même, un modèle amélioré. Elle l'avait laissé appuyé contre la porte, par terre, comme si en ne le lui remettant pas en mains propres, elle avait l'impression de ne pas s'impliquer dans l'opération. Mais elle l'avait personnalisé en fixant une bande rose bonbon dans toute la longueur du bâton au milieu du noir mat de fabrication.

L'objet entrerait dans une des poches sur les jambes de la combinaison sans y former de bosse visible. Il ne pouvait pas porter une charge de Courant très importante, mais le but, pour la Récupératrice, consistait à entrer et sortir sans casse, non à laisser dans son sillage un tas de cadavres convulsés.

Cela, c'était le boulot de la Diversion.

— Tiens, je vais bousculer un peu Ron à propos de sa liste.

Elle se tourna pour aller dans son bureau et faillit se cogner à Sergueï.

— Mais depuis quand es-tu là ? s'étonna-t-elle.

Il la regarda par-dessus le bord de sa tasse, ses yeux bruns amusés dans un visage impassible.

— Depuis deux minutes environ. Je t'ai dit bonjour et tu m'as répondu.

Elle se le rappelait très vaguement.

Elle nota aussi qu'il buvait du thé. Elle avait dû en faire… Rien de si surprenant, en fait. A une époque, une envie irrépressible de faire bouillir de l'eau avait signifié l'arrivée imminente de Sergueï. Cette « époque » semblait encore d'actualité.

— Ah oui, admit-elle. Au fait, tu as vraiment envie du thé que je prépare dans ces occasions, ou bien tu le bois par politesse ?

Elle ne s'était jamais posé la question auparavant. L'expression surprise sur le visage de Sergueï indiquait que lui non plus. Il arrivait, elle lui tendait une tasse pleine, il la buvait. Mais la voulait-il vraiment ?

— C'est une espèce de rituel, répondit-il au bout d'un moment. On se fait parfois accueillir par une poignée de main ou une bise sur la joue. Ici, quand j'arrive, j'ai du thé.

Wren revint à sa liste.

— Il me faut toujours de la corde. Quelque chose de léger mais de solide. Deux bons mètres. Et je devrais encore travailler sur cette ritournelle de lumière noire, parce que si j'en ai besoin il faudra que je la trouve vite. Et il y a la liste des Talents disparus. Ron doit absolument me fournir cette liste pour que j'aie une idée du nombre de personnes qui sont là-bas !

Elle détestait faire un travail sans savoir exactement ce qu'elle allait récupérer !

— Tu ne l'as toujours pas ? demanda Sergueï, l'air à la fois étonné et inquiet, les yeux un peu agrandis.

Il détestait que le boulot ne soit pas préparé dans les moindres détails.

— Non, avoua Wren. Ron a du mal à compiler les données. J'ai l'impression que certaines familles refusent d'admettre qu'un des leurs puisse être détenu par le Silence.

Elle les comprenait. En pareil cas, on préférait penser à une fugue plutôt qu'à un enlèvement avec lavage de cerveau.

— Il y aurait vingt, peut-être vingt-trois personnes dont on serait sans nouvelles, reprit-elle. Tu m'as bien dit qu'à un moment ils employaient quarante-sept Talents ?

— Ils avaient de quoi en loger cinquante, et trois des lits n'ont jamais été utilisés.

Quand il s'était rendu au mystérieux rendez-vous du salon de thé, il n'avait vu personne, mais le serveur lui avait remis des documents, ainsi qu'un pot de thé blanc et une boîte de biscuits immangeables.

Sergueï détestait le thé blanc, il trouvait qu'il manquait de goût. Vraisemblablement, son bienfaiteur anonyme ne le connaissait pas bien, à moins qu'il n'ait voulu lui délivrer quelque mystérieux message. Sergueï ne savait pas davantage quelle ficelle, parmi toutes celles qu'il avait tirées, avait fini par donner un résultat. Cela n'avait guère d'importance, car le tuyau semblait sérieux. Et par les temps qui couraient, on ne pouvait reprocher à l'informateur de se montrer prudent.

Ce mot lui donna un sentiment brutal et surprenant de deuil. Tout devenait insupportablement réel.

André était mort.

— Qu'est-ce qu'il y a ? lui demanda Wren.

Elle le regardait, elle avait cessé soudain de se passer les mains dans les cheveux pour les peigner. Sergueï secoua la tête, incapable de parler. Il posa son thé, coinça Wren contre le comptoir, appuya ses mains sur les épaules de son ex-partenaire. Il oubliait parfois à quel point elle était menue ! Pas fragile, non, mais toute petite. Il pouvait lui arriver du mal…

— Sois prudente, Zhenchenka, chuchota-t-il.

C'était un ordre, pour autant qu'il puisse lui en donner un.

— Reviens entière. Pour moi.

Wren se pencha en avant, posa son front contre sa poitrine.

— Je ferai de mon mieux, promit-elle.

Il la sentait toute chaude contre lui, elle embaumait le talc et le savon de Marseille.

En temps normal, elle préférait les savonnettes parfumées. Le savon de Marseille, c'était en période de travail.

— Tu es allée faire une reconnaissance ? supposa-t-il.

— Oui.

Sa voix indiquait clairement qu'elle ne voulait pas en parler. Très bien, lui non plus.

Il leva la main jusqu'à la nuque de Wren, sous ses cheveux laissés libres, trop courts en ce moment pour qu'elle les porte en tresses ou en chignon. Des cheveux d'une centaine de nuances de brun, si on savait les regarder, si on se trouvait assez près.

Il aimait être seul à bénéficier de ce privilège. Le reste du monde ne prenait pas garde à son trésor dont il connaissait seul la valeur !

Pourtant il ne pensait pas être quelqu'un de jaloux, ou de possessif. Mais Wren changeait tant de choses…

— Tu devrais partir, lui dit-elle.

Sa voix tremblait un peu ; un frisson parcourut Sergueï, juste sous la peau, un rappel que ce qui paraissait si *bon* entre eux ne l'était pas.

— Wren ?

— Va-t'en, s'il te plaît.

Elle avait retrouvé un ton neutre, mais il pouvait sentir le Courant qui vibrait en elle. Il frissonna encore, mais ce n'était plus de désir : son Courant avait changé, il semblait comme… rugueux. Il rappelait à Sergueï les orages qu'elle aimait tant, ceux qui surgissent de nulle part, abattent les arbres, font tomber les lignes électriques. Pourtant il ne voulait toujours pas partir.

— Laisse-moi te tenir encore un peu, supplia-t-il.

Elle eut un reniflement ironique, étouffé par la chemise où elle pressait son visage.

— Allons, Didier, tu es sûr que c'est tout ce dont tu as envie ?

Non. Il énonçait un cliché, sans doute, mais il en pensait chaque mot. Il voulait la garder contre lui pour la protéger. De ce qu'elle allait faire, de ce qui vivait en elle. O.P. savait-il… Non. Sergueï n'irait pas sur ce chemin.

Quelque chose était en train de se briser chez elle. Non seulement il n'y pouvait rien, mais on lui avait dit de ne surtout pas essayer d'y remédier !

Il déposa un baiser léger sur le sommet du crâne de Wren, recula juste assez pour voir son visage.

— Tu es prête ? demanda-t-il.

— Oui, j'attends que les autres aient tout préparé. O.P. appelle ça la Diversion.

Sergueï secoua la tête. Un nom comme un autre, mais pas très recherché.

Enfin, on ne pouvait guère espérer mieux de quelqu'un issu d'une organisation secrète autobaptisée Silence. Wren le lui avait assez fait remarquer.

— Quand crois-tu que ce sera bon ? insista-t-il. Demain, après-demain ?

Elle haussa une épaule.

— Difficile à dire… Je leur demande quelque chose d'entièrement nouveau.

Elle ne fournit pas d'autres détails. Personne ne savait en quoi allait consister au juste la Diversion. Cela valait mieux.

— Pourquoi cette question ? Tu vois une raison d'accélérer les choses ?

— Je n'en sais rien, répondit Sergueï.

Il repassa un moment dans son esprit ce qu'il savait,

ce qu'il soupçonnait, ce qui lui paraissait envisageable. Ce qui, à son avis, s'était déjà produit.

— Non, je ne crois pas, conclut-il.

Les choses étaient en route à présent ; si elle opérait plus tôt que prévu à cause de lui, cela pouvait se retourner contre elle, comme pour…

Wren le repoussa un peu pour mieux voir son visage.

— Qu'est-ce qu'il y a ? redemanda-t-elle.

Il n'avait pas le temps d'inventer quelque chose de moins inquiétant. Autant être sincère :

— J'ai reçu un e-mail aujourd'hui, en provenance d'André. Enfin, si on peut dire.

— Quelqu'un qui prétendait être André ?

Elle avait l'air perplexe.

— Non, c'était lui en fait. Mais…

Il s'embrouillait.

— Un message qui avait été redirigé, reprit-il, adressé depuis un compte anonyme. Il avait dû prévoir un système automatique pour l'envoyer s'il ne donnait pas de contrordre…

Wren ne comprenait pas bien. Elle manipulait son ordinateur avec d'infinies précautions, n'avait pas l'habitude de la technologie moderne.

— En bref, résuma-t-il, c'est une manière d'envoyer un e-mail par des intermédiaires multiples pour empêcher qu'on repère son origine et sa destination.

— Oh. Et que disait-il ?

— C'est dans son non-dit que résidait l'information.

Soudain Sergueï se sentit très agité ; il avait envie de faire les cent pas. Il se dégagea un peu plus sèchement qu'il aurait voulu, se cogna, poussa un juron.

— C'était un avertissement, indiqua-t-il. Un adieu.

Wren comprit.

— Je suis désolée, fit-elle.

Elle le pensait sincèrement. Pourtant elle n'avait jamais aimé André. Ils étaient en quelque sorte rivaux, se disputant tous deux la loyauté de Sergueï. Le vieil homme admirait le courage de Wren, mais elle ne l'appréciait pas à cause de son intransigeance. Le membre du Silence voyait tout en noir et blanc.

— Ce n'est pas sûr encore, précisa Sergueï. Mais probable.

— A ton avis, que s'est-il passé ?

Il n'avait pas révélé à Wren tout ce qu'André et lui s'étaient dit, dans cette allée en ville, par ce froid matin d'hiver : il n'avait fait que lui transmettre les informations pertinentes en découlant, ce que Wren et la Cosa avaient besoin de savoir. Rien de ce qui l'avait ensuite tenu éveillé la nuit.

Un vieil homme avec deux corps à ses pieds, le sang de Poul sur les mains, la responsabilité de la mort de Bren dans son âme. La décision d'André de retourner au sein du Silence, de se battre pour l'organisation à qui il avait consacré sa vie.

— Je pense qu'il a trouvé plus rapide que lui, déclara Sergueï. Je n'ai pas envie d'en parler pour l'instant.

Il tendit la main et ramena Wren à lui, la serra dans ses bras jusqu'à pouvoir sentir le cœur de son aimée battre contre sa propre poitrine.

— Je t'aime, dit-elle tout doucement.

Il ferma les yeux pour ne pas laisser ses larmes couler. Peut-être ne pourraient-ils plus faire l'amour, mais ces mots… ils étaient tout ce qu'il avait besoin d'entendre.

Reviens-moi, Wren, pensa-t-il. *Reviens-moi entière.*

15.

Wren rêvait d'abeilles. De ruches à perte de vue dans des salles ; des abeilles énormes, les plus grosses qu'elle ait jamais vues, bourdonnaient au-dessus des rayons de miel. Elle avançait d'une pièce à l'autre — peut-être cherchait-elle quelque chose — et devait se glisser de côté entre les ruches, s'écorchant les bras et la poitrine. Elle s'attendait à se faire piquer quand les abeilles se rendraient compte de sa présence, mais elle ne semblait pas les déranger, bien au contraire. Un des insectes se posa sur sa peau et elle ressentit une étrange sensation de confort, comme si un chiot Saint-Bernard tout rond, ailé et bourdonnant, était venu se blottir contre elle.

Elle se réveilla seule, couchée sur le côté, les couvertures en désordre autour d'elle.

— Bizarre, bizarre, commenta-t-elle songeusement.

Des abeilles. Qu'est-ce que cela pouvait bien vouloir dire, dans le langage des rêves ?

Elle se leva, attrapa sa robe de chambre, se rendit dans la salle de bains et prit une douche brûlante. Une espèce qui avait inventé l'eau chaude à domicile méritait de vivre.

Wren se rinça les cheveux et resta un peu plus longtemps sous le jet. La pièce s'emplissait de vapeur quand elle entendit le son inimitable d'une tasse de café posée sur l'évier.

Elle avait essayé une fois de boire son café sous la douche et ne comptait pas retenter l'expérience. Wren tourna le robinet, trouva à tâtons une serviette, se sécha avant de sortir de la cabine et de prendre la tasse.

Sergueï avait quitté la pièce ; c'était sans doute mieux ainsi. Ils avaient réussi à dormir ensemble sans dégâts, blottis sous la couverture : il avait gardé son caleçon, elle un T-shirt. Mais ce n'était pas pareil… Elle avait envie de lui. Elle voulait s'entortiller autour de lui, le sentir bouger en elle. Elle avait besoin de lui comme certaines personnes ont besoin de manger du sucré pour écarter la peur, la dépression.

Mais s'il restait avec elle, elle risquait de le dévorer. L'amour entre eux pouvait le tuer.

Une partie du cerveau de Wren lui soufflait qu'elle dramatisait. Il existait sûrement une solution à leur problème ! Mais pour l'instant elle n'avait ni le temps ni l'énergie d'y penser.

La Vieille Sally avait raison. Wren aurait dû comprendre dès qu'elle avait commencé ce boulot que cette satanée banshee ne s'était pas évadée de sa vitrine de l'autre côté de l'océan juste pour dégourdir ses pattes équines empaillées. La Vieille Sally se déplaçait toujours pour remplir une mission ; dispenser ses présages de désastre et de mort.

Là se trouvait la vraie raison qui avait tant fait insister les propriétaires pour que Wren elle-même, personne d'autre, parte à sa recherche. Non parce qu'elle était la meilleure — d'accord, elle l'était — mais parce que ainsi la banshee trouverait la Récupératrice quand cette dernière l'aurait trouvée.

La magie fonctionnait souvent ainsi, avec cette logique intérieure qui avait de quoi vous donner mal à la tête.

Enveloppée dans sa robe de chambre, sa tasse à la main, Wren passa de l'atmosphère bien chaude de la salle de bains à l'air plus frais et sec du couloir, et retourna dans sa chambre. Pas davantage de Sergueï ici. Sous-vêtements, un grand T-shirt d'un rose incongru sur elle, un jean si usé qu'on en voyait davantage la trame blanche que le bleu. D'épaisses chaussettes autrefois blanches, devenues roses à la suite d'une lessive en compagnie d'un sweat rouge. Voilà, elle était prête à affronter la journée d'un cœur léger. Disons, déjà, son appartement.

— Bonjour, ma jolie.

La voix rauque qui l'accueillait depuis les profondeurs du meilleur fauteuil du salon — le seul siège confortable — n'était pas celle espérée.

— Je vais finir par reprendre ma clé, marmonna Wren en allant remplir sa tasse dans la cuisine.

Le Démon fit un vague geste de la patte sans lever les yeux de ses mots croisés.

En général les Fatæ ne faisaient pas de bons cruciverbistes. Plus Wren connaissait O.P., plus elle se rendait compte que les Démons n'étaient pas des Fatæ comme les autres.

Pas de Sergueï non plus dans la cuisine. Soit il travaillait dans le bureau de Wren — tout à fait possible —, soit il avait déjà quitté les lieux. Elle regarda l'horloge : 8 h 20. Plus tard qu'elle aurait pensé. Il était sans doute parti à la galerie.

Elle retourna dans le salon, s'assit à côté d'O.P. et glissa ses pieds sous les cuisses recouvertes de fourrure du Démon avant d'absorber une bonne dose de caféine.

— Qu'est-ce que tu fais là ? demanda-t-elle.

— Bravo pour la politesse, Valère.

Il repoussa les pieds de Wren qui se demanda s'il faisait référence à son accueil ou à ses orteils… ou aux deux.

— Un mot de sept lettres pour une personne incapable, stupide ? demanda-t-il.

— Enclume.

O.P. vérifia sa grille avant d'écrire.

— Eh bien, la qualité des mots croisés du *Times* se relâche ! remarqua-t-il.

— « Enclume » me paraît tout à fait acceptable. D'où te vient cette passion de cruciverbiste ?

— Oh, il faut bien se trouver un passe-temps. Je te conseille la décoration d'intérieur.

Il alla pêcher sur le canapé les pages « Maison » du journal et les lui tendit.

— Ne recommence pas avec ça, Démon! s'écria Wren. J'ai bien vu tes échantillons de peinture. Je n'en aime aucun.

— Bon, très bien.

Il retourna à ses mots croisés.

Wren attendit ; elle savait qu'O.P. finirait par se décider à révéler ce qu'il avait à lui dire. Il lui arrivait aussi, surtout ces temps-ci, de traîner dans l'appartement sans raison précise, mais là il avait un but.

— Tu n'as plus de lait, annonça-t-il enfin.

Elle le savait déjà, elle avait ajouté le lait à la liste affichée sur le réfrigérateur. Et, depuis un bon mois, c'était lui qui s'occupait des courses. Voulait-il lui signaler qu'il ne voulait plus remplir cette tâche ?

A moins que… oh.

— Ah. Tu ne t'attendais pas à tomber sur Sergueï ce matin, c'est ça ? Il a parlé du lait ?

— Oui, et détrompe-toi, je m'attendais à tomber sur lui un de ces jours.

O.P. plia soigneusement le journal et le posa par terre. Il ne lui manquait qu'une paire de lunettes perchées sur le museau et son expression de professeur désapprobateur serait parfaite.

Décidément elle avait besoin de vacances.

Quelque chose ne va pas chez moi.

Le brouillard gris était de retour, il cachait le paysage que voyait sa conscience, tentait de s'introduire dans la forteresse de ses pensées. Elle réussissait encore à le tenir à distance, mais c'était de plus en plus difficile.

Le Démon reprit la parole :

— Quand tu dis à quelqu'un de partir, ça ne marche que si tu lui fais suffisamment de mal pour qu'il ne revienne pas. Tu n'as pas pu lui infliger un pareil traitement.

Wren n'avait vraiment pas envie d'aborder ce sujet. Elle faisait du mal à tous ceux qu'elle approchait, lui chuchotait le brouillard. Elle était dangereuse. Si elle le laissait l'envelopper douillettement, elle n'aurait plus ces soucis.

— Tu penses que c'est ce que j'aurais dû faire, demanda-t-elle. Lui dire de partir, et faire en sorte qu'il ne revienne pas.

— Je pense que, si tu lui avais fait assez de mal pour qu'il reste loin de toi, cela t'aurait blessée *toi* tout autant.

Ils avaient tous deux raison : elle aurait dû rompre complètement avec Sergueï. Et ç'aurait été comme trancher un peu de son âme, puis mettre en charpie le morceau tranché.

— En fait il n'a pas cessé de nous aider, ces derniers mois, rappela-t-elle.

— Eh oui.

O.P. lui jeta un coup d'œil presque furibond.

Qu'elle méritait, d'accord. Elle s'était interdit de penser à Sergueï, mais aurait dû se douter qu'il n'était pas du genre à se tourner les pouces. Même après s'être entendu dire que le problème concernait la Cosa Nostradamus et non les Ignorants, quelque envie qu'ils aient d'apporter leur aide. Après tout, il savait d'expérience de quoi étaient capables des Talents en de mauvaises mains.

— Nous ne faisons pas l'amour, assura Wren.

O.P. était le seul à connaître la véritable nature du problème entre eux. Wren avait fait appel à lui quand elle avait compris qu'elle ne savait pas mieux résister à Sergueï que Sergueï à l'appel de son Courant. Elle ne pouvait rien lui refuser.

— Tu n'as jamais l'impression, demanda-t-elle, que l'amour cause trop d'ennuis pour que ça en vaille vraiment la peine ?

Il la regarda d'un air insupportablement ironique. Wren se rappela qu'elle n'avait jamais vu de Démon femelle ; en fait, elle n'avait jamais entendu parler d'une telle créature.

— Laisse tomber, dit-elle.

Elle se détendit un peu, laissa le brouillard gris se rapprocher, entrer un peu dans sa conscience.

— Alors, pourquoi es-tu là ?

— Hum… Parce que je vis ici ?

— Sûrement pas si tu arrêtes de faire les courses, objecta Wren.

— Stan s'est fait attaquer la nuit dernière. Quatre Humains au coin de la Sixième et de Minetta. Ils avaient un de ces tubes bizarres avec eux. Ils l'ont repéré dans la foule, l'ont traîné dans une allée, se sont « occupés » de lui.

— Stan ? demanda Wren.

Elle ne voyait pas de qui il s'agissait.

— Un tout petit type, maigre comme un clou, des yeux bizarres, qui habite dans une chaudière ?

— Ah oui.

Oui, elle se le rappelait : on aurait dit un grillon dressé sur ses pattes arrière. Elle ne pensait pas avoir jamais su son nom. Elle ne connaissait pas non plus la dénomination de son ascendance, ni s'il y en avait d'autres comme lui en ville.

— Alors, il va bien ?

— Ils l'ont tué.

Une autre mort. Wren savait qu'avant, cette information délivrée sans passion l'aurait fait réagir. Elle aurait été indignée, épouvantée, furieuse…

Mais maintenant le brouillard engloutissait ses émotions ; elle acquiesça simplement, comme si la nouvelle était prévisible, et même s'intégrait dans le plan. Une autre mort pour laquelle le Silence devrait payer. Un nom de plus, avec celui d'André. Une raison supplémentaire de poursuivre l'opération.

— Comment avance la Diversion ? reprit-elle.

Elle devait s'assurer que tous les détails se mettaient bien en place.

O.P. lui jeta un regard de ses yeux rouges, les détourna.

— Tout le monde est prêt. Dès que tu donnes le signal j'appuie sur le bouton.

— D'accord. Et pour le reste de la Cosa ?

Elle voulait parler des milliers de Talents et de Fatæ qui ne seraient pas partie prenante, soit qu'ils ne veuillent pas, soit qu'ils ne puissent être utiles. Même si tous s'étaient portés volontaires Wren aurait limité le nombre des participants : elle voulait des tireurs isolés et non une armée qui aurait formé une cible trop visible.

— Ceux que nous avons pu joindre, répondit O.P., savent qu'ils doivent faire profil bas pendant les jours qui viennent. Pour les autres… on espère qu'ils auront vent de quelque chose et sauront se cacher. Ou qu'ils ont déjà quitté la ville.

— Très bien.

Il n'y avait rien d'autre à dire, même si tout ça n'était pas *bien* du tout.

Wren alla mentalement vérifier son noyau, touchant doucement le Courant en elle comme elle aurait pu caresser un chat ou poser le doigt sur une amulette. Le nœud de serpents restait engourdi, comme des reptiles exposés au froid, mais elle sentait le pouvoir amassé en eux, aussi fort qu'un orage sur le point d'éclater. Et une espèce de manteau humide planait au-dessus d'eux, brouillait sa perception comme de la buée sur une fenêtre. Le *brouillard*.

— Quelque chose ne va pas, dit-elle tout à trac. Chez moi.

Les pupilles des yeux d'O.P. semblèrent s'étrécir un instant comme celles d'un chat avant de redevenir très vite rondes, comme toujours.

— Je sais, répondit-il.

Le Démon savait parfaitement de quoi le Courant de Wren avait l'air ; après tout, elle s'était déjà ancrée en lui.

Mais il n'avait pas du tout l'air paniqué, donc cela ne devait pas être si grave.

Elle voulut encore une fois vérifier son noyau, mais y renonça. Aucun réconfort à puiser là-dedans. Ce qui n'allait pas chez elle attendait, tapi juste sous la surface.

Inutile de s'en inquiéter pour l'instant ; on pourrait

s'en préoccuper plus tard, si cela avait encore de l'importance.

— J'aurai besoin d'autres choses encore, annonça Wren. Que dit la météo pour demain ?

Comme si rien ne s'était passé à l'instant.

— Clair, frais, ondées éparses. Le printemps à New York.

— Parfait.

Elle garda sa tasse bien en main, ferma les yeux, compta à rebours en partant de dix. A trois elle se trouvait au milieu de ce brouillard gris empli de furieuses minitempêtes de Courant. Elle évoluait en plein cœur de son noyau, de ce qui faisait son être. Il avait changé, ne possédait plus sa clarté familière, sa netteté. Mais cela irait, il faudrait bien ; le pouvoir en elle se révélait très fort, huileux, liquide, flou. Chaud comme le sang, salé.

Elle entendit au loin une voix familière qui lui criait quelque chose, mais le brouillard l'étouffait. Elle ne ressentait rien d'autre que ce Courant dans ses veines, aussi fort qu'un orgasme, qui l'emplissait, fuyait, la laissait pantelante.

Elle serait bientôt prête.

Le noyau chuchotait.

Des mains dures sur son dos, la pierre froide sous elle. La colère brûlante, la peur glacée. Ce n'est pas humain. Un tel mépris dans ces voix. Des voix minuscules devant sa fureur… c'était bon !

Elle émergea des profondeurs. O.P. ne s'était-il rendu compte de rien ?

Mais non, heureusement. Tout se passait *en elle.*

Oui, quelque chose n'allait pas du tout. Mais c'était si fort ! Et la force pouvait vous détruire. Trop de contrôle et on étouffait la force ; mais trop de force, pas assez de contrôle, et…

Le brouillard gris la calma. Si ce qui n'allait pas en elle pouvait lui permettre de traverser cette épreuve, tant mieux. Elle savait ce qu'elle avait à faire, et le ferait.

16.

Le vent faisait bruire les feuilles au-dessus d'eux, et quelque part, plus loin, de l'eau coulait. Des bruits agréables que dominait le murmure des voix.

— Bon, attention maintenant. Du calme, tous.

Deux ou trois petits malins se mirent à tousser, et Ron leur fit un geste très expressif. Les rires qui s'ensuivirent apaisèrent quelque peu la tension. La bonne douzaine de personnes rassemblées dans la Ravine de Central Park s'agitèrent un peu moins.

Il s'agissait de la deuxième réunion des « clowns » ; la première avait eu lieu dans un appartement, dans des circonstances bien civilisées, et avait pour but de s'assurer que les différentes personnalités rassemblées ainsi pouvaient œuvrer ensemble, sans problème d'ego ou de vieilles querelles mal éteintes. Maintenant Ron allait introduire un élément de stress et voir ce que cela donnait.

S'il avait beaucoup de chance, énormément de chance, tout le monde en sortirait indemne. Lui le premier.

— Il s'agit seulement d'un exercice, poursuivit-il. Si les choses ne fonctionnent pas bien — ou pas du tout —, ne paniquez pas. Si ça ne va pas, vous vous éloignez un peu et vous ne gênez personne. On est bien d'accord ?

Quatorze Talents se tenaient devant lui, sélectionnés,

à partir de la liste approuvée par Wren, pour leur intelligence, leurs capacités, leur détermination à faire couler le sang. Treize Solitaires et un membre du Conseil. Ron aurait préféré un meilleur équilibre entre les composantes de la Cosa, mais rares avaient été les membres du Conseil à seulement l'écouter jusqu'au bout.

— Alors, on lance le bazar ? demanda un homme.

Un individu trapu, avec des cheveux frisés qui commençaient à grisonner, qui aurait paru davantage à sa place dans un bar avec des copains à regarder un match.

— *Bazar* ? interrogea quelqu'un d'un ton moqueur, ce qui lui attira de la part de l'homme trapu une bonne claque sur l'épaule.

Ron soupira. Faire travailler des Talents ensemble, c'était pire que dresser une horde de chats sauvages. Mais il avait promis à La Wren de lui fournir ce dont elle aurait besoin. C'était sa spécialité. Elle aurait ce qu'elle attendait.

— S'il vous plaît ! Chacun d'entre vous doit se donner un numéro. On commence avec vous : Un ; les autres suivent.

La personne désignée pour porter le numéro un était une femme aux cheveux noirs avec de larges rayures grises qui évoquaient une tête de blaireau.

— Bien, continua Ron quand ce fut fait. Maintenant visualisez votre numéro.

— Quoi ? firent certains, éberlués.

D'autres semblaient avoir compris.

— Visualisez votre numéro dans votre tête ; faites-en quelque chose de concret. Voyons, vous savez tous faire ça depuis votre première rencontre avec votre mentor ! Allez, assez râlé.

Après un moment, Ron sentit qu'ils commençaient à

se concentrer vraiment ; il y avait dans l'atmosphère une intensité caractéristique de la magie.

— Parfait. Et maintenant chacun prête attention à ses voisins, aux numéros qui les représentent.

Cela demandait un peu plus d'efforts : il fallait à la fois visualiser et ressentir magiquement la « signature » personnelle, numérique, des personnes près de soi. Ron attendit, sans oublier de vérifier en même temps les environs. C'était devenu un véritable instinct de survie chez lui.

Un peu plus loin, perchée sur l'arche Glen Span de la Ravine, une silhouette en jean coiffée d'une casquette de base-ball les observait. Une femme aux cheveux filasse se tenait près d'elle, des baskets aux pieds, vêtue d'un corsaire noir archi-fin et d'un T-shirt marin à rayures rouges. Malgré le froid, elle gardait son sweat noir noué autour de la taille. Ron ne la connaissait pas, mais sentait d'ici son Courant ; elle accompagnait Danny, il n'avait pas à s'inquiéter. Après tout, c'était l'ancien policier qui les avait introduits dans l'opération, le Dr Doherty et lui. Et Danny serait celui que Wren contacterait, le Jour J, pour tout démarrer.

Il entendit du bruit au-dessus de leurs têtes, comme si une douzaine d'écureuils couraient dans les branches. Il ne leva pas le regard : beaucoup de Fatæ vivaient dans Central Park, et le rassemblement d'autant de Talents dans un même lieu ne pouvait qu'exciter leur curiosité. Il n'aurait pas été étonné que le lac juste à côté ait bénéficié ce jour-là d'une concentration particulière d'esprits des eaux qui « passaient justement dans le coin ». Ils pourraient d'ailleurs lui servir quand il voudrait introduire le facteur de stress prévu.

Ron jeta un coup d'œil vers l'autre bout de la Ravine.

Ce qu'ils voulaient faire présentait des risques. Central Park, un endroit public avec beaucoup d'espace, convenait parfaitement pour leur entraînement, mais c'était aussi un lieu ouvert à tous. Eventuellement à des personnes hostiles.

Ron ne pensait pas que le Silence se risquerait à attaquer une telle concentration de Talents, mais il valait mieux assurer ses arrières.

D'où il se tenait il ne pouvait pas voir Morgan, mais il savait que le spécialiste en arts martiaux se trouvait à son poste avec son équipe, prêt à empêcher quiconque de venir déranger le rassemblement. Il l'avait promis, on pouvait lui faire confiance.

Drôle de groupe qu'il avait là devant lui, se dit Ron. Des gens prêts à donner la mort, dont les âges allaient de l'adolescence à la vieillesse, protégés par un Ignorant, menés par un Talent au Courant médiocre, attendant le signal d'une voleuse qui, si la rumeur était juste — comme souvent dans ces cas-là — était à deux doigts de lâcher prise. Tout cela dans le but de sauver des gamins conditionnés par les Ignorants qui les détenaient prisonniers, des Humains qui voulaient détruire tout ce qui restait dans le monde de magique, de non-apprivoisé.

Ron décida que cela aboutirait forcément. Une histoire aussi dingue ne pouvait rester ignorée : il faudrait bien des survivants pour la raconter !

— Parfait ! annonça-t-il. Clowns, à vos marques !

Ils se dispersèrent pour former sur la pelouse le cercle approximatif qu'il avait dessiné plus tôt pour eux. Le bruit du lac à côté les berçait sans les déranger ; à cet endroit du parc, les sons urbains ne s'entendaient plus du tout. On ne se serait jamais cru au cœur d'une des villes les plus animées du monde.

— Rappelez-vous qu'il s'agit seulement d'un exercice, répéta-t-il. N'en faites pas trop. Si vous vous sentez mal, laissez tomber et…

— Oui, *papa*, répondit un des adolescents. On *sait* !

Ron rit, réconforté.

— D'accord, vous en savez tous plus que moi ; j'arrête. Compte à rebours à partir de quatre. Quatre, trois, deux…

La plupart des Talents se mettaient en transe pour travailler ; ainsi ils pouvaient ignorer les informations parasites et se concentrer sur leur but. Ceux qui avaient du mal à se contrôler augmentaient ainsi leur emprise sur leur Courant et, pour ceux qui disposaient déjà d'un bon contrôle, cela permettait d'atteindre un niveau supérieur d'intensité.

Après avoir quitté l'autorité de leur mentor, les Talents travaillaient le plus souvent seuls, sauf cas très particuliers. Presque tous les Solitaires préféraient agir ainsi : il s'agissait de personnes obstinées, de vraies fortes têtes, chacune persuadée de faire mieux que les autres. L'unique membre du Conseil qui avait accepté de se joindre à eux était d'une trempe différente des autres Mages — forcément, puisqu'il participait à une opération pour laquelle le Conseil avait donné la consigne suivante, tacite, officieuse et pourtant impérative : « Ne pas s'impliquer, sous peine de désaveu, dans cette bataille lancée par les Solitaires. »

La Wren voulait qu'ils combinent leurs capacités pour parvenir à un état de transe inédit, une *gestalt*. Et ensuite qu'ils utilisent cette *gestalt* pour se saisir de leurs ennemis à distance, l'un après l'autre ou petit groupe par petit groupe, selon ce qui serait le plus approprié, tandis qu'elle-même s'occuperait de sa récupération. Ainsi il y aurait une attaque sur deux fronts.

Enfin, si tout cela fonctionnait. Ron n'était pas sûr qu'ils pourraient à la fois maintenir la *gestalt* et l'utiliser pour tuer. Mais il choisit d'écarter ses doutes et de mener les autres dans une chute contrôlée vers les ténèbres.

Ici. Je suis ici. Touche-moi. Sois avec moi. Sois moi.

Des signatures entraient en contact, du Courant crépitait et battait en retraite, puis revenait plus doucement au contact…

CoucouSalutSuperCalmeConcentrationD'accordTous…

On y est !

C'est le pied !

Incroyable…

Concentrez-vous !

Une voix composite les commandait tous, sévère et impatiente en même temps ; tous les êtres se confondirent. Les brins de Courant se combinèrent, s'étirèrent, formèrent à eux tous un épais cordon, jaillirent du centre du cercle vers le ciel…

C'est beau…

Passer à l'action, à présent. Ron tendit une volute de pouvoir qu'il avait volontairement laissée à l'écart au moment de la fusion des différents esprits, créa une vague virtuelle qu'il dirigea droit sur les corps en transe debout devant lui.

L'ennemi est devant vous — attaquez ! Mais ne brisez pas la gestalt !

Les jurons proférés en réponse le firent sourire ; il s'écarta des coups portés à l'aveuglette par les Talents déroutés.

La gestalt !

Il élabora son assaut magique sur l'esprit combiné du groupe.

Défendez-vous !

Ils étaient maintenant trop occupés pour pouvoir l'injurier.

Quelque chose mijotait en ville, quelque chose de magique. Wren le sentait en arrière-plan dans sa tête, quelque chose de très intense mais d'étonnamment agile. Elle se concentra dessus, le sentit la renifler comme pourrait faire un chien la première fois qu'on le rencontre, le laissa filer. Cela n'était pas dirigé sur elle, elle avait d'autres chats à fouetter.

Elle se trouvait debout sur le toit d'un immeuble d'habitation vers la Trentième, à l'est, où elle avait pu parvenir en donnant la pièce au concierge pour qu'il lui laisse prendre l'escalier de service. Elle avait retiré ses chaussures et ses chaussettes, se tenait la tête levée vers le ciel, vêtue seulement d'un jean et d'un pull léger en coton. L'air était frais, humide, elle sentait une brise autour d'elle bien que le drapeau devant la façade du bâtiment pende sur sa hampe. Des conditions parfaites : un temps humide, incertain, légèrement venteux. Le gai printemps et les perturbations atmosphériques qui l'accompagnent. Elle pouvait presque sentir les particules lui passer sous la peau, s'introduire dans ses veines, se mêler à son Courant qui venait affleurer à la surface depuis le fond de son noyau.

Il n'y avait pas là de quoi former un orage de printemps ; pas de quoi former grand-chose, à vrai dire, sauf si on savait vraiment ce qu'on voulait. La météo ce matin avait prédit une journée idéale pour pique-niquer dans Central Park, si on pouvait s'évader une heure.

Wren allait la faire mentir.

Elle avait toujours préféré s'alimenter au Courant

naturel plutôt qu'à celui fabriqué par l'homme. Elle savait comment le manipuler, où pousser et tirer, combien de temps attendre pour l'amener à elle. C'était plus difficile, plus intéressant, plus rentable.

Impatient, son noyau frémissait. Le Courant-brouillard était toujours là, onduleux comme un voile, mais tranquille pour l'instant. Il ne l'empêchait pas de percevoir les gradients de température au-dessus de l'océan. Il n'y avait pas que de l'eau en suspension dans l'atmosphère ; Wren sentait les étincelles qui crépitaient au loin, toutes menues, mais évidentes pour elle comme l'odeur du sang dans l'océan pour un requin. Du Courant ! On ne savait pas trop s'il se formait dans les électrons ou s'il y était seulement attiré, mais de toute manière les Solitaires s'intéressaient beaucoup moins à la théorie qu'à la pratique.

Elle adressa un signal mental aux étincelles tourbillonnantes, forgea sa volonté. Trop facile… à un point inquiétant.

Elle n'était pas exactement un Talent Pur, l'un de ceux dont l'organisme n'oppose aucune résistance au Courant, mais s'en rapprochait suffisamment pour alarmer son entourage s'il l'avait su. Elle ne pouvait pas se téléporter sans vomir tripes et boyaux, et sa *vision* à distance avait de quoi faire rire — bon sang, ç'aurait été si pratique de pouvoir localiser à l'avance l'emplacement précis de ce qu'elle devait récupérer ! — sinon elle possédait tout naturellement l'essentiel des capacités mineures, et un nombre non négligeable des majeures. Neezer n'avait eu qu'à lui montrer.

Cela dit, chaque capacité demandait des efforts, c'était dans l'ordre des choses.

Sauf aujourd'hui. Aujourd'hui elle avait à peine besoin

de penser à ce qu'elle voulait pour que le Courant s'exécute.

Viens à moi.

On désapprouvait généralement cette pratique. Agir sur le temps était fabuleux pour se fournir en Courant, mais il y avait de quoi détraquer sérieusement l'atmosphère, et en plus on risquait de se blesser.

Donne-moi ta force.

Le brouillon d'orage hésita ; il préférait suivre la côte vers les eaux plus chaudes. Le temps ne différait guère de la majeure partie des Solitaires : il était paresseux. Comme l'eau, il suivait la ligne de plus grande pente.

— Pas cette fois, petit, désolée, lui dit Wren d'un ton sinistre.

Elle avait déjà affronté les ActAges au cours d'un combat de Talents sur le Pont de Brooklyn. Elle avait survécu de justesse. Et encore, le chaos ambiant avait distrait ses adversaires.

Maintenant, elle allait seule à leur rencontre. Elle ne voulait pas les tuer mais les sauver.

Sauf que, après ce que le Silence leur avait fait, la manière dont il les avait transformés, ils risquaient de ne pas voir les choses sous cet angle. Ils allaient résister à leur récupération, ils allaient essayer de la tuer !

Elle aurait besoin de toute la puissance possible.

Wren ferma les yeux et entra facilement en transe ; elle alla vérifier le niveau du Courant dans son noyau. Combien pouvait-elle en prendre sans entrer en surcharge ?

Viens à moi. Viens.

Et l'orage vint à contrecœur, comme un chien obéit aux ordres quand il a d'autres projets.

Le grondement du tonnerre était trop faible pour être entendu à l'intérieur des bâtiments, mais les passants dans la rue s'arrêtèrent et jetèrent un coup d'œil au ciel presque entièrement dégagé avant de continuer leur marche.

Dans un immeuble de bureaux sans signe distinctif situé dans une petite rue banale de Midtown, le quartier d'affaires, à l'intérieur d'une pièce bien gardée, d'une simplicité spartiate, Duncan posa la main sur l'épaule d'un de ses lieutenants les plus fidèles et la gratifia d'une pression amicale.

— Allez-y, ordonna-t-il.

La femme acquiesça et tapa sans hésitation sur son clavier un code qu'elle n'aurait pas dû connaître.

Partout dans la ville les lumières s'éteignirent, par grappes. En tendant l'oreille, on aurait presque pu entendre les cris indignés des consommateurs dont les plafonniers et les ordinateurs s'éteignaient, dont les téléphones et l'air conditionné devenaient inopérants. Dans la rue, les feux de signalisation disparurent ; des Klaxon retentirent. Un grand soupir collectif de soulagement monta d'autres endroits bien précis quand les générateurs des hôpitaux et des aéroports prirent le relais.

La ville de New York avait déjà connu des pannes générales d'électricité. Les gens avaient prévu ce qu'il fallait, des lampes torches, des chaussures de marche pour éviter la circulation anarchique, des itinéraires d'urgence pour rentrer chez eux. Pas de quoi faire tant d'histoires : ce n'était jamais qu'un autre des inconvénients de la vie dans une grande métropole.

Cette fois l'obscurité s'étendait toujours plus loin. Elle ne se limita pas à l'île de Manhattan, mais atteignit les banlieues jusqu'au New Jersey et à Philadelphie, traversa le Connecticut jusqu'à Boston, descendit la côte vers le

Delaware, se répandit même par endroits jusqu'au District de Columbia. Des îlots de lumière apparurent, alimentés par des groupes électrogènes. Ceux qui avaient vécu les grandes pannes de secteur plusieurs décennies auparavant poussèrent un soupir, se mirent à la recherche de leurs bougies avant que le soleil ait disparu et que l'obscurité envahisse tout.

Mais certains habitants furent plus sévèrement touchés.

Une question collective surgit dans les esprits des Talents par toute la ville, mêlée d'un sentiment d'indignation. Les sources de Courant s'évanouissaient ! La question posée était habituelle : « Qui a fait ça ? » Toutes les pannes de secteur n'étaient pas forcément provoquées par un Talent trop gourmand, mais enfin cela avait eu lieu en plusieurs occasions.

Comme d'habitude, personne ne revendiqua la responsabilité de l'événement.

Wren revint à l'opération en cours. Le Courant technologique, très bien, mais là elle avait envie de quelque chose de plus goûteux. De plus sauvage.

« Valère ! »

On la hélait directement, elle se devait de répondre ; mais trop d'échos résonnaient dans la « voix » qui l'appelait. Elle s'efforça de séparer les divers éléments constituant le message, les identifia, en trouva l'origine : la Diversion, son atout caché. Pourquoi avaient-ils l'air aussi paniqué ?

« Valère ! »

C'était Ron cette fois, soutenu par les autres pour la héler avec plus de force.

« Tout est éteint ! Impossible de s'alimenter nulle part, il n'y a pas de pouvoir où puiser ! On ne peut pas tenir ! »

Une image accompagnait ce cri d'alarme : une carte de

l'Amérique du Nord où une noirceur s'étendait sur toute la côte Est comme un feu de forêt en négatif. L'obscurité ne s'arrêtait pas : elle poursuivait son chemin vers l'ouest, atteignait Chicago, traversait la frontière jusqu'à Montréal, descendait sur la Georgie et la Floride, rampait vers Los Angeles, San Francisco, Seattle…

Cela ne s'était pas produit, pas encore. Les Talents projetaient leur crainte, la peur classique du Grand Noir, l'extinction des feux en cinq minutes dans tout le pays, l'alimentation électrique déclarant forfait de proche en proche…

— Oh non ! s'écria Wren, le regard levé au ciel.

« Du calme ! » transmit-elle en réponse.

Elle n'avait jamais hélé avec une telle autorité.

« Tenez bon ! »

Et le ciel passa du bleu au noir au-dessus d'elle : l'orage, non concerné par les préoccupations humaines, entrait en ville, obéissait à son appel.

17.

« Tenez bon ! »

Mais Wren ne pouvait pas s'occuper davantage de Talents perdus sans leur dose d'électricité. Il s'agissait seulement d'un petit grain, comme souvent en cette saison, mais tout de même délicat à dresser. Un animal sauvage.

A moi, oui, viens à moi, lui dit-elle. *Je suis là, reconnais-moi. Entends mon appel.*

C'était, comme toujours, une histoire de contrôle, surtout ici. Et la maîtrise de Wren fut récompensée : l'orage se plaça pile au-dessus d'elle, s'ouvrit à elle.

Dix rues plus loin les trottoirs étaient secs, mais sur le toit où se tenait la Récupératrice une forte averse se déversa, la trempa jusqu'aux os. Les nuages s'enflèrent. Elle resta immobile sous la pluie pendant dix minutes dont elle compta chaque seconde ; une mare se formait autour de ses pieds nus. Sa conscience, pour l'essentiel, ne se trouvait plus située dans son corps mais bien au-dessus, au cœur de la perturbation qu'elle évaluait. C'était une tâche vraiment délicate, la moindre erreur pouvait avoir de graves conséquences.

Elle fit bouger ses doigts sans s'en rendre compte, pianotant sur un instrument de musique invisible, parcourut du regard la rue en dessous ; il lui restait suffisamment de conscience pour assurer la protection de son corps en attente.

Tout semblait assez calme, étant donné les circonstances. On voyait par les fenêtres des appartements en face la lumière des bougies et les ombres des occupants. Plus bas, des phares de voiture avançaient lentement, prudemment, sous la pluie, le long des voies dépourvues de feux de signalisation. Il y avait des agents de la circulation aux croisements des artères principales, mais, dans les plus petites rues, les conducteurs comme les piétons devaient se débrouiller.

Un peu de temps passa, et le corps de Wren en harmonie avec l'orage sentit que la mixture d'électrons en haute atmosphère atteignait un état satisfaisant. Sa conscience dégringola des nuées à une vitesse d'ascenseur fou et réintégra sa chair comme une otarie se glisse dans l'eau. Wren eut un frisson et évalua rapidement sa condition physique.

Les jambes fatiguées ; les bras engourdis. La peau trempée, tremblant de froid. Sans presque y penser, elle utilisa un peu de Courant pour augmenter légèrement sa température. Ses cheveux émirent un peu de vapeur.

Ne gaspille pas ton énergie, l'avertit une voix intérieure. *C'est la panne. Tu ne pourras pas te recharger facilement en Courant après ce que tu vas prendre ici.*

Elle reconnut la sagesse raisonnable de ce conseil, mais son noyau la méprisa — enfin, il l'aurait fait s'il n'avait pas été aussi obnubilé par la perspective imminente d'un repas gargantuesque.

Wren leva les mains au-dessus de sa tête, s'étira de tout son long vers le grain.

Tout paraissait étrangement silencieux ici, sur ce toit : on n'entendait guère qu'une sirène de voiture de police parfois, sinon seuls les impacts des gouttes de pluie résonnaient autour de la Récupératrice. Mais Wren n'était pas sûre que ce silence soit bien réel, il pouvait aussi résulter de sa perception ; elle avait l'impression qu'on lui avait fourré des tampons de feutre dans les oreilles.

On avait cessé de la héler, et c'était tant mieux. A l'heure qu'il était, la plupart des membres de la Cosa se débrouillaient sans doute avec la panne de secteur de la même manière que leurs voisins Ignorants : ils mangeaient le contenu de leur congélateur avant qu'il se gâte et râlaient contre la compagnie d'électricité si difficile à joindre au téléphone.

Wren effectua un sondage magique rapide depuis son toit : elle ressentait par toute la ville des balises d'énergie et de chaleur dans l'obscurité. Les groupes électrogènes d'urgence, certains plus puissants que d'autres, tous à plein régime. Elle, comme tout Talent, pouvait y puiser si nécessaire. Mais on considérait cela à la fois comme pas bien malin et mal élevé. Ce genre de choses, si on ne faisait pas attention, pouvait provoquer des courts-circuits ou une baisse de tension, sans parler de brûlures mineures sur le Talent moissonneur et ceux qui se trouvaient auprès de lui.

On ne touchait pas aux lumières de Broadway pour ne pas se donner mauvaise presse ; on ne touchait pas aux groupes électrogènes des hôpitaux parce que cela pouvait tuer des gens.

Des gens mourront de toute manière, si tu n'as pas assez de Courant pour faire ce que tu veux faire.

C'était différent.

Ah bon ? Pourquoi ? Et puis d'autres vont mourir sous tes ordres, des Ignorants.

Wren secoua la tête pour se débarrasser de cette voix

importune. Ce n'était pas l'heure des débats éthiques sans intérêt ! Que d'autres s'en occupent, pour une fois.

Il était temps d'agir. Elle devait faire usage de ce pouvoir qui grandissait, qui mûrissait en elle, avant qu'il ne la dévore.

Penser au pouvoir lui remit en mémoire la Diversion ; elle rechercha cette signature composite unique qui l'avait hélée plus tôt, ces brins de Courant entrelacés. En vain. Rien de très étonnant : l'interconnexion de la *gestalt* devait être épuisante, il aurait été stupide de la prolonger en l'absence de source commode de Courant. Les clowns allaient conserver leurs forces en attendant son signal.

Et alors des gens mourront.

Oui. Des gens mourraient.

Un léger déplacement d'air au-dessus d'elle, un infime réchauffement de la pluie lui firent lever les yeux ; l'eau dévala sur son visage et ses cheveux détrempés. C'était presque le moment, l'orage était prêt pour elle.

Elle respira profondément.

Concentre-toi.

Ne plus penser à autre chose qu'à la tâche en cours. Le monde en dessous vaquait à ses affaires, cela n'avait pas d'importance. Enfin, si, hélas. Mais ce qui se passait ailleurs rendait ce qu'elle faisait d'autant plus important ; l'enjeu était primordial !

Jusqu'à présent elle avait espéré pouvoir entrer et sortir discrètement ; mutiler le Silence, appuyée par la Diversion. Quelque chose de sanglant mais de tout simple.

Maintenant les choses devenaient soudain plus compliquées. Trois Etats au moins en panne de secteur… Cela n'arrivait pas comme ça. Pas à un moment aussi bien choisi.

Le Silence avait provoqué la panne. Wren ne savait pas

d'où lui venait une telle certitude, mais elle était là. Donc l'organisation se préparait elle aussi à attaquer. Bientôt.

Les échéances venaient de se rapprocher.

Wren continua à appeler l'orage, à le faire se rapprocher d'elle, le cajolant, l'attirant, jusqu'à ce qu'il cède. Ensuite elle attendit encore un peu.

Elle savait toujours quand l'éclair allait frapper ; peut-être était-ce son noyau qui le ressentait, à moins qu'il ne s'agisse d'un instinct animal du danger. En tout cas elle savait quand les charges électriques se heurtaient violemment et relâchaient la foudre qui jaillissait du nuage et fondait sur elle comme un faucon sur un lapin imprudent.

Ici !

L'éclair se rua sur elle ; l'orage était modeste, mais l'énergie n'en parcourut pas moins Wren comme un raz-de-marée. Tant de force dans une si petite perturbation ! Elle tituba en sentant la puissance envahir tout son corps. Son noyau en aspira la moindre once d'énergie, la substantifique moelle.

Oh, malheur, ça faisait *mal* ! Cela n'aurait pas dû ; le Courant pouvait brûler ou même tuer, mais il n'apportait pas une telle douleur. Quelque chose n'allait pas.

« Quelque chose ne va pas chez moi. »

« Je sais. »

D'ordinaire son Courant était brillant, net, donnait dans les bleu électrique, les rouges, les verts. Il s'amassait dans son noyau comme un nœud de serpents, des cobras, des pythons… Des bêtes dangereuses, fuyantes, qu'il fallait obliger à sortir au grand jour. Mais là… elle avait l'impression de se faire étouffer par une masse de papillons. Des insectes aux ailes coupantes de verre brillant, noir bordé de rouge bourbeux et d'or. Il y en avait des centaines, des milliers, ils voletaient et la déchiquetaient.

Et son noyau s'enflait de plus en plus, le pouvoir s'échauffait, intoxiquait Wren. La faisait tourbillonner, se dissoudre en une spirale d'énergie.

C'était *inouï*.

« Wren ? »

Une voix brutale, inquiète, dans sa tête.

— Chut !

En réponse, un sifflement de serpent surgit d'entre ses dents. Des ailes de papillons amorçaient une tempête sur un autre continent. Les ailes de papillons noirs aux yeux étincelant de pouvoir.

« Wren ! »

Ce n'est pas humain.

La pierre froide sous son corps, leur haine qui plane au-dessus d'elle comme un être vivant, une arme. Les feux de l'enfer jaillissent et les consument.

Le Courant qui l'enjôle, chuchoteur. Touche-moi, prends-moi. Nous pouvons tous les détruire. Nous pouvons être libres, à jamais…

« Wren, ancrage ! Ancrage, bon sang ! »

La voix insistait, au bord de la panique, mais le chuchotis du Courant était plus proche, plus séduisant.

Tu n'auras plus jamais peur. Tu ne seras plus faible. Plus jamais seule…

« Tu n'es pas seule ! »

Encore cette voix qui s'obstinait à rester dans sa tête d'où elle ne pouvait la chasser.

Le pouvoir surgit partout en elle, impatient, sans lui laisser le temps de répondre.

Use de nous, la supplièrent les papillons, et Wren les écouta, perdit tout contrôle, se sentit éclater en mille créatures aux ailes bordées de rouge.

*
* *

Au moment de la panne, il y avait deux clients dans la galerie. Aucun n'avait vraiment l'intention d'acheter, ils partirent tout de suite. Sergueï resta aussi longtemps qu'il put — une heure passée à regarder les minutes s'écouler sur sa montre —, espérant que la lumière allait revenir. Il finit par renoncer, comme, apparemment, la plupart des gens à Manhattan.

— Bon, on ferme la boutique, annonça-t-il.

Le plafonnier de secours leur donnait un teint de zombie, et Sergueï se demanda fugitivement s'il existait des zombies au sein de la Cosa Nostradamus, comme un oncle dingue qu'une famille cacherait dans le grenier. Quand s'inviteraient-ils à la fête ? Après tout, depuis l'année précédente, il ne manquait plus qu'eux.

Ça suffit, se dit-il.

Il était fatigué, avait besoin de sommeil. Ou d'un verre, tiens. Un verre, dix heures de sommeil. Et rien ne pourrait le réveiller avant la fin de la panne. Du moins dans l'idéal.

— Ce n'est pas encore l'heure, protesta Lowell.

Il mettait en ordre les brochures posées à l'accueil pour l'exposition du mois prochain.

— Rentrez chez vous, Lowell.

Que pouvait-il faire de toute manière, sans éclairage ? Carole était gaiement retournée chez elle à la minute où Sergueï l'avait proposé. Elle était toute jeune, une étudiante encore, et pour elle une panne de secteur signifiait faire la fête toute la nuit.

— Mais…, insista Lowell. Quelqu'un pourrait…

Il continuait à réarranger les prospectus, comme si un

ordre judicieux des documents pouvait par miracle faire revenir l'électricité.

Oh, bon sang de bois! Le système d'air conditionné ne marchait pas et Sergueï commençait à avoir mal à la tête.

— Rentrez chez vous! Personne ne va venir piller la galerie parce que les lumières sont éteintes. Allez.

Lowell semblait franchement réticent; à croire qu'il pensait voir entrer un client surgi de la rue déserte et obscure, mort d'envie de dépenser quelques milliers de dollars pour acquérir l'une des sculptures de cuivre martelé exposées en ce moment. Ou s'il craignait au contraire que le passant hypothétique décide d'en emporter une sans payer.

— Lowell, je m'en vais, avertit Sergueï. Vous pouvez rester enfermé ou rentrer chez vous.

Il avait déjà enfilé son manteau et attendait à la porte quand son assistant le rejoignit. Ils sortirent ensemble dans le crépuscule anormalement sombre.

Lowell n'avait pas l'air ravi.

— Bonne nuit, monsieur Didier. Je vous vois demain.

— Si la panne est terminée. Sinon ce n'est pas la peine.

Sergueï doutait que l'électricité soit rétablie d'ici là, mais il ne voulait pas décourager son assistant. Il le regarda descendre la rue déserte, les épaules voûtées, et secoua la tête.

Oui, décidément il était grand temps de lui donner davantage de responsabilités. Il avait l'œil, le flair, il aimait vendre. En outre, si Sergueï persistait à le confiner à ce niveau subalterne, Lowell finirait par le quitter pour une autre galerie, ou bien un importateur d'art en train d'augmenter son activité, qui serait ravi d'embaucher quelqu'un d'aussi capable et passionné.

Il s'agissait d'assurer la continuité des affaires et de savoir déléguer. Mais, en toute franchise, Sergueï n'était pas encore disposé à prendre sa retraite, ni même à diminuer son implication dans la galerie. Ou bien pour un temps limité peut-être, le temps de prospecter en dehors de New York, éventuellement de s'agrandir, d'ouvrir une autre galerie ailleurs…

— Je me demande où Wren aimerait aller, pensa-t-il tout haut avant de secouer la tête.

Rien ne garantissait qu'elle voudrait l'accompagner où que ce soit. Il avait en fait beaucoup de mal à l'imaginer quittant Manhattan… tout comme lui, d'ailleurs.

Sergueï fit descendre à la main le volet de fer devant la vitrine de la galerie et le ferma d'un gros cadenas. Il ne s'en donnait pas la peine d'habitude, mais, avec cette panne, il trouvait cela plus prudent. En dépit de ce qu'il avait dit à Lowell, il n'était pas certain que tout le monde se conduirait bien en ville cette nuit, et Wren avait entreposé dans le sous-sol de l'immeuble des choses auxquelles il valait mieux ne pas penser.

— J'aurais dû t'écouter, prévoir un système magique en renfort, déclara-t-il à sa partenaire absente.

Mais il aurait fallu un Talent sur place pour le garder actif… Peut-être allait-il envisager d'embaucher une réceptionniste Solitaire, la prochaine fois.

Il entendit gronder le tonnerre, leva les yeux. Le ciel était dégagé au moment de la panne, mais maintenant un grain venait de l'océan. Peut-être, en l'absence des sources de Courant artificielles, un Talent détraquait-il le temps pour se recharger.

Les Talents évitaient de toucher aux groupes électrogènes en ville. La Cosa n'avait pas beaucoup de règles de conduite, mais celle-ci faisait partie des premières priorités : *Tu ne joueras pas avec les générateurs électriques de secours.*

— Wren ? dit-il, le regard toujours fixé sur l'orage.

Il se demandait si elle pouvait être responsable du phénomène.

Peu importait ; il avait une sacrée marche à faire pour rentrer chez lui, à moins de prendre un taxi, et…

Et il n'avait pas le courage de rentrer chez lui. Il voulait *être* chez lui, oui, s'écrouler sur son lit et ne plus bouger pendant une bonne semaine. Mais l'effort nécessaire pour y arriver lui semblait presque insurmontable.

— Tu ne rajeunis pas, mon vieux, se dit-il avec ironie. Pendant la dernière panne, tu es rentré chez toi à pied et tu as grimpé les étages sans même t'arrêter.

Aïe. L'escalier ! Lors de la dernière panne, il vivait encore dans la 44e Rue. Le magnifique gratte-ciel dans lequel il habitait aujourd'hui présentait bien des avantages qu'on oubliait dès que les ascenseurs ne fonctionnaient plus.

Un bourdonnement l'arracha à ses pensées moroses ; il lui fallut quelques secondes pour se rendre compte qu'il s'agissait de son téléphone portable. Où l'avait-il fourré déjà ? Il l'ouvrit ; l'écran faisait une lumière bizarre au milieu de toute cette obscurité.

— Didier.

— *Mein freund,* nous avons de la viande en pleine décongélation. Viens nous aider à la manger !

Une voix familière, avec un fort accent. Quel bonheur de l'entendre ! L'invitation tombait à merveille ; Sergueï se sentit tout de suite mieux.

— Horst, tu choisis toujours le moment idéal pour appeler ! C'est formidable, j'arrive le plus vite possible.

Prépare-moi une de tes décoctions diaboliques — en double, j'ai soif. Et merci de ta gentillesse !

Sergueï referma l'appareil et le glissa dans la poche de sa veste, un grand sourire aux lèvres. Horst et lui avaient été voisins de palier lorsqu'ils avaient vingt ans et qu'ils venaient d'arriver en ville. Maintenant son vieil ami tenait un restaurant allemand. Cela faisait bien longtemps qu'ils ne s'étaient pas vus.

De plus, son fabuleux établissement que ces imbéciles de critiques n'avaient pas encore découvert se trouvait à peine à un kilomètre d'ici, et il était de plain-pied. Pas de marches à gravir.

Il envisagea d'appeler Wren pour lui proposer de se joindre à eux, mais se ravisa. Curieusement, elle n'avait jamais vu Horst ; avec tout ce qu'il se passait, le moment ne serait sans doute pas bien choisi pour une première rencontre… Wren était trop concentrée sur la tâche en préparation.

Et puis… cela avait beau aller mieux entre elle et lui, il restait nombre de problèmes à résoudre. Elle le tenait toujours à distance.

Il la verrait plus tard.

Lâche, gronda sa conscience.

Oui. Lâche, fatigué, affamé, avec une énorme envie de voir quelqu'un qui ne connaissait ni Wren, ni la Cosa, ni rien de ce qu'il cachait au reste du monde. Il lui fallait un répit.

Il allait se l'accorder.

18.

Utiliser largement le Courant brûlait des calories aussi vite que courir un triathlon. C'est pourquoi Ayexi ressemblait encore plus que d'habitude à un chien passé à la lessiveuse. Il avait roulé ses manches jusqu'au-dessus du coude, et depuis longtemps desserré sa cravate avant de carrément l'ôter.

— La question qui se pose, annonça-t-il aux personnes debout autour de la table où s'étalaient divers plans, est : pouvons-nous continuer ?

Les quatre Talents qui formaient son équipe s'entre-regardèrent, puis fixèrent leur attention sur lui. Ils se trouvaient dans ce qu'ils dénommaient pour rire « le labo », un entrepôt abandonné du bord de mer qui sentait le poisson. On y étouffait, même avec les fenêtres grandes ouvertes. Il n'y avait pas l'électricité dans le bâtiment, aussi la panne générale ne gênait-elle pas l'équipe ; elle les avait quand même un peu affolés au début, parce qu'ils avaient cru un instant l'avoir causée par leur utilisation intensive du Courant. Ils avaient vite déterminé que l'origine de cette panne se trouvait ailleurs, mais la question de continuer les essais ne s'en posait pas moins.

— Nous avons dépensé beaucoup de notre propre Courant dans ces tests, rappela Julia, la seule femme du groupe. Si nous continuons, nous risquons d'épuiser nos réserves. Dans ce cas, même si les essais sont concluants, nous ne pourrons peut-être pas refermer le circuit pour créer la batterie.

Telle était leur tâche : créer une batterie susceptible de contenir le Courant offert par des bénévoles, une réserve de dons stockés pour une utilisation ultérieure. D'une manière générale, la Cosa ne disposait pas de scientifiques ou de techniciens : à partir d'un certain niveau de complexité, les appareils électroniques élaborés et la manipulation du Courant entraient en conflit pour l'alimentation en énergie… et le Courant gagnait le plus souvent. Mais, pour autant, la famille des Talents ne manquait pas de gens à l'*esprit* scientifique ou technique. Ayexi avait eu l'embarras du choix. Julia, Gordon, Sean et Bernie se retrouvaient finalistes de ce concours sans trophée. Ils avaient tous passé la cinquantaine, possédaient donc des décennies d'expérience de manipulation du Courant — le leur et ceux des autres — et tous ajoutaient à leur savoir-faire une curiosité scientifique non négligeable.

— Et si nous prenions en nous une partie du Courant qu'on nous cède, au lieu de l'aiguiller directement dans la batterie ?….

— Risqué, à mon avis. Trop risqué.

Gordon, celui qui avait énoncé l'objection, semblait regretter d'y être obligé.

— Mais nous y sommes presque ! Abandonner maintenant…

Ayexi laissa la discussion se poursuivre. Les Talents étaient têtus. Et terriblement égocentriques. Même sans avoir aucune garantie que leur machine serait jamais utilisée, même sachant que, s'ils aboutissaient à leurs fins, personne ne saurait jamais rien de leur exploit, ils voulaient réussir.

— Moi je crois que nous pouvons le faire, affirma Bernie. Et puis ça nous montrera comment prendre en charge un Courant extérieur sans rien garder pour nous !

L'atmosphère se détendit. La plupart des Talents commençaient à s'entraîner encore tout enfants avec du Courant déjà assimilé fourni par leurs parents ou leur mentor. Ensuite, quand ils savaient bien contrôler l'énergie, ils apprenaient à regarnir seuls leurs réserves. L'idée de servir purement de « tuyau », sans même goûter ce qui passait en eux, les amusait.

— Continuez votre travail, décida finalement Ayexi après avoir écouté un moment leurs arguments. Moi je vais trouver un sujet d'expérience.

Quelqu'un parmi ceux qui avaient proposé leur Courant, qui ne poserait aucune question mais accepterait qu'on se serve de lui presque sans avertissement. Que cela n'ennuierait pas de se livrer sans garantie à quatre ou cinq Talents. Bien sûr, rien de plus simple !

D'abord il lui fallait informer Geneviève. Il n'aimait guère annoncer de mauvaises nouvelles, mais, après tout, peut-être sa « petite-fille » aurait-elle une idée à proposer, avec sa façon bien à elle de voir les choses.

Son immeuble se dressait enfin devant elle — sombre. Tout était sombre, d'ailleurs, dans la rue, dans cet espace noir plein d'ombres plus noires encore, où seules des bougies ou des lampes torches diffusaient une faible lueur. Wren titubait un peu à chaque pas : elle n'était pas vraiment fatiguée, mais plutôt débordée par le Courant qui l'emplissait. Elle sentait sa peau bourdonner, elle avait l'impression que chaque son résonnait en elle, que chaque senteur rebondissait à l'intérieur de son corps. Elle avait des démangeaisons et se frottait nerveusement le dos des mains.

Ses yeux se perdirent dans le vague, et elle dut faire un effort pour accommoder. Ah oui, il y avait de la lumière devant elle, plus forte et plus accueillante que celle d'une bougie. Elle se demanda un moment si elle avait une hallucination, puis se rendit compte que la lueur venait de l'appartement de Bonnie, au deuxième étage.

Pas une bougie, non ; certainement du Courant. Wren sentait son noyau chercher à l'atteindre, il voulait en prendre ! Elle venait juste de le gaver et il en voulait encore…

Elle le renvoya dans ses pénates comme on renvoie sous la table un chien qui vient renifler les assiettes, sans espérer une seconde le rendre raisonnable.

Concentration, contrôle. Les mots clés quand on manipulait le Courant ; il fallait toujours maintenir le contrôle sous peine de se faire dévorer.

Mais cette fois, elle n'avait pas vraiment l'impression de contrôler quoi que ce soit. Elle n'avait pas non plus la sensation d'être contrôlée. Le Courant en elle… coulait à flots, puissant, lisse. Elle aurait pu éclairer l'immeuble à elle toute seule, rien qu'en y pensant.

Tu auras besoin de toute ton énergie ! Ne fais pas l'idiote simplement parce que tu te sens gonflée à bloc.

Elle avait encore les cheveux mouillés à cause de l'orage et son jean humide collait désagréablement à ses cuisses, mais elle s'était séché les pieds avant de remettre ses chaussettes et ses chaussures.

— Il me faut une serviette et une limonade.

Cela lui parut drôle, de se sentir à la fois trempée et assoiffée.

Elle ouvrit la porte de l'immeuble et gravit l'escalier en silence. Elle ne voulait voir personne, et surtout pas Bonnie.

Pourquoi ?

Bonne question de sa voix intérieure ; Wren n'en savait rien. Mais c'était important de l'éviter, d'éviter n'importe quel membre de la Cosa. Elle ne savait pas ce qu'ils étaient en train de faire, elle ne connaissait pas leurs plans. *Eux* ne connaissaient pas *ses* plans, comme il se devait. Pourquoi, au fait ?

Wren.

On ne la hélait pas. Il ne s'agissait pas d'une voix, en fait, plutôt du souvenir ténu d'un écho. Elle l'écarta négligemment et déverrouilla sa porte.

Elle tendit la main vers l'interrupteur et se mit à rire. Il faisait vraiment noir à présent, complètement noir, un noir presque oublié des Humains : pas d'électricité, aucune source de cette énergie qu'on obtenait en fermant un interrupteur.

Ayexi l'avait hélée tandis qu'elle rentrait chez elle. Tout le monde hélait tout le monde avec cette panne, à se demander comment les satellites passant au-dessus se débrouillaient pour ne *pas* détecter de fluctuations bizarres. Il avait réussi à lui transmettre l'idée générale du message : ils continuaient. Elle avait approuvé, ce qui n'était pas nécessaire. Chacun faisait ce qu'il avait à faire.

Cette communication d'Ayexi avait conforté Wren dans son idée que cette panne n'avait rien d'une coïncidence. Le Silence avait tout arrangé pour que les Talents n'aient pas d'électricité à disposition. Il avait voulu paralyser ses ennemis sans s'arrêter aux risques encourus pour les innocents. Ceci pour prévenir une attaque à laquelle ils s'attendaient.

La Diversion avait fonctionné avant même d'être mise en application ! Le Silence avait peur.

A juste titre.

Wren sourit d'un sourire sauvage.

Dans l'obscurité, il ne la verrait pas venir !

Elle parcourut d'un pas sûr son appartement sombre et rassembla tout son équipement dispersé dans des tiroirs et des placards. Sa nouvelle combinaison spéciale, encore dans son emballage. De la corde, le bâton-qui-pique de Bonnie avec sa rayure rose. Ses bottes, celles qui montaient au mollet, confortables comme des pantoufles, mais qui lui maintenaient la voûte plantaire et les chevilles en toute circonstance. Elle avait payé plus d'un mois de loyer pour les faire fabriquer sur mesure, et n'avait jamais regretté la dépense. Son ensemble d'outils de monte-en-l'air. Des crochets métalliques à installer par-dessus ses doigts au cas où elle devrait grimper. Et la touche finale : une trousse de premiers soins, avec des bandages et du gel pour stopper le sang. Ainsi elle ne laisserait aucune trace derrière elle.

Elle se lécha les lèvres et se rappela sa soif. Dans la cuisine, elle sortit de son réfrigérateur une canette de soda allégé et en avala la moitié d'une seule gorgée.

— Eh bien, j'en avais sacrément besoin !

Sa voix lui parut bizarre : trop forte et trop tendue. Elle avait chaud à la figure. Elle essaya de se rafraîchir en pressant la canette contre son front.

— Bon, quoi d'autre sur la liste ? reprit-elle.

Elle se rendit à son bureau et saisit une bourse plate en tissu remplie de petites coupures. Elle l'empila sur les autres affaires à emporter. Une fois, elle avait manqué de monnaie au cours d'un travail. On ne savait jamais. Elle avait déjà récupéré des êtres vivants ; n'importe quoi pouvait arriver, plus encore que pour une récupération ordinaire. Elle devrait peut-être les mettre dans un taxi, ou…

En fait, elle n'avait aucune idée de ce qu'elle devrait peut-être faire. Autant se préparer pour tout ce à quoi on pouvait penser, et ne pas se préoccuper du reste avant que ça se présente. L'entraînement que lui avait dispensé Sergueï portait ses fruits.

Une vrille de Courant pointa et elle la repoussa sans y penser, alors que ce type de comportement spontané de son noyau aurait dû sérieusement la tracasser.

— Prête. On s'habille.

Wren alla dans la chambre avec son équipement et le laissa tomber sur le lit bien fait. Elle ôta ses vêtements mouillés et les jeta par terre, dans un coin. Puis elle se rendit dans la salle de bains où elle termina de se sécher avant de tresser sa chevelure encore humide et de plaquer sur son crâne les quelques mèches rebelles à l'aide de barrettes en plastique. Le résultat n'était pas superbe, mais il fallait ça.

Elle s'enduisit d'une poudre sans odeur, de la tête aux pieds, passant bien entre les doigts et les orteils, derrière les oreilles : partout où la sueur — la senteur — risquait de s'accumuler sans qu'elle le remarque.

Satisfaite de ses préparatifs, elle retourna dans la chambre et déballa la combinaison. L'étoffe glissa entre ses doigts talqués comme un animal vivant fait de soie épaisse.

— Tu vaux ton prix ! clama-t-elle en secouant le vêtement pour le déplier complètement avant de l'enfiler par les jambes.

Il était plus lourd qu'il n'en avait l'air, résisterait mieux aux accrocs que la meilleure combinaison sous-marine, sans gêner le moins du monde ses mouvements. Et, cerise sur le gâteau, il la moulait comme une seconde peau ; il n'y avait rien de plus désagréable que de sentir une gêne au beau milieu d'un boulot. Wren sortit une paire de chaussettes du tiroir, les enfila, en changea parce qu'elle les trouvait un peu trop fines.

Elle empaqueta le reste dans un sac du même matériau que sa combinaison, regarda le sac garni, le souleva ; était-il trop lourd ?

— Si je dois abandonner quelque chose, ce sera ça, tant pis, décida-t-elle.

De toute manière, sa cible saurait qui avait effectué la récupération. Wren comptait même laisser derrière elle une carte de visite. Elle *voulait* qu'ils sachent, sans le moindre doute, qui leur avait coupé l'herbe sous le pied, même s'ils ne pouvaient rien prouver.

Elle ouvrit le tiroir du haut de sa commode. Il contenait plusieurs petites plumes dans une boîte anti-statique. Certaines avaient une perle enfilée sur leur axe, d'argent ou, le plus souvent, de verre translucide. Et chacune de ces plumes la désignait clairement ; c'était un ami du sud-ouest des Etats-Unis qui les lui avait offertes des années auparavant. Les perles contenaient toutes un sort, un enchantement qu'on pouvait stocker sans risquer qu'il s'efface ou se transforme au fil du temps.

Wren hésita un peu, puis prit l'une des plumes à perle de verre. Celles en argent constituaient des antidotes, au cas où elle ingérerait un produit toxique ou y serait simplement exposée. Mais les perles de verre, au contraire, contenaient un sort d'empoisonnement. Elle ne s'en était jamais servie jusqu'à présent. Elle n'en avait jamais eu besoin, n'en avait jamais voulu.

En principe, cela agissait rapidement et sans douleur.

Elle savait de quoi le Silence était capable. Si la récupération échouait, elle ne tomberait pas vivante entre ses mains.

Elle s'apprêtait à partir quand elle hésita encore une fois ; elle prit, plus au fond dans le même tiroir, un sac de velours vert, grand comme sa main. Elle défit le lien qui le fermait et en sortit un couteau. La lame pas plus grande que son index aurait dû paraître dérisoire, mais tel n'était pas le cas. Une corde s'enroulait tout autour de la poignée de l'arme taillée dans une pierre sombre, striée. L'ensemble avait l'air émoussé, plutôt inoffensif, mais Wren ne l'en mania pas moins avec précaution.

Il s'agissait d'une lame vaudoue, bénie par un prêtre et sanctifiée dans un sang offert de plein gré. De la magie ancienne. Une arme offerte bien des années auparavant par un ami très cher et pas vraiment sain d'esprit.

Wren la garda un moment dans sa main, puis la remit dans son sac de velours. Le sac dans le tiroir, le tiroir fermé.

Pas cette fois. Elle avait déjà assez de problèmes sans vouloir y mêler la magie ancienne.

Elle parcourut sa chambre du regard ; y avait-il autre chose dont elle eût besoin, une petite chose qui pourrait assurer le succès, tenir à distance l'échec ?

Non. Tu traînes sans raison. Vas-y, c'est tout.

D'accord. On est prêt, on y va.

Elle prit encore une canette de soda bien frais et l'ouvrit juste en sortant. Elle l'avait déjà finie en arrivant en bas de l'escalier. Rien ne semblait pouvoir apaiser sa soif.

O.P. était fatigué, de mauvaise humeur, et sentait la mort-aux-rats. Il rentrait d'un travail de coursier au moment de la panne, et son métro avait stoppé entre deux stations. Il avait fallu près d'une heure à la police et au conducteur pour évacuer tout le monde. Et encore il n'y avait pas tant de gens dans la rame ! A l'heure de pointe, ç'aurait été une autre histoire.

Mais à l'heure de pointe il aurait peut-être vu moins de rats sur la voie. OP. avait eu envie d'en attraper quelques-uns, juste pour faire une mauvaise farce à Wren, mais en fait il préférait de loin un bon steak à point à du rat bleu.

L'idée du steak lui donna faim. En avançant dans le souterrain avec ses compagnons de misère, le chapeau mou à la main et l'imper par-dessus ses épaules voûtées, il essaya de se rappeler s'il restait quelque chose à manger dans le réfrigérateur souvent vide de Wren, ou s'il avait intérêt à prendre une pizza ou deux à emporter dans un de ces endroits où ils les faisaient encore au feu de bois.

Il arrivait juste dans la rue quand ça le frappa, comme une gueule de bois au réveil. Subitement, sans raison apparente, sa bouche s'emplit d'un goût déplaisant et s'assécha, lui donnant l'impression d'avoir avalé un poisson trop cuit et pas frais. Et la tête lui faisait mal… non, ce n'était pas ça. Il y voyait un peu trop nettement, en couleurs un peu trop vives, pas du tout comme d'habitude.

Jusque-là il avait passé une bonne journée. Enfin, mis à part son emprisonnement dans le métro. Il n'avait rien mangé, rien senti, rien entendu d'étrange. Au cours de l'évacuation, quelqu'un avait eu l'air de vouloir chercher des noises à ce petit type bizarre, un peu trop velu, vêtu d'un imper, mais O.P. avait montré les dents et l'autre s'était éclipsé. Donc le Démon n'avait pas d'ennuis. Alors pourquoi cette impression que quelque chose n'allait pas ?

Cette impression ne venait pas de lui. Tout simplement.

« Wren. »

Il n'était pas très fort pour héler, comme disaient les Talents. Cela ne lui venait pas naturellement. Mais il n'avait pas besoin de capacités particulières pour repérer Wren. Elle était désormais pour lui comme le Nord pour une boussole, grâce à elle il pouvait héler un peu. Et cette mauvaise *vibration* venait d'elle.

« Wren ! »

Pas de réponse. Elle l'entendait, il le savait. Il ne lui était plus possible, à présent, de ne *pas* entendre le Démon. Ils étaient liés jusqu'à ce qu'elle en décide autrement, une décision qu'elle seule pouvait prendre.

Ce lien n'avait pas pris fin.

O.P. ne savait pas comment il le savait. D'une manière générale, il ignorait d'où lui venaient la plupart des connaissances qu'il avait de sa nature. Son créateur n'avait pas été très disert avant de mourir, qu'il rôtisse en enfer deux fois plus qu'il ne le faisait déjà. Mais le Démon savait au moins qu'en permettant plusieurs fois à Wren de s'ancrer en lui, il lui avait ouvert une porte verrouillée et l'avait laissée entrer. Elle disposerait toujours de ce moyen d'accès.

Il savait que cela se produirait, quand il l'avait laissée accéder à son être. Il l'avait pourtant fait.

Mais, dans le même temps, il avait lui aussi accès à elle.

Cela, il ne s'y était pas attendu. Son créateur n'avait jamais autorisé une telle réciprocité, une telle… intimité.

Il transportait en permanence un peu d'elle en lui. Un peu de son noyau… de son âme.

Elle, à son tour, transportait-elle un peu de lui en elle ? Lui, un serviteur créé et non engendré, pouvait-il avoir une âme ?

Aucune importance. Que ceux qui aimaient réfléchir

à ce genre de questions le fassent ! O.P. savait seulement ce qu'il avait promis : à Wren, qu'il serait toujours là pour elle ; à Sergueï, qu'il protégerait Wren.

Il ne donnait pas sa parole. *Jamais.*

Et il l'avait donnée à ces deux Humains.

Il s'arrêta dans la rue, saisi d'une souffrance qu'il ne connaissait que trop.

— Tu n'es pas seule, chuchota-t-il.

La solitude, oui. Mais pas la sienne cette fois. Celle de Wren.

Quelque chose ne va pas chez moi.

Sa voix n'était pas tant effrayée que résignée.

Je sais.

Il aurait voulu pouvoir dire autre chose, la réconforter. Il n'y avait rien de réconfortant à dire.

Et une autre conversation suivit, similaire.

Elle risque de… se consumer ?

Non.

Mais la manière dont…

Non ! Je suis là. C'est dans ce but que j'ai été créé. Que nous avons été créés, nous, les Démons.

Il avait fait des promesses sans le vouloir. Sans comprendre d'emblée de quoi il s'agissait.

Des vœux qui le liaient, bon sang ! Tout avait mené à ce moment.

Wren Valère n'était pas le créateur d'O.P. Elle ne lui avait jamais rien pris sans sa permission. Elle le traitait… en égal. En ami, en frère de Cosa.

Si elle mourait, si quelque chose arrivait à Wren qu'il aurait pu empêcher et qu'il aurait, par sentiment de vengeance, laissé se produire…

Peux-tu l'accepter ?

La question qu'il avait posée à Didier quelques jours

auparavant. Il croyait en ce que faisait Wren, il la soutenait.

Mais non. Si elle mourait… si elle mourait parce que lui, O.P., n'avait pas fait tout ce qu'il pouvait, avait failli… Il ne l'accepterait pas. Il n'y survivrait pas.

Le Démon héla encore.

« Wren ! »

Plus rien là où il avait ressenti ce lien. Il ne percevait sa présence nulle part ! Rien ne lui répondait qu'une espèce de bourdonnement strident qui lui donnait envie de se boucher les oreilles.

Mais il ne venait pas de l'extérieur.

« Wren ? »

Il n'osait pas espérer. Il n'osait rien faire d'autre que héler.

Le bourdonnement parut se détendre, comme s'il reconnaissait O.P. et le saluait, soulagé.

Elle était en route. Elle… D'un coup le Démon s'arrêta, et ses oreilles rondes frémirent brièvement de colère. Cette imbécile avait commencé sa récupération ! Sans l'avertir pour qu'à son tour il puisse avertir Danny de mettre en branle la Diversion. Sans assurer ses arrières !

O.P. courait dans la rue, maintenant, le chapeau enfoncé sur la tête, il évitait les passants comme un rugbyman montant à l'essai.

Wren était en danger, et elle n'avait pas fait appel à lui.

C'était hors de question !

19.

La ville se trouvait peut-être plongée dans l'obscurité, mais tout le monde n'avait pas cessé le travail pour autant.

— D'accord, tu retires le sang… doucement… j'ai dit doucement !

Le tissu auparavant taché de sang était à présent d'un ivoire immaculé, comme après plusieurs passages à l'eau de Javel. Mais le rouge qui l'avait imprégné avait éclaboussé le mur du fond.

— J'ai essayé ! fit le jeune Talent d'une voix revenue à son timbre d'enfant. Mais je ne me sens pas bien.

L'instructeur E.P.P.I. pouvait sympathiser : il sentait lui aussi son noyau qui réclamait du Courant comme un oisillon affamé. Il n'en laissa rien transparaître dans sa voix.

— Retiens bien la leçon : tu ne peux pas te permettre de laisser trop baisser tes réserves en te disant que tu pourras regarnir ton noyau quand tu voudras. Suppose qu'on t'envoie enquêter en pleine campagne, ou au milieu d'un désert ? Ou qu'il y ait une panne d'électricité en ville, par exemple ? Est-ce que tu sais seulement extraire de l'énergie par toi-même ?

L'élève comprenait très bien de quoi son professeur parlait.

— Désolé, maître.

Le garçon regarda son bout de tissu comme s'il pouvait y faire réapparaître le sang par sa seule volonté.

— Ben voyons. Tu es désolé, morveux.

L'instructeur abandonna son masque sévère et ébouriffa avec affection les cheveux de l'apprenti.

— Je sais, lui dit-il gentiment. Et maintenant tu prendras bien garde de vérifier ton niveau de Courant tous les jours, on est bien d'accord ? Au moins tu as eu le bon sens de protéger magiquement tes vêtements pendant l'opération, ajouta-t-il après avoir baissé les yeux.

Ils n'avaient pas tous ce bon sens, au début. Mais ils finissaient par apprendre que le travail de laboratoire pouvait se révéler… disons salissant.

L'enseignant plaça son élève face au mur souillé.

— Bon. Maintenant dis-moi ce qu'on peut déduire de la forme de l'éclaboussure.

Il s'agissait d'un exercice purement intellectuel qui n'épuiserait pas de réserves magiques. Ensuite le gamin pourrait nettoyer le mur à la main, avec de l'eau et du détergent.

La prochaine fois, peut-être l'emmènerait-il loin du centre-ville pour lui apprendre à alimenter son noyau à partir des lignes telluriques. Ça pourrait lui être utile à l'avenir.

— Stop ! J'ai dit STOP !

La femme policier poussa un juron et accéléra sa course en portant la main à sa hanche vers la crosse du pistolet. Le pilleur était jeune, courait plus vite qu'elle, et savait sans doute, tout comme elle, qu'au fond de cette allée se trouvait une barrière qu'il pourrait escalader. Pas elle.

En n'importe quelle autre occasion elle se serait simplement débrouillée pour le faire tomber à distance. Ensuite, elle lui aurait passé les menottes sans lui laisser le temps de comprendre ce qui lui arrivait. Un petit truc magique tout simple. Mais, cette nuit, la seule source de Courant provenait de l'hôpital Saint-Vincent situé au coin de la rue, et il était hors de question qu'elle s'y ressource à cause d'une malheureuse télévision dont un sale gamin de quatorze ans avait *tellement envie !*

— Pauvre abruti boutonneux ! lança-t-elle, hors d'elle.

Elle écarta sa main de sa crosse. Elle n'allait quand même pas abattre cet imbécile.

Son mentor lui avait bien dit de ne jamais perdre de vue le niveau de ses réserves. Mais, habitant à quelques rues d'un transformateur électrique, elle était devenue négligente. Elle le payait maintenant, ainsi que les contribuables de la ville de New York pour qui elle maintenait l'ordre.

— C'est promis, Judy, assura-t-elle à son mentor depuis longtemps défunte, en regardant l'ado boutonneux qui franchissait la barrière, à la minute où le Courant revient, je…

Oh, mais qu'elle arrête de se raconter des histoires ! A trente ans, elle était déjà bien installée dans ses habitudes. Ce n'était pas une panne qui allait les lui faire changer…

Wren sentait les pensées des Talents autour d'elle tandis qu'elle traversait la ville. Ils paraissaient moins paniqués, mais s'en voulaient de n'avoir pas été plus prévoyants. Ils se résignaient à l'incident. Pour sa part, elle savourait ce Courant sauvage qui l'emplissait. Elle n'avait pas besoin de machines pour alimenter son noyau !

Encore qu'elle ne s'en soit pas privée par le passé, elle devait bien le reconnaître. Par honnêteté, d'une part, et aussi pour le souvenir impérissable que lui avait laissé le générateur de l'East River. Quelle sensation incroyable !

Rien pourtant à côté de ce qu'elle ressentait maintenant. Elle avait l'impression de rayonner, avec cette prodigieuse quantité de Courant qu'elle hébergeait et qui la faisait marcher d'un pas si alerte.

Assurance. Force. Courant. Pouvoir !

Ces mots trottaient dans sa tête, se pourchassaient, trébuchaient, heurtaient sa peau de l'intérieur, au point qu'elle se sentait au bord de l'explosion. Il y avait en eux — en elle ! — quelque chose qui la tracassait souterrainement. Elle s'interrogerait là-dessus plus tard. Et puis elle se sentait trop bien pour s'inquiéter !

Il était si facile de marcher dans les rues sans se faire remarquer qu'elle s'ennuyait presque. Elle put même passer au beau milieu d'une bande de jeunes sans se faire siffler. Elle qui, en temps normal, avait déjà le pouvoir de se peindre en bleu et de traverser la gare centrale de New York en valsant, nue, dans l'indifférence générale, se demandait maintenant si le plus vigilant des pompiers réagirait en la voyant s'immoler par le feu juste devant lui.

De quoi rire… à un autre moment peut-être.

Et ce n'était même pas drôle. A supposer qu'elle ne veuille pas brûler, qu'elle ait besoin d'aide ?

Tu pourrais contrôler le feu, lui dit le Courant en elle. *Tu pourrais être le feu, si tu voulais.*

Est-ce qu'elle le voulait ? Le feu illuminait, le feu brûlait. Il faisait mal. Non merci ; c'était mieux de rester comme ça, protégée par son Courant, dans son ombre fraîche qui la dissimulait…

Une voix l'arracha à ses pensées.

— Mais laisse tomber ! Il ne t'en reste plus !

Elle aperçut trois grands adolescents, trop jeunes pour être dehors à cette heure mais trop vieux pour que leurs parents puissent les retenir de force à la maison. Ils jouaient à la « crépite », une version de ce vieux jeu de cour de récréation où on place ses mains paumes vers le bas dans celles de quelqu'un d'autre et où on essaye de ne pas se faire gifler. Une manière assez idiote de tester ses réflexes, mais si on ajoutait à la gifle un peu de « crépite » — une étincelle de Courant — cela devenait un entraînement pour jeunes Talents.

Si, après seulement quelques heures de panne, ceux-là avaient déjà gaspillé leur Courant, alors la Cosa méritait dans son ensemble une bonne gifle, en effet. C'était stupide, dangereux. De quoi se faire tous tuer un de ces jours.

Wren passa comme un fantôme près des trois jeunes et leur envoya à tous une sérieuse pichenette magique, pour leur apprendre.

Les portraits des fondateurs s'alignaient sur le mur du fond de la salle de contrôle ; des toiles de taille modeste, détail assez surprenant dans une galerie honorant les grands ancêtres d'une importante entreprise américaine. La légende voulait que ces hommes aient refusé de poser de leur vivant parce que cela semblait pour eux relever du péché d'orgueil. On avait donc commandé ces portraits bien après leur mort, quand le Silence s'était installé dans l'immeuble. En conséquence, ils étaient sans doute plus flatteurs pour leur sujet qu'auraient fait des peintures exécutées à l'époque.

En tout cas, la première fois où il avait pu pénétrer dans la pièce, Duncan avait soigneusement examiné ces différents visages, à la recherche de ce que ne disait pas l'histoire officielle de l'organisation. Ensuite il ne les avait plus jamais regardés.

— Monsieur ? insista son assistant. Nous recevons beaucoup de reproches pour cette panne ! Je ne sais pas comment s'est déclenchée la rumeur, mais les gens chuchotent. Et quand la rumeur commence à circuler…

L'homme ne termina pas sa phrase. Par « gens » il voulait dire quelques personnes bien informées des plus hautes sphères gouvernementales, ceux qui connaissaient l'existence du Silence, mais pas ses fins dernières ni son histoire.

Duncan ne s'intéressait pas à l'histoire, sauf dans la mesure où elle le confortait dans ses convictions et alimentait l'avenir. Celui qu'il voulait pour cette ville d'abord, puis pour l'ensemble du pays. Il n'était pas mégalomane au point de penser pouvoir changer le monde, mais cela ne se révélerait pas nécessaire : il n'avait qu'à allumer l'incendie.

— Monsieur, je connais vos intentions, mais… l'électricité devra être revenue demain. Nous n'avons pas le choix !

Le chef du Silence regarda les écrans, considérant ce qu'il y voyait sans vraiment écouter son assistant. Un peu partout en ville, les soldats de la cause vérifiaient leurs armes et leur équipement.

— En cours de matinée au plus tard ! poursuivait son subordonné. Nous ne pouvons pas nous permettre d'être soupçonnés d'avoir provoqué un tel désordre. Une information de ce genre pourrait nous…

— Allons, Marc, du calme ! répondit enfin Duncan.

Ils étaient seuls dans la salle de contrôle. On avait renvoyé tous les employés chez eux, dans leurs familles, pour y attendre tranquillement la fin de la panne, de cet incident malencontreux qui alimenterait les conversations pendant des années.

— Nous suivons le plan, poursuivit-il avec autorité.

— Monsieur…

— La fin justifiera amplement les moyens ! Si nous nous débrouillons bien, tout sera redevenu normal au lever du soleil et vous pourrez jouer les héros auprès des citadins : l'homme qui leur aura rendu leurs télévisions et leurs fours à micro-ondes.

La promesse ne parut guère impressionner Marc. Il était plus que compétent dans son travail, et ne verrait jamais l'objectif d'une caméra. Personne ne connaîtrait son nom en dehors de ces murs. Cela lui convenait très bien tant qu'il n'y avait pas de gâchis.

— Alors, nous sommes prêts à passer à l'action ? demanda Duncan.

— Bien sûr.

L'assistant s'étonnait même de la question.

Son chef sourit, satisfait à la fois de la réponse et de la surprise de l'homme. Marc se révélait décidément digne de la confiance que le Silence plaçait en lui.

— Oui, bien sûr… Lâchez nos hommes en leur souhaitant bonne chance de ma part !

Marc opina et quitta la pièce. Duncan resta seul devant les consoles.

Il inspira profondément, puis poussa un long soupir las. Des années de travail pour aboutir à cet instant. Des années à agir souterrainement, à rassembler des alliés et à affaiblir des ennemis, à laisser fleurir le moindre mal pour éliminer la vraie nuisance…

— Cette nuit. L'obscurité nous cerne, nous avons peur, nous nous cachons. Mais les guerriers avancent dans l'ombre. Avec l'aube s'éveillera un nouveau monde !

Duncan sourit d'un sourire heureux, presque fat. Son visage effrayant ne montrait pas la moindre trace de regret.

— Caméra sept, fit-il.

Un des écrans montra une nouvelle image. On y voyait quatorze petits lits alignés, quatorze corps qui y dormaient, la plupart paisiblement. Certains se tournaient, apparemment pris dans un mauvais rêve.

— Et vous, les enfants, poursuivit Duncan d'un ton soudain plus sombre. Une fois cette ville nettoyée, le Comité Directeur devra bien reconnaître l'efficacité de mes méthodes, et nous n'aurons plus à faire appel à vos si douteuses qualités. Mais je ferai en sorte que vous souffriez le moins possible. Vous nous avez bien servis et méritez cette miséricorde.

Comme d'habitude, la salle de contrôle était obscure ; les couloirs également, quand Duncan sortit à son tour. Le Silence disposait évidemment d'un groupe électrogène capable d'illuminer tout l'immeuble, mais autant ne pas le faire savoir. Et dans la mesure où l'organisation avait provoqué la panne, cette épreuve infligée à la ville, il semblait plus juste d'en subir aussi les conséquences.

Dans une certaine mesure seulement. Duncan n'avait pas envie de gravir tous ces étages à pied par pur principe.

L'ascenseur signala son arrivée par une sonnerie discrète. L'homme y entra et appuya sur le bouton.

*
* *

Quelque part en ville, une des scènes qu'avait regardées Duncan s'animait davantage.

— Armes chargées pour tous ! N'oubliez pas le cran de sûreté. Soyez prêts, on n'attend plus que le feu vert du boss !

Adam faisait montre d'une jovialité écœurante, mais son visage restait dur, amer. Les ordres étaient arrivés au cours de la nuit, et depuis on avait bouclé les équipes. Non par crainte que les hommes ne se présentent pas au rapport le moment venu — tous ici avaient juré de leur plein gré fidélité au Silence, et le Silence leur avait juré protection —, mais pour leur sécurité, pour éviter que quiconque ait des problèmes de transport. La panne touchait leurs familles et leurs amis, et il n'avait pas été question de les prévenir ! C'était assez dur à accepter, mais ils s'étaient pliés à cette contrainte par sens du devoir. Ils faisaient ce qu'il fallait, comme toujours, pour protéger ceux qui devaient être tenus loin du danger.

— Protéger…

Le mot chuchoté circulait dans la pièce. Certaines voix semblaient plus convaincues — convaincantes — que d'autres. C'était le mot qui comptait dans le serment qu'ils avaient prêté au Silence : protéger les innocents, repousser les ténèbres, défendre la lueur du savoir, de la science, de la civilisation.

— Je n'aime pas ça du tout.

Jordane regarda l'arme qu'elle avait en main, dégoûtée par ce poids si léger et si significatif. Elle était assez fine gâchette, pouvait manier le couteau… mais cette *chose* la rendait très mal à l'aise. Elle avait vu les dégâts qu'elle causait. Les opérateurs l'appelaient un traque-sorcière. Mais cela faisait plus que les traquer : cela les blessait !

Son enfance avait été bercée de contes de fées. Il y avait

les méchantes sorcières, mais aussi les gentilles. Les fées maléfiques, mais aussi celles qui berçaient les bébés dans leur sommeil, qui fabriquaient la crème, et…

— Vraiment, je n'aime pas ça, répéta-t-elle.

Elle se parlait d'abord à elle-même.

— Quoi, tu as peur ?

Erik se glissa à côté d'elle sur le banc, laça soigneusement ses bottes.

— Allons donc ! répondit-elle.

Mais elle manquait de conviction. Elle remit le tube de plastique dans son étui. Erik était un contremaître tout comme elle, de cinq ans plus âgé qu'elle — et tous deux se faisaient trop vieux pour ce genre d'opération. D'un autre côté, les plus jeunes ne lui inspiraient guère confiance : ils avaient le regard vide, manifestaient une espèce d'apathie indifférente qui ne lui plaisait pas. Comme si les ordres reçus ne leur avaient pas ôté une minute de sommeil.

— Est-ce que tu as signé pour ça ? demanda-t-elle. Pour faire partie d'une… d'une meute de chiens de chasse ?

Il haussa les épaules.

— Mais oui, on m'a précisément entraîné dans ce but, pour débarrasser le monde de ses dangers. Je suis un molosse du Silence, tout comme toi.

— Oui… Peut-être.

Jordane se frotta le visage, comme pour gommer les incertitudes qui lui collaient à la peau.

— Mais je n'arrive pas à comprendre comment tous ces gens peuvent représenter un danger. Ils n'ont rien fait à personne !

Erik eut un reniflement.

— A ta connaissance, remarqua-t-il.

— Justement.

Il ne comprenait pas. Elle n'était même pas sûre de

comprendre elle-même. Mais elle se rappelait l'expression sur le visage de Didier entré un soir dans un des bars fréquentés par les opérateurs, en quête d'informations… d'alliés.

Ils l'avaient accusé de tenir davantage à ses nouveaux amis qu'à ses anciens. L'avaient appelé traître. Des choses terribles avaient été dites, des choses idiotes.

— Alors, vos ActAges ne sont plus des Humains ? leur avait-il demandé.

Et il avait lu dans leurs yeux, dans leur absence de réaction, quelque chose qui l'avait fait se lever pour partir.

— D'accord, avait-il déclaré. Excusez-moi. Je ne vais pas vous faire perdre davantage votre temps.

Jordane l'avait laissé partir. L'avait laissé penser qu'elle accordait plus de valeur à certaines vies humaines, celles des innocents, qu'à d'autres. Que pour elle, ceux qui savaient manipuler la magie étaient moins dignes de vivre, à cause d'une particularité sur laquelle ils n'avaient aucun contrôle, un pur caractère génétique, comme la couleur de leur peau !

La magie devait disparaître du monde pour que l'ordre subsiste et que la civilisation fleurisse. Les règles devaient être les mêmes pour tous ! Toutes ses convictions reposaient sur cette idée. Son univers était celui de la raison, de l'effort récompensé. Les craintes antiques, les superstitions, les contes de fées même, tout cela amenait à se méfier d'autrui, à chuchoter des malédictions, à brûler ses voisins, à dénoncer ses frères et sœurs, ses parents, ses enfants. Mais tout de même, les ordres de cette nuit… Elle était devenue opérateur pour aider ! Elle était devenue contremaître pour s'assurer que les opérateurs soient correctement entraînés. Il n'avait jamais été question dans son travail de tuerie de masse.

Pourtant, elle ne voyait pas d'autre issue. Ils faisaient le mal pour qu'en sorte le bien. Rien de tout cela n'avait plus le moindre sens.

— Soldats ! clama quelqu'un. L'ordre est arrivé. On y va.

Jordane frémit et suivit les autres.

20.

Il faisait sombre. Vraiment très, très sombre. Une obscurité dont les citadins faisaient rarement l'expérience, et qui pouvait vous épouvanter si vous n'en aviez pas l'habitude. Même si vous l'aviez, d'ailleurs.

Cela dit, il était très agréable de se promener à Manhattan au début du printemps pendant une panne de secteur, si toutefois on s'appliquait à ignorer le danger qui rôdait autour de vous. Sergueï, repu de viande tendre grillée au barbecue et de bière belge, marchait avec l'assurance d'un homme qui savait ne pas apparaître comme une proie facile. Qu'un voleur essaie seulement de l'agresser !

En penchant la tête juste sous le bon angle, il pouvait voir un fragment de ciel étoilé. Superbe. Oui, il adorait la ville, mais parfois le ciel lui manquait — le ciel tout entier, celui qu'on voit dès qu'on est en banlieue.

Il n'était pas le seul à admirer les étoiles : des soirées spéciales panne avaient été organisées un peu partout en ville, allant du paisible rassemblement d'astronomes amateurs, à celles, plus bruyantes, où la bière coulait à flots et la nourriture semblait inépuisable. Il fallait la consommer avant qu'elle se gâte. Ces réceptions impromptues envahissaient même les trottoirs et les toits des immeubles.

A croire que toute l'île de Manhattan était devenue un

gigantesque banquet ou le dernier refuge des amoureux du ciel nocturne. Cette idée fit sourire Sergueï. Il secoua la tête. Bon sang, comme il aimait cette ville !

Pourtant il ne laissait pas ses pensées le rendre moins vigilant. Il distingua une agitation suspecte sur sa gauche, au fond d'une allée, et, sans accélérer ni ralentir, tourna la tête pour s'assurer qu'on ne l'avait pas pris pour cible.

Il en fut presque déçu.

Il se passait beaucoup de choses dans les environs, des choses *magiques*, il le sentait. Il ne s'agissait pas du sentiment intuitif d'urgence qui l'avait fait se lever en janvier pour se jeter au cœur de la bataille, mais d'une conscience de péril latent. Il ne savait pas au juste à quoi correspondait cette sensation ni comment il s'en rendait compte, mais en tout cas il percevait que sa présence n'était ni nécessaire ni souhaitée.

Donc il marchait lentement, d'un pas ferme, en appréciant la fraîcheur de l'air nocturne, et finit par se rendre compte que ses pas l'entraînaient non vers son propre appartement mais vers celui de Wren.

Il tomba sur un grand rassemblement dans sa rue. Rien de surprenant là-dedans. Les gens avaient même installé une barricade de fortune avec des cônes de signalisation et des chaises, pour décourager les véhicules. De toute manière il n'y avait plus guère de circulation, minuit approchait. Trois glacières pleines de bière, de bouteilles de vin déjà ouvertes, de boissons gazeuses, faisaient office de bar gratuit.

Contrairement à ce qu'on voyait — et entendait — dans d'autres soirées, personne n'avait installé de chaîne stéréo. Un homme grand, les cheveux longs, avait apporté une vieille guitare ; un joueur d'harmonica s'était joint à lui, ainsi qu'un autre qui les accompagnait aux percussions en sourdine. Ils jouaient tous les trois, assez doucement, tandis que les gens discutaient par petits groupes. Pas d'enfants ; Sergueï ne savait pas si les habitants ici n'en avaient pas ou si on les avait couchés malgré les circonstances exceptionnelles.

Wren ne se trouvait pas dans la rue avec les autres. Cela n'étonna pas tellement Sergueï : elle restait souvent en retrait, surtout quand elle se préparait pour un travail. Elle connaissait ses voisins et les appréciait, mais, à l'exception de Bonnie, l'unique autre Solitaire de son immeuble, Sergueï doutait qu'elle ait jamais invité un seul d'entre eux à venir chez elle, ou, à l'inverse, qu'elle ait rendu visite à un seul d'entre eux.

Il fut en revanche surpris de ne pas voir Bonnie ; le jeune Talent était une fêtarde.

Il nota que les fenêtres de Wren n'étaient pas du tout éclairées, puis eut un rire : évidemment ! Même à supposer qu'elle ait allumé des bougies, elle avait pour habitude de garder ses lourds rideaux tirés ; on ne pouvait rien voir de la rue.

Mais, quelques étages en dessous, la lumière paraissait bien brillante. Des bougies, ou quelque chose de plus ésotérique peut-être... Sans doute l'appartement de Bonnie, se dit Sergueï. Voilà pourquoi il ne l'avait pas vue en bas, elle organisait sa propre fête chez elle.

Une de ces fenêtres illuminées s'ouvrit d'un coup, et un homme sortit la tête. Il semblait chercher quelqu'un dans la rue. Il disparut et fut remplacé par une femme aux cheveux blond platine qui remarqua tout de suite Sergueï.

— Hé !

Quand on parle du loup...

— Salut ! répondit Sergueï.

— Allez, monte ! On a de la glace en train de fondre !

— Comme la majeure partie de la ville, marmonna-t-il.

Il ouvrit la porte de l'immeuble — elle n'était même pas verrouillée ! — et monta l'escalier.

Bonnie recevait quelques personnes, moins que Sergueï n'aurait cru, et un seul Fatæ. Les autres devaient être des Talents, ils semblaient tous le reconnaître.

Pas de Wren.

— Où est Wren ? demanda-t-il.

Bonnie lui tendit un plein bol de crème glacée. Il le refusa ; elle haussa les épaules, répandit une bonne portion de sauce au chocolat sur le contenu et entreprit de l'absorber.

— Sais pas, l'informa-t-elle. Je suis rentrée, elle n'était pas là. Je l'ai hélée au début de la fête mais elle n'a pas répondu. Les gens s'affolaient un peu ici… Les Talents tendent à délirer pendant les pannes de secteur. Je me suis dit qu'il valait mieux les bourrer de glace jusqu'à les abrutir.

Sergueï parcourut la pièce du regard. Oui, la plupart des participants semblaient assez tendus.

— Wren se moque des pannes, fit-il remarquer, un peu absent.

Bonnie acquiesça.

— Oui, j'ai noté ça chez elle. Elle aime bien s'alimenter au Courant sauvage. Très malin. En général c'est plus difficile, mais ça vaut le coup de savoir le faire, pour ne pas se retrouver bêtement démuni.

Il savait déjà que Wren était intelligente et prévoyante. Mais où se trouvait-elle ?

— Bon, alors tu ne l'as pas vue ? insista-t-il.

— Vue, non. Entendue.

— Ah ?

Il avait réagi à peine plus vivement que d'habitude, mais Bonnie ne fut pas dupe. Il se rappela que ce serait une grave erreur de sous-estimer ce jeune Talent. Avec ses allures gothiques, son air insignifiant de petite jeune fille toute pâle et blonde et ses vêtements savamment négligés, il s'agissait d'un E.P.P.I., un enquêteur de premier ordre de la Cosa Nostradamus. Wren la respectait et respectait ses collègues au point de prendre des précautions supplémentaires dans son travail à cause d'eux. De sa part, il n'y avait pas plus haut compliment.

— Au moment de la panne, précisa Bonnie.

Elle sautillait sur place ; manifestement la nourriture la remplissait d'énergie plus qu'elle ne l'apaisait.

— Tout le monde paniquait plus ou moins, tu vois ? Il y en avait qui voulaient absolument savoir quel était le petit malin qui avait éteint les lumières. Parce que, tout de même, c'est énorme un truc comme ça : soit un Talent a perdu les pédales, soit bon nombre de responsables du réseau électrique vont se retrouver au chômage quand tout sera fini.

— Mais vous le sauriez, non, si un Talent avait lâché prise d'une manière aussi spectaculaire ? s'enquit Sergueï.

Il n'était pas spécialiste, mais il savait pourtant que ce phénomène correspondait à une combinaison de maladie mentale, de dépression nerveuse et de fureur homicide. Il frappait en général les puissants de la Cosa, les « Purs », de façon soudaine, quand ils étaient dans la force de l'âge. Le mentor de Wren avait subi cela ; il l'avait senti venir et avait préféré interrompre l'entraînement de sa pupille plutôt que risquer de la mettre en danger.

Bonnie suça sa cuillère.

— Peut-être, répondit-elle. Tout dépend de ce que faisait

la personne au moment où ça lui est tombé dessus. Mais quand tout s'est éteint, j'ai d'abord pensé que Wren avait cassé quelque chose en jouant avec le temps.

— Tu veux parler de cet orage surgi de nulle part ?

Il s'était en effet demandé si Wren l'avait provoqué, mais pour quelle raison aurait-elle fait une chose pareille ?

— Oui. Ce grain était beaucoup trop costaud pour une petite ondée de printemps.

Bonnie secoua la tête, et ses cheveux courts volèrent comme une fleur de pissenlit.

— Comme j'ai dit, expliqua-t-elle, Wren aime bien s'alimenter aux sources naturelles, et j'ai maintenant une assez bonne idée de sa signature, même si elle a voulu me la cacher — tu ne lui dis rien là-dessus, hein ?

Elle leva ses yeux bleu pâle sur Sergueï, tout candides sous leur maquillage.

D'accord. Si Bonnie était seulement moitié aussi vive d'esprit que pensait Wren, c'était normal qu'elle en sache autant. Mais là n'était pas la question pour l'instant.

— Où veux-tu en venir ? reprit-il.

— Eh bien, pourquoi cherchait-elle à s'alimenter au départ ? Cet orage, elle a dû l'attirer à elle *avant* la panne, pour pouvoir l'utiliser juste au moment où les lumières s'éteignaient. Mais pourquoi voulait-elle autant d'énergie ?

Une question très pertinente.

— Il se passe quelque chose, c'est ça ? insista Bonnie. La panne et Wren qui se gorge de Courant…

— Si je me souviens bien, on m'a dit que tu ne voulais surtout pas en entendre parler, lui rappela Sergueï en vérifiant rapidement sur son portable qu'il n'avait pas de message.

Non. Et sa batterie faiblissait, bon sang !

La réplique était plutôt dure. Bonnie encaissa bien.

— C'est mon amie, dit-elle simplement.

Pour Sergueï, elle avait donné *la* bonne réponse.

Il avait sept numéros enregistrés dans la mémoire de son téléphone. Deux d'entre eux correspondaient à des gens qui avaient été tués. Il pria le ciel pour que le fait d'utiliser un portable dans un appartement plein de Talents inquiets ne soit pas une idée complètement idiote, puis choisit le sixième.

— Réponds. Réponds, bon sang !

O.P. ne décrocha pas.

Ce qui ne signifiait rien en soi. Contrairement à Wren et à Bonnie, le Démon pouvait utiliser sans arrière-pensée des appareils électroniques, mais Sergueï ne savait pas à quelle fréquence il le faisait. De toute évidence il ne s'était pas donné la peine de mettre en place sa messagerie.

— Et O.P., tu l'as vu récemment ? demanda-t-il à Bonnie. Ces dernières vingt-quatre heures ?

Le Démon avait *promis* qu'il serait avec Wren au moment fatidique.

Bonnie secoua la tête en absorbant machinalement une nouvelle cuillerée de glace.

— Non. Je suis restée avec Danny, j'ai regardé…

Elle s'interrompit et le regarda comme si elle craignait de lui en avoir trop dit.

— Oui, tu as regardé quoi ?

La jeune femme parcourut son appartement des yeux. Elle ne voulait pas qu'on écoute leur conversation.

— … L'entraînement de l'équipe, avoua-t-elle finalement.

— Oh, fit Sergueï.

Bonnie parlait certainement du groupe de Talents dont elle n'avait pas voulu faire partie, ceux qui devaient opérer une diversion au moment où Wren passerait à l'action. Sergueï ignorait ce qu'ils avaient prévu, et Wren également, du peu qu'elle lui avait confié à ce sujet. Cela valait mieux : les deux partenaires étaient bien connus du Silence.

Jusqu'à présent, l'organisation avait agi par la bande, envoyant ses sbires, les Vigiles, en première ligne, mais le dernier message d'André montrait bien que des changements s'annonçaient. Question de temps…

De temps !

Sergueï ferma sèchement son téléphone et sortit à toute vitesse, Bonnie sur les talons.

La porte de Wren n'était pas verrouillée, et Sergueï ressentit une sensation désagréable à la gorge et au ventre. Il ne lui fallut qu'une seconde pour l'identifier : la panique. Il réussit à la contrôler et arrêta la jeune fille avant qu'elle se précipite chez son amie.

— Attends, Bonnie. Y avait-il quelqu'un ici ? La porte a-t-elle été forcée ?

Elle lui jeta un coup d'œil avant d'approcher sa paume du battant, doigts vers le haut. Elle prit l'air rêveur, pencha un peu la tête sur le côté. Sergueï avait l'habitude de voir Wren travailler. Il trouvait les différences de posture fascinantes : la Récupératrice préférait s'accroupir face à l'objet à étudier, et levait la tête vers le ciel.

— Laisse-t-elle des élémentals ici, d'ordinaire ? demanda Bonnie.

Les élémentals étaient de minuscules créatures qui vivaient dans le flot de Courant. On pouvait les utiliser comme chiens de garde. Wren lui avait dit une fois qu'ils étaient particulièrement stupides.

— Voyons… Oui, je les sens, continua l'E.P.P.I. Ils ne s'étonnent pas de ma présence, elle a dû leur fournir ma signature. Ils ne semblent pas particulièrement agités, on ne les a pas mis en mode actif. Elle est partie rapidement mais pas sous la contrainte, et personne n'est venu ici depuis.

Elle cligna les yeux, baissa les mains.

— Wren a simplement oublié de verrouiller en partant, conclut-elle.

Sergueï ouvrit la porte, les dents serrées. Il savait ce qu'il allait découvrir : l'appartement vide, les outils de récupération disparus. Elle avait commencé le travail plus tôt que prévu, pendant une panne de secteur qui allait la désavantager.

Il se rappela ce qu'elle avait dit quelques jours plus tôt, assise sur le comptoir qui séparait la cuisine du salon. Elle balançait les pieds et bougeait les mains en parlant :

« Je les aurai quand ils ne s'y attendront pas, quand ils auront d'autres soucis en tête. Ils n'en reviendront pas ! »

Attaquer depuis une position faible. Sergueï souhaita soudain ne jamais avoir enseigné quoi que ce soit des tactiques militaires (ou autres) à une jeune femme avide d'apprendre.

— Bon sang ! s'exclama-t-il.

Le poids habituel d'impatience impuissante pesait sur ses épaules. Il se sentait toujours comme ça quand Wren opérait. Enfin, au moins O.P. se trouvait sûrement avec elle.

— C'est parti, hein ?

Sergueï se tourna vers Bonnie et hocha la tête. Elle croisa son regard et parcourut des yeux l'appartement vide.

— Encore de la glace, annonça-t-elle d'un ton définitif. Beaucoup de glace, de la sauce au chocolat, ensuite nous passerons aux choses sérieuses.

— L'alcool ? demanda Sergueï.

Elle secoua la tête, l'air extrêmement sérieux.

— Le caramel.

Malgré son inquiétude, il ne put s'empêcher de rire.

C'était un travail comme un autre, voilà tout. Calme-toi.

Les détails pouvaient changer mais le principe restait le même : entrer, récupérer, sortir. Rien d'autre à prendre en considération. Rien d'autre qui *existe.*

Wren se sentait de mauvais poil. Elle ne retrouvait pas sa concentration habituelle sur un travail. Peut-être cela provenait-il du silence tout autour d'elle : d'ordinaire, à l'intérieur d'un immeuble, elle entendait le bourdonnement des fils électriques ; comme une voix amicale venant de la pièce à côté.

Oui, elle percevait un système électrique d'urgence dans le bâtiment, mais très faible, le strict minimum.

C'était beaucoup trop tranquille, voilà d'où venait son agitation.

Wren se rappela soudain ce souvenir si déplaisant de la Maison du Maintien, le monastère de pierre où les Frères conservaient les artefacts les plus dangereux, ceux qu'on ne pouvait laisser dans le monde des Ignorants. Cette Maison formait un Espace Noir, un endroit où on faisait en sorte qu'il ne subsiste aucun Courant disponible.

Bon, ici ce n'était pas à ce point. Les Espaces Noirs pouvaient mener un Talent à la folie. Là, elle se sentait simplement de mauvais poil.

En plus quelque chose la gênait dans sa chaussette ! Pourtant elle avait les pieds bien propres et secs au moment de les enfiler. Et les chaussettes sortaient du tiroir, elles étaient impeccables, elles aussi. Zut alors.

Arrête avec ça. Concentre-toi sur le boulot !

Wren aurait pu utiliser son Courant pour descendre le long du mur sans corde, sans aucun outil, maintenue par la seule force de l'électricité statique.

Finalement elle y avait renoncé. Elle se sentait débordante d'énergie mais préférait ne pas la gâcher. Ne jamais user de force quand l'habileté suffit. C'était un vieux cambrioleur qui le lui avait appris à ses débuts. Il approchait les soixante ans à l'époque, mais pouvait toujours visiter les maisons parce qu'il savait d'abord se servir de sa tête.

Sers-toi de ta tête, Valère. Le Courant est une denrée rare en ce moment. Quand le tien sera parti, il te faudra attendre la fin de la panne. Aucun preux chevalier ne viendra voler à ton secours !

Elle descendit donc doucement en rappel par la cage d'ascenseur, priant pour que l'électricité ne revienne pas au mauvais moment. Il ne manquerait plus que de se faire écraser contre le mur par une cabine.

Elle arriva tout en bas sans problème, lâcha les câbles, fit faire un peu d'exercice à ses doigts pour qu'ils retrouvent leur entière sensibilité, ouvrit la porte de la cage d'ascenseur.

Il y avait un éclairage de secours à ce niveau. La lueur rouge faible la déconcerta un peu. Mais la vision de Wren s'ajusta à temps pour qu'elle aperçoive une main qui fonçait vers son visage. Elle se baissa vivement et recula dans les ombres rougeoyantes du couloir. Le corps qui allait avec la main trébucha devant elle et tomba sur la moquette.

Ça commençait bien !

L'individu portait des vêtements sombres : un pull noir

et un pantalon. Il semblait vouloir se camoufler lui aussi. C'était là une tenue de voleur, ou d'assassin !

Wren se pencha et toucha la nuque découverte de son agresseur ; elle lui envoya une décharge ciblée le long de l'échine. Les jambes de l'homme eurent un spasme, comme les pattes d'une grenouille à l'agonie, puis il resta immobile.

Elle leva le regard. Elle devait se repérer. Son cœur battait bien trop vite pour un simple travail.

— Ça commence bien, fit-elle d'une voix mal assurée.

Juste devant elle, deux corps bloquaient le passage, engagés dans un terrible combat à mains nues. Wren recula, les yeux écarquillés : le couteau qu'ils se disputaient luisait dangereusement entre eux. Elle ne savait pas qui allait finir par s'en emparer.

En fait, elle ne savait rien. Ni qui ils étaient, ni ce qu'ils faisaient ici, ni la raison qui les poussait à s'entretuer. Ni si le vainqueur allait ensuite s'occuper d'elle.

Et sa chaussette n'allait pas tarder à l'énerver *vraiment*.

« Tuez-les ! Tuez-les tous ! »

Le cri dans son esprit retentit strident, douloureux. On aurait dit un chat qui s'est fait coincer la queue. Ou écrabouiller la patte. Quelqu'un intervint avant que Wren puisse réagir, on essaya d'envelopper mentalement la première voix, de la rassurer.

Sans aucun effet.

« Tuez-les ! Ils veulent nous tuer tous ! »

Wren fit la grimace devant la haine et la peur qu'elle sentait dans ce message. Mais les deux silhouettes devant elle n'avaient pas l'air d'entendre. Ou peut-être avaient-elles plus urgent à faire.

L'une d'elles portait une tenue sombre similaire à celle du type qu'elle avait mis hors jeu. L'autre était vêtue normalement : pull clair et pantalon noir. Wren prit tout de suite parti pour elle, malgré le peu d'indices dont elle disposait.

Le combat au couteau prit fin d'un coup. La silhouette à gauche, celle avec le pull clair, eut un geste soudain de la main gauche ; la lame plongea dans la poitrine de son adversaire en produisant un bruit charnu écœurant, comme si on venait d'égorger un cochon.

Wren, en fait, n'avait jamais entendu un cochon se faire égorger, mais quelqu'un dans l'immeuble si. Elle comprit soudain ce qu'il s'était passé : l'autre personne avait assisté à la scène par procuration, par l'intermédiaire de ses sens à elle, et lui transmettait cette idée d'un cochon égorgé. Et il y avait cette voix qui hurlait toujours, et la sensation d'autres personnes non loin, qui cherchaient à savoir ce qu'elle voyait…

La Récupératrice ferma d'un coup tout accès à son cerveau, recula contre le mur comme si elle avait subi un assaut physique et non purement mental.

Elle haletait, et les efforts qu'elle venait de fournir ne suffisaient pas à expliquer cet essoufflement. Ce n'était pas normal ! Cette capacité télépathique, le Courant dont elle se sentait gorgée comme jamais… Qu'est-ce qu'il se passait, à la fin ?

Tu sais bien.

Non !

Oh si.

Oui, elle le savait.

Quelque chose ne va pas chez moi.

Mais elle ne pouvait pas y réfléchir maintenant. Elle

avait commencé quelque chose, il lui fallait le terminer. Elle se ferait du souci plus tard.

Le vainqueur était tombé à genoux. Une femme. Elle leva les yeux sur Wren, l'air incroyablement las. Elle n'était pas toute jeune. Il y avait du sang sur son pull, et tout ne venait pas de son adversaire à terre. Wren se crispa, mais n'eut pas d'autre réaction. Cette femme n'avait, pour l'instant, rien tenté contre elle.

— Qui… êtes-vous ? demanda-t-elle d'une voix blanche.

— La Wren.

Inutile de finasser. La femme ne semblait pas avoir l'intention de bondir sur elle, le couteau à la main.

Elle était gauchère. Wren ajusta sa posture en conséquence, juste au cas où. Morgan serait fier d'elle, si toutefois elle vivait assez longtemps pour lui raconter tout ça.

— Ah, dit l'autre.

Il ne lui en fallait apparemment pas davantage. Parfois la célébrité, même comme voleuse, rendait bien des services. Les épaules de l'inconnue s'affaissèrent.

— Très bien, déclara-t-elle. Vous êtes là pour eux ?

Wren fronça les sourcils, perplexe.

— Pour les sortir d'ici, reprit la femme.

Elle laissa tomber le couteau par terre et alla pêcher quelque chose dans sa poche de pantalon. Tendit son poing vers Wren.

— Faites-le. Avec ça.

La Récupératrice prit l'objet. Il s'agissait d'un petit bouton plat, noir, en plastique. Comme un œil de poupée, mais en plus gros.

— La porte. Le signal électronique, expliqua l'inconnue.

Elle fixait Wren du regard, comme pour la plier à sa volonté.

— Faites-les sortir.

Wren glissa le bouton dans une poche située sur la cuisse de sa combinaison. Il y formait une toute petite bosse.

— D'accord.

La femme opina, puis se laissa glisser contre le mur, vidée de ses forces.

— Allez. Vite, insista-t-elle.

La Récupératrice enjamba sans un regard le corps sanglant de l'homme abattu. Son interlocutrice d'un instant allait devoir se débrouiller seule.

Wren, les plans de l'immeuble bien en tête, savait où elle allait. Au débouché d'un virage, elle s'arrêta soudain : trois corps bloquaient le passage. Ils étaient tombés les uns sur les autres, comme dans une orgie macabre. Elle avança et se força à regarder. Un en camouflage sombre, les deux autres habillés normalement. Tous les trois tués en combat rapproché — *a priori* aucune trace de balles, l'air ne sentait pas la poudre. Mais elle voyait des plaies béantes, déchiquetées, des traces de brûlures de la taille de pièces de monnaie, des mares ou des éclaboussures de sang poisseux partout : sur les personnes, le plancher, les murs.

Elle passa la pile de cadavres en frissonnant et poursuivit un peu plus vite son chemin. L'odeur du sang, l'odeur de la mort se faisait de plus en plus épaisse. Des choses terribles s'étaient produites ici, et tout récemment. Peut-être se produisaient-elles encore.

Fais attention, Valère.

Mourir bêtement en laissant le boulot inachevé, ce n'était pas du tout le plan.

Wren avançait avec précaution, mais elle ne tomba sur personne d'autre, mort ou vivant. Dans ces couloirs éclairés en rouge, dépourvus de fenêtre, parsemés de corps, elle avait l'impression de marcher tout droit vers l'enfer.

Le corridor s'élargit. Les portes de bureaux qui le longeaient se muèrent en zones de détente, meublées de canapés et de tables basses, qui faisaient penser à la réception d'un hôtel confortable. Certainement pas un palace. L'enfer vu par Holiday Inn, pourquoi pas !

Bon, au moins elle n'avait pas perdu tout sens de l'humour.

D'après les plans, il devait y avoir une entrée par là… Oui. Elle s'apprêta à sortir ses outils de cambrioleuse. Enfin quelque chose de familier.

D'accord, mais cette porte aurait dû être dissimulée et fermée à double tour. Un corps assis contre elle la maintenait ouverte.

Il n'y manquait que la tête ; le sang sourdait encore d'un moignon de cou, s'était répandu sur les épaules et jusque par terre.

Tellement de sang.

Wren regarda le cadavre. Elle avait sûrement envie de vomir, mais savait qu'elle ne le ferait pas. Pas pendant un travail.

Des Humains avaient fait cela. Ils avaient frappé, poignardé, brûlé, tué. Pourquoi ?

Et s'ils pouvaient agir ainsi entre membres du Silence… Qu'avaient-ils pu faire aux Talents prisonniers ?

La Récupératrice sentit qu'elle se protégeait; elle filtrait l'odeur et la vue du sang, les rendait lointaines, perçues par les sens de quelqu'un d'autre, très loin. Encore une boîte pleine à craquer qu'elle refermait de force dans son esprit. Elle n'était plus qu'un tas de boîtes dans des boîtes, recouvertes d'un brouillard gris.

Laisse tomber. Tu y réfléchiras si tu sors un jour d'ici.

Elle enjamba ce nouveau corps et passa le seuil pour se retrouver dans l'obscurité complète. Il n'y avait pas d'éclairage de secours ici, rien pour apaiser l'angoisse. L'air sentait le renfermé ; rien ne bougeait. Le système de ventilation était mort lui aussi.

Ils ne faisaient rien pour garder cette partie du bâtiment habitable.

Le Courant entra en ébullition juste sous la peau de Wren.

Viens sombre lueur
Le noir devient gris
On y voit

Le sort de lumière noire fonctionna impeccablement : Wren pouvait voir sans se retrouver aveuglée ni révéler sa position. Elle voyait et le regretta tout de suite.

La tête la regardait depuis le petit plan de travail en métal, juste devant elle. L'homme avait dû être assez beau, en bonne santé, pas trop vieux. Il semblait contrarié, sans plus ; avait l'air de se demander pourquoi on lui faisait perdre son temps. Plus loin, une grande tache sombre s'élargissait sur le mur, du sang… entre autres.

« Tu es venue pour nous tuer ? »

Une toute petite voix mentale, effrayée. Sournoise aussi.

« Non », renvoya Wren. « Non. Je suis venue vous chercher… »

Elle hésita. Elle se rappelait les paroles de Doherty quand il l'avait préparée à sa rencontre avec des Talents rendus à moitié fous par ce qu'avait dû leur infliger le Silence :

« Ne leur faites pas peur. Ils ne doivent pas se sentir

menacés. Rappelez-vous qu'on ne leur laisse sans doute aucun choix, jamais. Ils n'ont pas l'habitude de décider quoi que ce soit. »

« Je suis venue vous mener à l'étape suivante », annonça-t-elle.

Cela lui paraissait suffisamment vague, pas trop inquiétant.

« Oh », répondit la voix.

Une silhouette se leva de derrière le plan de travail. Ses mains étaient souillées de sombre, son visage meurtri d'une grande ecchymose que la lumière noire ne flattait sans doute pas.

« Eux sont venus nous tuer. »

— Qui ça, petit frère ?

Wren accompagna la question à voix haute d'un écho mental, au cas où le son ferait peur au jeune homme. Il sursauta en effet, mais l'arrière-plan télépathique sembla le rassurer.

« Les hommes et les femmes du Gardien. D'autres hommes et d'autres femmes du Gardien les ont combattus. Nous aussi. Mais c'était si difficile ! Ça n'aurait pas dû arriver : le Gardien protège. Il ne fait pas mal. Il nous garde à l'écart du péché. »

Les images qui accompagnaient ce discours se gravèrent en rouge dans le cerveau de Wren, allumèrent son brouillard gris d'étincelles noires.

Ainsi ils étaient venus nettoyer leurs saletés. Le Silence ! Il avait décidé de se passer des ActAges, de ses enfants souillés.

Il y avait onze employés du Silence présents à l'arrivée des tueurs. On leur avait dit de laisser faire.

Quatre avaient obéi, sept non.

La Récupératrice posa la main sur le bouton dans sa

poche. Elle avait l'impression de le sentir palpiter, comme si le sang versé circulait en lui. La femme qui le lui avait donné s'était opposée aux assassins. Elle avait défendu ceux dont elle avait la responsabilité. Cela n'excusait en rien sa complicité dans la séquestration des Talents, mais…

Je vous ramènerai à la maison, promit-elle à ces âmes damnées, déchirées. (La fureur bouillonnait en elle, tout au fond.) *Je vous sauverai !*

« D'autres ? » demanda-t-elle.

Elle accompagna sa question du sentiment *frères d'armes en danger*. Doherty l'avait prévenue qu'ils risquaient de ne pas comprendre la notion d'*amitié*.

« Dedans. Je ne peux pas entrer. »

Elle vit l'image d'une porte coulissante qui s'ouvrait et se fermait, et ressentit de la frustration parce qu'elle ne s'ouvrait plus. Ce Talent devait avoir dans les vingt-cinq ans, mais réagissait émotionnellement comme un petit garçon de cinq ans : il était incapable de tirer des déductions logiques des faits. Wren regarda autour d'elle, toujours en se référant au plan.

Les quartiers des ActAges devaient se trouver tout près.

« Attends », transmit-elle.

Elle contourna le meuble métallique, le bouton de plastique à la main. Il vibra ; la porte en métal derrière le plan de travail s'ouvrit lentement, à contrecœur.

En route pour l'enfer.

Elle laissa le Courant bitumineux s'élever jusque sous sa peau, accueillit sa sauvagerie, sa démence, la force qui allait avec.

Accès réservé aux âmes damnées.

Elle entra, le jeune homme sur les talons.

21.

Conduire dans New York, à tout moment, permettait d'entraîner sérieusement ses réflexes. Cette nuit-là, sans feux de signalisation, taxis et voitures individuelles étaient les rois de la rue, et les règles de circulation se réduisaient tout juste à de timides propositions. Les piétons restaient cantonnés aux trottoirs et priaient pour que les chauffards veuillent bien leur laisser ce domaine.

Pourtant fort peu d'accidents se produisirent. Les conducteurs agissaient agressivement, mais prendre sa voiture tous les jours dans New York donne une précieuse aisance au volant. Une bête panne ne risquait pas de l'effacer.

A mesure que la nuit s'avançait, la circulation se raréfiait et les piétons se mettaient en sécurité : soit bien au chaud dans leur lit, soit dehors, dans une des fêtes improvisées. Un van blanc descendait Atlantic Avenue à Brooklyn comme un grand requin en chasse. Il stoppa dans une rue bordée d'immeubles d'habitation.

Le moteur s'arrêta. Le conducteur se tourna vers le passager pour quelques instructions et rappels de dernière minute.

— Vite fait, bien fait. Sans bavure. Et ne laissez aucune trace derrière vous !

Aucune preuve. Aucun survivant.

Il y avait dix opérateurs à l'arrière, la moitié d'entre eux étaient expérimentés, l'autre moitié étaient des bleus. La même répartition, en gros, s'appliquait à l'ensemble des équipes lâchées un peu partout en ville.

Un des agents à l'arrière du van entrouvrit la porte et jeta un coup d'œil pour vérifier qu'ils pouvaient sortir. Le véhicule était garé en double file à côté d'une voiture mal entretenue dont on ne distinguait pas la marque ; de toute manière tout le monde s'en moquait.

Tous étaient vêtus de sombre, pull et pantalon, et portaient des gants de caoutchouc couleur chair, de bonnes chaussures de cuir à semelle de caoutchouc. Chacun avait une arme, un petit tube pourvu d'une bonne isolation, plein de circuits électroniques. On aurait dit une équipe d'électriciens du futur.

Quelqu'un s'éclaircit la gorge, et cela résonna désagréablement dans l'habitacle. Quelqu'un d'autre fit tomber un objet métallique par terre et poussa un juron à voix basse.

— Débarrasse-toi de ça, ordonna-t-on au maladroit d'une voix sèche. Pas de métal, on t'a dit. Rien de conducteur !

Tous sortirent.

— Essayons de ne pas déclencher les alarmes, suggéra un membre de l'équipe.

— Tu crois vraiment que ça va déranger quelqu'un ?

Celui qui venait de parler donna un grand coup du plat de la main sur la porte passager de la voiture la plus proche de lui.

Un hurlement de sirène retentit. Les dix silhouettes se figèrent, prêtes à réintégrer le van à toute vitesse si besoin.

— Tu vois ? dit au bout d'un moment celui qui avait déclenché l'alarme. Personne n'y fait attention.

Le conducteur du van sortit et leur jeta à tous un regard furieux.

— Assez ri, bon sang ! Vous savez ce que vous avez à faire. Au boulot !

Ils obéirent.

En ville, sur l'île de Manhattan et aux alentours, d'autres vans semblables s'arrêtaient à des adresses bien précises, et quelqu'un se chargeait chaque fois de cocher les noms sur une liste préétablie quand ils approchaient, entraient, éliminaient. Personne ne les vit, ne les entendit. Personne ne les arrêta.

Dora était chargée de réveiller ses frères pour aller à l'école. Il n'y aurait pas d'école ce jour-là — à moins que l'électricité ne revienne très vite — mais son papa lui avait dit de le faire.

— Jimmy… debout.

— Mmm, Dora, sois pas bête. Y'a pas d'école aujourd'hui.

Son frère gardait la tête sous l'oreiller. Dora eut la tentation éphémère d'appuyer très fort dessus. Jimmy dut le deviner, parce qu'il finit par laisser émerger son visage bouffi de sommeil.

— Il n'y aura pas école ! insista-t-il.

— Papa a dit de se lever.

Bon, un de fait. Dora se dirigea vers le lit de Michael. Il avait le sommeil plus lourd que son frère ; même lui crier dans l'oreille ne donnait rien. Il allait falloir recourir aux grands moyens.

— Envoie-lui une châtaigne, suggéra Jimmy, assis dans son lit, très intéressé.

— Morveux sadique, répliqua sa sœur.

Elle avait quatorze ans, les garçons onze. La proposition était tentante, mais elle savait qu'il ne valait mieux pas y céder. En principe, ils ne devaient pas utiliser leur Courant hors de la présence du mentor. Elle ôta les couvertures du lit, les laissa tomber à ses pieds.

Michael continua à dormir.

— Allez, file-lui une châtaigne. Tu sais bien que ça marche !

— Je ne veux pas d'ennuis.

La chambre était obscure ; seule la pâle lumière précédant l'aube entrait par la fenêtre.

— Et d'abord, pourquoi papa veut qu'on se lève ? Je suis en pleine croissance, j'ai besoin de bien dormir. C'est le docteur qui l'a dit.

— Je n'ai pas demandé pourquoi. Si tu veux poser la question, va le voir dans la cuisine. Il essaye de faire du café avec la magie.

Jimmy ne bougea pas.

Quelqu'un s'arrêta devant chez les voisins. Ils n'avaient pas le droit de se garer à cet endroit.

Ils vont avoir une contravention, pensa vaguement Dora.

Des portières claquèrent ; on aurait dit un van. Beaucoup de gens sortaient du véhicule, apparemment. Est-ce qu'ils faisaient du covoiturage et prenaient le petit déjeuner chez le dernier qu'ils passaient chercher ?

— Je crois quand même..., commença Jimmy.

Mais le choc, plus loin dans la rue, le fit tomber du lit. Dora atterrit sur les fesses.

— Dora !

— Chut…

Elle leva la main, pourtant il n'y avait pas de raison de se taire. Il faisait bon, cependant elle frissonnait. Il se passait quelque chose, mais pas chez eux. S'ils restaient bien tranquilles, s'ils ne se faisaient pas remarquer, peut-être que cela ne viendrait pas dans leur maison.

Ils entendirent un grand bruit, un autre plus faible. Des voix étouffées, le son d'une portière qu'on ouvrait et qu'on claquait.

Les oiseaux ne chantaient plus.

Qu'ils aillent ailleurs. De l'autre côté de la rue. Pas chez nous. Cette explosion de Courant peut avoir lieu n'importe où mais pas chez nous !

Jimmy rampa jusqu'à Dora et se blottit dans ses bras. Elle le serra bien fort, comme elle n'avait plus fait depuis des années, depuis qu'il était tout petit. Ils restèrent là pendant que le jour se levait.

Michael dormait toujours.

Son mari les vit le premier.

— Sortez d'ici ! cria-t-il.

Sue n'eut pas d'autre avertissement que ce cri, mais cela suffit. Elle se préparait depuis des mois. Paranoïaque peut-être, mais enfin, plusieurs générations auparavant, sa famille avait fui l'Allemagne nazie juste à temps. Il s'en était littéralement fallu de quelques minutes. Elle savait à quoi pouvait mener la haine.

Cette fois elle n'allait pas fuir.

Sa mère avait été médecin, son père enseignant. Elle

ne souillerait pas le Talent qu'ils lui avaient donné en l'utilisant pour tuer ; mais il existait d'autres moyens de résister, des moyens créés par les Ignorants. Quand des rumeurs avaient commencé à circuler sur la Diversion, quand on avait parlé de premières frappes et de représailles, elle avait su quoi faire.

Les hommes montèrent l'escalier. La femme de quarante-trois ans les attendait sur le palier, munie du fusil à double canon qu'elle s'était procuré.

Elle n'avait pas de permis, mais peu importait. On ne pourrait plus l'arrêter quand tout serait fini !

Elle les emmènerait avec eux dans la mort.

Le premier intrus la visa avec une espèce de tube de plastique, et elle eut envie de rire. Mais, quand il l'actionna, la secousse lui coupa le souffle. Et ce n'était rien à côté du choc éprouvé à se voir retirer de force son Courant pour le recevoir l'instant d'après en deux fois plus violent ! Sue actionna convulsivement la détente ; les balles jaillirent en un arc erratique.

Elle ne les emporta pas tous avec elle, mais en abattit plus d'un.

Au fin fond des sous-sols du Silence, dans le dortoir des ActAges, Wren secoua la tête. Ce bourdonnement en arrière-plan dans son crâne la dérangeait presque autant que ce jeunot qui la suivait comme une ombre. Et ce n'était pas le moment de se laisser distraire. En principe la Diversion avait commencé, perturbait déjà le Silence. O.P. avait dû transmettre son signal, tout mettre en branle.

Elle lui avait bien dit, au moins ? Elle ne se rappelait pas lui avoir parlé. Mais elle l'avait sûrement fait.

« Alors, qu'est-ce que vous attendez ? » transmit-elle à la *gestalt* des Clowns, agacée.

Elle sentait tous ces esprits délibérément abîmés autour d'elle, et cette voix solitaire, torturée, qui hurlait toujours quelque part dans l'immeuble. Sans s'en rendre vraiment compte, elle y fit écho.

« Tuez-les tous ! »

Prise dans sa souffrance, sa colère, le Courant brûlant qui circulait dans son noyau, elle ne perçut pas la force avec laquelle elle transmettait cet ordre.

— Vous êtes Lawrence Kohmer ?

— Pardon ? Oui.

L'homme âgé repoussa sa chaise, se leva. La panne avait eu lieu au beau milieu des trente-six heures de service de l'équipe. Ils se tenaient toujours prêts au pire, mais à présent les choses s'étaient calmées suffisamment pour qu'ils puissent souffler un peu. Il avait profité de ce moment de répit pour s'asseoir dans la cuisine avec une tasse de café froid mais toujours bien fort. Il essayait de lire le journal de la veille quand on l'avait interpellé.

Ces trois hommes qui lui demandaient son nom portaient une tenue très sombre, un peu comme des policiers de groupe d'intervention. Mais on voyait au premier coup d'œil qu'il ne s'agissait pas d'agents de la municipalité.

L'un d'eux sortit un tube de plastique, une espèce d'étui de cigare surdimensionné, et le pointa sur le soldat du feu en face de lui.

— Non, fit-il. Ce n'est pas Kohmer.

— Pardon ?

Le pompier tendit la main vers la poche intérieure de sa

veste pour y prendre son portefeuille, s'arrêta en voyant que son geste semblait rendre les trois intrus nerveux.

— Hé ! Je voulais juste vous montrer mes papiers, expliqua-t-il. Si vous êtes venus apporter une citation à comparaître ou je ne sais quoi, vous voulez être sûrs de la remettre à la bonne personne, oui ou non ?

— Ce n'est pas lui.

L'homme semblait sûr de lui, et plutôt contrarié.

— Ou alors il y a erreur dans la liste, supposa-t-il.

— Impossible.

Celui qui avait parlé le premier avait des yeux bruns sans chaleur ; on aurait dit qu'il ne les clignait pas. Le pompier sentait que la transpiration lui collait sa chemise dans le dos. Pourtant il faisait frais. Le regard de cet individu était celui d'un bourreau s'apprêtant à faire son travail.

— Votre liste est bonne, confirma quelqu'un derrière le trio.

Les étrangers se tournèrent vers lui et furent brutalement renversés par un puissant jet d'eau jailli de la lance à incendie que tenait l'intervenant.

Le tube, qui n'avait pas cessé de cracher des étincelles, vola.

Les trois intrus roulèrent sous le jet comme des quilles de bowling. L'homme qui tenait la lance coupa le jet, et le premier pompier passa les menottes à celui qui n'avait encore rien dit, à une vitesse qu'on n'aurait pas crue possible chez quelqu'un de son âge. Des hommes solides en uniforme immobilisèrent rapidement les deux autres.

— Pauvres abrutis ! cracha un pompier en serrant les menottes plus fort que nécessaire. Si vous vous attaquez à un seul d'entre nous, vous aurez affaire à nous tous !

Un Talent à la caserne, ça portait chance. Et un comme Larry, avec son don de prémonition en plus, c'était encore mieux. La police pouvait toujours renvoyer ses membres magiques, les pompiers avaient du bon sens et savaient reconnaître la valeur des gens.

— Tu as bien fait de nous dire qu'il allait se passer quelque chose de grave, Larry. Bon, qu'est-ce qu'on fait d'eux, mainte… Larry !

Leur collègue gisait par terre juste devant la cuisine, le teint cireux.

— Il a une crise cardiaque ! cria un pompier. Va chercher la trousse de secours !

L'homme qui s'était fait passer pour Kohmer s'agenouilla à côté de lui. Il fallait un massage cardiaque manuel, le défibrillateur électrique ne ferait sans doute qu'aggraver les choses pour quelqu'un comme Larry.

— Pas le cœur, réussit à prononcer le blessé entre deux spasmes. Le… noyau.

Il leva le bras, et ses collègues virent tous une brûlure circulaire sur sa veste, à hauteur de la poitrine.

— Un quatrième… par-derrière. Parti…

Son ami essaya de le calmer.

— Ne bouge pas, vieux, ça va aller. Tu sais bien : il faut que tu gardes tes forces.

Mais à cause de la panne, Kohmer n'avait déjà plus beaucoup de Courant en lui quand on l'avait agressé. Le traque-sorcière avait drainé le peu qui restait en lui et le lui avait violemment renvoyé, le consumant de l'intérieur.

— Pas seulement… ici, ajouta-t-il. Partout. Il faut… aider.

— Mais on ne peut pas…

— Aider !

Il ferma les yeux. Dans le brouillard gris où il s'enfonçait, il eut une dernière vision magique : celle d'une femme, debout dans l'obscurité. Elle tombait, la noirceur l'engloutissait, pour toujours.

« Tuez-les tous ! »

Ensuite un millier de minuscules éclairs descendirent sur elle, l'illuminèrent de couleurs qu'il ne pouvait nommer. Ses yeux crachaient littéralement du feu, ses cheveux se consumaient, le monde changeait sous ses pieds.

Larry ne savait pas qui elle était ni ce qu'il se passait. Mais, avec les ultimes atomes de Courant dont il disposait, il transmit cette image à sa sœur à Seattle, qui ne risquait rien. Ce dernier devoir accompli, il abandonna son corps sans vie aux soins affolés des pompiers.

Terry Kohmer se réveilla soudain, des centaines de voix dans la tête.

Prends-moi, disaient-elles. *Prends-moi. Sers-toi de moi, cousine discrète. Sauve-nous !*

Et il y en avait une autre :

« Tuez-les tous ! »

En arrière-plan, un flot de larmes salées, un murmure d'amour.

Son frère venait de mourir.

Elle regarda l'horloge : 2 heures du matin. A New York, l'aube approchait. Un incendie s'était produit peut-être, qui l'avait emporté ? Mais il était juste triste, pas effrayé. Il ne souffrait pas. Cela la réconfortait un peu, un tout petit peu.

— Adieu, petit frère, chuchota-t-elle.

Sers-toi de moi.

« Tuez-les tous ! »

Terry fronça les sourcils. Ces voix qui accompagnaient la

nouvelle de la fin de son frère… Cela voulait dire quelque chose, mais quoi ?

Prends-moi, cousine discrète !

Cousine. Soudain, elle ressentit l'intensité de ces voix. Il y en avait tant ! Des centaines, qui appelaient cette cousine.

Des Fatæ. Elle le savait à cause de tous ces accents bizarres, de leur… *goût* si particulier. Et seuls les Fatæ appelleraient une Humaine « cousine ».

Cousine discrète.

Il se passait quelque chose de très important, quelque chose que Larry avait vu avant de mourir ; il avait consacré ses toutes dernières forces à le lui transmettre.

Terry réveilla sa compagne à côté d'elle.

— Qui pourrait être une « cousine discrète », à ton avis ? demanda-t-elle.

— Mmm quoi ?

— Qui serait une « cousine discrète » ?

— Chais pas… Quelqu'un d'invisible ?

— Tu ne m'aides pas !

— … Je dors…

— Ecoute : qui les Fatæ appelleraient-ils « cousine discrète » ?

— Mmm… La reine.

— Quoi ?

Sa compagne bâilla. Elle se réveillait.

— La Wren, articula-t-elle. Cette Récupératrice célèbre. Si tu prenais la peine d'écouter les rumeurs, tu n'aurais pas à me réveiller pour le savoir.

— Merci, dit Terry en embrassant son amie. Rendors-toi.

Elle sortit du lit et alla téléphoner dans la pièce voisine.

Elle prendrait le temps de pleurer son frère plus tard ; d'abord il fallait transmettre son dernier message.

« Tuez-les tous ! »

Elle hésita, secoua la tête. Cela ne faisait pas partie de la vision de son frère, ni des voix des Fatæ. Pourtant elle ne pouvait oublier la souffrance dans cette phrase.

« Tuez-les tous ! »

Ron se sentait fourbu. Quand avait-il dormi pour la dernière fois ? L'avant-veille, lui semblait-il. Il avait l'impression qu'il pourrait trouver le sommeil sur une planche de fakir.

La Diversion avait commencé cahin-caha, après le feu vert nettement paniqué envoyé par O.P. beaucoup plus tôt que prévu. La Wren avait de toute évidence décidé de profiter de la panne pour attaquer. Pourquoi pas ? Mais un délai de préparation légèrement supérieur à dix minutes aurait été préférable.

Malgré tout, son équipe avait accompli tout ce qu'elle devait accomplir, et un peu plus même. Ils avaient déjà choisi leur point de rassemblement, un toit en plein Manhattan qui leur permettait de faire rayonner leurs émissions sur le voisinage. Tout le monde s'était retrouvé là et, au signal de Ron, chacun avait joint la *gestalt* avec une aisance qui aurait pu faire croire à un mois d'exercices quotidiens. Ils n'avaient eu que cet essai dans Central Park.

Ron, lui, repérait grâce à la carte chaque endroit désigné par Wren. Les propriétés du Silence furent ciblées l'une après l'autre, le personnel identifié, puis visé.

Un à un, les membres du Silence tombèrent, les cellules de leur corps éclatées, comme s'ils avaient été frappés par la foudre.

L'autopsie conclurait à une mort par électrocution.

Ron cessa de compter après trente personnes abattues. Il cessa de penser à partir de la cinquantième. Quand finalement la *gestalt* se défit, il avait ordonné la mort de plus de cent personnes. Ce qui était loin du compte total des membres du Silence, mais devait avoir provoqué de sérieux dégâts. Assez peut-être pour arrêter la course mortelle de la bête, suffisamment en tout cas pour faire diversion.

Puis la rumeur d'une contre-attaque se répandit, des Talents éliminés par des Ignorants vêtus de sombre et porteurs d'armes ressemblant aux bâtons-qui-piquent de la Cosa, mais en beaucoup plus dangereux. Cela arrivait trop vite et sur une trop grande échelle pour correspondre à des représailles : le Silence avait planifié cette action, et avait sans doute provoqué la panne de secteur pour la faciliter.

Cette bataille de tireurs isolés tournait à la guerre totale.

« Tuez-les tous ! »

Ron secoua la tête pour essayer de déloger cette voix dans sa tête, ténue mais obstinée.

Ils essayèrent de répondre à l'urgence. Mais c'était trop épuisant, même pour une équipe telle que la leur, même sachant que chaque homme abattu serait un de moins dans les troupes qui les attaquaient. La *gestalt* prit fin pour de bon, Ron renvoya chacun en sécurité chez soi.

Il ne se sentait pas coupable de ce qu'il avait fait ; pourtant la responsabilité de ses actes ne le quitterait jamais.

Pas à cause de ceux qu'il avait fait tuer, non. A cause de ceux qui avaient vécu suffisamment longtemps pour tuer les siens ! A cause des Talents morts quand ils auraient pu être sauvés.

Ensuite, vidé, courbaturé, ne sachant que faire, Ron, guidé par son instinct, avait échoué dans cet endroit où à présent il buvait café sur café et s'occupait des Talents traumatisés qui se présentaient. Et ils venaient, oui, soit qu'ils l'aient suivi, soit qu'ils aient été attirés en ce lieu par le sentiment de sécurité qui en émanait. Ou peut-être cela provenait-il de ce « jus » unique que les propriétaires concoctaient dans un coin de la cuisine, sur un réchaud à bois hors normes légales.

La blonde qu'il avait vue dans le parc, Bonnie Machine, se tenait voûtée au-dessus de sa tasse. Elle avait les yeux injectés de sang, et semblait tellement nerveuse que Ron se demanda s'il ne devrait pas lui ôter sa boisson des mains. Le grand type, le partenaire de Wren, celui avec le regard hanté, l'avait amenée ici un peu après minuit et était reparti avec Danny pour une affaire apparemment aussi urgente que mystérieuse.

— Tous ces morts ! dit-elle, l'œil rivé au liquide noir et épais dans sa tasse. Tu ne les entends pas ?

Oh si. Ou, plus exactement, il entendait leur absence. L'absence d'une signature là où, un peu plus tôt, elle occupait tout l'espace.

— Ça se produit partout en ville. C'est un massacre, il n'y a pas d'autre mot, déclara Megan.

Elle était membre du Conseil, comme sa mère, et amie de Kaylee, le mentor de Gayle, la petite sœur de Ron. Megan, Kaylee et Gayle avaient trouvé leur chemin jusqu'à cette brûlerie comme tout le monde, en suivant leur instinct. Il y avait un peu de nourriture, froide, avec le café, des choses qui allaient se gâter à cause de la panne ; des bougies éclairaient les tables. De quoi donner une attaque aux pompiers en n'importe quelle autre circonstance, mais là tout le monde semblait s'en moquer. Comme si, par manque d'énergie, on se moquait de tout.

Et ces nouvelles de meurtres qui affluaient…

La boutique était devenue un refuge, la source du peu d'informations qu'on avait, l'origine du peu d'aide qu'on pouvait apporter.

Au milieu de tout ça, Ron s'était retrouvé responsable par défaut. Il se demandait vaguement si cela correspondait à une espèce de promotion sur le champ de bataille et il faisait de son mieux.

Il regarda les Talents devant lui, leurs visages marqués qui trahissaient leur tension.

— Dites à tous ceux de votre entourage de quitter leurs domiciles, d'aller quelque part où on ne les connaît pas, ordonna-t-il. Si ce n'est pas possible, qu'ils ne se fassent pas remarquer et restent en compagnie d'Ignorants en qui ils ont confiance.

— Mais qui ? demanda Livvy, la cafetière à la main, la réplique toute prête à la bouche.

— Bon sang, je n'en sais rien ! Tout le monde connaît bien au moins un Ignorant fiable !

Il parcourut la pièce des yeux. Tant de Talents rassemblés. Eux aussi, il devrait les renvoyer, leur dire de se cacher chacun dans son coin. Mais cette adresse-ci n'était pas connue comme un repaire de membres de la Cosa, il s'agissait en fait d'un refuge de hasard… s'ils ne se trouvaient pas en sécurité ici, dans un endroit public, ils ne le seraient nulle part.

D'ailleurs Ron ne pensait pas qu'ils partiraient s'il le leur demandait. Une fois de plus, il maudit l'instinct qui l'avait poussé à s'engager aux côtés de Wren et de sa joyeuse bande d'empêcheurs de tourner en rond. A cette heure, il aurait déjà pu se trouver en Finlande ! Gayle et lui avaient de la famille là-bas, et apparemment le coin était tranquille. Un peu froid, bien sûr, mais le réchauffement de la planète allait arranger les choses…

Livvy distribuait une nouvelle tournée de café. Elle reprit la parole :

— Les Talents survivront toujours. Nous savons nous cacher quand il le faut ! Je m'inquiète plus pour *elle*.

On ne savait pas ce que faisait Wren, et c'était normal, mais personne n'avait vu O.P. Ce qui était beaucoup plus étrange. Le Démon n'avait plus donné signe de vie depuis ce message en catastrophe qui avait lancé la Diversion.

— Quatre Voyants différents nous ont donné la même information par quatre canaux différents, poursuivit-elle. Des Fatæ qui offraient à la Récupératrice de se servir d'eux. Pourquoi ?

Kaylee secoua la tête.

— Pas se servir d'eux exactement, précisa-t-elle. De leurs étincelles, a dit la fille de Seattle. Des petits éclairs lumineux, comme…

— Comme du Courant, affirma Ron en se redressant d'un coup sur sa banquette.

On aurait dit qu'une bestiole l'avait piqué.

— Oui. Sauf que c'est impossible ! Les Fatæ n'ont pas de Courant. Ce sont des créatures magiques, mais elles ne savent pas utiliser le Courant. Alors comment…

— Ce n'est pas « comment » la question, c'est *par quel moyen* !

Ron, déjà debout, faisait les cent pas en réfléchissant furieusement. Les Voyants n'avaient pas parlé de la Diversion, seulement de Wren. Elle se trouvait au centre de l'action. C'était sur ce qu'elle faisait en ce moment que devaient reposer tous les espoirs. La Wren… ou peut-être ce qu'elle voulait récupérer.

Il avait une idée. Ça pouvait marcher. Ou non. Ou si, après tout.

— Faites passer le mot, décida-t-il. Rassemblez ici tous les Fatæ qui veulent aider. Il faut qu'ils soient là dans dix minutes ! Et Ayexi aussi. Je veux savoir où ils en étaient avec leur fameuse batterie !

Voilà, il avait un plan. Pas fameux, mais qui valait mieux que rien.

22.

La voiture avançait dans la nuit. Seules ses lanternes étaient allumées, perçant tout juste l'obscurité. Le véhicule, de l'extérieur, était dans un triste état, mais le moteur ronronnait et les banquettes en cuir sentaient le propre.

— Tu l'entretiens bien, remarqua Sergueï.

C'étaient ses premiers mots depuis qu'ils s'étaient assis dans le véhicule.

— J'ai passé bien trop d'heures dans une voiture de patrouille, expliqua Danny. Je ne vois pas pourquoi je devrais encore supporter l'odeur du tabac froid et des hamburgers rances.

Sergueï fit la grimace.

— Je comprends.

— Eh oui ! Toute la beauté de ce métier. Au moins personne n'a jamais confondu le siège arrière de ma voiture de patrouille avec un urinoir. Une erreur très courante, tu serais surpris.

Danny se faufilait avec aisance dans la circulation privée de feux ; il n'avait pas perdu la main depuis son départ de la police. Sergueï aurait presque pu penser que le Fatæ à côté de lui s'ennuyait, tellement il avait l'air nonchalant. Mais il crispait un peu trop les mains sur son volant pour qu'on y croie.

— Tu es sûr de vouloir le faire ? demanda encore une fois l'ancien policier.

Sergueï hocha sèchement la tête.

— Oui.

Il prit le revolver sur ses genoux et le vérifia à nouveau. Le résultat fut le même que lors des trois fois précédentes : l'arme était chargée jusqu'à la gueule.

Wren détestait le revolver de Sergueï. Elle détestait les revolvers d'une manière générale, mais tout particulièrement celui-ci. Elle possédait un don de psychokinésie, ce qui signifiait qu'elle ressentait l'histoire d'un objet rien qu'en le touchant. La plupart ne lui faisaient guère impression, mais les armes si. Une arme où elle percevait à la fois le contact de Sergueï et le sang versé, on ne pouvait imaginer pire !

Oui, il avait tué autrefois, pour la Cause. Quand il se dressait face aux ténèbres.

Cette nuit il allait encore tuer, dans l'ombre. Pas pour une cause, mais par vengeance.

Il testa le goût de ce mot dans sa bouche. Oui, il pourrait vivre avec ça.

— On arrive, si tu as la bonne adresse. Il n'y aura sans doute pas de problème pour se garer, cette nuit. Tu préfères être près ou loin ?

La vraie question étant de savoir s'ils craignaient de ne pas pouvoir s'enfuir rapidement, ou d'être identifiés.

— Loin.

Oui, Sergueï avait la bonne adresse.

— Tu n'es pas obligé de venir avec moi, rappela-t-il à Danny.

Ce dernier prit le temps de quitter la route des yeux pour lui jeter un regard des plus significatifs.

— D'accord, je n'ai rien dit, rectifia Sergueï.

Les Solitaires n'étaient pas les seuls à pouvoir faire preuve d'obstination. Quand Danny avait planté ses sabots quelque part, il ne les bougeait plus. Pire qu'une mule.

Ils se garèrent à l'autre bout de la rue, longeant le trottoir silencieusement, sans heurt, ce qui alimenta un peu plus l'image mentale qu'avait Sergueï d'un requin de métal au fond d'une mer déserte.

Il sortit sur le trottoir et leva les yeux. Les immeubles ici étaient tous assez bas, rien à voir avec les gratte-ciel du centre-ville. On voyait les étoiles nettement, et même la Voie Lactée, une vague épaisse, figée.

— Est-ce que tu vois ça, Zhenchenka ? chuchota Sergueï. As-tu pu au moins voir ça ?

Il aurait aimé qu'elle et lui montent dans une voiture comme celle-ci, quittent la ville, s'asseyent en haut d'une colline, ouvrent une bouteille de bon vin et fassent semblant de reconnaître les constellations…

Un jour peut-être. Pas cette fois.

— Prêt ? demanda Danny.

Sergueï remit le revolver dans l'étui sur sa hanche, hocha la tête.

— Oui.

Ils marchèrent tous les deux le long du trottoir. Les talons des santiags de Danny cliquetaient. Les bâtiments des deux côtés de la rue possédaient trois ou quatre étages, pas plus. Quelques cabinets d'avocats ou de dentistes au milieu d'appartements résidentiels. Un bon voisinage, avec un taux de criminalité dans la moyenne, ce qui choquait beaucoup les habitants.

L'immeuble devant lequel ils s'arrêtèrent comportait quatre étages, seul son numéro sur une plaque métallique le distinguait de ses voisins.

Sergueï gravit les marches de l'escalier qui menait à

l'entrée avec l'assurance d'un honnête homme regagnant son domicile au bout d'une journée de labeur. Danny le suivit après avoir jeté un coup d'œil rapide dans la rue, à droite et à gauche.

Le bâtiment était désert, comme prévu. L'ascenseur en panne. Les seules lumières provenaient de l'éclairage de secours, rouge. Mais Sergueï était sûr que s'il trouvait le bon interrupteur, tout s'illuminerait. Duncan était incapable de se priver du nécessaire, même si tout le reste du pays devait s'en passer. Non parce qu'il croyait que tout lui était dû, qu'il le méritait. Il ne raisonnait pas de manière aussi élémentaire, aussi facile à démonter.

Sergueï ne commettrait pas l'erreur de vouloir jouer au plus fin avec cet homme, l'erreur d'André qui avait cru pouvoir comprendre son adversaire, le dominer par la manœuvre.

Il n'était pas venu raisonner Duncan, chercher des réponses, essayer de le faire céder.

Il allait le tuer.

— Deuxième étage.

Il ne dit rien d'autre, et ils montèrent en silence l'escalier. Du coin de l'œil, Sergueï remarqua que Danny aussi avait une arme. D'un plus gros calibre que la sienne, et plus jolie. Mais sa crosse sculptée ne la rendait pas moins mortelle.

— Ça a l'air vide, nota le faune.

— Il est là.

Sergueï avait l'impression de pouvoir goûter la trace de sa proie dans l'air. Il savait exactement où la trouver.

Ce n'était peut-être pas la chose la plus intelligente qu'il ait jamais faite, mais sûrement pas la plus idiote non plus.

Le deuxième étage n'était pas aussi luxueux que le

hall d'entrée. On avait choisi la moquette pour sa robustesse, les murs étaient recouverts de plâtre peint et non lambrissés.

— Je m'attendais à plus de classe, remarqua Danny.

— Ce n'est pas ce qu'ils recherchent. Du moins à ce qu'ils prétendent.

Troisième porte le long du couloir. Quatrième, cinquième. Tout au bout, deux battants.

Danny regarda en silence Sergueï qui hocha la tête sans les quitter du regard. Oui, c'était là.

— Ouvre, demanda-t-il.

Danny poussa vivement la porte et se jeta tout de suite de côté. Sergueï s'était déjà placé en vis-à-vis.

Le revolver fermement brandi, Sergueï entra dans la pièce. Il y faisait sombre ; une obscurité qui ne semblait pas provenir d'une absence totale de lumière, mais ressemblait plus à l'atmosphère tamisée d'un cinéma ou d'une salle de contrôle d'état-major.

On comptait sept écrans contre le mur, dont six ne montraient rien. Dans le dernier on apercevait un couloir étroit, apparemment désert, baigné d'une faible lueur rouge. L'image était nette.

— Vous m'avez apporté du pop-corn ?

La voix venait du siège au milieu de la salle. Sergueï pointa son arme dans cette direction bien avant Danny.

— Vraiment, monsieur Didier !.... C'est très grossier d'arriver chez moi une arme à la main. Enfin, me voyez-vous en pointer une sur vous ?

— Non, en effet, reconnut Sergueï.

Il fit le tour du fauteuil pour se trouver face à son interlocuteur : le directeur du département de Recherche et Développement du Silence, la tête pensante des Vigiles anti-Fatæ. Celui qui avait apporté tous ces changements à l'organisation. Qui avait commandité le meurtre d'au moins un de ses membres, et la destruction de gens qui avaient travaillé pour lui et lui avaient fait confiance.

Celui qui avait tué, de ses mains ou non, André Felhim, et avait sans doute fait disparaître son corps.

La bile monta à la gorge de Sergueï, et il en accueillit volontiers le goût amer.

Duncan avait l'air très détendu, installé ainsi dans son fauteuil, le col de chemise ouvert, les manches remontées.

— J'aurais cru que votre partenaire vous aurait accompagné pour l'occasion, reprit-il. Mais vous pouvez remarquer qu'elle est assez occupée pour l'instant.

Il désigna négligemment le seul écran allumé. Ainsi, c'est à cela qu'il était occupé : assis dans le noir, il surveillait Wren.

Sergueï ne regarda pas derrière lui. Elle faisait son travail. C'était sa responsabilité à elle, lui avait la sienne. La division des tâches : chacun œuvrait selon ses capacités.

— Je ne suis pas là pour elle, précisa-t-il. Ni pour eux.

— Ah.

Duncan croyait comprendre, mais il faisait erreur.

— Avec ou sans laisse, déclara-t-il, un chien reste un chien.

Wren avait raison : André n'avait jamais vraiment lâché la laisse. Il tirait encore dessus depuis sa tombe. Très bien, Sergueï était un bon chien fidèle. Il savait ce qu'il avait à faire.

— Si vous me tuez, il n'y aura aucun moyen de mettre fin à l'opération, énonça Duncan, toujours aussi calme.

Il parlait en homme persuadé d'avoir les meilleures cartes en main, comme toujours. Il voulait négocier, finasser.

— Quand tout ceci sera terminé, répondit Sergueï, il n'y aura plus personne pour *opérer* quoi que ce soit.

Duncan avait joué sa main à la perfection, comme toujours.

Sergueï, lui, ne jouait pas.

Il leva son arme, visa soigneusement, tira.

23.

La récupération ne se passait pas bien. L'odeur du sang continuait à s'infiltrer dans les narines de Wren. Impossible de l'ignorer. Et ce jeune homme sinistre derrière elle ajoutait à l'impression générale de catastrophe en suspens. Elle gardait la main sur son bâton-qui-pique, alors qu'il n'y avait personne sur qui l'employer.

— Yaaarrrggghhh !

Le cri jaillit de nulle part, et Wren fut projetée contre le mur par une décharge de Courant.

— Espèce de… ! s'exclama-t-elle.

Son propre Courant, qui n'attendait qu'une occasion de se manifester, crépita, rouge et noir. Il mourait d'envie de sortir, de frapper l'agresseur.

— Non !

Un simple chuchotement, mais assez intense pour empêcher un autre assaut. Wren se laissa tomber et se rendit à nouveau invisible ; dans sa fureur, elle l'avait oublié un instant.

— Où ? Allée où ? Tuer !

On a au moins l'air d'accord sur un point, se dit Wren.

— Non. Chut. Elle m'a aidé !

C'était celui qui la suivait. Il avait une petite voix tendue, effrayée. Mais cela suffit à retenir l'autre. La Récupératrice se calma à son tour.

— Tuer… Ils ont tué…

L'assaillant(e) avait une voix chevrotante, comme le Courant qui émanait de lui ou d'elle. En fait Wren sentait du Courant partout autour d'elle. Les ActAges. Ils palpitaient de Courant. Ils s'étaient rassemblés autour de celui qui venait de parler — de celle, plutôt; la voix semblait féminine. Quatre… six. Sept. Sept Talents. Seulement?

Wren se leva péniblement et vit — sentit — que des têtes se tournaient pour suivre son mouvement. Ils n'arrivaient pas vraiment à la voir, mais savaient qu'elle était là. Elle se rappela les instructions de Doherty.

« Gagnez leur respect. Cela sera sans doute plus facile que d'obtenir leur confiance. »

— Qui est venu? demanda-t-elle. Qui a fait ça?

Elle le savait déjà, bien sûr, mais elle voulait qu'ils l'admettent.

— Ses hommes. Ceux du « patron ». Ils sont venus. Et puis…

— Ils ont dit que c'était juste une nouvelle série de piqûres, intervint une fille à l'arrière du groupe.

Entre vingt et trente ans peut-être. De l'âge de Bonnie, mais ses yeux semblaient plus vieux de plusieurs décennies.

— Mais on savait, conclut-elle.

Bien sûr, pensa sombrement Wren. *Normal.*

Pas tellement parce qu'il s'agissait de Talents : si Duncan avait envoyé des nettoyeurs, ils devaient émettre des ondes sacrément négatives.

Ils avaient voulu *nettoyer* leur gâchis. Effacer les preuves…

Quelque chose vibrait, bouillait, tout au fond d'elle. Wren, cette fois, lâcha la bride.

Ils ne vont pas s'en tirer comme ça !

La rage la saisit, beaucoup trop facilement. C'était si agréable de s'abandonner.

Ils ne vont pas s'en tirer. Il faut tous les tuer !

Un des autres Talents gémit. Ils ressentaient tous la force du Courant de Wren qui faisait crépiter l'air au-dessus de leurs têtes. Elle le ramena de force en elle ; les vrilles noires s'enroulèrent comme des sarments de vigne autour des os de ses mains. Bon sang, où était passé son contrôle ?

Elle se concentra. Ramener son Courant lui demandait tellement plus d'efforts que d'habitude ! Sa maîtrise enfin retrouvée, Wren demanda :

— Y en a-t-il d'autres ?

Elle n'obtint pour réponse que quelques gestes de dénégation.

— Non, marmonna quelqu'un.

Une voix se fit entendre, elle scandait presque les mots :

— Aucun d'entre nous, aucun d'entre eux. Aucun, aucun, *aucun*...

— Jody.

— Jody ? répéta Wren.

Elle avait du mal à repérer qui prenait la parole. Leurs voix étaient similaires, plates, comme amorties.

— La diététicienne, précisa quelqu'un.

Alors ça, c'était ce qu'elle avait entendu de plus drôle ces derniers jours. Mais ces temps-ci n'avaient pas vraiment été à la blague.

— Ils l'ont blessée avec le traque-sorcière. Pourtant ce n'est pas une sorcière.

Sept Talents au bord de la démence, une diététicienne blessée, morte peut-être. Belle équipe !

Huit Talents au bord de la démence, rectifia une voix dans sa tête.

Pas le moment.

— Où est-elle ? s'enquit Wren.

Une des filles, trapue, charpentée, dont les épais cheveux bruns avaient bien besoin d'un shampooing, tourna la tête vers l'endroit exact où se tenait la Récupératrice.

— Qui êtes-vous ? demanda-t-elle.

Elle avait l'air presque consciente des réalités de la situation. Mais Wren n'aurait pas parié là-dessus.

— Je m'appelle Geneviève, répondit-elle.

— Hon. Vous êtes comme nous. Mais en fait vous êtes une des *autres.*

Finalement la femme était aussi folle que ses copains : elle attaqua si vite avec son Courant que Wren n'eut pas le temps de s'écarter. Elle sentit sa propre puissance s'élever en réponse, automatiquement, sans aucune intervention de sa part. Son Courant la menait, maintenant ; elle n'était plus que la poupée de chair de ce néon scintillant, ce bitume noir luisant qui la faisait agir comme les fils font bouger la marionnette.

Jenny. Wren !

Une voix familière, presque enfouie sous le crépitement qui parcourait ses veines. La tentation était monstrueuse : Wren n'avait qu'à se laisser aller un tout petit peu, et ces enfants, ces pestes, seraient partis, ne l'encombreraient plus…

Jenny, ma chérie. Non.

Une seule personne l'avait jamais appelée Jenny.

Les filaments noirs affleurèrent sur sa peau, et elle oublia ce faible écho de son nom. Neezer l'avait abandonnée.

Pourquoi devrait-elle écouter le fantôme de sa voix, ces enseignements affadis qui étaient son unique legs ?

Elle rejeta cette voix. Le Courant l'emplissait, des fragments volés aux fils électriques pourtant inertes dans les murs, à l'air autour d'elle. Les électrons eux-mêmes, trop petits pour être source d'énergie, s'ouvrirent et lui dispensèrent leurs minuscules et innombrables trésors.

Oh, c'était si bon. Elle se sentait *divine* !

« Wren ! »

Des poids à ses pieds, qui transformaient sa chair éthérée en pierre.

Non ! Elle n'en voulait pas !

« Ancrage ! »

Une exigence, un ordre. Un poing recouvert de fourrure blanche qui l'agrippait et la ramenait de force. Elle ne pouvait pas davantage résister à cette voix qu'au sang dans ses veines.

Les filaments noirs jetèrent un éclair vert sombre, puis cédèrent, plongèrent sous la surface.

Wren ouvrit les yeux. Elle était de retour dans la lumière rouge. Six silhouettes la regardaient, les yeux écarquillés, épouvantés. Quant à la septième…

— Oh, petite sœur. Je te demande pardon ! s'écria la Récupératrice.

Elle s'agenouilla à côté du Talent tombé.

— Je ne voulais pas te faire de mal !

Des yeux bleus étincelants se levèrent sur elle. La démence les avait quittés pour l'instant.

— Vous êtes venue pour nous, affirma la prisonnière dans un chuchotement à peine audible mais parfaitement lucide.

— Oui.

— Vous êtes en retard.

— Je sais. Désolée.

La femme poussa un soupir, et Wren sentit ses entrailles se nouer d'appréhension.

— Petite sœur, reste avec nous, supplia-t-elle. Je ne vaux rien pour les soins, mais, si tu peux t'accrocher, on va te sortir d'ici.

— Pas d'issue, poursuivit la blessée. Je vous ai vue. Sur le pont. Vous avez voulu nous tuer, et maintenant vous venez nous sauver. Les hommes du Gardien prenaient soin de nous, et puis ils ont voulu nous tuer. Le monde est fou.

Les yeux bleus se cachèrent sous des paupières de plomb.

— Et ça ne va pas s'arranger de ce point de vue, quoi qu'on ait pu vous raconter, commenta Wren.

Elle prit la main de la femme dans la sienne.

— Mais ce n'est pas une raison pour les laisser gagner.

Elle regarda les autres.

— Bon, nous devons faire vite ! Quand ceux que vous avez tués ne viendront pas au rapport, on se demandera ce qui leur est arrivé. Il faudra que nous soyons déjà partis à ce moment-là.

Les récupérations ne se déroulaient jamais comme prévu. Wren avait l'habitude de devoir improviser. La situation se révélait très délicate, voilà tout.

— Toi, et toi.

Elle venait de désigner deux hommes, l'air solide et pas trop choqué.

— Vous la portez. Doucement. Attendez ici.

Elle se tourna vers le jeunot qui l'avait guidée au départ.

— Toi, tu montes la garde. Si quelqu'un approche, n'importe qui, tu me hèles. Tu sais faire ça ?

Il acquiesça.

— Très bien. Maintenant, il faut que l'un de vous me mène à la diététicienne.

Après s'être brièvement consultés entre eux, ils déléguèrent deux Talents — les plus jeunes, mis à part le premier qu'elle avait rencontré. Suivis de Wren, ils avancèrent dans les pièces obscures où, de toute évidence, ils auraient pu évoluer les yeux fermés. Cela faisait mal au cœur de se demander depuis combien de temps on les cloîtrait ici.

Il y avait des caméras partout, certaines encore allumées, ce qui voulait dire qu'elles enregistraient toujours. Wren maintint fermement son sort d'invisibilité et résista à l'envie de court-circuiter tout le système. Personne n'était encore arrivé, donc, probablement, personne ne regardait. Si elle faisait griller les appareils, cela pourrait déclencher l'alarme et attirer l'attention sur eux.

— Jody ?

Elle était allongée sur un des lits de la pièce.

— Jody ? répéta Wren.

La femme vivait toujours ; Wren sentait son énergie vitale.

— Bonjour, dit-elle.

L'autre ne pouvait pas la voir, dans cet éclairage tamisé et avec son sort d'invisibilité. Wren aurait aussi bien pu être l'Homme Invisible. Mais la femme avait l'habitude des Talents : elle essaya de regarder l'endroit d'où venait la voix.

— Qui êtes-vous ? demanda-t-elle.

La question du jour, décidément. Wren ne pensait pas devoir quelque explication que ce soit à un membre du Silence complice de séquestration.

— Vous n'avez pas besoin de le savoir. Pouvez-vous vous déplacer ?

Jody secoua la tête.

— J'ai la jambe cassée. Au genou. Une côte aussi, je crois. Je peux respirer, mais pas me tenir debout.

Il fallait prendre une décision. Ce ne fut pas long.

— Quelque chose à nous dire concernant la sortie ?

La femme secoua encore une fois la tête.

— Je ne sais pas. Moi, je… j'étais juste là pour m'assurer qu'ils mangeaient sainement. Quand les autres sont arrivés, j'ai protesté, et…

Elle tourna la tête ; Wren put voir les marques sur sa peau. Trois grands cercles qui avaient brûlé son cou et son épaule. Elle se sentit presque malade au souvenir de la sensation de ce tube sur son visage. *Traque-sorcière.* Si cette arme laissait des marques pareilles sur un Ignorant, qu'est-ce qu'elle pouvait bien infliger à un Talent ?

— Ça ira, disait Jody aux deux autres.

Elle mentait effrontément.

— On va s'occuper de moi. Vous devez partir tout de suite.

Les deux jeunes ne voulaient pas laisser Jody, mais ils ne tenaient pas à s'attarder non plus. Ils rebroussèrent chemin. Wren avait du mal à détacher les yeux des caméras.

Le temps commençait à manquer sérieusement. Elle devait les faire sortir et les évacuer vers le refuge prévu.

La Diversion avait intérêt à faire de l'effet. Sinon les renforts n'allaient pas tarder, et tout serait fini.

Wren se sentait les jambes lourdes. La peau sur son front la tiraillait, un peu comme après un coup de soleil. Elle vérifia son noyau avec précaution, elle ne voulait pas exciter encore le bitume. Mais voilà qu'un autre problème se présentait : elle avait trop puisé dans ses réserves un peu plus tôt ! En fait, même sans utiliser la magie, on piochait en permanence dans son stock de Courant. On n'avait jamais vu de Talent obèse, mais la médaille avait son revers ; un métabolisme aussi rapide exigeait une alimentation constante. Les êtres magiques n'échappaient pas aux lois physiques et biologiques.

Ils rejoignirent les autres et Wren observa rapidement les Talents dont elle avait la responsabilité. Celle qu'elle avait blessée ne pouvait plus marcher. Les autres seraient en état de courir s'il le fallait.

— Y en a-t-il qui soient plus doués que les autres parmi vous ?

Incompréhension manifeste. Wren réessaya.

— Y a-t-il quelque chose que vous sachiez très bien faire, sans avoir à vous forcer ?

Si l'un d'eux avait pratiqué la téléportation, ils seraient déjà tous ailleurs, sans doute. Dommage. Wren quant à elle n'y arrivait pas bien, et elle ne pouvait prendre le risque d'emmener autant d'inconnus avec elle. La seule fois où elle avait tenté le coup avec Sergueï, ils s'étaient retrouvés dans une situation plus que critique, et avaient frôlé la catastrophe.

— Moi, je peux bouger les choses, indiqua une des femmes.

— Très bien. Comment t'appelles-tu ?

— Rosalle.

Elle était typée ; ses parents devaient venir du Mexique ou d'Amérique du Sud. Dans son visage blême, ses yeux sombres restaient vifs. En d'autres circonstances elle devait être ravissante.

— Bon. Qui d'autre ?

Les Talents s'entre-regardèrent et haussèrent les épaules. Ils avaient peut-être des dons particuliers, mais personne ne les avait jamais guidés pour les identifier et les exploiter.

Et le temps passait toujours. *Tic-tac.*

— D'accord. Rosalle, j'ai un service à te demander. Il faut que tu soulèves… heu, quel est ton nom ? demanda Wren à la femme à terre.

— Allie.

— … que tu soulèves Allie. Pas complètement : tu l'allèges des épaules aux talons.

Rosalle était intelligente. Elle comprit tout de suite ce que voulait Wren, et hocha la tête.

— Elle sera plus facile à porter si j'enlève une partie du poids, supposa-t-elle.

— C'est ça.

Wren lui adressa un sourire éclatant qui ne reflétait pas vraiment son humeur du moment, et s'adressa aux deux jeunes gens en charge d'Allie.

— Vous deux, vous allez la sortir d'ici avec vous. Ne vous arrêtez pas, quoi qu'il arrive. N'aidez personne d'autre. N'hésitez pas à courir s'il le faut. Compris ?

Ils n'avaient pas l'air ravi, mais ils acquiescèrent.

— Courir vers où ? demanda l'un d'eux.

« Là. »

Elle leur transmit en même temps une image ; c'était comme un lien Internet attaché au mot. Curieux, ça. Avait-on déjà pratiqué de la sorte ? Mais, encore une fois, l'heure n'était pas à ce genre de préoccupation.

— Qu'est-ce que c'est ? demanda quelqu'un.

— Un endroit où vous serez en sécurité.

La maison de Mash. Lui était mort, une des premières victimes des meurtres commis par le Silence, mais il avait légué sa maison. Les Talents — les jeunes Talents déboussolés — seraient à l'abri là-bas. Si Mash avait vécu, le Silence aurait-il pu tuer autant de membres de la Cosa ? On ne le saurait jamais, inutile de se poser la question. Doherty les attendrait sur place. Il prendrait en charge ces jeunes traumatisés, lui et son équipe. Tout ce qu'elle avait à faire était de les amener jusque-là. Elle essayait de se réconforter à cette idée. Mais le temps filait !

— On y va, annonça-t-elle. Restez groupés, marchez en silence, soyez vigilants. Suivez-moi. Si je vous dis de courir, vous *courez*, on est bien d'accord ?

Elle les regarda à tour de rôle, s'efforçant de graver leurs traits dans son esprit, de tisser un réseau de fils lumineux autour de ces traits.

Enfants de la Cosa

Trésor de notre sang

Je vous protège

Les mots l'aidèrent à se concentrer. Les huit silhouettes disparurent.

« Maintenant. »

Elle actionna le bouton, rouvrit la porte par laquelle elle était entrée, la referma derrière eux quand tous furent passés.

Deux couloirs, et ensuite ? Hors de question de gravir la cage d'ascenseur avec cette troupe. Pareil pour l'escalier : ils étaient trop nombreux, cela prendrait trop de temps. Et si elle appelait l'ascenseur ? Elle évalua son noyau et rejeta cette idée. Elle n'était pas sûre qu'il lui reste assez d'énergie pour mener l'opération à bien ; faire tomber ses ouailles sur trois étages ne constituerait pas une conclusion acceptable de cette récupération.

Elle rappela les plans à son esprit et changea de direction. Les autres suivirent à la queue leu leu.

Ils ne montèrent pas. Le couloir s'élargit. La moquette laissa place à du carrelage. Ils débouchèrent dans une cuisine de collectivité immaculée où trônait entre autres un énorme récipient métallique rempli de fruits. Wren prit une pomme en passant et s'amusa de constater que plusieurs suivaient son exemple.

Ce n'était pas cela qui reconstituerait ses réserves de Courant, mais elle avait tout simplement besoin de nourriture. D'ailleurs ces gamins lui paraissaient beaucoup trop maigres ; il leur fallait une bonne pizza au *pepperoni*.

Ah oui, de la pizza ! Des travers de porc. Et pourquoi pas cinquante litres de soda allégé avec six bières pour faire passer le tout ?

Bon sang, elle perdait vraiment la tête de penser à des choses pareilles en un tel moment !

Oui, tu perds la tête.

Quelque chose ne va pas chez moi.

Tu le sais. Jenny, fais attention à toi.

Elle avait évité d'y penser, depuis... Depuis ce tunnel dans le sous-sol du théâtre. Depuis l'apparition du bitume. Mais elle savait.

Chaque Talent devait vivre avec cette terreur, celle de lâcher prise. D'accumuler tant de Courant qu'il brûlait tous les garde-fous. Cela vous rendait plus puissant. Et irresponsable. Dangereux... pour vous et votre entourage.

Quand on avait lâché prise, on était fini.

Elle n'avait jamais pardonné à son mentor de la quitter quand il s'était senti au bord du gouffre.

Wren regarda les Talents apeurés qu'elle avait pris sous son aile.

Elle ne les abandonnerait pas. Elle ne leur ferait pas non plus de mal. Elle ne lâcherait *pas* prise !

Ils se dirigèrent vers le fond de la cuisine. Passèrent par la chambre froide où, curieusement, rien ne semblait encore fondu. De l'autre côté se dressait une grande porte à double battant.

— Je me suis toujours demandé comment ils faisaient venir les provisions, remarqua un des anciens ActAges.

Il semblait contrarié de ne pas avoir trouvé la solution tout seul.

— Les plans, ça aide, lui indiqua Wren. Bon, c'est là que les problèmes vont peut-être commencer.

Le fait qu'on n'ait pas encore essayé de les arrêter et qu'ils n'aient même pas entendu d'alarme, paradoxalement, l'inquiétait. Il était impossible, à ce stade, que personne n'ait rien remarqué. Elle ne se berçait pas d'espoirs : la sortie ne serait pas une promenade de santé ! Le Silence savait qu'une fois ses prisonniers évadés, ils ne seraient plus des rats de laboratoire, faciles à repérer et à contrôler.

Pourvu que la Diversion ait fonctionné !

« Rosalle, peux-tu ouvrir cette porte ? Tu n'essayes pas tout de suite. Evalue d'abord la difficulté. »

En principe, on ne transmettait pas des idées aussi élaborées en hélant. Cela lui paraissait tellement facile... Encore quelque chose de perturbant.

Rosalle répondit par le même canal.

« Je... oui, je crois. Les battants sont lourds, mais c'est électrique, je sens encore un peu d'énergie à l'intérieur. Je vais y arriver. Mais le système de sécurité fonctionne toujours », objecta-t-elle cependant. « Quand j'ouvrirai la porte, il y aura une alarme. »

Wren eut presque envie de rire.

« C'est mon affaire », répondit-elle.

Rosalle semblait dubitative, mais elle ne protesta pas.

« Bon, les gars ! »

Elle les hélait tous à la fois. Allie ne l'entendait pas ; elle devait s'être évanouie. Du moins Wren l'espérait-elle.

« Rosalle va ouvrir la porte, et c'est moi qui m'occupe de ce qui se passe ensuite. Vous, vous sortez et vous vous dispersez. Surtout ne restez pas ensemble ! Vous n'attendez personne, vous ne regardez pas en arrière, vous ne vous souciez de personne d'autre que vous. D'accord ? »

Un Solitaire penserait toujours à lui-même d'abord. Les membres du Conseil des Mages prétendaient avoir le bien commun comme première priorité. Pourtant, de ce que savait Wren, ils étaient tout aussi soucieux de leur survie individuelle. Mais on avait sûrement habitué ces jeunes Talents à faire passer l'intérêt du Silence avant le leur. Elle devait s'assurer qu'ils auraient le bon réflexe.

— Je veux sortir d'ici, dit l'un d'eux.

Les autres hochèrent la tête sans réserve. Ils se débrouilleraient.

Le plus grand des porteurs d'Allie la prit dans ses bras.

— Ce sera plus facile comme ça une fois dehors, expliqua-t-il.

Wren s'écarta de quelques pas.

Ah. Ils arrivaient. Elle les sentait venir, se rassembler comme des chats autour d'un trou de souris. Ils étaient armés : revolvers, et puis ces trucs…

Elle frissonna violemment.

Des traque-sorcières.

Des *tue*-sorcières !

Ils voulaient les brûler, comme au temps de l'Inquisition.

Elle repoussa cette idée et se concentra sur son noyau. Elle alla y chercher tout ce qu'il restait de Courant.

Elle se sentait épuisée, mais pouvait surmonter sa fatigue. Le Courant venait, plus sombre que jamais, dispersé, semblable à des papillons aux ailes noires qui s'élèvent mollement dans l'air froid du matin.

Il faudrait que cela suffise. Elle n'osait pas puiser davantage dans ses réserves.

« Coucou les petits ! » lança-t-elle à l'adresse du système d'alarme.

Elle s'y intégra en quelques secondes. Cela aurait dû être plus rapide, elle avait bien étudié les plans, mais la disposition des lieux n'était pas tout à fait celle prévue... Là, voilà.

Elle entendit mentalement une série de cliquetis. Elle donna le feu vert à Rosalle, et, tout de suite, les lourds battants métalliques s'écartèrent sans un bruit. Les Talents se précipitèrent dehors...

A la rencontre des armes, de leur crépitement, de leurs étincelles. Des hurlements de souffrance et de surprise retentirent.

Bon sang, ils se trouvaient pile devant l'issue ! Elle les avait sentis plus loin, elle...

Wren vit une des silhouettes vêtues de sombre viser avec un tube le jeune homme fluet qu'elle avait trouvé en premier. Des étincelles jaillirent, non pas de l'arme vers le Talent, mais en sens inverse, vers ce tube, rouges et bleu argenté. Ensuite elles firent le trajet inverse, blanches à présent, frappèrent le garçon et le firent se convulser de douleur.

Ils prenaient leur Courant après avoir provoqué cette panne de secteur qui les empêchait de se réapprovisionner. Ensuite ils le leur renvoyaient. Ils utilisaient contre les Talents leur propre énergie !

Wren sentit son Courant noir monter jusqu'à sa peau, s'y inscrire comme des meurtrissures furieuses, mauves, acerbes.

Ah, ils aimaient brûler ? Ils allaient voir ce que ça signifiait *vraiment* !

« Non, Wren… »

« Oh si ! »

O.P. voulait la retenir. Elle comprenait enfin ce qui lui faisait peur. Elle savait ce qu'elle se cachait depuis le début, ce qui s'était passé dans le sous-sol du théâtre. Elle le savait et s'en moquait.

Elle ne risquait pas de lâcher prise, en fait. Parce qu'elle l'avait déjà fait.

Pourtant personne ne récupérait après avoir lâché prise.

Si je dois me consumer, qu'au moins je choisisse où, quand, pour quelle raison *!*

Elle alla chercher le moindre atome de Courant en elle, autour d'elle, même les miettes qu'elle aurait délaissées en temps normal. Elle rassembla le tout sans laisser le temps aux traque-sorcières de frapper, chargea cette masse de sa colère, de sa peur, de son sentiment d'impuissance. La douleur l'envahit, mais cette douleur n'était rien devant l'*extase* qu'elle ressentait, expression de la folie enfin totale, déchaînée.

« Wren… »

Elle se sentait écartelée entre la puissance qui l'imprégnait et cet ancrage, cette main immatérielle sur sa cheville, qui la ramenait au sol.

« Lâche-moi », lui ordonna-t-elle.

« Jamais. »

« Alors, AIDE-MOI ! »

Ce cri désespéré retentit dans l'esprit de tous les Talents à plus d'un kilomètre à la ronde. En principe elle n'aurait pas dû pouvoir atteindre autant de monde, même disposant de la puissance démente de celle qui va lâcher prise.

Elle entendit un silence abasourdi, puis le Courant des Talents. Ils lui envoyaient ce qu'ils pouvaient, essayaient de l'alimenter.

Au même instant, une vague mentale glacée balaya tout. La connexion prit fin brutalement.

« Wren ! »

L'appel du Démon ne rencontra qu'une obscurité immobile et froide.

Wren, drapée de Courant noir et mauve, brûla, tout contrôle perdu.

24.

Les collègues de Kohmer n'avaient jamais très bien compris la nature étrange de leur camarade, mais ils savaient que c'était quelqu'un de bien, quelqu'un qui avait risqué sa vie pour eux ou d'autres en de multiples occasions. Maintenant on l'avait tué.

Et ils ne pourraient pas traîner les responsables devant les tribunaux, même si la police arrivait à tirer quelque chose des lampistes qu'ils avaient fait prisonniers. En plus il était hors de question de quitter la caserne pour l'instant. Pas pendant une panne générale de secteur, quand on pouvait les appeler à tout moment pour une intervention.

Ils employèrent donc le seul outil à leur disposition : la radio.

— Oui, c'est ça. Ils ont attaqué un des nôtres. On aurait dit un pistolet électrique, mais ça a provoqué une crise cardiaque ! Non, il n'a pas survécu. Je ne sais pas pour qui travaillaient ces types ; ils sont venus à quatre, un a fui. Ils n'étaient sûrement pas seuls, il s'agit peut-être d'un gang d'un nouveau genre. Je ne sais pas. Mais restez vigilants et surveillez vos arrières ! Surtout, faites passer le mot.

Larry était le seul d'entre eux à avoir des capacités hors du commun, mais pas le seul pompier en ville. Il fallait transmettre le message pour que tout le monde sache. C'était leur caserne qui avait lancé l'alerte.

Ce fut donc leur caserne, trois heures plus tard, qui accueillit le premier Fatæ.

— Vous… ici… venir ici ?

La créature faisait à peine cinquante centimètres, elle était trapue comme une borne d'incendie mais paraissait quand même fragile. Elle avait la peau brune, les yeux noirs, une espèce de crête de fourrure blanche qui allait de son front au bas de son dos dénudé.

Mike, un des pompiers qui avaient intercepté les intrus, se trouvait à l'accueil à ce moment-là. Il faillit tomber de sa chaise quand l'être lui adressa la parole.

— Mais… qu'est-ce que tu es ?

— Ici, il faut être ? On se rassemble ?

— Je… quoi ?

Le machin poussa un gros soupir et s'apprêta à partir. Il avait l'air déçu.

— Attends ! l'appela Mike.

Il attendit.

— Tu es venu à cause de Larry ?

Mike était fatigué, mais pas idiot.

La chose ne sembla pas comprendre. Le pompier essaya encore :

— C'est pour celui qui a été tué ? A propos du message qu'on a passé ?

La créature s'anima.

— Oui ! Le rassemblement. Il a envoyé la vision. Je viens donner.

— Hum…

L'Humain faisait de son mieux, avec l'information dont il disposait. Il ne comprenait pas.

— C'est bon, je m'en occupe.

L'homme qui venait d'intervenir se tenait sur le seuil. Il portait un jean, des bottes de cow-boy, un blouson de cuir usé sur un T-shirt bleu, et une casquette de base-ball avec l'emblème de la police.

— On dirait que vous voulez aider… Nous allons en profiter, je le crains.

Il avança et tendit la main à Mike.

— Daniel Henrikson, se présenta-t-il.

L'être tapa du pied avec impatience.

— On aide, alors ? demanda-t-il.

L'homme se tourna vers la chose pour lui répondre, comme s'il voyait tous les jours de telles créatures.

— Oui, tu pourras aider, assura-t-il. Mais tu es arrivé alors qu'on n'avait encore rien installé et tu as fait peur à nos hôtes. Si tu allais dehors pour accueillir les autres pendant que j'organise tout ici ?

Le truc acquiesça et sortit.

— Quoi ? fit Mike, toujours ébahi.

Daniel eut un grand sourire compréhensif, indulgent… Un sourire d'excuse, aussi.

— Je sais, cela fait beaucoup à la fois. Je vais vous expliquer. Mais d'abord il faut réunir tous ceux qui sont en service. Et puis tous ceux que vous jugerez nécessaire de faire venir.

Pete fut le premier à prendre la parole quand Danny eut fini de parler des Talents (cela, ils s'en doutaient déjà) et des Vigiles. Ils ne savaient rien de ce groupe mais cela semblait logique après l'agression dont ils avaient été témoins. Pour les Fatæ, c'était une autre affaire.

— Alors, si je comprends bien, c'est un peu comme un don de sang ? Ces créatures donnent leur… Courant, vous dites comme ça, et on le transmet aux Talents en train de se faire attaquer ?

Danny eut l'air contrarié de ne pas avoir pensé lui-même à cette analogie.

— Bien vu, répondit-il. Sauf que l'opération qui nécessite le don de sang a lieu en ce moment !

Les pompiers s'entre-regardèrent, et Pete parla pour eux.

— Alors qu'est-ce qu'on attend, bon sang ?

Moins d'une demi-heure plus tard, la caserne s'était transformée en une espèce de théâtre de rue. Au milieu de tout ça, un homme âgé aboyait des ordres à proximité d'un objet qu'il dénommait *batterie*, installé en plein milieu du garage, à la place de la grande échelle.

La batterie n'avait pas l'air bien impressionnante à première vue : une grande boîte en plastique dépoli. Il y avait quelque chose à l'intérieur, mais, si on essayait de voir de quoi il s'agissait, on ne tardait pas à avoir la vue brouillée. Et on était incapable de décrire l'objet. Kale, un pompier, fit le signe de croix et recula.

— C'est vivant, assura-t-il.

— Pas plus que ce truc que tu as mis la semaine dernière dans le frigo de la caserne, répondit Mike, railleur. Tu pourras peut-être sauver la vie de quelqu'un avec si ça devient de la pénicilline !

Kale retourna à sa tâche. Il indiquait aux arrivants où se rendre.

Heureusement qu'il faisait encore sombre, parce qu'il n'avait pas vraiment envie de savoir à qui il parlait. Le

Seigneur avait tout créé sur Terre et dans les cieux, et ces choses étaient venues aider des gens comme Larry, au risque de leur vie s'il fallait en croire les rumeurs. Mais elles ne l'en emplissaient pas moins d'effroi. Surtout celles qui avaient l'air…

Il ne voulait pas l'admettre, mais c'était vrai. On aurait dit des anges.

Les pompiers s'employaient à centraliser les communications.

— J'ai l'impression que je devrais leur poser des questions sur leur vie sexuelle, marmonna Mike en vérifiant sa liste de donneurs et en aiguillant un petit type à l'allure bizarre, porteur d'une casquette rouge, vers la batterie.

— Alors là, remarqua un Talent en passant, je vous assure que vous feriez mieux de vous abstenir.

— Sans doute…

L'atmosphère était tendue. Tout le monde s'agitait dans la faible lumière de l'éclairage de secours. Mais les pompiers avaient l'habitude de travailler sous pression, et là, au moins, ils contrôlaient la situation. Ils en avaient vu d'autres ! Ils n'avaient qu'à abriter la machine insolite, laisser les Humains volontaires s'occuper des êtres du petit peuple, et si quelqu'un voulait leur chercher querelle…

Eh bien, les combattants du feu ne craignaient pas la bagarre !

— Où en sommes-nous ?

La voix, un grondement profond, arrivait d'assez bas.

— Bon Dieu de bois ! s'écria Mike.

Il se trouvait face à une espèce d'énorme peluche, un ours blanc, le genre de jouet géant qu'on voit dans les vitrines des grands magasins à l'approche de Noël. La créature portait un vieux chapeau mou. Ses yeux rouge sombre étaient bien vivants, ses dents blanches et pointues très réelles. Elle tendait une monstrueuse patte pleine de griffes noires vers Mike…

— Appelez-moi O.P., déclara-t-elle tout naturellement. C'est l'acronyme d'Ours Polaire. Pas très imaginatif, je sais, mais cela me décrit assez bien. Vous avez l'air de savoir ce qu'il se passe, c'est pourquoi je vous demande : où en sommes-nous ?

Mike serra la patte tendue.

— Eh bien, soixante-dix-huit éléments du petit peuple ont fait leur don.

Il évalua d'un œil entraîné la foule dans la caserne.

— Il doit en rester une centaine à peu près à faire passer par la machine. Nous essayons d'accélérer le mouvement, mais ce serait bien si quelqu'un pouvait prononcer certains de ces noms bizarres… ou le nom des… euh, ascendances qu'ils nous indiquent.

— D'accord. Je vais voir ce que je peux faire.

Le… O.P. s'éloigna ; il ôta son chapeau et le fit claquer sur son flanc.

— Hé, Danny ! cria-t-il. Dis-moi où on en est ?

La situation n'était guère plus compréhensible, mais, pour la première fois depuis quelques heures, Mike eut l'impression que tout le monde allait voir le jour se lever.

— Attention ! s'exclama quelqu'un.

Il y eut un craquement assourdissant, un éclair bleu jaillit de la batterie. Tout le monde se mit hors de portée.

— Fini, les rase-mottes, lança une voix. Ils ne conviennent pas.

— On dirait, grommela Mike en se demandant ce que c'était encore que cette histoire. Marche pas bien.

O.P. s'approcha du plastique dépoli et essaya de voir

au travers. Mike tendit sa liste à quelqu'un et avança vers le nounours animé.

— Ça contient combien, ce truc ? demanda-t-il.

O.P. haussa théâtralement les épaules.

— On ne sait pas.

— Et là, il y a quelle quantité de… Courant ?

Encore un haussement d'épaules.

— On ne sait pas.

Mike refusait de regarder une fois de plus à l'intérieur de cette machine.

— Vous savez ce qui peut se passer quand on surcharge une batterie ? Surtout quand on est allé trop vite ? insista-t-il.

Cette fois O.P. n'eut pas de geste désinvolte.

— Oui, je sais, répondit-il.

— Parfait.

Mike comprenait mieux pourquoi ils avaient décidé de s'installer dans une caserne de pompiers.

— Ce n'est pas vraiment une batterie, indiqua O.P.

Ce qui ne rassura en rien Mike.

— Mais ça explosera quand même si on fait n'importe quoi, dit-il.

— Tout juste.

Le pompier eut un rire.

— Quelqu'un prépare le matériel contre les feux électriques, ordonna-t-il à la cantonade.

Les extincteurs à neige carbonique ne serviraient peut-être pas à grand-chose si ce truc faisait vraiment des siennes, mais un professionnel devait toujours essayer de se préparer au mieux.

— Et je veux un détendeur d'eau !

— Vous vous débrouillez bien, pour un Ignorant, remarqua O.P.

Mike regarda la fameuse batterie, parcourut des yeux la pièce pleine de créatures bizarres, fit face à la dernière en date.

— Je suis pompier dans cette ville depuis dix ans, déclara-t-il.

Une explication bien suffisante. En dix ans on voit beaucoup de choses, et des bien plus dingues.

— D'accord, les amis, on va…

Mike n'eut pas le temps de finir sa phrase : la boîte cracha un éclair rouge vif qui faisait penser à la fois à un feu d'artifice et à un feu de brousse. Il s'accroupit instinctivement et chercha du regard les lances à incendie.

Finalement il n'y avait pas de flammes ; simplement une lumière qui faisait mal aux yeux si on la fixait.

— Je crois que la batterie fonctionne.

C'était un des volontaires qui venait de parler d'un ton sec, presque railleur.

Le soldat du feu hocha la tête. Bon, il n'y avait plus qu'à suivre le mouvement.

— Ravi de l'apprendre, annonça-t-il. Et que…

O.P. tituba et faillit tomber sur la machine. Mike le rattrapa à temps. Cet être pesait davantage qu'il aurait cru, et sa fourrure était plus douce que la plus douce peluche de sa fille.

— Wren, non ! cria-t-il.

Sa voix était rauque, comme s'il avait passé ces dernières heures à hurler.

— NON !

Autour d'eux, tous les volontaires Humains s'effondrèrent ensemble, comme assommés. Plus d'un se mit à vomir. Deux des pompiers de l'équipe blêmirent. Les… Fatæ se dispersèrent dans tous les coins, et certains poussèrent de petits bêlements stridents qui agacèrent les dents de Mike.

Le pompier entendit une voix, très lointaine, celle d'O.P. On aurait dit qu'il criait dans un tunnel, à des kilomètres de là.

« Non, Wren… »

« Oh si ! »

La réponse provenait du même tunnel, plus faible, plus angoissée encore. La voix de cette femme trahissait une détresse insurmontable. Mike sentit ses muscles se tendre comme s'il s'apprêtait à retourner au cœur d'un incendie juste après s'en être arraché. Les femmes avaient cette voix-là quand leur bébé se retrouvait piégé dans un immeuble en feu.

« Jamais », disait O.P. maintenant, plus faiblement.

« Alors, AIDE-MOI ! »

Le hurlement déchira Mike, l'angoisse qu'il trahissait le mit à genoux. On voyait sur le visage de tous les Talents alentour qu'ils entendaient la même chose que lui : le cri de rage d'une femme désespérée.

25.

Dans la caserne de pompiers, les Fatæ s'enfuyaient, prenaient la porte de derrière, allaient se réfugier dans les égouts ou dans l'air frais de la nuit. Ils ne savaient pas ce qui se passait, mais comprenaient qu'ils n'avaient plus rien à faire ici. Ils avaient aidé de leur mieux.

Maintenant c'était à leur *cousine discrète* de jouer.

A l'intérieur, les Talents se relevèrent, secoués mais indemnes. Les Ignorants ne saisissaient pas vraiment l'évolution de la situation mais sentaient qu'elle s'aggravait ; ils essayaient de remettre un peu d'ordre et d'obtenir des informations.

C'est alors que, sur les murs du garage, des ombres s'étirèrent, de longues silhouettes sveltes qui dansaient comme des derviches. Les gens dans la salle s'en rendirent compte peu à peu : il s'agissait de leurs ombres. Qu'est-ce qui les éclairait ainsi ?

Ils se retournèrent lentement.

A l'intérieur de la batterie l'enfer se déchaînait, du rouge écarlate au violet indigo. Les étincelles se joignaient, formaient des arcs lumineux. Les cloisons de plastique dépoli n'allaient plus les contenir longtemps.

Tous se turent. Chacun priait pour que la batterie tienne. Mais un bruit se fit bientôt entendre, celui de chocs sourds contre la machine. O.P. se jetait dessus, il semblait vouloir la démanteler de ses griffes.

— Mais qu'est-ce qui te prend ? s'écria Mike.

Il ne s'approcha pas davantage, malgré son instinct qui lui hurlait d'arrêter cette créature.

— Fais-moi confiance ! gronda O.P. avant de poursuivre son entreprise de démolition.

— Par moi ! ordonna le Démon au Courant qui bouillonnait.

Il ne devait pas le laisser s'échapper sans contrôle et les détruire tous.

— Par *moi* !

C'était une pure folie, il le savait bien. Et exactement ce qu'il fallait faire. On l'avait créé pour cela, et il avait consacré la majeure partie de son existence à tenter d'y échapper. Car il n'avait pas été conçu pour jouer les coursiers ! Ni les gardes du corps, même si son corps à lui convenait très bien à cette tâche. Contrairement aux Fatæ, aux créatures à la source des légendes sur les *familiers* des sorcières, il n'était pas un être de magie. On l'avait fait de chair, de sang, d'os et de douleur. On l'avait *construit* pour servir de conduit au Courant, d'accumulateur. Une batterie vivante.

Depuis des siècles il avait fui ce savoir, ce fardeau.

Mais il avait fini par choisir *qui* servir. Il servirait sa maîtresse jusqu'à la mort s'il le fallait.

— Par moi ! exigea-t-il encore.

Le Courant dans la batterie s'exécuta, jaillit de la boîte, le pénétra.

Le traversa !

***

Des berlines noires s'arrêtèrent devant la caserne de pompiers, comme attirées par l'agitation qu'on y percevait. Trois, cinq… sept, puis deux vans blancs cabossés. Du haut en bas de la rue, les véhicules se garèrent en double file pour laisser descendre leurs passagers. Une bonne quarantaine de silhouettes vêtues de sombre, brandissant non pas des armes à feu mais de petits tubes, se mirent en marche vers le bâtiment. Dans l'aube naissante, ils semblaient se moquer qu'on les voie.

Leurs traque-sorcières les avaient guidés, et ces instruments tout simples ne se trompaient jamais. La quantité de Courant concentrée ici désignait le repaire, le nid, le sale refuge de ces maudits Talents.

La guerre avait fait rage par toute la ville, et elle allait se terminer ici. Maintenant. Les monstres ne verraient pas le jour se lever.

Ils entrèrent et se retrouvèrent face à un mur de Talents et d'Ignorants debout côte à côte, anormalement pâles. Certains portaient des armes de fortune : haches anti-incendie, masses. D'autres s'apprêtaient à les affronter à mains nues ; ils comptaient sans doute s'équiper comme ils pourraient en cours de route.

Immobiles, hostiles, ils regardaient avancer les opérateurs du Silence.

— Tuez-les tous, ordonna le chef des assaillants.

O.P. sentait le sang couler de ses narines et de ses petites oreilles recouvertes de fourrure, et il sentait que les autres se préparaient à affronter la nouvelle menace. Il était débordé. C'était la magie ancienne qu'il prenait en lui, celle des fées et des dragons. Des herbes et des sabbats, des potions et des prières aux dieux païens. Toutes les psalmodies, les exhortations jamais prononcées. Tout ce qu'avaient fourni les Fatæ et que la batterie avait purifié pour produire du Courant solide, pur, coulant à flots.

Il ne pouvait pas supporter quelque chose d'aussi fort, d'aussi concentré. Pourtant il le fit. Il s'ouvrit à cette puissance, fit courir le feu dans ses veines alchimiques, son corps de Démon. Il le transmit aux noyaux en détresse d'une douzaine, d'une centaine… d'un millier de Talents par toute la ville.

Ses lèvres s'étirèrent en un rictus inquiétant qui montrait ses babines noires. Ses yeux s'assombrirent et se mirent eux aussi à saigner, formant des taches d'un brun boueux sur sa fourrure blanche. L'énergie partit là où on en avait besoin, mais O.P. en garda la quintessence pour sa maîtresse.

« Wren, petite sœur. Attrape *ça* ! »

A un bon kilomètre, de l'autre côté du fleuve, à Queens, Wren tomba à genoux, le noyau vidé. Les enfants étaient encerclés. Les sbires du Silence avançaient en brandissant leurs maudits traque-sorcières et elle ne pouvait rien faire. Elle se sentait drainée, asséchée, fourbue au-delà de toute expression. Il n'y avait même plus de peur ou de colère, plus rien que le chagrin, le désespoir qui creusait encore un peu plus son noyau et le laissait stérile.

Il ne lui restait plus rien, sauf cette dernière étincelle d'énergie vitale qu'ils allaient lui arracher et retourner contre elle pour la tuer. Ils allaient mourir, les Talents et elle. La Wren avait laissé inachevé son boulot le plus important, voilà ce dont on se souviendrait. Tout était fini.

Une héroïne digne de ce nom se serait redressée pour rire à la face de la mort, aurait lancé un mot d'esprit bien senti et entraîné ses ennemis avec elle dans l'abîme. Oui, une héroïne sortie d'un de ces vieux films que Sergueï aimait tant se serait levée, pleine d'esprit, belle à damner un saint.

Wren baissa la tête, le regard vers le sol froid, et attendit la fin.

« Wren, petite sœur. Attrape *ça* ! »

C'était instinctif. Même à moitié morte, Wren ne pouvait ignorer la voix d'O.P., tant dans sa tête que dans son cœur.

Elle se releva, physiquement et mentalement, émotionnellement, psychiquement, se saisit des fils de Courant que le Démon lui avait adressés.

Pas des fils, non. Des câbles !

Ils s'enroulèrent autour de ses mains, visibles dans l'obscurité de la cuisine. Formèrent un réseau sur sa peau, du bout des doigts aux coudes, se glissèrent en elle, suivirent ses veines jusqu'à son cœur, parcoururent son échine, envahirent son noyau, ressortirent. Le Courant la brûlait comme si on lui avait jeté de l'acide au visage. Elle aurait hurlé de douleur si ses cordes vocales, comme tout le reste en elle, n'avaient pas été emportées par ce flot incroyable. Elle ne pouvait que se gorger de force.

Ensuite elle entendit les cris. Juste devant elle, mais aussi partout en ville, jusque dans les banlieues proches. La main du Silence tendait ses doigts gantés de noir pendant que la nuit touchait à sa fin. Le soleil se levait sur l'horizon et les siens mouraient.

Quelque chose ne va pas chez moi.

Faux.

Des voix qui la rassuraient, la consolaient, lui donnaient de la force.

Tu es parfaite, tu es belle. Montre-leur ! Tu vas très bien.

Le Courant noir était encore sur sa peau, circulait dans ses veines, mais cette fois il n'était qu'une écume à la surface d'un océan qui chatoyait de ses couleurs habituelles : or, rouge, vert, bleu étincelants. Elle se sentit quitter son corps ; son noyau débordait de la magie qu'on lui avait fournie, puissante, savoureuse. Une vraie corne d'abondance.

Nous sommes avec toi.

Des voix innombrables.

Je suis avec toi.

Une voix isolée, familière, chaude comme son sang.

Tu n'es pas seule !

— A bas ! tonna-t-elle.

Oh, c'était… C'était plus tumultueux que le sexe le plus échevelé, plus jouissif que l'orage le plus furieux. Tout cela à la fois, en elle.

— A BAS !

Ce qu'il y avait devant elle n'avait d'autre choix que de céder. C'étaient ses adversaires maintenant qui se retrouvaient par terre, le visage plaqué contre le sol, incapables de lever les yeux ou de s'enfuir.

Elle sentit les fronts orageux qui survolaient le continent et eut envie de les rejoindre. Il suffisait de se relâcher juste un peu, et tout le Courant s'arracherait à sa chair. Elle pourrait s'ébattre dans les formes les plus pures de la force, *devenir* la force sans plus avoir à supporter cette matière bourbeuse qui la formait !

Wren. Wren !

Comme une démangeaison au fond de son cerveau, une main sur son épaule qui ne se laissait pas repousser. Cela lui permettait de conserver sa concentration. Elle n'était pas seule, on la maintenait, on l'ancrait, on lui donnait de la force…

Tu dois finir le travail, Geneviève.

Elle ressentit soudain une illumination d'extralucide.

Elle vit des êtres humains se battre : poings et armes blanches contre les traque-sorcières. Le Courant circulait. Les victimes tombaient des deux côtés.

De jeunes Talents, des enfants, se cachaient sous leur lit pendant qu'on assassinait leurs parents. Elle les vit.

Des Fatæ se recroquevillaient dans les égouts, dans les arbres. Ils lui avaient donné leur force pour l'aider et se retrouvaient à la merci du premier venu. Cela aussi elle le vit.

Et elle vit Sergueï, bras ballants, tête baissée, un revolver à la main. Du sang avait éclaboussé ses chaussures.

Devant elle gisaient les jeunes Talents qu'elle était venue sauver. Deux ne se relèveraient pas. Trois paraissaient à l'agonie, consumés par leur propre Courant que les opérateurs, leurs anciens collègues, avaient retourné contre eux. Deux autres rampaient ; ils cherchaient une arme.

Elle s'adressa à eux, le plus gentiment possible.

« A bas. Restez à terre. »

Ensuite elle alla chercher le Courant le plus vicieux qu'elle trouva en elle.

Tu ne tueras point.

Sa véritable nature qui se manifestait, qui la faisait hésiter.

Tu ne tueras point.

Mais, à cet instant, c'était la démence qui semblait plus logique.

Tu protégeras les tiens !

Et, en éclairs fulgurants, lui vinrent des souvenirs qui n'étaient pas siens, une mémoire ancestrale.

Des hommes qui marchaient en horde. Des bûchers qui illu-

minaient la nuit. Des hurlements, du sang, la fumée graisseuse qui montait vers les cieux vides.

O.P. dans un train, qui fuyait l'Allemagne. Qui fuyait vers l'Amérique en espérant que la folie ne l'atteindrait jamais.

Tu ne laisseras pas vivre qui tue et tue encore.

Tu ne laisseras pas un fanatique assassiner qui il veut.

Tu peux arrêter tout cela. Il suffit de le vouloir.

Le Courant se ramassait en elle, attendait sa décision.

Oui. Elle allait agir !

Elle avait déjà lâché prise, même si elle avait refusé de l'admettre sur le moment.

Elle s'était abandonnée, dans ce sous-sol, s'était laissé mener par le désespoir et l'épouvante. Là, elle accueillit la folie à bras ouverts, la prit en elle. *Devint* la folie.

Le Courant l'entraîna et elle se jeta dans le tourbillon.

La concentration. C'est ce qui compte.

Inutile de vouloir *combattre* la démence. Elle y sombra, l'absorba…

La fit absorber au Démon qui restait lié à elle, malgré l'eau du fleuve entre eux.

Défends-nous contre
La noirceur de leur cœur
La haine de leur âme
L'ignorance de leur esprit
Les retombées de leur idiotie

Elle cracha ce dernier mot d'un ton terriblement venimeux, ce qui déséquilibra le sort mais en même temps en augmenta l'impact. Les éclairs frappèrent les Humains, l'un après l'autre. Elle ne les déchiqueta pas cette fois, mais les incinéra. Il n'en resta rien. Elle voulait les faire disparaître de la surface de la Terre.

Le silence suivit. Le Silence faisait silence. Presque drôle.

Les filaments noirs sur sa peau palpitaient ; ils voulaient qu'elle continue.

Tous. Tue-les tous.

Pas seulement ceux de New York, mais tous ceux que le Silence avait souillés sur Terre. Elle allait tous les détruire !

Le Courant était là, mais les forces lui manquaient. Si elle acceptait de se laisser aller, si elle voulait bien trancher ce dernier lien, renoncer à son individualité, alors le Courant ferait le travail pour elle.

Mais elle serait à jamais perdue.

« Wren, petite sœur… »

« Wren ? »

Une autre voix, celle d'un Ignorant. Impossible ! Pourtant elle était là.

Les voix des deux êtres les plus proches d'elle l'appelaient.

Le Courant noir aussi. Il palpitait, insistait.

Wren ne supportait pas qu'on insiste, qu'on la bouscule ainsi. Ecœurée, elle baissa les yeux sur ses mains, des mains noires comme le bitume. Des griffes bestiales !

Tue-les tous, disait le Courant.

Nettoyer cette cité… nettoyer le monde.

Geneviève. Non.

Elle eut l'impression que cette voix venue du passé la traversait, allait explorer les boîtes, toutes ces petites boîtes fermées en elle. Elles contenaient tant de souffrance, et elle était si fatiguée. Elle n'arrivait plus à réfléchir.

Elle sentit les larmes affluer à ses yeux.

Wren. Geneviève !

Toutes ces voix qui voulaient la retenir… Mais c'était à elle de décider.

Les mots lui vinrent. Elle les prononça d'une voix hésitante, mais *eux* possédaient leur propre force.

Mon corps

Mon corps et mon âme

Mon Courant purifié

La douleur qui la traversa fut inimaginable ; ce qu'elle avait vécu auparavant n'était rien ! Le Courant purgea de ses veines, de son esprit, de son noyau, les filaments noirs, bitumineux. Même un Pur n'aurait pu survivre à cela.

Wren s'effondra, submergée. Elle recracha un peu de pomme en une petite mare verte amère. Elle avait la gorge irritée, les membres courbaturés. Et elle ignorait encore le sort destiné aux Talents qu'elle était venue secourir.

Eve avait mangé la pomme et en avait retiré l'amertume de la connaissance. Elle, Wren, qu'avait-elle appris ? Qu'était-elle devenue ?

Combien de membres du Silence avait-elle abattus ?

Elle entendit non loin un bruit de moteur qui approchait, et ressentit l'hostilité des occupants du véhicule. La Diversion avait échoué. Ils avaient fait leur possible, mais ceux de ces monstres qui avaient survécu venaient les chercher, elle et les enfants. Recrue, elle ne pourrait pas terminer le travail.

— Sergueï…

C'était son dernier appel, vers celui que son cœur voulait. Vers celui qui était son cœur et son âme. Son partenaire !

Deux voix répondirent à l'unisson.

« On arrive ! »

26.

Sergueï n'avait encore jamais voyagé à l'arrière d'un camion de pompiers. On aurait pu rêver plus confortable, mais ils dévalaient les avenues vides à toute vitesse. Ils contournaient et laissaient derrière eux les bus et les taxis en maraude, et finirent par s'engager dans le tunnel du Queens. En conditions de circulation normales (si on pouvait associer les mots circulation et normale à New York), le trajet depuis la caserne, en plein Manhattan, jusqu'à leur destination, pouvait prendre d'une demi-heure à deux heures. S'ils maintenaient leur allure, ils arriveraient en vingt minutes.

Ce qui faisait une demi-heure de trop. Mais même à supposer que quelqu'un ait été prêt à se téléporter à l'aveuglette et à emporter Sergueï avec lui, ce n'aurait pas été envisageable : l'opération nécessitait d'énormes quantités de Courant. O.P. avait déjà eu assez de mal à convaincre un des Talents présents à la caserne de pompiers de repérer Sergueï et de le téléporter jusqu'à lui.

Si le Démon avait connu l'emplacement de la récupération, il ne se serait sans doute pas donné cette peine. Mais il avait besoin de Sergueï. Ou du moins de ce qu'il savait et ne pouvait pas communiquer par son téléphone portable dont la batterie était morte. Archimorte, plus encore que… Ne pense pas à ça, Didier.

Sergueï…

Il l'avait peut-être imaginé. Ou peut-être pas.

— J'arrive, répondit-il.

Mais elle ne pouvait pas l'entendre.

— J'arrive, Zhenchenka.

— Accélérez, marmonna le Démon dans le vide. Plus vite !

Un des pompiers secoua sombrement la tête — il avait embarqué en disant qu'il pouvait assurer les premiers soins.

— Ce ne serait pas une bonne idée, assura-t-il. On a conçu ces petites choses pour leur capacité de traction, et non pour les gymkhanas. Ils ne sont pas non plus censés prendre les virages en catastrophe.

Ils émergèrent du tunnel et virèrent soudain à gauche. Tout le monde s'accrocha à des prises au plafond pour ne pas être jeté à terre.

— Vous voyez ? commenta le combattant du feu.

— Plus vite, répéta le Démon sans tenir aucun compte de ce qu'on lui avait dit et démontré.

Sergueï le comprenait. Il détestait chacune des secondes où ils restaient séparés de Wren.

Elle n'avait jamais demandé d'aide auparavant. Jamais pour un travail. Elle ne refusait pas qu'on la secoure, mais n'appelait jamais au secours.

Il se força à rester calme. O.P. haletait comme… comme un ours polaire dans un sauna. Les taches brunes sur sa fourrure rappelaient à quel point cette nuit avait mal tourné.

— On y est bientôt ? demanda Sergueï malgré lui.

Trop de gens s'interposaient entre lui et la fenêtre pour

qu'il puisse voir dehors. Près de dix personnes s'entassaient dans l'habitacle, et il ne comptait pas ceux qui avaient pris place à l'extérieur, des pompiers pour la plupart. Si on les arrêtait, ils pourraient affirmer en toute sincérité qu'ils répondaient à un appel, même s'ils se trouvaient hors de leur secteur. En outre, ils étaient en bien meilleure forme que les Talents encore à la caserne, qui avaient dû subir l'assaut, physiquement et psychiquement.

— Quelle sale nuit ! fit Sergueï.

Ses voisins eurent un rire acerbe.

— On a bien choisi notre moment pour être de service ! approuva l'un d'eux.

— Equipement !

L'ordre résonna dans l'espace clos. Ils arrivaient, ils devaient se préparer. Sergueï regarda sa montre et poussa un juron. Cette merveille d'horlogerie était à présent une merveille d'orfèvrerie décorative. La téléportation l'avait grillée.

D'habitude il ne la portait pas quand il devait côtoyer des Talents. Ces derniers mois loin de Wren l'avaient rendu négligent.

— Un record, remarqua quelqu'un qui l'avait vu baisser les yeux sur son poignet. On n'aurait sans doute pas fait mieux en hélicoptère.

Si on y réfléchissait, New York était une ville assez peu étendue, même en comptant ses faubourgs. Ils n'avaient guère dû parcourir qu'une vingtaine de kilomètres ; l'essentiel du temps de trajet se passait d'habitude dans les embouteillages.

Le camion fit une embardée, le chauffeur grommela.

— Il y a du monde, indiqua-t-il.

— Un van ? Une berline ?

— Une roulotte, répondit le pompier d'un ton éberlué.

Pas le genre de véhicule qu'on voyait par ici habituellemen, sauf…

Sergueï vit qu'O.P. avait eu a même idée que lui.

— … Des bohémiens !

Certains Talents devenaient sédentaires, parfois sur plusieurs générations. D'autres ne supportaient pas de rester au même endroit plus d'une semaine.

S'agissait-il d'une caravane qui prenait la même direction qu'eux ?

— Y a-t-il des décorations dessus ? demanda O.P.

— Euh… oui. Un œil bizarre à l'arrière.

Le Démon vit que Sergueï le regardait. Il hocha la tête.

— Nous avons du renfort, commenta-t-il.

Enfin ils virèrent une dernière fois, pneus hurlant, et s'arrêtèrent.

Les pompiers étaient dehors, prêts à l'action, avant même que le conducteur ait mis le véhicule au point mort.

— Seigneur ! entendit Sergueï.

Ensuite des coups de feu retentirent. Il bondit du camion, l'arme brandie, tâchant à la fois de repérer les tireurs et de se mettre à couvert.

— A terre tout le monde ! cria-t-il.

Un avertissement superflu. Tous les passagers s'étaient déjà mis à l'abri.

Par élimination, les trois silhouettes debout qui tiraient à tout va devaient être ses cibles.

Il savait qu'il allait peut-être abattre d'anciens collègues… Cela faisait longtemps qu'il avait quitté le Silence, et peut-être ces trois-là n'étaient-ils pas opérateurs à son époque. Peut-être.

De toute manière, ils avaient choisi leur camp, et lui aussi.

En sept coups, les trois tireurs étaient neutralisés. Un résultat honorable dans cette pauvre clarté.

— Allez ! ordonna Sergueï. Je vous couvre !

Son arme lui avait coûté une petite fortune, mais, à cet instant, il l'aurait volontiers repayée le double. Elle n'avait pas une ligne idéale mais remplissait bien son rôle.

Les pompiers et le Démon se remirent sur pied et passèrent les opérateurs du Silence à terre, se dirigeant vers un quai de chargement situé sur le côté de l'immeuble, dans une allée.

D'autres coups de feu se firent entendre, suivis du cri d'un blessé. Ensuite il y eut un bruit sourd : un instrument contondant tout simple mais efficace venait de frapper quelqu'un.

— C'est bon ! appela un soldat du feu.

— Les Humains aiment décidément la violence, dit O.P. en passant devant Sergueï qui secoua la tête.

Seul le Démon pouvait prononcer cette phrase d'un ton à la fois ironique et approbateur.

Sergueï laissa les autres avancer. Le désir d'être près de Wren le déchirait, mais il devait d'abord s'assurer de la situation sur place.

Deux des opérateurs en tenue sombre étaient morts, le troisième vivant, non mortellement blessé. Il saignait assez sérieusement.

— Tu restes ici ou tu t'enfuis, je m'en fiche, l'informa Sergueï. Mais tu ne t'en mêles pas. Ton patron est mort. Personne ne viendra te tirer de là.

L'homme hocha la tête, les yeux agrandis par la douleur. Il n'eut pas la stupidité de demander de l'aide à cet inconnu empli d'une rage froide.

Sergueï tourna le coin à la suite des autres. Il n'y avait plus de bruits de bagarre, à part un ou deux grognements et un juron occasionnel. Plus de coups de feu, et c'était une bonne chose. L'équipe pouvait se débrouiller sans problème dans un combat à mains nues.

— Bon sang ! s'écria-t-il.

Même dans la faible lumière de l'aube, il pouvait distinguer les corps gisant partout, face contre terre ou recroquevillés sur le flanc ; mais il ne voyait pas le sang qui aurait dû accompagner une telle scène de carnage. On n'avait pas abattu ces gens au pistolet ni au poignard.

Eux n'étaient pas vêtus de sombre.

— Les ActAges, s'écria Sergueï.

Il chercha les bohémiens du regard. Un homme de haute taille et une femme plus grande encore observaient la scène.

— Hé, vous deux ! appela l'ancien membre du Silence. Approchez !

Le couple hésita ; ils n'appréciaient guère, apparemment, qu'on leur donne ainsi des ordres. Sergueï perdit patience.

— Vous êtes venus ici pour jouer les badauds ? lança-t-il. Ils ont besoin de vous tout de suite !

Ils pouvaient lui en vouloir de ce ton cassant. Personnellement, Sergueï n'y attachait aucune importance. Il n'attachait guère d'importance à quoi que ce soit, à cet instant, sauf à une petite forme fluette prostrée près de la porte qui menait à l'intérieur du bâtiment. Il alla vers elle comme le fer vers l'aimant, tomba à genoux à côté d'O.P. qui tenait déjà Wren dans ses bras recouverts de fourrure et la serrait contre sa poitrine comme une poupée brisée.

Wren avait les yeux ouverts mais ne semblait pas voir

grand-chose. La peau sur son visage était d'une pâleur effrayante et ses yeux étaient rouges, mais au moins ils n'avaient pas pleuré des larmes de sang comme ceux d'O.P.

Sergueï jeta un coup d'œil au Démon ; oui, elle vivait toujours. Il lui prit tout de même le pouls pour s'en assurer.

Un pouls terriblement filant, mais bien présent. Elle avait la peau froide, parcheminée, comme celle d'une vieille femme.

— Tu as une mine épouvantable, petite Humaine, nota O.P.

Elle tourna un peu la tête vers lui mais n'eut pas d'autre réaction. Sergueï sentit une gangue de froid lui étreindre le cœur ; il frissonna.

— Zhenchenka, dit-il doucement.

Wren ferma les yeux, et sa peau parut encore pâlir, devenir translucide.

— Bon travail, Zhenchenka, reprit Sergueï.

— Tout raté…

Sa voix était si faible ! L'Humain et le Démon se demandèrent s'ils l'avaient vraiment entendue.

Sergueï leva les yeux, regarda la scène autour de lui. Les bohémiens s'occupaient des Talents survivants, le pompier dispensait des soins. On les faisait monter dans la roulotte, sans doute pour les emmener vers l'endroit prévu par Wren — elle en avait certainement prévu un, il connaissait sa méticulosité. Les opérateurs du Silence avaient été solidement ligotés, deux par deux ou adossés à des lampadaires. La porte de l'immeuble restait ouverte et faisait penser à une bouche béante.

Il revint à la femme prostrée devant lui.

— Tu as fait le boulot, Wren, assura-t-il. Récupération accomplie. Du bon travail, je confirme.

— Je suis d'accord, intervint O.P. d'une voix rauque, encombrée, comme enrhumée. On rentre à la maison, maintenant.

27.

— Je n'aurais jamais cru ça de toi !

Wren était installée sur le canapé du salon de Sergueï, un plaid sur les genoux, une grande tasse de thé vert sur la table devant elle, une pile de magazines à portée de main. Elle trouvait le thé infect, mais Sergueï assurait que cela lui faisait du bien. Il avait tout prévu, y compris qu'elle puisse en avoir assez de regarder la télévision.

En fait, ça l'avait assez vite ennuyée, mais O.P., lui, ne s'en lassait pas. Il adorait notamment la télé-réalité et les jeux. Elle allait devoir lui payer son propre poste, parce qu'elle ne supportait plus de devoir écouter les émissions favorites du Démon. Elle avait déjà plusieurs fois failli faire griller l'appareil.

— Et pourquoi ? répondit-elle à O.P., ravie d'avoir un sujet de discussion autre que ce qui passait à la télé. Pourquoi cela t'étonne-t-il tant ?

— Valère ! Tu n'es pas aussi maniaque que beaucoup d'Humains (il jeta un coup d'œil significatif vers la cuisine où se trouvait Sergueï), mais assez tout de même. Te fier à Bonnie ? D'accord, je l'aime bien, mais *Bonnie,* enfin ! La gothique sémillante ! Tu lui demandes *à elle* de choisir la couleur pour repeindre ton appartement !

— C'est la jalousie qui parle.

— Evidemment ! reconnut le Démon.

Il pointa ses baguettes sur elle et la fusilla du regard.

— Tu vas voir, tu vas te retrouver avec des murs noirs ! Des planchers rouges. Des paillettes sur toutes les surfaces métalliques. Des licornes ! Enfin, peintes sur le mur. On aurait du mal à leur faire monter l'escalier.

— Je ne crois pas que les licornes fassent partie de la panoplie gothique, répliqua Wren. Et Bonnie m'a promis d'éviter le rouge.

— Mais pas les paillettes, marmonna O.P. de son air le plus furieux avant de replonger dans son curry de poulet.

— Si les paillettes pouvaient t'empêcher de traîner constamment chez moi, je l'appellerais et lui demanderais d'en ajouter.

Elle se sentait encore… Pas abattue, non. Elle avait survécu, le Silence avait pris un coup fatal, tandis que la Cosa, bien que sérieusement touchée, existait encore dans cette ville que Wren aimait tant. Et maintenant son appartement était envahi de bâches, les murs recouverts d'apprêt… Non, elle ne se sentait pas abattue. Mais l'effort à fournir pour soulever sa tasse de thé lui paraissait presque insurmontable. Impossible pour elle de jeter un objet quelconque au Démon. Il en profitait sans vergogne !

— Bon, pourquoi maintenant ? demanda-t-il.

Là devait être la vraie question.

Wren termina son thé en faisant la grimace.

— Donne-moi encore un peu de riz, répondit-elle. Et je ne sais pas pourquoi. Je me dis que… c'est le bon moment pour apporter des changements.

Le bon moment, oui. Quand Bonnie et son équipe

auraient terminé les travaux, il leur resterait une chose à faire, à Sergueï, O.P. et elle : ils apposeraient leur empreinte trempée dans la peinture sur le mur juste en face de la porte. Ce serait la première chose qu'on verrait en entrant, l'empreinte de deux mains et d'une patte griffue.

C'est ainsi qu'elle comptait marquer son territoire.

Je suis chez moi, prête à me battre pour y rester.

Son appartement, sa ville. Son peuple.

Ce qui la ramena au sujet dont O.P. avait voulu la détourner avec sa feinte indignation.

— Alors, tu ne m'as toujours pas donné le bilan.

Il avait promis. Sergueï et le Démon ne la laissaient pas quitter ce fichu canapé, il n'était pas question pour elle de participer aux rassemblements de la Cosa. On ne lui permettait les visites qu'au compte-gouttes.

La *cousine discrète* ! On aurait dit que son partenaire s'appliquait à la réduire à ce rôle absurde. Enfin, elle ne souhaitait pas tenir salon pour une foule d'importuns, avec sa mine de déterrée. Elle avait dû perdre cinq kilos en vingt minutes quand elle avait puisé dans les réserves de Courant offert par les Fatæ. Et ses gardes du corps lui affirmaient qu'elle avait bien pire allure encore quand ils l'avaient retrouvée… Elle préférait ne pas trop y penser.

Elle ne leur avait pas tout raconté. D'ailleurs elle en avait déjà oublié pas mal. Ils savaient ou avaient deviné beaucoup de choses, mais elle emporterait certains de ses secrets dans la tombe.

Elle frémit. Sa tombe avait bien failli être creusée ce jour-là !

O.P. comprit que Wren n'allait pas se laisser distraire. Il posa son carton plein de nourriture à emporter sur le dessous de plat fourni par Sergueï pour protéger la table basse. La Récupératrice ignorait pour sa part ce genre d'accessoires ; apparemment les Démons apprenaient plus vite les bonnes manières que les Talents.

— La situation est… délicate, commença O.P.

Ce qui représentait sans doute l'euphémisme du siècle. Après avait commencé depuis quelques semaines — Wren pensait à sa vie de cette manière, désormais : avant et après. La Cosa Nostradamus avait passé l'essentiel de ce temps à se remettre peu à peu. A enterrer ses morts, déjà. Ce n'était que maintenant qu'elle pouvait se consacrer à l'inventaire des ressources dont elle disposait, au tri de ce qu'on pouvait réparer… ou non.

— Nous avons perdu un millier de personnes, lui apprit le Démon.

Ce nombre ne la surprit pas. Elle avait *vu* tant de choses cette nuit-là, quand le Courant avait failli la consumer et lui avait montré ce qu'elle n'aurait jamais dû être en mesure de voir.

Quand elle avait lâché prise, avait plongé dans la folie, en était par miracle ressortie.

Ces événements restaient flous dans sa mémoire. O.P. lui disait de ne pas chercher à soulever ce brouillard qui lui masquait le pire et formait une espèce de pansement, un écran à la douleur. Elle ne lui répliquait pas qu'il ne savait rien de sa douleur, parce qu'il ne la quittait pas ; ni les nuits, quand elle sanglotait jusqu'à sombrer dans une léthargie qui lui tenait lieu de sommeil, ni les matins, quand Sergueï lui concoctait une boisson énergétique au goût étonnamment agréable — il tenait à lui faire reprendre le poids qu'elle avait perdu. Ni les après-midi enfin, quand Sergueï partait marcher des kilomètres dans la ville magnifique en cette fin de printemps, pour ne pas céder à son désir pour elle, pour qu'elle ne cède pas à son désir pour lui. Pour qu'ils ne se conduisent pas comme deux parfaits imbéciles.

— Un millier, répéta-t-elle.

Elle ne voulait pas connaître l'autre chiffre, mais devait tout de même poser la question.

— Et combien d'enfants parmi les victimes ? demanda-t-elle.

— Wren…

— Combien d'enfants ?

— Une centaine, peut-être.

Une centaine. Mieux que ce qu'elle avait craint, mais pire que ce qu'elle pouvait supporter. C'était plus facile d'accepter la fin de gens qu'elle avait connus, dont elle savait qu'ils avaient péri au combat, qu'ils avaient en quelque sorte *choisi* leur destin. Mais la mort des enfants vous hantait, même si on ne savait rien d'eux.

Un peuple qui ne pouvait pas protéger ses enfants ne méritait pas de survivre. Sa mère lui avait dit cela un jour, pour expliquer le soin qu'elle mettait à choisir les hommes qu'elle accueillait chez elle. D'ailleurs un peuple qui ne protégeait pas ses enfants ne survivait pas.

Wren n'avait jamais pris de pupille sous son aile jusqu'à présent, parce qu'elle n'était pas sûre de pouvoir se montrer suffisamment impitoyable pour guider son ou sa disciple comme il fallait. Maintenant elle s'en savait capable.

— Et pour le Silence ? reprit-elle.

O.P. eut l'air encore un peu plus mal à l'aise.

— En fait, nous n'avons jamais vraiment su combien ils étaient. Sergueï était parti depuis longtemps…

— Une estimation ? insista Wren.

Elle les avait menés à la mort. Oui, ils avaient choisi leur camp, mais elle n'en restait pas moins responsable de leur fin, directement ou indirectement. Elle devait savoir.

— Un millier aussi, répondit O.P. Quinze cents peut-être, si on compte ceux qui ont… disparu.

Un souvenir émergea en Wren, celui de corps tombant en poussière de par sa volonté. Elle le renvoya dans l'ombre. Il faudrait un jour qu'elle ouvre toutes ces petites boîtes dans son esprit, qu'elle réintègre ces souvenirs douloureux. Un jour… ou jamais.

C'était plus facile de penser aux murs qu'elle faisait repeindre, de se demander ce qu'elle allait acheter pour accompagner ces murs remis à neuf. Tiens, une nouvelle moquette dans l'entrée, un tapis dans le salon. Bonne idée.

Ou se contenter peut-être, au début, de ces premiers travaux. Inutile de se presser.

Elle avait mal à la tête de nouveau, et des démangeaisons.

— Deux mille cinq cents personnes en tout. Tant de morts ! Et pour quoi, Démon ? Dans quel but ?

— La survie.

Elle se rappela les premiers mots que lui avait dits sa mère au téléphone dans les jours qui avaient suivi.

— Ce qui compte, c'est que tu ailles bien, ma chérie. C'est tout ce qui importe pour moi.

Wren sentit les larmes lui monter aux yeux, mais refusa de s'abandonner. Elle n'allait pas bien, non. Elle n'irait plus jamais bien. Mais elle survivrait.

— Coucou !

Sergueï arrivait juste au bon moment. Elle savoura le contact de sa main sur son épaule, sa présence unique. O.P. et lui avaient été là quand elle avait eu besoin d'eux. Ils étaient accourus à son appel. Le Démon et l'Ignorant l'avaient entendue et l'avaient rejointe. Par devoir, par amour.

Elle sentait encore O.P. en elle, un fil de Courant au goût inimitable. La magie apportée par les Fatæ s'était dissipée dans les premières heures. La magie ancienne était puissante, entêtante, comme le whisky, et laissait derrière elle une gueule de bois aussi violente.

Mais O.P., lui, évoquait plutôt un cordial, une boisson réconfortante à la menthe forte et à l'orange. Ou un chocolat chaud de première qualité, un plaid douillet par un jour glacé…

Sergueï, lui, était un Ignorant. Elle ne le sentait plus du tout en elle. La connexion anormale qui avait existé entre eux n'avait pu se maintenir.

Mais elle savait maintenant qu'en cas d'absolue nécessité, ce lien pouvait se rétablir. Pour l'instant ils n'étaient que deux Humains qui s'aimaient ; et c'était quelque chose de fantastique !

Wren se rappela qu'ils n'avaient plus eu de contact intime depuis longtemps. Son corps réagit immédiatement, s'éveilla, fit connaître ses exigences.

Pas pour l'instant, non. Ce n'était pas encore possible. Ils devaient trouver une manière d'être ensemble, réapprendre à se contrôler. Ensuite ils pourraient s'engager sur ce chemin ; mais elle ne voulait pas qu'ils recommencent les mêmes erreurs.

Ils avaient tout le temps. Ils pouvaient y arriver.

Pas à survivre, non. A s'*épanouir* !

— Bon, annonça O.P.

Il éteignit le poste et posa la télécommande sur la table basse.

— Je crois que je vais faire un tour.

Il avait pris une voix pincée, mais les deux Humains savaient qu'il plaisantait.

— Bonne idée, approuva Sergueï. Une bonne et longue promenade.

Après le départ du Démon, le calme s'installa dans l'appartement.

Wren s'appuya contre la poitrine de son partenaire, sentit ses bras l'envelopper, leva les yeux vers son regard sombre posé sur elle, sérieux, soucieux.

Lui non plus n'en était pas sorti indemne. Elle ne savait pas ce qu'il avait vécu au juste, et ne pensait pas avoir envie de l'apprendre. Mais elle s'en doutait : le Silence était trop imposant, trop important, pour que la destruction de ses troupes soit suffisante… Il avait fallu le décapiter.

Sergueï avait toujours aimé conserver ses secrets.

Mais à présent, ils se trouvaient là tous les deux. Ensemble.

Ils allaient tracer leur chemin. Ensemble.

Wren prit l'air le plus sérieux possible, le plus candide.

— Alors, demanda-t-elle, quand vas-tu nous dénicher un nouveau boulot ? Les travaux chez moi ne vont pas se payer tout seuls, tu sais ?

Elle le prit par surprise. Il rit. Et elle se dit que c'était le son le plus agréable qu'elle ait entendu depuis des mois.

DANS LA MÊME COLLECTION

Par ordre alphabétique d'auteur

CATHERINE ASARO	*La magicienne*•
CAITLIN BRENNAN	*La danse de l'équinoxe*
CAITLIN BRENNAN	*Le chant du solstice*
CAITLIN BRENNAN	*La montagne sacrée*
P.C. CAST	*La prophétie maudite*
P.C. CAST	*La chasseresse*
P.C. CAST	*L'élue d'Epona*
P.C. CAST	*La prêtresse de Partholon*
P.C. CAST	*La vestale d'Epona*
GAIL DAYTON	*La rose des vents*
GAIL DAYTON	*La Rose et la Ronce*
LAURA ANNE GILMAN	*La magie de l'orage*
LAURA ANNE GILMAN	*La malédiction de l'ombre*
LAURA ANNE GILMAN	*La prédiction des ombres*
LAURA ANNE GILMAN	*La magicienne du feu*
LAURA ANNE GILMAN	*La nuit des sortilèges*
CHRISTIE GOLDEN	*La légende du dragon*
CHRISTIE GOLDEN	*La légende des glaces*
DEBORAH HALE	*La légende du royaume oublié*
DEBORAH HALE	*L'oracle de Margyle*
MICHELE HAUF	*La malédiction de l'ange noir*
MICHELE HAUF	*Gossamyr*
MICHELE HAUF	*Rhiana*
ANNE KELLEHER	*La dague d'argent*
ANNE KELLEHER	*L'amulette d'argent*
ANNE KELLEHER	*La nuit d'argent*
SUSAN KRINARD	*La malédiction du dieu de pierre*
SUSAN KRINARD	*La prophétie de Méroé*
SUSAN KRINARD	*Le baiser du loup-garou*••
MERCEDES LACKEY	*La magie de la Lune*★
MERCEDES LACKEY	*La chambre ensorcelée*•
RACHEL LEE	*Le secret de la rose blanche*
RACHEL LEE	*La prophétie de la Dame Blanche*
RACHEL LEE	*La clé de Morgania*•
RACHEL LEE	*L'ultime prophétie*
TANITH LEE	*La nuit des Sept Lunes*★
TANITH LEE	*L'étreinte de l'ombre*••
C.E. MURPHY	*Chamane*
C.E. MURPHY	*La lune rouge*★
C.E. MURPHY	*La magie de Siobhàn*
C.E. MURPHY	*A la porte des songes*
C.E. MURPHY	*La malédiction de l'aube*
C.E. MURPHY	*La nuit du dragon*

.../...

DANS LA MÊME COLLECTION

Par ordre alphabétique d'auteur

ROBIN D. OWENS	*La prophétie de Lladrana*
ROBIN D. OWENS	*L'appel de la lune*
ROBIN D. OWENS	*La cavalière de cristal*
ROBIN D. OWENS	*Les magiciennes de Lladrana*
MICHELLE SAGARA	*Le secret d'Elantra*
MICHELLE SAGARA	*La cité d'Elantra*
MICHELLE SAGARA	*L'oracle d'Elantra*
MICHELLE SAGARA	*La magicienne d'Elantra*
BERTRICE SMALL	*La nuit des fées*
JERI SMITH-READY	*La messagère des deux mondes*
JERI SMITH-READY	*L'enfant de la prophétie*
MARIA V. SNYDER	*Le poison écarlate*
MARIA V. SNYDER	*L'apprentie magicienne*
MARIA V. SNYDER	*Les secrets de la cité blanche*
VAUGHN EVELYN	*La nuit du démon*••

2 NOUVEAUTÉS À PARAÎTRE EN SEPTEMBRE 2009

★ réunis dans le volume intitulé *Cœurs de lune* (Luna n° 16)

• réunis dans le volume intitulé *La légende des royaumes* (Luna n° 19)

•• réunis dans le volume intitulé *Les légendes de l'ombre* (Luna n° 50)

LUNA

Composé et édité par les
éditions Harlequin
Achevé d'imprimer en France (Malesherbes)
par Maury-Imprimeur
en juin 2009

Dépôt légal en juillet 2009
N° d'imprimeur : 147073 — N° d'éditeur : 14360